人文漫步

吴永安 著

来自东方的他者

中国古诗在20世纪美国诗学建构中的作用

The Other from
the East:
Chinese Classic Poetry on
20th Century American Poetics

北京师范大学出版集团
BEIJING NORMAL UNIVERSITY PUBLISHING GROUP
北京师范大学出版社

鸣　谢

花了很大的力气和长长的两年来写这本书，一次既困难又美妙的经历。其间，得到多位学者大力支持与帮助，其中北京师范大学的刘洪涛教授，加州大学的叶维廉教授，以及俄克拉荷马大学的石江山（Jonathan Stalling）教授的指点和启发尤为重要。另外，亲友不辞辛苦，不怕麻烦，在中美两国寻找和处理参考资料，对书稿的顺利完成帮助很大。家人也分担生活琐事，保持良好的内外部环境，让我能够排除各种干扰专心写作。借此机会，请让我对你们表示衷心感谢，恩情和友谊将长久铭记在心。

For Aki, Penny, and Jerry

目　录

前　言

　　20 世纪美国从一个区域性大国向世界超级大国转变。这次深刻的社会政治变化给美国文坛，特别是给诗歌界造成了广泛而深远的影响。20 世纪初，美国诗歌被普遍认为是英国诗歌的一个支脉，其所遵循效法的诗学理念尚未跳出"绅士派"(Genteel)风格的窠臼①。这种局面的成因，既有美国诗歌的载体——英文——对美国诗人而言从本质上是殖民地宗主国的语言这一事实的尴尬余波，也有美国诗歌在经历了"现实主义时代"(Age of Realism)高潮之后，在传统写作形式和创作态度上难以突破的贫乏无力。

　　美国作为一个国家早在 1776 年便已经独立，到 20 世纪之初，美国的国家规模和国际地位早已确立。在当时，作为生活在一个新兴国家的国民，面对北美广袤的未开垦之地，在不足 150 年时间内经历独立、工业化、蓄奴然后废奴、美西(西班

---

　　①　Parini & Millier, 1993.

牙)战争、内战、西部开发、大规模移民、印第安人搬迁安置等重大历史事件，美国作家已经拥有得天独厚的创作素材和写作对象，在小说创作方面已经取得了突出成就，出现了如马克·吐温、霍桑、爱伦·坡等一批经典作家，他们以各自的视角记录美国社会生活，联合构成对美国社会的宏大叙事。这些小说家笔下的英文，与其原宗主国语言已经不存在主仆关系；作品在内容和创作手法上都和英国小说迥异，因此美国小说界在 19 世纪就拥有了真正属于自己的小说，在世界文学中的地位也自然确立。①

反观美国诗歌，情况却非如此。美国诗歌在 19 世纪处于被内外夹击的境地。在内受到成功而流行的小说的冲击，在外则受到强势英国诗歌的压制，"美国诗歌"在创作思想和形式结构上都难以和英国诗歌比肩。首先，美国是一个新建国家，而诗歌作为一种早已确立的古老传统，没有给当时的美国诗人留下另起炉灶的空间，诗歌传统必须也只能取法欧洲文明。这种对欧洲传统的高度认同和遵循让美国作家对自身的历史地位和身份认同产生怀疑。第一位蜚声世界的美国诗人威廉·柯伦·布赖恩特(Bryant，William Cullen)1826 年出版《诗歌讲义》(*Lectures on Poetry*)，谈及身处新世界的美国诗人应该如何去面对创作期待上的困境，怎样用一种通常认为是"移植"(Transplanted)过来的语言去和旧世界那些不朽诗篇分庭抗礼，认为美国诗歌没有必要背弃欧洲的语言和传统，要警惕用

---

① Beach，2003，p. 7.

新世界那些由运河、火车和蒸汽轮船派生出的词去创作诗歌。
他认为①：

> 美丽和壮观，伟大智慧和道德真理，骤雨激情和
> 似水柔情，人生的伤逝和沉浮，以及照进人性本质的
> 陈年往事和异国珍闻等元素并非只栖身在彼岸旧国。

The elements of beauty and grandeur, intellectual great-
ness and moral truth, the stormy and the gentle passions, the
casualties and the changes of life, and the light shed upon
man's nature by the story of past times and the knowledge of
foreign manners have not made their sole abode in the old
world beyond the waters.

　　布赖恩特的这番论断在文学创作的内容选择上并无破绽。
的确只要有人的地方，无论是在大西洋的哪一边，都广泛存在
这些文学元素。但创作素材的存在或者丰富并不能弥补地方文
学（对宏伟的英国文学而言，在 19 世纪 20 年代，尚未产生沃
尔特·惠特曼［Walt Whitman］和艾米丽·狄金森［Emily Dick-
inson］的美国诗歌的确只能算"地方"而非"国别"）在形式、思
想和传统上的原创性匮乏。仅仅扎根在"人性本质"而没有试图
和英国诗歌划清界限，或者根本未能认识到划清界限之重要意
义及紧迫性的美国诗歌作为一种国家文学建设陷入这样一个怪
圈：越是绝对意义上追求普遍人性和情感的美国诗歌，越发和

---

① 　Bryant，1889，pp. 34-35.

政治经济以及社会生活方面高速发展变化的美国社会脱节。在形式和思想上的苍白无力，让美国诗歌难以摆脱"移植"的标签，自然也无力抗衡英国诗歌。到了 19 世纪最后一个十年，美国诗歌的代表人物惠特曼回首 19 世纪美国文坛时用直白而尖锐的言论审视了美国诗歌，在《我们有国家文学吗！》("Have We A National Literature!")一文中，惠特曼直言道①：

> 当前诗歌(也是当前文学)最突出的特点就是基本上缺乏一流的实力和简单自然的健康来准确地捕捉我们自己的时代，无论是在鉴赏和创作方面都在拾人牙慧。

The greatest feature in current poetry (in literature anyhow) is the almost total lack of first-class power, and simple, natural health, flourishing and produced at first hand, and typifying our own era. (第 337 页)

美国诗歌这种状况一直持续到了 20 世纪早期。面临困境，美国诗人一直都在积极寻找突破，终结美国文化和外部世界之间的相对隔绝，即突破布赖恩特以降的创作困境。诗歌不必拘泥于本土，缺乏非英语元素或者世界元素的美国诗歌难以在概念上完成升级。英国历史上许多伟大诗人都曾经将目光专注于英伦三岛之外：莎士比亚的许多悲剧名作题材来自外国；被鲁迅誉为浪漫主义宗主的拜伦(Byron)的代表作《唐璜》(Don

---

① Whitman, 1891.

Juan)是源自西班牙传说中的人物，故事情节也主要发生在外国①；湖畔诗人代表骚塞（Southey）所著的英文历史上第一部长篇叙事诗《罗德里克》（Roderic），被拜伦认为是当时最伟大的长诗，即是关于西班牙最后一位哥德国王罗德里克的故事②。这些 19 世纪的英国作家能够用外国的题材和故事创作出英文诗歌名篇，美国作家则没有理由仅仅把自己局限在北美一隅。并且在绅士派诗歌当道，而小规模的文学杂志和刊物尚未产生之时，立志革新的新派诗人在美国本土找到发行渠道和发展读者群都绝非易事。这些原因促成了新诗人东渡。对美国而言，目的地是伦敦和巴黎。代表人物有艾兹拉·庞德（Ezra Pound），格楚德·斯坦（Gertrude Stein），艾略特（T. S. Eliot），罗伯特·佛洛斯特（Robert Frost），卡明斯（E. E. Cummings），杜丽特尔（Hilda Doolittle），兰斯敦·休斯（Langston Hughes）等。他们来到欧洲，不仅能重新认识欧洲文明，回溯到西方诗歌传统本原，接触当时欧洲特别是法国的新兴思潮，也是为自己作品的发表打开一条通道。庞德、佛洛斯特和玛丽安·摩尔（Marianne Moore）的第一本诗集都在美国之外发行。

---

① 鲁迅《坟·摩罗诗力说》第一节。上下文是"始宗主裴伦，终以摩迦（匈加利）文士"。一般说来，拜伦作为浪漫主义诗歌代表的文学地位是举世公认的。但许多作品阴郁苦闷的事实也让司汤达认为拜伦"根本不是浪漫主义者的领袖"。见司汤达，2006，p. 48。区鉷认为司汤达如此看待异国文学乃是法国新古典主义的本土意识使然。见区鉷，1994，p. 114.

② Bryant，1889，p. 157.

美国诗人来到欧洲，试图在欧洲文明中找到振兴美国诗歌的创作灵感和写作形式，却十分意外地接触到了以中国和日本为代表的古典亚洲诗学。广为人知的一个实例是：1913 年庞德见到东方学家厄内斯特·费诺罗萨（Ernest Fenollosa）遗留下来的手稿之后，深受启发，译出《神州集》。从 1913 年在伦敦见到玛丽·费诺罗萨（Mary Fenollosa），当年底和 1914 年开始研读遗稿，再到 1915 年在伦敦出版《神州集》，揣摩钻研中国古典诗歌数年，从汉字到措辞，从修辞到意境，认识到中国古典诗歌对扫除绅士派诗风的巨大能量。从中国古诗里汲取的养分，无论是创作灵感还是形式结构，都给予庞德深刻的启发：中国古诗特有的表现手法契合意象派的诸多主张，都强调不加修饰地呈现主观思想对客观世界的直觉感受和直接反映；汉字作为表意字符与字母语言之间的巨大差异和汉字构成所蕴含的诗学表达；中国古诗常见的对偶和单音嵌偶行文手法，能方便而整齐地将两个或多个意象同时并置和叠加，似 20 世纪初刚刚兴起的蒙太奇手法，使得依靠文字承载的观察和表现，脱离文本句法结构支持和制约，让读者和诗人面对面直接交流，着力于意境上的通透而较少考虑逻辑上的组合顺序。

庞德周围众多的旅欧诗人也都纷纷发现，既然古老的中国诗歌和欧洲最前卫的文艺思想，包括当时刚刚起步的电影镜头表现手法相通相似之处如此之多，如果在这个世纪（20 世纪）如师法希腊一般向中国学习，就有可能通过结合中国古诗固有的特点发现新的写法，新的诗学①。从诗歌的创作到解读，脱离浪漫主义诗风在创作主题上的限制，去关注人生来即有的局限和不足，描写人如何受秩序和传统条件的匡正而转为良善。这场诗歌运动的先行者之一休姆（Thomas Ernest Humle）认为，诗歌如仅专注于宏大叙事难免走上呻吟造作的歧途，只有通过具体的语言和新颖的意象才能遏制这种危险倾向。新诗需将目光从表意效果移向表意行为本身。在休姆的组织和倡导下，现代主义开始萌芽并从理论上和先前时代划清了界限。

　　新思潮于是催生了 20 世纪初美国诗坛的划时代变革。庞德在 1912 年给杜丽特尔的信中正式使用"意象"一词，标志着与维多利亚时代诗风迥异的意象主义诞生。在此后二十年中，大批美国诗人，无论是否曾经聚集在意象主义旗帜下，都纷纷出版了数量可观的融入中国元素的作品。比较著名的有庞德《神州集》，洛威尔（Amy Lowell）的《松花笺》，弗莱契（John Gould Fletcher）的《地精和宝塔》（*Goblins and Pagodas*），其中一首汲取唐诗灵感写成的《蓝色交响乐》（"The Blue Symphony"）广为人称颂。狄任斯（Eunice Tietjens）在中国北京和江南等地游历之后写成《中国剪影》（*Profiles from China*），林赛（Vachel Lindsay）的《中国夜莺》（*The Chinese Nightingale*），宾纳（Wytrer Binner）和江亢虎合译的唐诗集《群玉山头》（*The Jade Mountain*），等等。这些诗人在中国元素的启发下，他们的诗作有别于维多利亚时代的诗风，根据弗莱契 1945 年回忆，

---

　　①　Pound，1915b，p. 228.

在于这些新诗或者说现代诗，并不致力于育人与说教，也和道德教诲关联甚少。新诗在意义的建构上不追求必然的因果关联和逻辑推理，把获得结论的工作留给读者。更重要的是，诗作的内容较少着力刻画诗人的感情体会，凸显的是让作者动情的"物"的本身。并且这些物往往来自日常生活，容易和一般读者在思想上达成共鸣①。强调外物和作者之间通感同受的作品在早先也出现过，但多有悖西方诗学传统审美观，难逃情感误置之嫌。中国诗歌用大量实际诗学实践和美学体验让美国诗人找到创作咏物诗的新方向，跳出"人言志"的窠臼而转向"物言志"，进一步从根本上消弭"言志"的欲望，转而让读者在语言和意象的组合中，同作者一样，既依靠认知取向与诠释习惯等"先见"去建构阅读体验，同时也准备随时破除这些"先见/偏见"以图完全拥抱文本。

到 20 世纪二三十年代，在两次世界大战之间，当现代主义思想逐渐成熟，不再局限于一小撮美国诗人在伦敦或者巴黎小俱乐部里议论和写作，达成现代主义的途径和手段也随之明确：不但须摆脱语言上使用过多华丽修饰和不自然情感抒发之风，而且要在比前一个时代，即维多利亚时代更为古老、更为强大的诗学传统中寻找榜样②。以中国传统诗学为背景的中国元素，糅合了东方文化和思想，对促成美国诗歌现代性发挥了重要作用。然而这种现象持续时间并不长。前卫诗学源自并且受制于前卫文论。以艾略特为核心的新批评文学理论建立以

---

① Fletcher，1945，pp. 150-152.

② Goldie，2001，p. 39.

后，主张细读，立足文本进行语义分析，将文学作品视为独立自主、自我封闭且能够自我指涉的美学实体，文本以外的属性和信息退为次要甚至无关，因而从客观上为中国元素的"退出"或者"淡出"提供了理论布局。文本的主题，包括韵律、节奏、场景、故事主线成为作者以及读者的首要关注，其次是悖论、模糊、反讽和张力，这其中不再有中国元素，或者国别元素作为独立个体继续存在的基础。

中国诗歌热潮消退，除文论主张使然外，另一肇因则是在诗歌认识方面。诗人学者对中国诗歌本身认识也存在较大分歧。根据赵毅衡总结①，有人批评中国诗幼稚，过于单纯，也有人认为中国诗难能可贵的就是它的成年人品质。有人认为如果按艾略特所言，诗歌发展方向应该摒弃浪漫诗风的造作而拥抱平实直白的现代，不再是感情和个性的宣泄而应当为感情和个性的逃避②，那么中国诗应是相当恰当的学习范例，以中国诗歌缺少宣言式的爱情诗便可见一斑。也有人认为大部分中国诗歌多少被涂抹上哀愁的色彩，因此不符合新批评"非个性化"的审美趣味。这些互相矛盾的看法源自对中国诗歌和中国元素认识的局限性。从新事物的接纳和吸收角度观察，这何尝不是一种文化元素进入另一种文化所必经的过程。"中国"本身就是一个十分复杂的课题，经过悠久历史沉淀以后的诗歌和诗学绝不是学习几个汉字就能把握的，何况这一时期受中国元素影响的美国诗人大多不习汉语。汉语教学在美国乃第二次世界大战

---

① 赵毅衡，2003，pp. 275-277.
② Eliot，1997，p. 33.

之后才开始正式推广。20 世纪之初即便有西方人为研究中国文学付出了种种努力，所得与影响也十分有限。比如，1898年休伯特(Huberty James)在英国皇家亚洲协会上海分会就中国文学问题举办讲座，从现今能看到的讲稿来看，他连修编《四库全书》是哪位皇帝都张冠李戴，误以为是嘉庆①。法国人朱迪思·戈蒂埃翻译中国古诗汇编成《玉书》，被翻译成多个版本，影响深广。但朱迪思将钱起误认为张籍，而且还把"秋汉"想象成秋天的河流，让众多有意探求译诗出处、进行文学比较的中国学者颇费周折②。此外，获取中国诗歌渠道过窄，这一时期汉诗英译主要对象是《诗经》，盖因外国人初识汉诗时，见其无论从字面意思还是历史地位而言都堪称"classic of poetry"，故重视有加，版本达四五种之多。直到 20 世纪 20 年代，中国诗人作品英译仍然以《诗经》为主，李杜为辅，对其他诗人或诗集有系统的翻译几乎为零，诗评词话更是空白。仅据英译本就诗论诗，使得不习中文的美国诗人和评论家所获有限，也从源头上阻碍了他们对中国诗歌及其哲学精神的进一步认识发掘。

对中国元素再一次重视和喜爱是在《神州集》发表半个世纪以后。20 世纪五六十年代的激进思潮和各种社会运动此起彼伏。作为诸多运动发起者和参与人，反学院派对于已经确立的美国诗歌经典及其所代表的社会权利分配制度和意识形态强烈不满。情感和美学表达不见容于主流，被边缘化以后选择精神

---

① 　James，2010，p. 4.
② 　蒋向艳，2009.

上自我流放到异乡或者虚无。承载佛道思想的中国诗歌，又一次被看作有别于美国经典的另一种既定经典，另一种诗学可能，成为这次运动中的先行者，如加里·斯奈德、王红公等关注和研究的对象。和上一次现代化运动主要不同之处是将注意力从认识层面转移到了精神层面。霍姆斯（John Clellon Holmes）1952年在《纽约时代杂志》上撰文《这是垮掉的一代》（"This is the Beat Generation"），明确第二次世界大战后的艺术家的追求有别于以庞德和艾略特为代表的上一代。上一代为丧失信仰而哭泣消沉，这一代看待"缺乏、破碎、遥远、无常"这些战争强加的阵痛和后遗症，已经习以为常，甚至不再能感觉到。缺失个人和社会道德价值观念，是一个重要但实际而日常的问题，因此无须诉诸意识形态，只需在每天日常生活中积极地去体会，去尝试，去感知。"现代生活的核心问题是精神问题"，垮掉关涉"一种思想上最终是灵魂上的赤裸；感觉被剥夺削减到意识的岩床，简而言之，就在不觉中被推到了自我的绝壁"。①

　　除西方个人主义色彩浓厚的迷幻剂、摇摆舞和性放纵之外，中国传统佛家和道家思想开出的药方更为温和而冷静。中国哲学思想经过半个世纪的译介，已经在美国社会拥有一定的群众基础。第二次世界大战以后大量亚洲国家移民涌入，美国诗人，特别是居住在亚裔聚居的加州城市的诗人，有近水楼台之优势，许多人选择深入研习曾经遥远神秘的东方哲学，参禅

---

　　① Holmes，1952，p. 10，22.

念佛，游方问道俨然成时尚。史耐德十数年如一日研究禅宗，向美国西部的荒山和中国古代的诗僧寒山求教诗学，写出《砌石与寒山》，成为垮掉一代影响最大、最持久的诗人，开创一代以禅入诗的写作风气；雷克斯洛思（Kenneth Rexroth）翻译并托王红公之名仿写中国诗几达以假乱真的地步，通过"悄然学习和模仿"，竟得中国古代诗学传统精义①。他翻译王维《鹿柴》，译文不为文字所拘，但求与原著精神高度契合，在王维诗众多译文中堪为上乘之作。另一位诗人吉福德（Barry Gifford）同样沉醉于王维诗作，在 20 世纪 80 年代初即模仿唐诗意韵出版诗集《中国笔记》（*Chinese Notes*），时隔二十年在 2001 年他又写出《答王维》（*Replies To Wang Wei*），延续《中国笔记》里的诗学境界和写作实践，就诗与画之间用文字和想象搭建的桥梁发表心得。

应该注意的是，美国诗人引入中国元素并非要将美国诗歌中国化。在 20 世纪早期，中国元素只是被引入的众多外国元素之一，其他还有埃及神话、中东诗歌、印度奥义书等。对诗人个体而言，是从人类文学瑰宝中寻找有别于西方范式的材料以激发个人创作灵感。对美国文学而言，则是摆脱英国诗歌影响，让美国英语诗歌改革真正成为一种国别文学的运动。所以对中国特色或者东方特色的理解，不能忽略双重作用：无论是在英文诗歌中用词汇、语法、结构等语言手段凸显中国特色，还是在意境和思想上向东方靠近，这样做同时也为美国诗歌提

---

① Lucas，2004.

供了新的可能，间接地突破了美国诗歌这一概念在修辞学上的定义限制。中国性和其他非美国元素的出现重新划定了美国性。

关于美国现代诗歌和中国的关系，数十年来研究者不乏其人。较为有影响力的专著，不妨以 1949 年罗伊·特里（Roy Teele）的《透过晦暗的玻璃》（*Through A Glass Darkly*）作为起点。50 年代末，方志彤作为庞德的好友，写出考证庞德《诗章》与中国关系的博士论文《庞德〈诗章〉研究材料集》（*Materials for the Study of Pound's Cantos*）（长达八百多页，但因各种原因未能出版），到 60 年代叶维廉的《庞德的神州》（*Ezra Pound's Cathay*），到钟玲和王红公的合作翻译以及钟玲发表数十篇关于王红公、史耐德等诗人的文章（很奇怪，钟玲从 60 年代便开始涉猎中美比较诗学，但第一本专著到 2003 年才问世）。到 1985 年横空出世的《诗神远游》，第一次用平实易懂、脉络清晰的中文，以拉网式的写法罗列了数十位美国现当代诗人，向刚刚睁开眼睛看西方的中国大众介绍并证明汉诗曾经对美国新诗运动发挥了显著的影响。一年以后即 1986 年，刘若愚先生去世。刘先生在世时曾出版数本中国诗学和中西文艺理论专著，视野开阔，学识广博，相当具有深度。只是天不假年，刘先生未能完成关于汉诗对美国诗歌影响的专论。又过了十年，1995 年前后，中美比较诗学专著出版迎来一个小高潮。是年，钱兆明出版《东方主义和现代主义：庞德和威廉斯作品里的中国遗产》（*Orientalism and Modernism：the Legacy of China in Pound and Williams*），罗伯特·科恩（Robert Kern）

出版《东方主义，现代主义和美国诗歌》(*Orientalism, Modernism, and the American Poem*)。这两部作品基本解除了人们对于庞德、威廉斯等美国现代主义诗歌运动主要诗人和中国关系的疑团：诗人在什么时期、什么场合下接触到汉诗和中国文化，哪些主要作品里面有中国元素，都基本不再成问题。1999 年，谢明（音译，Xie Ming）出版《艾兹拉·庞德和他对中国诗歌的挪用：神州集，翻译以及意象主义》(*Ezra Pound and the Appropriation of Chinese Poetry: Cathay, Translation, and Imagism*)，以及斯坦米·辛西娅（Stamy Cynthia）的《玛丽安·摩尔和中国：东方主义和对美国写作》(*Marianne Moore and China: Orientalism and A Writing of America*)问世。后者填补了学术界关于玛丽安·摩尔和中国之间关联的空白。就在同一年，北京外国语大学召开第十八届庞德国际研讨会。这是一次讨论庞德和中国关系的盛会，也兼论中美诗学之间的交流和变化。朱徽 2001 年出版的《中美诗缘》集中研究了《诗神远游》中列举的一部分美国诗人。其中《闻一多与美国》和《奥登与中国》有数章向读者展示了不太为人所知的民国时期的诗坛往事。

又过了四年，2003 年前后第二个小高潮到来，包括《诗神远游》第二版，钟玲的《美国诗与中国梦：美国现代诗里的中国文化模式》，黄运特的《跨太平洋移位：二十世纪美国文学的民族志，翻译和互文本迁徙》(*Transpacific Displacement: Ethnography, Translation, and Intertextual Travel in Twentieth-Century American Literature*)，钱兆明的专著《现代主义与中国艺术：庞德，摩尔和斯蒂文斯》（*The Modernist Re-sponse to Chinese Art：Pound，Moore，Stevens*）和他主编的《庞德和中国》（*Ezra Pound & China*）等优秀作品接连出现。当然还少不了叶维廉北大讲座《道家美学与西方文化》的结集出版和《叶维廉文集》九卷的问世。钱兆明在《现代主义与中国艺术：庞德，摩尔和斯蒂文斯》中延续了他的调查路线，详细探讨了中国古代艺术，包括青铜器、水墨画、瓷器和书法等中国风格浓郁的艺术形式，帮助美国现代主义诗人寻找另一种进入自然和自我的途径，挑战和创新西方传统风格。而《庞德和中国》尤为独特，收录文章即来自 1999 年的那次盛会。其研究视野之开阔、跨度之大、层次之多从未有过。集合已有的发现，众多学者从庞德出生之前的美国超验主义和东方文化的交汇，一直到庞德晚年和纳西文明的短暂但是非常新奇的邂逅；从庞德早年在大英博物馆流连中国绘画时的动心，到用表意文字法翻译论语成为儒家学者的入魔，方方面面都有十分精专的研究。也是在这一年，约瑟芬·朴（Josephine Park）从加州大学伯克利分校毕业，其博士论文试图从文本生成的角度探索《神州集》对于现代主义以及"东方"概念带来的变化和影响。稍后，2004 年埃里克·海亚（Eric Hayot）推出《中国梦：庞德，布雷希特和如此》（*Chinese Dreams：Pound，Brecht，Tel quel*），满意地回答汉诗和美国现代性之产生和确立之间的关系，对于"中国"概念的解构和匡正非常具有启发性。

　　再往后，石江山（Jonathan Stalling）、斯蒂文·姚（Steven Yao）、提摩太·于（Timothy Yu）以及克莱因·卢卡斯（Klein

Lucas)等新锐学者走进笔者的视线。钱兆明、钟玲等也笔耕不辍，陆续对史耐德和中国以及庞德和他的中国朋友等课题做出了细致踏实的研究。现代主义的幕后操手——费诺罗萨的那本广为流传也备受争议的小书《作为诗歌媒介的中国汉字》(*The Chinese Written Character as a Medium for Poetry*)居然于 2008 年再版。众多学者甚至还不辞辛苦，梳理出版本辨析、删改情况，以及从耶鲁大学费氏资料库中发掘出的各种注释、眉批，等等。这些资料能够被细致整理并且重见天日，是中西比较诗学发展过程中值得庆贺的事情。

面对这些已有的研究，这些来势凶猛的"物证"和一段段确凿无疑的掌故，人证的言说以及侦探式的关系连线，让人觉得自己似乎正在参加一场盛会。只是，这是一场美国诗人的追悼会。每一位"逝者"，无论是否依然健在，都和中国有这样或那样的关联，每一位逝者的悼词都已经写好或者可以按照一个既定模式来完成。到最后，每一位被纪念的美国诗人墓碑前都可以放上一本或者几本印刷品，上面记录着他或者她和遥远的神州发生过的故事，题目统统都叫作《某某美国诗人和中国》或者《某某美国诗人的中国缘》等。事实上诸如此类的作品正在源源不断地被制造出来。它们的出现证明了过去一个世纪里发生的东西方诗学交流似乎可以盖棺定论了。只需继续整理证据，只需继续按照"中国启发了美国"的模式进行便可。

当然这只是对于上述优秀学者著作的"偷工减料"的误读，以及对这段历史浮光掠影的快餐消费。德里达在生命尽头提醒我们，幽灵般的过去会以意想不到的方式回归，不停地挑战

"现在"确定性和连续性。事实上，笔者不看重中美诗学交流的连续，不相信这种交流过程中具有某种支配性规律或者受到某种宏观理论的左右。笔者甚至连"交流"这个词都用得相当勉强，因为"交流"的前提是有两个或者数个清晰明确的实体发生一接一受的动作。笔者选择用相当部分的注意力去关注汉诗以及汉字作为事物，在美国诗学平台上的出现和存活，并试图提供多个通道，让读者可以进入并且退出这关键的一百年。

第一种路径是，汉诗在 20 世纪初第一次世界大战前后第一次进入美国，是异乡情调，是另一种诗学可能，是美国西进运动的终极结果。当时美国诗人即便对中国诗歌有相当喜好，但对中国仍相当陌生，并且这种文化的隔阂被有意或者无意地保持。原作者的不在场和不可知，译文和原作者的隔断间接推动了新批评。第二次在第二次世界大战后，"禅""道"思想在西方流行，美国诗人看见的是一种迥然有异于西方的生活方式和观世/处世态度，是"冷战"东西方对立时期用来解构和挑战现代主义的利器。第三次是中国改革开放渐有成果之后。随着中国/世界经济发展，两国/世界人民之间交流日益频繁。通过学汉语懂中文，美国诗人看见了作为世界文学一部分的中国古诗，是全球化大背景下吸引新目光和亟待诠释的人类共同财富。未见之前皆陌生，相见之后方恨晚。"看见"触发了这一百年的巨变。

萨义德曾经说过"东方并非西方的交谈对象，而是沉默的他者"。因此第二种可能的路径是听觉渠道。庞德翻译《神州集》之时，地名和人名乃是日语。同一时代的真正汉诗以及他们的中国作者却被禁闭在美国东西海岸的离岛上，真正变成沉默的他者。威廉斯、斯蒂文斯在冥想深处听雪听水，史耐德法号听风，他的确也是如此实践的，石江山发明汉声诗学，英文和中文神奇地混杂在一起，用汉字之声表达英文之意，可以看作汉字诗学的"相变"。费诺罗萨关于汉字有些离奇的想法，在同样离奇的汉声诗学中果然获得最为接近自然的无尽嵌套和能量，也最为接近帕斯·奥克塔维奥（Paz Octavio）设想的世界文学交响乐。

第三种路径是跟随汉诗英译的脚步，感受汉诗作为他者是如何被美国诗人的想象所建立、变造、加工以及"虐待"的。从洛威尔的腹语发声开始，美国诗人一直试图来到异国时空，变为不可能的异国他者，将这些他者身体上产生的欲望变为自己的另一种身份存在。王红公居然把自己完成汉诗英译叫作"自我表达"，并且在晚年变成一个东方女性诗人。而费诺罗萨对于东西方交合的观点揭示出现代主义对于他者的召唤挪用背后的性冲动。同时，卜弼德（Peter Boodberg）对于王维一首小诗火力全开的翻译，紧紧地抱住汉诗原文，拒绝让其退出。"他者里的缺乏"被强制扭曲成"他者里的过剩"，如此极端的翻译通过对原文的反复拷问，希望原文最终能够像译文一样拥有欢爽。

第四种路径是爱默生、费诺罗萨、庞德、史耐德和勃莱五人依次传承的美国超验主义。就在波士顿的一片小树林中，爱默生依靠零星的印度哲学知识，出人意料地接近了佛教的核心概念——空观，破除我见、我相和我执。和晚辈费诺罗萨一样，展现出美国学者采炼外来元素、建构自身思想体系的惊人消化能力。庞德晚年神游丽江，在纳西山水之间退出神州，经验清零，重拾青年时代对于万物有灵的超验倾向。史耐德则一直专注美国诗歌的地方特质，思考诗歌如何"落地"，向美国读者介绍寒山和拾得两位中国先哲，将两位中国先哲带到现代美国社会，借助寒山的存在表达美国特色的荒野理想和超验。勃莱则通过他的深层意象，在静谧的短暂瞬间和自己相遇，一直与世界保持和谐。

如果把中美诗歌相互遭遇这一百年比成一座山岳的话，以上种种只是一些可能的游览线路图，供读者参考，既方便他们领略山中风光，也提醒他们行走于某条特定路径遭遇眼前风景时不要错过"远近高低各不同"的其他风景。不同线路彼此叠加交错，对立冲突，构成一张庞大而富有攻击性的网络。如同几家彼此协作又相互竞争的旅游公司，试图让读者登上他们各自的观光车。因此从本体论上来说，笔者尽量不让写作被单一的理论模式或者认识平台所局限，对"眼前景"不追求它是什么，而用"怎么是"的句型向其发问，并提供机会，让读者自己探路，另外开辟新的观景路线。此山本不是主题公园，并没有总体设计思路或者宏大叙事动力在背后作支撑，缺乏管理和巡山工作人员，山体也不拥有平滑、连续和确定的存在。相反，山中四处或明或暗地出现许多地缝、坍塌、洞穴、激流、雾瘴、小桃源等未知、惊奇和空白。游客稍不留神，便容易跌入自我想象的幻境或者眼睁睁地看着完整齐备的主体性被山中的不可抗力撕裂。洛威尔眼中流出的大米，王红公身体里的他异性，幼年的史耐德站在西雅图博物馆看到"为之心驰神迷"的中国山水画，暮年的威廉斯将保罗·瑞普(Paul Reps)的禅画诗放在自己的书架上,勃莱在美国中西部碰见中国前辈,吉福德用英文写就的汉诗给王维回信,石江山嘹亮地提醒,"曝栎思塞臆腾尊甘"。

中美诗学间多条行走路径的存在一方面暗示此项工作永远需要重访和补充,以便迎接每一个旅游季节,满足每一位游览者的观光需求。另外也对身负导游任务的研究者提出巨大挑战。为了行文方便,让论述看上去有些条理,笔者选择一种折中路线,以汉诗在英文中的存活程度和姿态为尺度,从发明式的翻译,到成为中国诗人,再到对汉诗的后现代消费,将这一百年划分成有一定年代重叠的三个区间。第一区间主要关注的诗人是庞德和洛威尔;第二区间是威廉斯、斯蒂文斯、王红公以及史耐德;第三区间集中精力写晚年庞德、勃莱以及石江山,中间时而穿插另外一些具有某种代表性的人物。笔者无意将此书写成一部大而全的字典式作品,只希望能够对于看见然后"成为"的过程,以及那些表层之下的过渡、跳跃、省略、删减、臆想、戏仿、混杂、变异和失踪的关系,提供某些理解和记录,方便将来的学者继续研究中国古诗在 20 世纪美国诗学建构中的作用。

本书研究的范围限定在从 1900 年到当代(2010 年)一个多世纪以来的美国诗人,不涉及在美国用中文写诗的中国人,如纽约埃利斯岛(Ellis Island)和旧金山天使岛(Angel Island)上华人移民的作品,也不涉及在美国用英文写诗的中国/华裔诗人,如梁志英(Russell Leong)、麦芒等。唯有例外是稍微考察了姚强(John Yau)的几首作品。

第一部分　相见时难：汉诗与 20 世纪初期美国现代诗歌运动

We cannot escape in the coming centuries，even if we would，a stronger and stronger modification of our established standards by the pungent subtlety of oriental thought，and the power of condensed oriental forms.

在未来许多世纪中，犀利微妙的东方思想及其凝缩形式中的强大力量，对我们既有准则的冲击将越发强烈。就算想要逃也逃避不了。①

中国诗歌在 20 世纪初美国现代诗歌运动兴起之时进入美国文坛，很快便受到广泛关注。在此之前，英语世界虽已经出现对中国古诗的零星翻译，但选择范围过窄，一部《诗经》被翻来覆去地用英文重写了好几次，尚且有些版本的直接源头并非中文。在 1910 年即被艾略特视作现代主义运动中"里程碑"式的一年②，事实上也有一定数量译介中国古诗的作品问世，但

---

① Fenollosa & Pound，1959，p. 58.
② Brooker，1994，p. 46.

问津之人以东方学家居多，认真研读汉诗的英美诗人尚未形成气候。但是，1915 年庞德《神州集》出版之后，中国古诗短短几年间在美国诗坛掀起一股热潮。《松花笺》《群玉山头》等作品以及相当数量宣称自己受到中国古诗启发的美国诗人涌现出来。或笔谈或面谈，或合作或论战，他们用带有欧洲中心论的主观，积极勤奋地解读这些用"最适合写诗"的中国表意文字凝结成的简短诗行①，俨然成为那个时代美国文坛的一道特殊风景。第一次世界大战结束以后的二三十年里，中国诗歌逐渐式微，淡出美国读者视野。这次中国古典诗歌热延续了十数年，波及二三十名诗人，在中美文化交流史上留下了光彩一笔。过程多少有些无意识，中国作家参与者也甚少，疏漏和偏误之处更不胜枚举。但重要的是，这次运动可被看作中国文学被动进入世界文坛的第一次举动，它为后世的中国想象留存了一张"旧影"②。在由第一次世界大战所引发的全球化运动中，美国现代诗人用与众不同的前卫诗学向世界清楚地展示了汉诗，以及中国语言的高度可塑性，即美国现代诗人可以按照自己的理解去塑造与发展汉诗带来的思想，如庞德眼里的汉诗代表韵文实验的高度压缩和凝练，在洛威尔看来汉诗接近实验性散文的理想途径。无论在具体哪一种实验中，汉诗对美国现代诗歌运动中诸多愿景的实现都起到了催化作用，给为社会思维定式所

---

① 关于对中国文字是表意符号的看法以及它最适合用来写诗的论断，源自费诺罗萨然后被庞德发扬光大。见 Fenollosa & Pound，1936.

② 中国古诗翻译成英文之后，有不少作品成为经典的英文诗，而不单纯是经典的译文诗。详见钟玲，2003，pp. 34-44.

困的现代诗人提供了另一种叙事方式和思考路径，得以重新发现和突破自我。更重要的意义是在高度现代化的社会背景下，合法化并巩固欧美诗学中早已萌芽的现代性特色鲜明的诸多想法，如探求亚当语言、使用抽象句法、对呈现的片段化和异化的追求等。

　　在最近三十年内，汉语和英语世界中关于此课题的研究著述已经达到一定数量。研究者注意力多集中在"什么是"问题上，即有哪些美国诗人翻译和吸纳了中国诗歌，包括中国诗歌所代表的中国文化和哲学内容等；而少有人把研究问题设为"怎么是"，即吸纳了中国诗歌元素的美国现代诗歌究竟达成什么样的修辞学和诗学效果，这些诗歌对诗人自己和读者产生的作用如何？而且，即使对"什么是"这一问题的讨论，目前也鲜有人问"什么不是"，即中国诗歌对美国诗学的影响的限定在哪里？什么作用真正和汉诗有关？因果关系有多么坚固？这些疑团必须解开，否则研究很容易陷入盲目和虚幻，被主观臆测以及零星旁证左右的被动境地。主观意识产生的诠释能力往往强大到具有压倒推理分析的潜在危险。如果单凭中国古诗和某些美国现代诗之间的"相似"，或者观察有何种中国元素，如句法、用词、意境等融入美国诗歌，而忽略美国诗人在翻译和改写中有意识/下意识放弃的成分，则难以构成对研究事物的完整理解。例如，庞德在 1915 年写给哈里特·蒙罗（Harriet Monroe）的信中写到，他努力要"让艺术得到应有地位，作为普遍接受的准则和文明的灯火"（to set the arts in their rightful place as the acknowledged guide and lamp of civilization）①。这段话和"为往圣继绝学"有一定相似性。但如果认为庞德当时阅读了北宋明儒张载论述之后而发此言则过于武断。

另一种倾向是在研究中美诗歌交互活动中把目光专注于庞德单独一位诗人。庞德对中国诗歌译介的贡献毫无疑问是巨大持久的。艾略特将庞德当作是"我们时代中国诗的发明者"②。这是权威诗人做出的权威论断。当对这一时期的文学转型和诗歌交流认识尚浅之时，仅以庞德一位诗人论事是一种方便，也多少出于无奈。实际上，根据萨义德在半个世纪之后的观察，岂止几首汉诗，整个东方本质上而言都是欧洲的发明③。如今，学界广泛认为美国诗歌现代化运动是具有多重流派、多个源头的思想革新。过于突出庞德造成的认识缺陷至少体现在两方面：忽略庞德身前（如休姆）、身后（如威廉斯）和身边（如洛威尔）的人物以及他们对中国诗歌在美国的接受和传播所产生的作用。庞德在众多诗人队伍中出列的结果，是让他的诗学实践诸如并置、零度风格、直接描写物体的做法与流行于他同时代诗人中的思想运动脱节，这些做法夸大并最终歪曲中国诗歌对庞德个人，乃至对美国诗人整体产生的影响。根据休·肯纳（Hugh Kenner）的观察，即便没有庞德和费诺罗萨，汉诗也会

---

① Pound & Paige，1971，p. 48.

② Eliot，1928，p. 14.

③ 翻开萨义德《东方学》(*Orientalism*)正文第一页就能读到这句话：The Orient was almost a European invention，and had been since antiquity a place of romance，exotic beings，haunting memories and landscapes，remarkable experiences... 见 Said，2003，p. 1.

对当时的自由诗运动以及文学审美发生重大影响①。

其次，将现代化运动中所有英汉诗歌交流的主要源头归结到一个人，势必生成如下潜台词：从某种意义上来说，中国诗歌在这一阶段突然流行有理由被认为是一种偶然和巧合。如果庞德在1912年未能接触到费诺罗萨的遗稿，那么历史将会怎样演进？如果接触遗稿的不是庞德，若费氏遗孀将文稿托付庞德身边的其他同样在进行意象主义创作实践的诗人②，那么现代主义运动会产生何种变化？对这些问题的严肃研究超出了本书范围，但这些问题本身至少说明，中国古诗在美国诗歌现代化过程中起到激发作用，它作为一种"外在"，必须被"看见"才能产生作用，成为影响整个运动的"契机"。而契机本身在进入之后则面临退居二线，被发展潮流边缘化的宿命。这与实际历史发展相当吻合。

试图对这场运动获得真实的理解，注意力当投放在"英美诗歌发展的必然趋势"上，而非单纯去讨论或者发掘中国诗歌本质如何，或者简单罗列美国诗人勤奋和错误的翻译，如何在诗作中提及中国和使用中国元素。笔者相信"中国诗歌的本质"或者所谓"中国元素"乃是不定的概念，容易受到观察者的认识

---

① 原文是"composition *à la mode chinoise* was one of the directions the *vers-libre* movement，guided by current intuitions of beauty，was fated to explore had there been no Fenollosa and no Pound"，见 Kenner，1971，p. 196.

② 庞德1914年所编的《一些意象派诗人》(*Des Imagistes*)便收录了阿伦·厄普沃德(Allen Upward)、弗兰克·弗林特(Frank Flint)、理查德·阿尔丁顿(Richard Aldington)、弗莱契以及威廉斯等人的作品。

角度与个体倾向的影响。发现中国诗歌的普遍特点，汉诗英译的常见偏误，以及洋溢着中国风的诗歌元素是容易的，但发现只是认识的第一步。中国古诗本身的创作、结集、诠释早已完毕，是"死的书本"，而现代化运动中的美国诗人尚处在发现、理解和驯化其他文明诗歌进行之时，是"活的作者"。因此，在分析研究美国诗人对中国诗歌的接受之前，若试图清楚辨析为什么这些诗人出于机缘巧合邂逅中国诗歌——来自半个地球之外、历史上千年之前、文化和思想上相似之处甚少的文学作品时，能够在较短时间产生与诗学输入不相称的兴趣和灵感。尤其是这次事件发生的历史大背景乃是美国或者整个西方世界正处于现代化的黄金时期而中国传统文化的经典大厦正在被外部和内部合力解构或者拆除的 20 世纪初，则当从检查"看见"事件的关键人物在尚未直接接触到可读的中国古诗之前的思想状态和认识取向入手①，目的是获悉美国诗人"看见/观看"中国古诗时抱持的观点，"看见/观看"之后的反应，呈现观看的后果和后果背后的原因，即对诗歌现代化运动造成广泛影响的思想源头，同时也尽可能在论述中降低本书作者自身的主观性，与"论从史出，论从实出"的理想保持一致。

---

① 事实上，庞德在看到费氏遗稿之前，早已多次造访过大英博物馆。因此他的确已经看过众多题写在绘画和器皿上的中国古诗。只是当时对他而言尚"不可读"或者不可详读。详见 Holaday, 1977.

第一章 相见之前：现代主义思潮
下的休姆、庞德和洛威尔

避开因果关系不谈，在 20 世纪第一次世界大战前后进入英语的中国古诗和美国诗坛当时的意象派运动之间，前者对后者的激发和促进是无可争议的。庞德是意象派运动的主要发起人和思想领袖之一。洛威尔后来夺走了领导地位，并编写了数本关于意象派诗人的诗选，完成意象派原则的确立和主要诗人经典作品的集结。休姆对庞德和洛威尔创作思想都有重大影响，艾略特称赞他写出了"最优美的英文短诗"①，他身边的意象派是"通常和习惯上认为的现代诗歌的发起者"②。三人都是诗歌现代化运动中行动较早、影响力较大的几位诗人③，而且都围绕着意象展开自己的诗学探索，因此有必要将他们放在一起互为对比和参照。休姆不幸在第一次世界大战中丧生，庞德和洛威尔有缘见到并将中国诗歌翻译成英文，庞德获得费诺罗萨遗稿之后著有《神州集》，洛威尔随后追赶，著有《松花笺》。两人都不懂中文，但作品出版后都引起了相当大的反响。洛威尔曾经湮没无闻一段时间，在 20 世纪六七十年代作为美国诗歌现代化运动中为数不多的几位女性主义代表之一重新受到关

---

① Eliot，1924，p. 231.

② Eliot，1965，p. 58.

③ 由于休姆在"一战"中英年早逝，生前发表诗歌仅有六首。但他既然不辜负艾略特盛赞，就配得诗人名分。艾略特对休姆诗人地位的具体评价见 Eliot，1924.

注。通过观察休姆、庞德和洛威尔在现代化运动开展之初的诗学理念，有助于理解中国古诗英译之后种种遭遇的深层原因，也可以具体全面地把握美国诗坛接纳中国诗学的方向和维度。

美国诗歌现代化运动发端于 20 世纪初，繁荣于第一次世界大战和第二次世界大战之间。在第二次世界大战结束以后，这次运动领军人物都已完成或者接近完成自己的代表作品，发展出各种与维多利亚诗风迥异的创作手段和诗学理想，在世界文坛，更重要的是在美国文坛奠定了美国诗歌的应有地位，评论界也确立了新世纪（即 20 世纪前半叶）的经典作品，现代化进程因而告一段落。这次运动构成美国诗歌第二次历史集结。第一次历史集结以爱默生、惠特曼和狄金森等诗人为标志。他们的诗作，如惠特曼坚持使用第一人称和自由体，广泛描写美国内战和工业化进程等重大历史变革却不以英雄人物为观察出发点，在形式上不为律诗固有音步和诗节所拘，依靠咏叹调般重复平衡的节奏展开文字叙述；狄金森从生活小处着手，在平凡和日常中引出诗意，不回避思索生死大事，却在文字上克制婉约，押半韵，工句读，摒弃五步抑扬格，以普通格律（四步抑扬格＋三步抑扬格）为结构基础写出充满思辨、个性鲜明的诗行。然而随着 1892 年惠特曼辞世，美国诗歌陷于停顿。流行一时的绅士派后来被批评为为迎合大众口味和市场销售而作的蹩脚作品①，大多是对英国成名诗人的庸俗模仿，以牺牲失去创新意识为代价地遵循经典形式，内容更是空洞乏味，和时

---

① Rubin，2006.

代生活关联甚少，几无可取之处。当时在哈佛念书的斯蒂文斯发现："所有的诗作都已完成，所有的绘画都已完工的说法人尽皆知。"①

　　这种局面在 20 世纪第一个十年前后被打破。艾略特有言："无论在英格兰或者美国，没有任何一个处于高峰期的在世诗人有作品能够为有心追求新风格的年轻诗人指明道路。"②苦于在国内无法发表作品，难以挣脱美国高雅文化在思想上的封闭性和理论上的相对滞后性的束缚，一大批受探索精神驱使的美国新锐诗人为寻求突破纷纷东渡欧洲寻找灵感。而后出于机缘巧合，也有一部分经熟人介绍，相逢于异国，主要是巴黎和伦敦，或自创杂志、或自己出资印刷作品，讨论诗作和诗学，拉开了现代诗歌发展的帷幕。这个时期的诗人，以庞德、艾略特和斯蒂文斯等为代表，他们立志成为"严肃艺术家"（庞德语），不屑与国内的"冒牌艺术家"为伍，积极探索各种诗歌创作方法，从各族各国各时期文学中寻找范式，以期写出能够真正表现美国生活，把握时代脉搏的诗作。他们相信作品的成功并不完全依赖一次灵感闪现、一次心灵顿悟。在细致观察自然和社会并且反复试验和修改以后，方可书写真性情。坚实而理性的诗学方法和技巧要强过并且取代虚无夸张的诗兴和情绪。作诗文和做实验颇有相通之处："四十次试验皆以失败告终，他（诗人）费时无所获，第四十一次或者第四百零一次将元素组合在

---

　　①　Stevens，1957，p. 218.
　　②　Eliot，1965，p. 58.

一起，奇迹发生。"①和前辈惠特曼等相比，这一代诗人拥有对自然和社会更加敏锐的观察力，有机会邂逅并用更为开放的眼光看待异于英国中心和欧洲中心的文艺与文学，他们所经历的社会变革也前所未有地深刻和多元。

1910 年前后意象派几位代表人物的活动开始频繁。稍早有 1908 年休姆在伦敦成立的"诗人俱乐部"（Poet's Club），稍晚有 1912 年哈丽特·蒙罗在芝加哥创办的《诗刊》并邀请旅居伦敦的庞德担任海外编辑。休姆作为一名涉猎广泛且热衷于集会和团体活动的年轻人，在 20 世纪初始时期的伦敦结交并影响了数名现代主义诗歌运动的重要人物，对整个 20 世纪思想界影响深远，在 20 世纪的早期即被赞为"一位新的思想态度先行者，如果 20 世纪将会拥有自己的思想，当为此公。他的思想当为 20 世纪之思想"②。虽总带有一种青少年的鲁莽和浮躁，休姆在当时诗学断层年代，也包括后来半个世纪，果真启发了众多立志革新改变的诗人。从庞德为代表的意象派，到威廉斯的现代派，再到查尔斯·奥尔森（Charles Olson）所属的黑山派，都从他的呐喊中得到指引和参考③。因此他的诗学主张对理解现代诗歌意义重大。

休姆是"诗人俱乐部"的创始人并亲自起草了俱乐部章程。

---

① Pound & Cookson，1973，p. 110.
② Eliot，1924，p. 231.
③ Thacker，2006，p. 18. 休姆对现代化运动究竟是主要推动者，或者仅是一个摇旗呐喊者，学界观点并不统一。其他观点见 Hulme & McGuinness，2003，前言部分。

成员都是当时文坛的小字辈，有的刚到伦敦①，文坛地位远未确立。即便如此，他们并没有把自己的眼光局限在自己的小圈子、小情感当中，也不认为现阶段的青年诗人应该满怀热情去学习前辈的创作技巧。相反，他们坚信自己掌握了时代的脉搏，自己的诗学才是时代发展方向的指引。于是敢于把一篇短小平实，不足四千字的论文冠名为《现代诗歌讲座》（"Lecture on Modern Poetry"），在俱乐部聚会时宣读。这不仅是他自己的诗学理想，也是现代派诗学思想发展的前瞻性呐喊②。字数不满四千，听众不过十数人，但演讲无疑是划时代的。和近一百年前布赖恩特的《诗学讲义》根本不同。作为一名心潮澎湃的年轻学者，他按照自己对诗歌，包括古典和现代诗歌的知识，结合当时前卫艺术思想和手法，提出新诗学主张。虽然受篇幅和文章本质所限，在很多关键点上并未展开，也没给这场即将拉开序幕的诗学运动提出一个响亮的口号（这些后来由意象派代表人物庞德和洛威尔完成），但这篇短文成功地用通俗笔调指出现代主义诗人和前辈的根本区别，勾勒现代诗歌发展的蓝图和愿景，试图扫清诸多意识形态和创作思想上的障碍。

　　首先，休姆用晚近人文科学发展和自然科学发展成果作为暗喻，讽刺如果在新的时代作诗仍然要围绕"灵魂""宗教"等浪漫主义观点，则和中世纪科学家在无力解释事物现象的本因时

---

　　①　有两位来自爱尔兰的艺术家是约瑟夫·坎贝尔（Joseph Campbell）和弗洛伦斯·法尔（Florence Farr）。见 Fletcher, 1945.

　　②　休姆的《语言和风格笔记》的出现事实上要早于《现代诗歌讲座》，但十分散乱，故在此不论。

将肇始归为上帝一样荒谬可笑。诗学构建在如此思维方式之上，无论结构多精妙，技法多华丽，终归是唬人的伎俩。他比喻说，上一个时代赋予诗歌的形式有如蛋壳，曾经十分重要，但对于即将破壳而出的新思想是一份彻底的累赘。新思想已具有生命（"has become alive"①），急待发芽。他大胆预言，以格律、音步和诗节为写作形式，以宏大叙事和情绪感受为主线的旧诗都一定而且必须被新世纪抛弃。

和前辈相比，现代诗歌依然讲究技法但不醉心于技法，更不会为技法所困，因为他们从认识论上相信人的不足、有限和不完美。这种看法最终促使休姆回归古典主义，"甚至在最富有想象力的、最奔放的思想中也总有一种遏止、一种保留"②的古典派。正是这种有限，使诗人避免了放纵才学去追求无限的徒劳痛苦。无限既不存，"完美""绝对""永恒""超越"等思想观念当休矣。诗作不是一千零一种表达的那一个完美，而是一千零一种表达的其中一个③。诗人当坦然面对"相对"，创造"一般效果"而不是"完美形式"。更重要的是，在包含诗歌在内的所有艺术形式中，艺术家当追求"对个人和私人表达的最大化，而非成就绝对美好"。

跳出律诗窠臼，告别用耳听或者用口读的声学效果，现代诗偏重观看和阅读体验，更像是雕塑作品，可以用全新方法和

---

① Hulme，1938，p. 270.

② Hulme & McGuinness，2003，p. 71.

③ 休姆的说法和庞德的化学实验一说颇有相通之处，虽然此时两人并不相识。

视角去接近，真实具体捕捉现代生活和情绪。站在 20 世纪的门槛，休姆便已洞见，在接下来的整个 20 世纪，视觉文化和视觉性将成为现代诗歌的主要理想。当然他不可能知道，当代（21 世纪早期）诗歌对声学效果逐渐回归，完成美学偏好的大周期摆动。现代诗理想模式，在他看来，行文采用并置手法，用诗行为单位，让读者能够迅速直接地观看作品中的具体且实在的意象，随后并置诗行，呈现当时诗人头脑中"一瞬即逝的表达和交流"。之所以强调感受的瞬间性，皆因诗句本当用直接语言凝成，回归并还原意象进入视野或者心田时，诗人作为意识主体在第一时间的反应和激动。这种激动与聚集在符号周边的社会化情绪和阅读意识习惯的美学表达绝缘，回避那些诸如"墙垛般的云彩"和"连绵起伏的大海"之类的陈词滥调，第一次接触尚有艺术美感，但被后人反复拾起，即便是改换形容词和句法的重复也只是越发暴露了语言贫乏，让人生厌，都必须让路于正确的、精细的和明确的描写①。诗行长短视内容而定，随作者思想起伏，每一行诗不必依赖其他诗行，不必非放置在文字组成的矩阵中不可，自身便是一个完整的诗学结构。现代诗是独立的诗，也因此是自由的诗。同时，"自由诗"（vers-libre）本身也是一种形式，属于诸多创作手法中的一种，不妨被视作第一可能，但绝不能被看作是唯一可能。诗人有必

---

① 后来他将这种风格总结为干练和坚实（dry and hard）并认为现代诗人的任务是复兴古典主义诗歌。见 Hulme, 1924, pp. 113-140. "墙垛般的云彩"的说法原文是 Old, faded expressions like "battlemented clouds," and "mountainous seas," are *cliches*，出自 Lowell et al. , 1917, p. 241.

要从思想上提防为了追求诗的自由而必须投靠"自由诗"的思维惯性，否则有关"诗的自由"的向往和努力都是奢谈。

沿着这条思路，休姆发展出关于意象的观点，并且将韵文（verse）在现代化运动中的地位放置于散文（prose）之上。意象观点显然启发了庞德，对散文的看法也促进洛威尔用复调散文，一种介于韵文和散文之间的文学革新去进行现代写作/翻译。他认为，既然创作诗歌的关键是"与现实具体接触的交流"①，诗人则必须使用一种"可见且具体"（visual concrete）的语言而不是"符号式语言"（counter language）去建造他的作品，诗歌的主要着眼点是想方设法超越常见写作思路、观察方法以及表达路径的局限，让知觉活动直接面对观察对象，也让读者能够看到具体、真实的物质事物（physical thing）②；另外回避抽象情绪或者心思，以免读者/诗人的思想从具象退回抽象。意象的作用不仅是将诗人和读者与现实观察的具体事物捆绑在一起，也能够阻止（至少他希望是）诗歌语言折旧磨损，堕入寻常表达，混入抽象辞藻之中从此再也无法保有任何诗性的能量。这通常是散文的归宿。在他眼中，"意象不仅是装饰，它

---

① Hulme，1924，p. 167.

② Ibid.，p. 134 笔者认为，休姆所言的 counter 接近后人常说的符号（sign），依据是 In prose as in algebra concrete things are embodied in signs or counters.（p. 134）World is indescribable，that is，not reducible to counters；and articularly it is impossible to include it all under one large counter such as "God"or "Truth"and the other verbalisms' or the disease of the symbolic language（p. 221）. 当时的语言学家和哲学家常用到"counter"。费诺罗萨也提到 counter。见 Fenollosa，et al.，2008，p. 45.

乃是直觉性语言的本质"。直觉性语言是现代派对于当时占绝对统治地位的逻辑性语言和分析性语言的反抗。值得注意的是，"直觉"并不完全代表心灵（heart），也不能简单归结成感觉（feeling）①，它是现代性的主要特性——多样复杂性——的当然产物。已经察觉到现代性的复杂本质只有用多线性复调陈述方法才能把握，无怪乎对他而言，从具象到抽象的过程是退步而非其他，反映了现代主义在认识论上的鲜明特征，也为美国诗坛接纳中国古诗/汉字，一种高度具象的诗歌形式做出观念和方法上的准备。

　　1908 年底，休姆将"诗人俱乐部"成员的作品集结成册发表。其中《秋》被视为最早的意象派作品②。

Autumn	秋
A touch of cold in the Autumn night—	一缕清寒在秋夜中飘荡
I walked abroad,	我漫步出门
And saw the ruddy moon lean over a hedge	见一轮红月倚在树篱上
Like a red-faced farmer.	如同一个红脸膛的农夫
I did not stop to speak, but nodded,	我没有停下来言语，只是点点头
And round about were the wistful stars	四周布满沉思的繁星
With white faces like town children.	那白皙的脸，犹如城里的孩童

（裘小龙译）

---

　　①　对休姆关于"直觉"的详细看法，有兴趣的读者可以阅读《纷繁复杂的哲学》（*The Philosophy of Intensive Manifolds*），来自 Hulme，1924。

　　②　弗林特的观点。这篇文章 1915 年 5 月发表在杂志《利己主义者》（*The Egoist*）上，名为《意象主义历史》（"The History of Imagism"），见 Flint，1915。

这首诗的汉译有不少问题。首先英文原作中并没有"布满"字样，因为"一轮红月"和"四周布满繁星"在天文物理学上是矛盾的，自然界要么"月明星稀"，要么"月黑风高，繁星满天"。其次"wistful"表示孩子们渴望和渴求的眼神，而非"沉思"，它明显不符合描写对象的特点。

休姆的意象十分新颖，虽然描述对象是天体——19 世纪诗歌最常见的描述对象之一。他观察到月亮刚升起来颜色发红①，但拒绝采用将红色的月亮比作美人这种浪漫年代常见的处理手法，而选择"红脸膛的农夫"，为诗作连接到特定的社会阶层和美学指向，也带出"我"所处的周遭环境。用白色给星星着色的做法虽常见，但将白色的星星比作城里孩童的脸多少有些新鲜。诗人有机自然地关联各个意象，"欲言又止"的克制让人惊讶：乡下的农夫和城里的孩童是一对具有一定张力的对立，但放在整个诗作中却不具有明显的语义建构，隐藏在张力之下的表意欲望难以明辨，未试图给两种颜色涂抹上不同的感情色彩或个人喜好。秋天除了一丝凉意，既无叶落之秋悲，亦无收获之秋喜。红色月亮和白色星光更多的是一种自然，回归到事物(秋、月、星)给人的第一印象。将月亮和星星联系起来的纽带并非天空，这是浪漫派的常见套路，而且是两个明喻——"脸"或者"脸膛"，脸之于人，是表达情绪、辨别身份和展开对话的部位，是对话交谈能够进行的重要保证：交谈时看不到脸，几乎不会对着其他器官说话；面对面交谈时看不清对

———————————

① 月亮在地平线上或月食之时颜色发红是自然现象，这符合"倚在树篱上"的描述。

方的表情脸色，也很难将交流持续下去。脸的另一个功能，就是能够凸显诗作中的"我"在进行一个明显动作"看"，看的结果"见"，以及看见以后的故事。诗人透过文字，让读者看见了"星星""月亮"，也同时让这些有生命的物体看到了自己。可是看到脸以后，"我"却选择不语，"只是点点头"，把意义建构和诠释的权利交给读者。

　　这首诗除了在意象的营造方面启发并引领了后来者，在语篇和气韵的铺排上更独具风格，诗歌结构中隐含了现代诗歌有别于先前时代诗歌的重要特征：在放大感知细节的基础上拒绝高潮。试将诗句顺序稍作调整，中间一句放到末尾：

秋

一缕清寒在秋夜中飘荡

我漫步出门

见一轮红月倚在树篱上

如同一个红脸膛的农夫

四周布满沉思的繁星

那白皙的脸，犹如城里的孩童

我没有停下来言语，只是点点头

　　整首诗意思变化甚微，狄金森式的"反高潮"手法却更为明显：在出门漫步一番之后，在观看到有生命天体之后，诗人居然无话可说，或者选择沉默不语。在完全从周遭环境抽离之前，"颔首无言"在人类世界是"心照不宣"的典型做法，那么诗人究竟出于何种原因，在秋夜和"红月、繁星"碰面之后如此作为，让人期待的高潮在结尾并未到来。给读者留下清新意象之外，并无其他，也不关涉作者自身审美以及好恶，更和内心世界无关——沉默的另一个原因。这便是诗歌现代化进程中提倡的"精确的呈现"。未曾接触到汉诗而能写出这样的文字，客观上说明当时尚处于萌芽阶段的意象派于中国古诗之到来已有所准备。

这首诗和诗人其他诗作一样，在处理作者主观参与程度方面高度符合《现代诗歌讲座》提出的"带着试探性，半含羞涩地观看事物的方式"①，用规律的韵步和韵格去表现则贬为牵强。休姆此时尚不知道，他即将认识的一位朋友——受日本俳句影响的诗人弗林特，已经从日本诗歌中看到了"言半"（half-said）暗示手法的魅力②。当然，并不是说他的作品只有意象美而缺乏韵律美。评论家斯蒂芬·斯威夫特（Stephen Swift）在《回击》（Ripostes）封底赞扬诗人用"颇为新奇的韵文形式达到了高度的韵律美"（great rhythmical beauty in curious verse-forms）③。例如，最后一句"With white faces like town children"，在喻词 like 的左右两边均衡放置了三个音节，两部分在音步上都是抑扬抑格。也有人观察到这首诗借鉴了威廉姆·亨利（William Henley）的《仲夏夜半的天空》（Midsummer Midnight Skies）里的意象"The wistful stars, Shine like good memories"。两位诗人的星星都是"Wistful"，但休姆偏重视觉效果，选择让人

---

① Hulme，1938，p. 267.
② Martin，1967，p. 147.
③ Pound，1912，backcover.

物角色去唤起心里的图像（town children），而不是唤起对过去的回忆①。

　　这本诗集出版后受到弗林特的猛烈批评，包括苍白的遣词和整个俱乐部在文学上的保守。与之争辩后，休姆发现两人的思想和主张其实颇为相似，特别是弗林特一些最原始的关于意象的看法。休姆发现自己一手创办的"诗人俱乐部"在诗学革新方面已经落后，他在1909年初即退出"诗人俱乐部"，转而和弗林特以及其他几位志同道合者另组成一个小团体。弗林特后来撰文，断言该团体是意象主义思想的主要源头，他们关于日本短歌和俳谐以及法国自由诗的讨论明显启发了不久之后加入其中的庞德，让他不但接触到了不同于西方世界的另一种诗歌，也促使他将注意力从中古法语行吟诗歌转移到现代法语象征主义②。

　　庞德，一个半年前带着自己出钱印刷的诗作，刚从美国来到伦敦的年轻人，很快被休姆对诗歌和其他类别/国别艺术间交互影响的敏感性和一心要埋葬上一个时代诗学、抵抗文字功利化的冲动所吸引。他和休姆1909年早春在伦敦埃菲尔铁塔餐厅（Tour Eiffel Restaurant）第一次会面，满怀激动地朗诵了自己的六节诗《阿尔塔佛特》（Alta forte），将桌上餐具都震得

---

　　①　Martin，1967，p. 165.

　　②　弗林特这篇1915年五月发表在杂志《利己主义者》（The Egoist）上的名为《意象主义历史》（The History of Imagism）的短文的公正和客观程度都是被质疑的，盖因此时的庞德和洛威尔已经公开决裂，庞德宣称意象派已死，而弗林特站在洛威尔一边继续进行意象派运动。详见Moody，2009，pp. 224-225.

发抖，给同时在场的诗人弗林特留下了深刻印象①。抵达伦敦以后的一两年内，庞德有机会观览伦敦大英博物馆丰富的藏品，接触伦敦文化圈里最前卫的文艺理论和许多著名或者将要成名的诗人，包括亨利·詹姆斯（Henry James）、福特·马多克斯·福特（Ford Madox Ford）、休姆、温德姆·刘易斯（Wyndham Lewis）和叶芝等。庞德通过在大西洋两岸出版诗集和文学评论，包括《人物》（Personae）、《狂喜》（Exulta-tions）、《浪漫精神》（The Spirit of Romance），拜访各类艺术家如沃特·拉梅尔（Walter Morse Rummel）、约翰·昆因（John Quinn）等②，将当时流行的前卫艺术观点结合自己曾经认真研习过的中世纪诗歌，如普罗旺斯行吟诗人以及近代的威廉·莫里斯（William Morris）和阿尔吉侬·斯温伯恩（Algernon Swinburne）的作品，逐渐形成了意象主义观点③。在 1912 年提出"意象主义"口号，标志着他个人早期诗歌风格基本成熟，随后关于意象主义的诗作、刊物和评论纷纷登场，美国诗歌现代化运动第一次主要运动正式拉开序幕。

"意象派"这一词是庞德向蒙罗推荐杜丽特尔（H. D. ）时灵感突发创造的。创办于芝加哥，由蒙罗担任编辑的《诗刊》是这次运动的核心刊物，庞德作为旅居伦敦并开始崭露头角的年轻美国诗人为这份刊物供稿并担任海外编辑。这封 1912 年 10 月从伦敦寄给蒙罗的信充满兴奋地写道："我的运气又来了，寄

---

① Ruthven，1990，pp. 43-44.

② Nadel，1999，p. xix.

③ Beasley，2007b，p. 5.

给你一位美国人写的现代的东西，尽管它的主题是古典的，但文笔是意象主义的简约语言。"①诗人早在 1908 年给威廉斯的一封信中便隐约觉察到和后来意象派原则类似的处理方法②。时隔四年之后他再一次用非正式语调匆匆勾勒出想要给蒙罗推销的意象主义："客观——没有游移；直接——没有过度使用的形容词，没有不证自明的比喻。它就是直言不讳，直如希腊文！"③（Objective—no slither；direct—no excessive use of adjectives，no metaphors that won't permit examination．It's straight talk，straight as the Greek！）

即使后来有人认为庞德提出"意象主义"不过是一种"推销策略"，源自一时冲动和灵感制造的噱头：给 H. D. 的诗作贴上如此标签不仅让她的诗作显得更加现代前卫，更能让编辑蒙罗以及其他评论家认为此前默默无闻的 H. D. 乃是一个新兴诗歌派别的代表人物从而对她另眼相看，间接提高受众对这位诗人的接纳程度④。但不可否认，即便庞德说他得到这些作品颇为不易：若不是坚持，自己根本见不到这些作品。潜台词则是：要不是我庞德坚持，你蒙罗也定然和如此具有划时代意义

---

① Pound & Paige，1971，p. 45.

② Pound，Witemeyer & Williams，1996，p. 11. 原文是 1. to paint the thing as I see it．2. Beauty．3. freedom from didactisism[sic]．4. It is only good manners if you repeat a few other men to at least do it better or more briefly—utter originality is of course out of the question.

③ 对古希腊文具有"简约具体"特点的看法在庞德写信时代相当流行。艾略特对吉尔伯特·穆莱（Gilbert Murray）的古希腊译文的看法可作为参考。见 Eliot，1921，pp. 64-70.

④ Materer，1996，p. 17.

的作品无缘。你看我多有眼光而且对你这份创办不久的杂志多
么上心①。庞德极其锐利的鉴别/预测能力也确实经受了历史
考验，尽管多少有些唐突和自我。进一步说，庞德这一步棋的
成功让他相信，无论大众对于文学形式和诗学表达如何陌生，
只要能先激起足够兴趣，则可容艺术家在后来年月进行补充和
提升。反之，如果公众和批评家不感兴趣，诗人任何努力皆付
之东流。这份知识或者说这种看法的建立直接影响庞德对《神
州集》的翻译方法：他在题材上有意选择当时人们较为容易接
受的影射战争的离愁和孤旅，在语言形式上敢于出新出奇，和
同时代的汉诗英译有相当差别。精明策略让他后来被赞为"中
国诗歌的发明者"②（the inventor of Chinese poetry）。注意，
庞德是"发明"而不是"发现"了中国诗，盖因在他之前，汉诗翻
译已经有不少先行者。但受众范围狭窄，影响有限。

　　果真不久之后的作品，包括发表诗作的《诗刊》，很快吸引
了相当关注，包括很多严肃评论家在内。意象派成为一个流行
词，被很多同时代知识分子视作诗歌发展的新方向：庞德诗学
主张最为前卫的方面在于他能够也敢于在"诗的意思"之外提出
"诗的意象"，或者说让诗歌的视觉和听觉效果占据主导地位，
至于诗歌究竟在描述怎样一个故事已经成为次要。诚然，用文
字在读者脑海中营造一幅场景或者一系列场景的做法毫不稀
奇，从诗歌诞生之初，就是对世界，无论是内心世界或者客观

---

　　①　蒙罗创办的杂志全名是《诗刊：一本韵文杂志》（*Poetry：A Magazine of Verse*）。每月一刊。创刊号是 1912 年 10 月号。
　　②　Eliot，1928，p. 14.

万物的再现。庞德用类似于后来他提出的日日新（make it new）的新锐和独到向读者揭示①，过去用于描写事物的手法已经深受形容词拖累，和作者原本试图表达的事物与情绪渐行渐远。况且形容词十分不可靠。他认同休姆的看法，形容词对于它所描绘的事物（thing），很容易像衣服一样随着岁月流逝和潮流更迭变得破旧过时。更深一层来讲，形容词大量重复使用既是思辨精神不在场的理想证据，也是批判态度被消磨后的合理结果。出于习惯并且习惯地将形容词和目的事物捆绑在一起过度夸张了形容词的覆盖能力，超越界限之后反而遮盖或者替代了事物本身（things themselves）。当"语言"被压缩和消磨成为"言语"，只在实用层面运作，那么庞德清楚地感到一股"滥用"和"误用"的思潮正在 20 世纪现代化蓬勃之际泛滥，最后会导致语言失去效力和目的。

意象派或者意象主义这种说法正式在文坛出现之前，庞德和休姆等现代派对"事物"的执着和对文本修饰的不信任已经开始萌芽并有了相当大的发展，后世学者甚至认为这段时间发生了"真正的革命"，其变革深广程度实际上超过了所谓现代到后现代的改变②。等到接触了费诺罗萨笔记之后，特别是看到费氏对中国字能够不花费任何额外努力，达到"见字即见事"，并

---

　① 在 *Make it New* 一书的封面，"新，日日新"的大号汉字赫然入目。"日日"这种重叠词构建意思的方法在汉语中，无论是古代或现代都很常见。对庞德而言，本身就是一种并置手段。最妙之处是脱离了形容词"每"，高度契合避免形容词的诗学主张。

　② 蒙罗，2007，p.6.

了解到汉字字形和历史、符号和本体未曾割裂的特点之后，庞德对现代工业文明带来的、套路和模式充斥的语言越发抵制。为了实现某种实用目的和效果而产生的语言都具有容易理解和通顺的特点：容易生成也容易理解；可以顺利地被读者接受也顺利地被忘记。他希望现代诗或者他心目中的意象派，能够反潮流而动，洗净事物表面被低劣形容词涂抹得不堪目睹的铅华，不仅在诗歌方面，甚至拓展到整个文学领域。在《阅读入门》(*ABC of Reading*)中提倡文学应该如新闻一般永远保持新鲜和冲击力(Literature is news that stays news)，从某种意义而言这与费诺罗萨对中国文字的理解遥相呼应①。

庞德向蒙罗推销的诗作要到第二年，即 1913 年的 1 月才被刊登出来。所以"意象派"(Imagiste)一词第一次出现在印刷物上，场合是庞德在诗集《庞德的回击》(*Ripostes of Ezra Pound*)上以附录形式发表《休姆诗歌全集》(*Complete Poetic Works of T. E. Hulme*)时书写的开场白。此时意象派运动尚处于萌芽阶段，庞德并未具体指明究竟意象派旗下已经聚集了哪些诗人，或者意象派有哪些具体的诗学主张。仅在诗学传承上将这些身影尚且模糊的意象派诗人与印象派以及后印象派区分开。他相信意象派比后两者对外部世界的视觉呈现的改造更

---

① Pound，1991，p. 29. 费氏个人认为中国文字能够如图像般可见，和欧洲语言相比，它吸收了来自自然界的诗性物质，"保持诗性原创力"的活力和生动让费氏高度赞赏[retain its original creative quality of poetry with far more vigor and vividness than any phonetic（European）tongue]，Fenollosa，et al.，2008，p. 96.

加系统和彻底，通过继承那个来自三年前，即 1909 年的被人遗忘的流派①，将要超越包括印象派和后印象派在内的所有流派，打开一个新时代。

对英美乃至世界诗坛造成深远影响的意象派第一次从观点主张凝成铅字的机缘居然是通过如此不起眼的小诗集，发行《回击》的出版社在一个月以后，即同年 11 月就以倒闭告终。庞德本人只是提到"意象派"和"意象"的字眼各一次。完全不是那个在蒙罗面前大力推销意象派如何先进的庞德，不能不说是历史的吊诡之处。笔者认为，他之所以少说，并非"没得说"，很可能是"等等再说"，即意象派究竟在哪些方面和前辈以及同时代的艺术潮流如印象主义有何本质区别，对于此时的庞德而言尚是一个不十分明确的疑团。意象派诗歌在庞德书写这段文字之时，仍处在萌芽阶段。《回击》的书稿是 1912 年 2 月交付出版社的，沿着这条时间线，从 2 月到 10 月，从最初迸出的几个字眼到后来相关原则的逐渐成形，不难推测庞德不断在思考关于意象的主题和创作原则的问题。通过和休姆以及其他诗人接触与讨论，他对意象派观点的主要路线延续了休姆关于不沾修饰的准确呈现的论调，对使用修饰语持谨慎怀疑的态度，以及着力描写物体本身，放大物体的视觉细节，而不是观看物体所获得的印象。他在《回击》中就用了板岩蓝（slate blue）和覆盆子色（raspberry coloured）附着在两种具体事物上的后印象

①　应该是 1909 年初休姆离开"诗人俱乐部"后和一些志同道合的朋友组成的一个诗人小团体，休姆称之为"分离俱乐部"。见 Beasley，2007b，p. 34.

派颜色去比照"猪是粉色，开在山坡"的印象派诗句①。

这本书的出版同时也暗含了庞德和休姆之间的争执与分歧。庞德说他本想出版一本《历史回忆录》以纪念意象派的前辈，然而休姆并不同意，还说如果庞德胆敢这么做，他就会出版"早先的宣传材料"②。这段话让局外人听起来多少有些不解。身为局内人的弗莱契心里倒十分清楚。他知道庞德和休姆之间的嫌隙由来已久。主要原因是后者认为前者盗用自己的原创观点，而庞德认为自己已经在公开场合和出版物上充分肯定了休姆对自己的影响。弗莱契感觉两人关于对方的看法都不全面，虽然一直没有闹翻，但表面的客气背后隐藏着纷争③。

思想和学术交流活跃频繁，美学态度开放亢奋的大背景，已经为费氏遗稿登场做好了准备。庞德已经开始下意识或者无意识地使用新词，尽管某些新词代表的思想此时在他脑海里是受抵制的。板岩蓝和覆盆子色是相对的新词，他在《意象主义诗人的几个不要》里用到的"情结"（complex）也是如此。此外，后印象派在当年是一种非常新颖的观点，是英国艺术家罗杰·弗莱（Roger Fry）在 1910 年组织一次关于马奈（Manet）的艺术展时新造的词，目的是用马奈这位印象派大师作为范式，衬托其他和印象派有师承关系但又有相当区别的艺术家包括修拉、凡·高、高更和塞尚的作品。"后印象派"一词是弗莱眼中"最

---

① Pound，1912，p. 59.
② Ibid.，p. 59.
③ Fletcher，1937，p. 76.

为含糊且最无担当"的说法①。这次展出因为作品思想过于前卫和抽象，受到观众和艺术评论家的强烈抵制。很多人觉得弗莱已经疯了，因为弗莱将这次画展和妻子当时住在精神病院的境遇放在一起谈论。艺术评论家查尔斯·瑞克慈（Charles Ricketts)讽刺说这些作品即便源自真挚的创作情绪，也仍难逃成为垃圾的命运②。

庞德自然也是批评阵营中的一员。对后印象派的负面态度恰好说明他的艺术追求和这个团体有相当重叠之处③。仔细观察两者在那个时期的艺术主张，不难发现他们都在探求艺术提升感知清晰度的能力，以及不依赖任何模仿理论，使用艺术手段达成对所描写事物的准确表现，不同点主要体现在对"什么是艺术"命题的认识上。稍早一些，庞德同年(1912 年)4 月在《论坛》(Forum)杂志上发表的《诗歌的智慧》("The Wisdom of Poetry")时已经树立了关于"事物/物品"的概念。他反对有人先前提出的所谓对诗歌"科学而且让人满意的定义"。该定义认为诗"通过艺术修辞，寓言般表达的虚构，放大思想到庄严，是感官语言对无感官思想的表述"④。不认可对"艺术"这种关键词汇具体内容和意义避而不谈的做法，用一个未知去定义另一个未知，在他看来既非科学也不让人满意。后印象派艺术主张和先前艺术流派相比已经有相当程度的进步，但内省程度稍

① Gowing，2005，p. 804.
② Culture，2004.
③ Beasley，2007b，p. 63.
④ Pound，1912，p. 497.

显欠缺，如果想抓住事物（things）的本质，必须再逼近。按照庞德自己的定义，诗歌艺术在于将"思想的要素"和形式结合。至于具体哪种采用形式，视心性喜好而定。同时，庞德认为艺术的作用是将心性从"情感知觉（affect）压迫下，或者是对技术和形而上学术语依赖中，解救出来"①。例如，庞德说，日本的奇特艺术为思想松绑，让人看到事物表面以外的东西。这种奇特艺术究竟为何物庞德没有点明。从当时历史背景和诗人活动范围来看，很可能是日本俳句，而且是受休姆和弗林特的影响②。另外，庞德在接触到中国古诗以后，采纳了用物品（板岩和覆盆子）对颜色进行微调或者渲染定位的手法。这在《阅读入门》中能找到典型实例③。

1913 年 3 月《诗刊》刊登两篇广为世人所知的短文：弗林特的《意象主义》和庞德的《意象主义诗人的几个不要》，4 月刊登庞德代表作之一《在地铁站》，从理论原则和诗歌实践两方面拉开意象派运动帷幕，同时也由意象派三原则出发，划分出意象派和自由诗以及同时代其他思想运动之间的界限④。和既往诗学观点相比，意象派主张无疑十分大胆新颖。它承认并且坚

---

① Pound，1912，p. 498.

② 见伯谷嘉信（Yoshinobu Hakutani）所著《俳句和现代主义诗学》（*Haiku and Modernist Poetics*），第五章《庞德，意象主义和日本诗学》（*Ezra Pound，Imagism and Japanese Poetics*）。特别是第 75—76 页。

③ 最为典型的例子是他想象中国人解释红色是联系到的玫瑰、樱桃、铁锈、火烈鸟，见第 22 页。事实上火烈鸟并不见于中国。

④ 著名的意象派三原则是：1. 直接处理无论是主观还是客观的"事物"；2. 绝对不用任何无助于呈现的词；3. 至于节奏创造要依照乐句的排列，而不是依照节拍器的机械重复。

持诗人作为主体观察者在感知和接近自身存在时，无论观看内部思想情绪还是外部大千世界，查看到是"事物"，而非其他，可以看作追随牛顿思想踪迹①，或者回响康德的"das Ding an sich"（物自体）论点。笔者更倾向于认为，庞德是在延续上文提及的——休姆关于诗人应该用"可见且具体"的语言去抓住事物——而非其他的看法，无论他和休姆个人之间在这一点上依承关系究竟如何。笔者相信，此时的庞德当不知晓西方汉学界的创始人雷暮沙（Jean Pierre Abel-Rémusat）在一百多年前的 1811 年出版的《中国语言和文学论文集》（*Essai sur la langue et la littérature chinoises*）第一次提出了汉语带到读者眼前的"并非贫瘠和俗成的符号，而是事物本身"②。庞德也还未接触到费氏遗稿，所以也不知道费氏对于阅读汉诗所下的评语："阅读中文时我们似乎不是在应付思想符号，而是在观看事物认取它们各自的命运"。③ 可以较为肯定地说，看见汉诗之前的庞德在思想认识和观察模式上已经充分具备自己的观点，是一种先前存在，很大程度上主导了他见到汉诗后产生的反应。从这个意义上讲，诗人是在从事"发明"而非"发现"活动。汉诗对美国诗学的作用不在于它"真的是什么"，而在于它能够被"看成是什么"，本身便是高度抽象和具象的复合体。抽象到让美国读者怀疑汉语是不是都这么奇怪④，或者用三个句子去翻译

---

① Kimberly，2009，p. 13.

② Rémusat，1811，p. 11.

③ Fenollosa et al.，2008，p. 45.

④ 赵，2003，p. 222.

"梳洗罢"，或是汉诗中将名词理解成动词：却看妻子愁何在，"愁怨"不是"发愁"；动词理解成形容词：恨别鸟惊心，惊是动词而非其他①。具象可以让许多美国诗人在汉字中看到具体的事物：庞德后来发展了表意符号法以及汉字诗学；洛威尔通过拆字翻译汉诗；弗莱契代表作《蓝色交响曲》中出现对"暮"字的拆解。

所见并非"情绪"，注意力自然放在生动、细微且新颖的刻画上，试图通过"事物"发展变化以及之间关系为诗家立言。事物加上引号，目的除表示强调以外，也是意象派在提醒读者注意，他们找不到一个比"事物"更为具体而普通的词汇去标识观察产物。并且，这种观察法将"词语变成事物，反映了词语和意象之间由来已久的对抗关系"②。词语在纸上的存在形式是符号，通过解码符号能够看到事物："对行内之人而言，符号乃是通向永恒，通向无尽以太之门。"③这也意味着即便对符号的解读各有章法，甚至各种语言之间符号表述各异，只要事物一致，则其他细节无伤主旨。从另一方面说，庞德认为语言在表达视觉感受方面有种种不足，而现代的科学技术已经能够让人方便地来到事物面前，抑或方便地让事物来到人面前，而非如过去一般必须承蒙语言之惠。那么对描述事物的语言则有必要进行革新。庞德力图让现代人的情绪变得"更为精确"④，意

---

① 吕，2002，p. 2.
② Tiffany，1995，p. 158.
③ Pound，1912，p. 501.
④ Pound & Cookson，1973，p. 23.

象是实现的途径。

意象具有视觉图像的基本特征，因此感知上是具体的，形式上是嵌套的，内容上是弹性的，即任何图像都具体，尽管存在时间可能十分短暂；任何图像的一部分，无论大小皆可构成图像；任何图像的堆叠并置，"重复曝光"也是图像；任何图像都向诠释开放，这种内在特质使得图像拒绝让一种诠释压制其他可能；任何图像都可以找到与之匹配的音律和节奏，而且匹配可能性并不唯一；图像可以被压缩得极为简单或者扩充到极为复杂，高度变形扭曲，但并不降低呈现的质量和冲击力，正如后印象派绘画实践一样。

更为重要的是，图像具有超越文本的变形再生能力，因为它不具备文本符号在表意上的高敏感性。改动一段文本的某个细节，甚至文字本身的某个细节都可以在相当程度上造成文本意义的变化。这便是为何文本在翻译过程中不易迁徙的原因。图像则不然。任何图像都可以轻易再生，能被一个观察者看见，就能被多个观察者看见；任何图像都可以被翻译和变造。甲用一种语言、句法、修辞去构成的图像，乙也可以用不同语言、句法和修辞去勾勒。意象存活的意义大于译出意思的准确。同时意象的丰富和言语的节约构成了一对理想张力。用短短几个字、几行诗构造耐人寻味、意境深远诗句的技巧和惊奇，庞德当时才刚刚从日本的俳句中领略到一些皮毛①。即便

---

① 有学者认为庞德关于意象派的原则性看法，包括他后来的旋涡主义观点，在相当程度上受到日本学者野口米次郎学说的影响。两者在思想发展和时间顺序上依承关系甚多。见 Yoshinobu, 2009, pp. 69-88.

如此他的这些观点以及由此引申而出对待异国文本的态度，不夸张地说，已经在相当程度上为《神州集》的问世及成功作了铺垫。

庞德承认，这些观点虽然看似简单到接近教条，却是"长期沉思的结果"①。此时的他已经不是 1908 年末刚到伦敦名不见经传的小诗人。经过长期积累和思考，在接受伦敦文艺界各种前卫思想熏陶，并且打通了在大西洋两岸发表作品的通道以后，他正在寻找诗学重大突破。另外，此时的庞德已经在欧洲各种古代和现代语言（包括拉丁文、意大利文、法文、西班牙文、古英文和希腊文等）作品中，展开了诗学/文学探索。他发表于 1910 年的《浪漫精神》(*The Spirit of Romance*)代表他早期学习欧洲各种语言、研究中世纪文学并开始尝试翻译法国行吟诗人作品所作的努力。他在 1911 年出版的《坎佐纳》(*Canzoni*)诗集中翻译了德国诗人海因里希·海涅的名句："我梦见我自己做了上帝，昂然地高坐在天堂，天使们环绕在我身旁，不绝地称赞着我的诗章"，其中第二句"Whom heavenly joy immerses"与德文原文"Und sitz' im Himmel droben"字句虽然稍有出入，但韵脚和韵律处理十分到位，被学者认为是神来之笔②。庞德在 1912 年翻译发表与但丁同时代的意大利诗人吉多·卡瓦尔康蒂的作品也备受好评③。

探索欧洲文化圈精神财富和文化遗产，无疑构成庞德这一

---

① Pound，1913，p. 201.
② Tryphonopoulos & Adams，2005，p. 312.
③ Cavalcanti & West，2009，p. xliv.

时期的主要任务，划定了他诗学观点的大致轮廓。同时，他的一部分注意力也投向了欧洲以外的世界，他在 1912 年前后已经接触了俳句和中国文字，对俳句中常见的压缩、省略、暗示，用意象和符号表意的手法以及最大限度发挥文字构建场景的功效，将字数十分有限的文字紧密编织诗句的精神有所领悟①。1913 年四月，即"意象派三原则"发表之后一个月，庞德在《诗刊》上发表《在地铁站》，引起轰动。这首短小精悍的小诗从某种意义上完美展现并锁定庞氏意象派的风格，用"最简"方式诠释了三原则如何变化成文字。为保持诗作原貌，在此只列出英文。

In a Station of the Metro

The apparition of these faces in the crowd;
Petals on a wet, black bough.

或许是一种偶然，这首意象派高峰时期的代表作和早期意象派作品《秋》都拥有同样的母题：脸是现代性的重要支柱——视觉文化产品的自然关注对象，一个受到现代化进程影响和激烈频繁冲击的人体特征。首先，照相技术和电影技术的产生，使得人类在千百年前发明镜子之后，又一次拥有了精确、客观并且快速复制自己面容的手段。这种前所未有的精确和客观性是构成现代社会生活的基础设施——如果没有相机，那么身份证、人口管理以及围绕这个简单前提展开的诸如现代分配体制

---

① Miner，1957.

和代表体制几无可能实现；而现代生活给人们带来的最直观的一件事物，就是大量的、陌生的、在空间和时间分布上都十分变幻莫测的脸，来去无踪，聚散无常。脸，原本确定人之所以为人，之所以为某个人的最为具体实在的证据被现代社会构造得如幽灵幻影一般离奇无常，代表异化（alienation）导致的主要后果之一：社会孤立。诸如到地铁站坐车这样每日生活中平淡无奇的行为凸显出"随着孤立和单体化（atomization）的加剧，日常很多互动行为都是与陌生人展开，和他们缺乏持续的社会关系"①。并且，脸的出现提供了不同社会文化在现代化进程中相遇以及杂合的证据。在区分本地人和外地人、本国人和外国人时，依靠的最直观证据，除了语言，在视觉上大多便是观看一个人的脸。外国脸孔的到来，一般先于外国文化的到来。庞德当然也是先看到东方人的脸，再去读来自中国的诗。因此，作为意象派领袖，在看到从地铁站——现代社会工业文明发展的集合体——走出来，或者"飘出来"美丽的面容以后，庞德三年之后回忆说，当时他被一种或者说许多种强烈冲击所淹没，强烈到使诗人当时便"无言"，思索一天仍未果，多少有些"欲辩已忘言"的刺激和无助②。等晚上回到住处之后，终于有所得，但所得并非言语文字，而是"一个等式"，由"斑斑点点的颜色组成"。最初用了三十行诗去捕捉等式；半年之后将其删减一半，盖因他发现文字的丰富冲淡了意象的鲜明；一年后再把它删减到只剩两句，相信只有通过高度压缩、叠加，以意

---

① Neal & Collas，2000，p. 114.

② Pound，1916，pp. 100-103.

象替代符号等现代诗的方法，才能对这一由视觉组成的等式进行无损呈现。诗歌结构明显效仿日本俳句，而潜伏在背后的诗意与余响则遥指中国。这首短诗只是庞德受到汉诗影响的前奏，它表现出的视觉性，脱离传统诗歌强调的音律性，符合现代主义对发展视觉方法的诉求，也预言了现代性关于并行结构、多线性以及非线性发展的趋势。数十年后诗人将写出关于夜雨的诗句①：

> Rain：empty river；a voyage,
>
> Fire from frozen cloud，heavy rain in the twilight
>
> Under the cabin roof was one lantern.
>
> The reeds are heavy；bent；
>
> and the bamboos speak as if weeping.

　　仔细辨读庞德三年以后的反思，能够在这首短小诗文之外发现许多未能编入文本的隐情，还原这首处于历史关键时间点的作品。有意思的是：这首诗写作于庞德正式看到中国古诗之前不久，因此它所代表的诗学方法能够最接近接触到费氏遗稿时的那个庞德，为研究美国诗人如何"看见"中国古诗提供了较为具体的证据。庞德说他苦思一天之后寻获的并非言语，而是斑斑点点的颜色，十分有趣，至少揭示了两重对立。第一，众所周知，将世界视觉化为斑斑点点的颜色正是印象派的拿手好

---

① 关于夜雨和中国古诗关系的详细论述，请见 Qian, 2003, pp. 75-79.

戏，这样的例子在绘画中不胜枚举。作为不屑于印象派的庞德该如何处理？注意此时庞德尚不知晓中国诗歌能够自然地在十几个字中镶嵌多种颜色的做法①。第二，他淘汰到最后两行诗只有一种颜色——黑色且被有意安排为背景。作为前景的脸和花瓣皆无色。可见庞德最后选择在表面文字上淡化颜色。但他在写作意图上却明显要强调颜色。他接着说"那天晚上……我真觉得我要是一个画家……我可能会创立一个新的画派，只用颜色的布置来说话"②。

这首诗有力证明了庞德对于克制陈述的认识和实践，实际上早于他对汉诗的翻译活动，也有力反驳了一个流行观点：认为中国诗的简省短小让庞德首次接触到简略句式。庞德受到的简略句式之启发有一部分来自东方（日本和中国），但在接触到费氏遗稿之前，明显受十分简洁率直的希腊文影响。接触汉诗的真正意义是使得诗人认识到古汉语和古希腊文两种代表人类两大文明的古老语言在遣词行文上的共同之处。即是说，庞德学习如何利用文字复制观察者对世界认识的姿态不完全是从东方开始的，但无疑是在东西方古典作品的交相作用下日臻精湛和完善的。从他给蒙罗宣传 H. D. 的诗作《直如希腊文》到他在1914 年出版的《一些意象派诗人》包含四首中国古诗以及两首希腊古诗的翻译，再到 1928 年他在译作《大学》序言中反对有学者将古希腊历史处理成"单纯的轶事传说的集合"。可以看出在庞德及其同时代其他诗人思想中，古希腊和古中国一直具有

---

① 　如"两个黄鹂鸣翠柳，一行白鹭上青天"。
② 　Pound，1916，p. 100.

模糊的双生关系①，对其中一方的思考和研究往往让诗人联系
起另一方，有明显的相互启发和参照的作用。事实上，将汉诗
和希腊诗，两种历史悠久的传统相提并论，笃信它们能够给现
代美国诗学带来深刻变化的看法贯穿整个 20 世纪。王红公在
论述古典日文诗歌时曾提到，"继波德莱尔之后，或许对西方
诗歌作用最大的单一外来影响力，便是汉诗与日本诗翻译"。②
介绍杜甫时他又说，西方诗人中唯一能和杜甫并肩的只有波德
莱尔和古希腊女诗人莎孚（Sappho）③。

　　中国诗歌简约的内在精神才是庞德与汉诗相见后的主要产
物，它超越了停留在表面形式上的省略，避免"精者要约，匮
者亦鲜"（《文心雕龙》）的陷阱，达到减损文字反而增益表达。
英美诗人几乎第一次看见汉诗便认为，汉诗克制简约，且与说
教无关。弗莱契关于汉诗特点的种种看法并无新意可言。1890
年出版的《散文中的粉彩》（*Pastels in Prose*）已有类似观点，它
摘选《玉书》一部分翻译成英文，"读者首先便能看见美丽的沉
默即诗句的特色"④，"更简短，更精致，更细腻"以及诗人表
达自己的观点和情绪同时却"不滥用作者之权给读者施加某一
种道德"⑤。从 1890 年到 1945 年半个多世纪过去，对中国诗

---

　　① "希腊和中国的双生关系"之观点贯穿庞德一生的作品。如充满
中国意韵的《七湖诗章》中既有中国的"无名"，也有希腊的奥德修斯。见
Kodama，1977，p. 139.

　　② Rexroth，1968，p. 131.

　　③ Ibid，p. 127.

　　④ Merrill，1890，p. vi.

　　⑤ Ibid，p. vii.

歌的认识相当程度上仍停留在阅读译文获得的表面印象。这些特点过于突出，以至于掩盖住了诗歌内部的能量和由此产生的气场，如"野旷天低树，江清月近人"两句，即便翻译成解说式的英文仍旧简短①，也不带任何明显情绪。然而其中丰富的镜头层次感（野、天、树、江、月，最后到人，即观察者），以及镜头在拉近与拉远过程中，观察者感觉到的一系列空间错位（低、旷、近）和时间重叠（天低和月近是同时发生抑或存在先后顺序）并引发对自身和周遭物体关系的思考，很难将这一切传神地转化为几行译文，这还未将原诗中形容词用作动词（低＝放低/降低，近＝靠近/拉近），将外物和观察者有机融合（人究竟是观察者自身，还是观察者眼中的其他人，或者相对"树"而言的物种对立，作为全诗中唯一拥有"眼睛"，能够观看的实体）的能量计算在内。因此"简短""不说教"等特点既是汉诗强烈的第一优点，也构成了日后阻碍西方人进一步认识汉诗的天然屏障，很多美国诗人到此便止步。庞德能够看到汉诗中的意象气韵并有所发挥，已是相当大的突破，即便他更喜欢将古希腊和古中国相提并论。至于汲取诗歌生命力，超越汉诗写作之"形"，获得汉诗写作之"心"，则须等到史耐德、王红公一辈。

　　庞德这首诗破局关键之处，也显示出他试图超越文字表层简约性的努力在于"等式（equation）"②或者方程式。"Appari-

----

　　① 关于这两句唐诗本身以及英译的详细分析，可参考叶维廉，1983，pp. 29-40.

　　② Pound，1916，p. 100.

tion"就是方程式中的未知数。诗人故意挑选一个四个音节的词，罕有同义词有如此长度，提醒读者该词的特殊性，然后在上下句之间构造了一个等式或者一连串等式，让相近意群之间相互反射表示出（face vs. crowd；face vs. petal，crowd vs. bough，apparition vs. wet，black）颜色。不依靠语言棱镜而借助意象的棱镜，如白色太阳光穿过之后出现七彩，丰富的颜色跃然纸上。而颜色本身，除底色黑色之外，却出人意料地缺席，因为庞德深知对无论何种形容词＋名词组合在诗学的创新上都不能有指望：再新颖的组合终有一天会变陈旧，变为陈词①。此时诗人已经出于直觉地意识到美不在陈词中，而是"陈词与陈词的短暂换气"②，即存于构造的等式之连接点，一个虚空中的奇点，正好可以躲避人类将任何创意降解为陈腐的强大破坏力。大量有意识地运用这一思想，则发生在庞德正式接触汉诗之后。翻译完《神州集》之后，庞德认为"毫无疑问，纯粹的颜色能够在中国诗歌里找到——当我们对它了解更多以后"③，提醒读者完美汉诗的影子已经隐约可见于翻译中。十几年后在《阅读入门》时，庞德再次提及汉诗/汉语对于表现颜色丰富、完整且具体和直观属性是欧洲语言文字无法企及的："中文表现红的'字'或者表意符号是基于人人都知道的东西。"④

---

① Pound，1951，p. 408.

② Pound & Eliot，1979，p. 239.

③ Ibid. ，p. 216.

④ Pound，1991，p. 22.

利用意象手段给物体上色的方法成功地让诗人跳出印象派套路。不仅相对先前维多利亚时期诗歌讲究铺张和虚饰是巨大飞跃，也预示诗人并未故弄玄虚"不说"，或者盲目追求过分节制"少说"，着眼点实际上是"可说（明）"（Demonstrable）。从更深层次上说，诗人已经感觉到西方诗歌写作中常见的表现物景和物境的套路已经走到尽头，即无论选择夸张陈述（overstate）和克制陈述（understate）都无法跳出"陈述"（state）的局限。大约半年后，他将带着这种精神阅读费氏遗稿里的汉诗，让读者重新认识李白，重新认识诗经等来自中国的诗歌。半个世纪之后，深受庞德诗学影响的史耐德，将更有前瞻性地评价来自汉诗的超脱文字的观察方法对于美国诗学的发展意义。诗人观察世界有两种途径：透过语言棱镜看世界，用语言带出所见；中国和日本诗歌则教导诗人摒弃语言棱镜，直接观察世界，将"所见带入语言"（bring that seeing into language）①。后者明显在史耐德心目中是美国诗歌应该认定的方向，因为世界（意义），而非语言才是诗歌真正的关注对象和创作来源。有关"可说"与"不可说"的知识明显来自大乘佛教，是诗人禅宗修养重要的组成部分。一旦说出口便会丧失"内在经验秩序"（inner order of experience）②，而汉诗透过异国文本的不可完成和翻译文字的现成，让诗人游走于可说与不可说的狭窄边界，读者则需自己找出阅读轨迹和出口。

这首诗的成功，以及它所依托的诗学思想在表达现代人生

---

① Kern，1996，p. 223.

② Snyder & McLean，1980，p. 21.

活方面的成功，激发庞德积极寻找更多和东方诗学有关的著作，超越当时汉诗英译那些由翻译者再加工的作品。有缘被赠予费诺罗萨遗稿，对庞德本人而言，这是一次直面中国文字并在英文逐字翻译基础上注入他对现代诗歌主张的契机；对庞德周围其他诗人特别是洛威尔而言，中国古诗突然出现和庞德翻译汉诗赢得众人赞誉无疑是一个诗学实践兴奋点，引领此前对东方知之甚少的美国诗人和一般民众进入认识中国、发现经典的热潮中。

如果休姆是现代主义诗学思想先行者，庞德便是最重要的代表诗人，洛威尔则是庞德身边之人，是诗歌现代化的另一种表现和存在形式：她在庞德获得费氏遗稿之前稍早一些结识庞德，从庞德手中抢走意象派领导人之宝位，在庞德选择将费氏遗稿中关于中国文字内在的诗学性状的看法以及中国古典诗词文本背后的思想特质秘而不宣或者无处觅知音之时①，洛威尔却在英美各地宣讲东方诗学，举办巡回朗诵会，听者甚众②。后世有学者认为洛威尔对"现代诗歌中的自由表达，无论表达形式是何，或者非何"，都产生重大的推动作用③。若不是她

---

① 庞德这一时期正艰难寻找出版商发表他以及费诺罗萨对于汉字诗学的见解。见 Kenner，1971，p. 295.

② 洛威尔和艾思柯的通信中多处提及洛威尔演讲的盛况。见 Damon，1966，pp. 601-603，以及 Ayscough, Lowell & MacNair，1945，p. 198. 值得一提的是，洛威尔利用宣讲中国诗歌的机会捍卫自己翻译《松花笺》的方法和思路，并抱怨成功和名誉的背后是同行的嫉妒和不公正的批评。"我越成功就越遭人恨"，p. 196.

③ Gould，1975，p. 355.

为诗歌运动四处奔走，为许多新生代诗人提供资助，高产的诗作和文学评论，以及"无尽的实验"结果和"拒绝重复自我"的理念，那么现代诗歌发展将会缓慢许多①。此外，一名独身女性敢在公众面前谈论从来都是男性牢牢控制的汉学问题，本身便是现代主义发展，女权运动开始抬头的结果，洛威尔并非孤例。从广义上讲，东方作为受到资本主义压迫的场所吸引了相当数量同样受压迫的白人女性，借助东亚题材，获得在欧美男性占主导地位的世界里难以达到的权威、地位和力量②。值得注意的是，当初二十多岁的洛威尔在众人面前初试"莺"，就学区负责人问题发表自己的看法之时，曾让多少人侧目反感③。这可看作是中国古诗对美国诗歌现代化的间接贡献：为一个陌生话题而容许甚至欢迎一种陌生性别参与讨论《松花笺》和探索《中国剪影》，成分复杂、观点多元，答案不定，争议不绝，便是现代性的典型现象。

洛威尔 1921 年译出《松花笺》在当时引起颇大反响。时隔近百年之后再看这本《松花笺》，无论从翻译技法还是美学主张上看其颇具承上（即庞德的《神州集》）启下（即宾纳的《群玉山头》）的作用，毁誉皆有。威廉·斯沃兹（William Leonard Schwartz）在她去世三年后评价道："如果将来果真能把远东旁

---

① McCabe，2005，p. 89.

② 关于洛威尔诗歌的性别、身份、权力和社会意识形态之间关系的详细论述，见 Munich & Bradshaw(2004)一书的"装扮成东方的声音"（"Putting on the Voice of the Orient"）部分。

③ Gould，1975，p. 77.

枝嫁接到英文诗歌主干上，那么我们会回首对洛威尔这位富有灵感的探索者的东方韵文表示感谢并致敬。"①批评主要是针对洛威尔的辞藻过于华丽，以及她敢于拆开汉字然后将汉字的意符，有时是每一个部件都翻译成英文的做法②。

　　这位第一次世界大战前后汉诗英译热潮中另一关键人物出身于新英格兰的名门望族，和家庭里其他在政坛和学术界地位都非常显赫的成员一样，洛威尔也很出名且充满争议。撇开她的雪茄嗜好、性取向和饱含深情写给自己同性爱人的诗作不谈——这些举动在当今社会也会让很多人大跌眼镜——首先她作为女性，在提倡反对维多利亚诗风的英美诗坛，在重男轻女，认为写诗的女性不配做诗人的时代背景下，就是异类③。女性当时被很多男性诗人看作柔弱无力的维多利亚诗风的自然化身和思想代理人，偏见的直接后果是男性诗人在潜意识和实际行动中排斥女性诗人，认为性别的不同必然导致文学写作思想的分歧。这是"路线斗争"问题：现代诗歌运动如果要变成休姆理想中的"干练和坚实"则必须抵制女性诗人作品中有意无意的女性气质④。其次，作为意象派领袖，她拥有同时代其他诗人无法比拟的社会号召力和知名度，"吸引公众眼球的天才能

---

　　①　Schwartz，1928，p. 152.

　　②　Bynner，1921；Chang，1922；Pelliot，1922.

　　③　庞德将洛威尔的意象派称作"艾米主义"。在《松花笺》出版之后，艾略特仍说"只有六个男性文人（没有女性）的作品值得刊印"。同时代的其他男性诗人也有类似的言论。见 Gilbert & Gubar，1988，pp. 66-68.

　　④　Beach，2003，p. 72.

力",出版商惊为"宣传意识之出色乃百年一遇"①。加上研究
题目在当时文化界正处于从者众而知者少的历史时期,洛威尔
取材中国和远东的诗作以及演讲屡屡引起巨大反响虽在情理之
中,却也难免引人妒忌。特别是她有意识地在选材和关注点上
与庞德类似,但在处理手法和理论模式上和庞德有重叠也有对
立的做法,更为彰显她作为女性代表在美国诗歌现代化进程中
的特殊地位。正是洛威尔的存在,才使得庞德获赠费氏遗稿之
事,进而扩展到美国诗坛看见中国古诗一事不再是一个孤立的
小概率事件,丰富了美国诗学对中国古诗的吸收途径和改造可
能。她翻译的汉诗以及狄任斯(Eunice Tietjens)的《中国剪影》
(*Profiles from China*),是诗歌现代化运动中为数不多女性
深度关注中国题材的代表,扭转了在早先年代英美诗坛几乎由
男性掌握接触并翻译中国诗的局面,所带来的女性视角反衬并
挑战人们习以为常的男性观察角度,从而更为全面地揭示中国
诗歌对美国诗学的作用。

　　1913 年初洛威尔看到了该年 1 月《诗刊》上发表了几首意
象派诗作,即前文提到的备受庞德青睐而后推荐给蒙罗的 H.
D. 的诗。她读完之后的反应是:"为什么,我也是一名意象
派啊!"②等读到《诗刊》3 月刊关于意象派原则的文章,洛威尔
马上认定这就是她一直在思考和探索的诗学理论,尤其是意象
派半明半暗地对日本以及远东文化的观照,让洛威尔有理由相
信既然自己对此题目也已经有相当认识,那么从某种意义上

---

① Anonymous,1926,p. 194.
② Gregory,1958,p. 81.

说，她就是未能在 1910 年前后到伦敦投身这场运动的另一位意象派诗人①。于是她选择前往伦敦投身这场运动，和这些年轻的意象派诗人碰面。她的目的当然不单纯是去结识他们、混个脸熟或者索取几张签名之类的满足虚荣。事实上，根据弗莱契后来观察，洛威尔出访欧洲时怀揣着巨大的野心。于个人，要从一名波士顿刚出版第一本诗集的富家女一跃成为名满天下的现代诗歌运动领袖；于诗坛，她向人宣讲如果当时旅欧的美国诗人团结在她周围，让她领导这场现代诗歌运动，美国诗歌的伟大复兴就指日可待②。

虽然当时欧洲战云密布，但不安定的政局并未影响女诗人的游兴和排场。她和自己的旅伴艾达·拉塞尔（Ada Russell）坐着紫红色的皮尔斯银箭豪车，带着两位身穿紫红制服的司机以及大量行李环游欧洲，目的除游山玩水外，也为拜会当时崭露头角的艺术家，特别是意象派诗人如庞德、弗林特、弗莱契等③。她在 1913 年 7 月在伦敦第一次和庞德见面。很快她发现，依靠自己的雄厚财力和广泛社会关系，她能够将这些当时生活稍显困顿的诗人的诗作集结成册出版，运用自己"吸引公众眼球的天才能力"让意象派成为新诗运动，或者诗歌现代化进程中的主流。事实上洛威尔也的确做到了。她争取到了除庞德外的意象派诗人如阿尔丁顿、H. D.、弗莱契、弗林特等，在她赞助和审阅下在 1915—1917 年三年内每年出版一本诗集。

---

①　Healey，1973，pp. 450-451.

②　Fletcher，1937，p. 146.

③　Benfey，2003，p. 271.

《一些意象派诗人》(*Some Imagist Poets*),奠定了意象派诗歌在美国诗坛的地位并被确立为该流派的主要作品。当然,这些都是在她和庞德分道扬镳之后发生的。他们的友谊在短短十二个月之后便走到了尽头。初见之时,她邀请庞德到她地处伦敦闹市的高级宾馆内会面,共进六道菜的正式晚餐①,驱车带他到牛津兜风,还暗示她可以赞助庞德的写作计划。出于礼貌,更是为洛威尔提供的财力支持所动②,庞德将洛威尔的一首诗《在花园》收入诗集《一些意象派诗人》,虽然他明知她在此时对意象派的认识尚且相当肤浅,或者还没有能力在作品中依照意象派的原则进行创作③。其早期作品受到浪漫主义影响颇深,现以她第一本诗集《多彩玻璃顶》(*A Dome of Many-Coloured Glass*)中的《在夜晚》为例。

At Night

The wind is singing through the trees to-night

A deep-voiced song of rushing cadences

And crashing intervals.　No summer breeze

Is this,　though hot July is at its height,

---

① 　Fletcher, 1937, p. 87-88.

② 　Taupin & Pratt, 1985, p. 82.

③ 　Moody, 2009, pp. 223-224. 庞德主编的第一本诗集《一些意象派诗人》的原文标题是法文(*Des Imagistes*)。在洛威尔取得领导地位之后改成英文(*Some Imagist Poets*)。"为何一帮年轻美国和英国诗人的诗集要用法语做标题",阿尔丁顿问道,原因是"庞德喜欢外语标题"。见 Aldington, 1941, p. 137.

Gone is her gentler music; with delight

She listens to this booming like the seas,

These elemental, loud necessities

Which call to her to answer their swift might.

Above the tossing trees shines down a star①,

Quietly bright; this wild, tumultuous joy

Quickens nor dims its splendour. And my mind,

O Star! is filled with your white light, from far,

So suffer me this one night to enjoy

The freedom of the onward sweeping wind.

　　这是一首典型的十四行诗，行五步抑扬格，前八行押 ab-
baabba 韵，后六行押 abcabc 韵，从用词到韵脚都十分整齐，
中规中矩。无论从形式到诗意都是浪漫主义的教科书式的重
复。基于此，它和意象派原则第三条明显相悖。和休姆的《秋》
相比，尽管都是写夜晚，写法和技巧都有差距，诗学思想发展
水平高下立见。洛威尔笔下的星光也是白色，却毫无新意可
言，大抵是"遥远"（far），"孤独"（a star），"静谧"（quietly）这
类的陈词。诗景营造的凝聚程度欠佳，前八行是风声在唱歌，
后六行是星光照我心，连接点是树林——风吹过树林故而有
歌，树林之上是星星故而有我。风不是愉悦（delight）便是苦难

---

　　① above … star 这样的结构在洛威尔的诗句中多次出现。比如
Black water, red stain, and above, a star with its silver rain。见 Lowell
et at., 1917, p. 587.

(suffer)，总之难以将"风"的客观从主观价值判断中释放。野地里的风在树林中唱歌，却吹不黯淡星光，照进我的心田，让我感觉到有限的希望和温暖。十四行诗读毕，看不清任何一件事物，诗人也没给读者留下任何机会去仔细观看。有评论家认为诗集"根本无法让人感动"，只是"缺乏生命的古典主义"①。这首诗不多的可观之处便是作者对关于风声的捕捉和重现，这种声学偏向在重视视觉效果的意象派运动中较为罕见。评论家也注意到这一点，相信如有弦乐伴奏则效果更佳②。洛威尔在翻译汉诗之后，利用声音提升阅读效果的做法还将进一步加强③。

　　情感太丰富，显得颇为做作，这些多少显得过时的诗句出现在洛威尔第一本诗集中不应受到过分挑剔，但联想起一年后她即自称为意象派成员的做法，不得不让人费解。除自身性格因素外，让她敢于并且急于做出如此大胆的思想跳跃的因素应该不只是"自负"那么简单。

　　在对于遥远、神秘，被臆测与传说云雾环绕的东方探索方面，洛威尔的确有常人无法企及的优势和优越感。她的兄长珀

---

　　①　Damon，1966，p. 192.

　　②　Lowell，1917，p. 392. 引文来自 Lowell et al.，1917 书尾收录的有关洛威尔诗集 *A Dome of Many-Colowed Glass* 的媒体评论。

　　③　洛威尔对声音的敏感与偏好，以及后来发展出的复调散文和她爱好歌剧直接有关。在青年时代她便倾慕意大利歌剧演员杜斯（Eleonora Duse），后来又爱上歌剧演员艾达。她也时常和好友艾思柯一起看歌剧。见 Serafin & Bendixen，1999，p. 705；Ayscough，Lowell & MacNair，1945，p. 19.

西瓦尔·洛威尔（Percival Lowell）是当时首屈一指的东方探险家，数次深度考察日本和韩国。而且一去多是在当地滞留数年之久，他的数本著作，从一个通晓日本语言和文化的西方人角度向西方读者介绍当时正在消失的明治维新之后的古代日本，在英语世界反响热烈。珀西瓦尔曾负笈哈佛，他在数学和语言上的天赋让人惊讶，他在哈佛的数学导师希望有一天能将衣钵传给珀西瓦尔，而他学习日语的速度比"任何人学习任何一门语言都还要快"①。出生在这样一个家庭，洛威尔从小对东方的接触和了解当然要远胜于同伴。而庞德在成年东渡伦敦之后才有机会深层次接触东方艺术②，洛威尔还是一个"大胖宝宝"（big fat baby）的时候③，便常收到兄长从日本寄来的各种艺术品，特别是装饰精美的纸笺（beautifully decorated paper）④，或许为她给自己的汉诗译本取名《松花笺》在审美喜好的潜意识里埋下伏笔。至于日本美术与文化之精妙幽深，在和兄长交谈以及笔谈中也时有感悟。自幼受熏陶加之兄长指导，让她有理由相信自己对于东方诗学的了解不但有自身天赋的因素，更具备家学渊源。东方文化和元素之于她的距离，要远远短于幼年家中客厅摆放过一个明朝花瓶的庞德与东方文化元素的距

---

① Benfey，2003，p. 179.

② 感谢钱兆明考证，庞德青少年时代，特别是在宾大学习期间，便看到过一些中国艺术品。但欣赏中国艺术和文化的觉醒发生在 1909—1912 年在伦敦期间。见钱，2000，pp. 100-101.

③ Benfey，2003，p. 179.

④ Ibid.，p. 208.

离①。反对声音大多来自见识浅陋者。如无此信心，怎敢在尚未写出真正意象派诗作之时向往意象派领袖之地位，又怎能在不通汉语的情况下翻译汉诗？

洛威尔对自己的主张如此强硬，最终迫使庞德退出意象派团体。第二年（即 1914 年）的 7 月 17 日，洛威尔在伦敦的豪华餐厅迪厄多内（dieudonné）大摆宴席，表面上是庆祝《一些意象派诗人》的出版，实际上是召集有影响力的意象派诗人，讨论关于意象派将来发展的路线问题。对于在意象主义思想主张上和她有分歧的庞德而言，多少有些"鸿门宴"的意味。谁料庞德并不怯场，这反而是他和洛威尔公开决裂的理想机会。洛威尔在席上向来宾发问，何为意象主义。大多数人声明自己不明意象主义为何物，理应不是慑于任何"威势"，应为实话。当时在场的马多克斯和阿伦·厄普尔德（Allen Upward）均表示完全不知，意象派的帽子乃是庞德给他们戴上的。厄普尔德援引了洛威尔的《在花园》作为例子。当大家的注意力转移到最后一句"Night，and the water，and you in your whiteness，bathing!"时，庞德不知何时从隔壁沙龙，搬进来一只硕大的圆锡桶，大到洛威尔本人能够很随意地在里面洗澡。"意象派"，庞德说，"将要被'异响派'（Les Nagistes）②所替代"，这个大浴

---

① Wilhelm，1985，p. 67.

② 庞德当时说了一个自己生造的词。究竟如何拼写，各家说法不同。有 Les Nagistes，见 Parisi & Young，2002，p. 152. 也有 Les Nageiste，见 Fletcher，1937，p. 151.

缸可为标志。大家于是都笑了，笑得有几分勉强和不快①。意象派阵营在这尴尬的笑声中宣告分裂。洛威尔保持了风度，并未当场和庞德翻脸。这次交手之后，她实际上已经得到大多数意象派诗人的认可，无论有多少人出于真诚。

　　洛威尔和庞德的主要分歧之所在，不是其他，盖因双方看对方都带有相当深的主观偏见。偏见根植于受历史时代深刻影响的世界观，难以被意识主体察觉。洛威尔认为庞德的意象主义，首先，非常独裁专制，是一个小圈子里一小群人，或者是庞德一个人说了算的文学现象。这样做实在有悖于现代化精神，特别是庞德试图把诗学所有的新锐发展方向要么网罗在自己的理想中，要么尖锐排斥。哪里是提倡民主协商的现代，反而类似于教宗划定并裁决一切的中世纪。其次，庞德提出的意象主义到底是什么东西，大家认识尚且相当有限且不尽相同。这原本是新生事物发展壮大的一般规律，庞德用力试图去匡正和限定的做法，让人感觉十分不快②。洛威尔甚至从内心深处怀疑庞德的意象主义是否冒牌，含有相当水分。就算他 1912 年那一次成功抓住了诗刊主编蒙罗的心，进一步吸引了大众和评论家的注意力，但"一个人必须拿出些好东西，而且必须得像宣传的那么好"，她在 1914 年九月向蒙罗写道③。而庞德认为：第一她完全不懂什么是意象主义，不懂也就罢了，还企图做领袖。第二是庞德对她作为一名妇女领会现代主义的能力深

---

① 以上这一段掌故源自 Moody，2009，pp. 224-225.

② Ruthven，1990，p. 73.

③ Damon，1966，p. 239.

感怀疑。他致信说意象派讲究"强烈的光线和清楚的边缘"①。因此他坚信艺术创作是男性的特权②。女性由于生理原因，所具备的女性气质妨碍她们真正达到现代艺术对诗人观察力和表现力的要求。用民主方式确定是非便是一种软弱：一件事正确与否和持某一种观点的人数无关。洛威尔试图绕开庞德，建立一个委员会来决定意象派作品的遴选从多个方面冒犯了他③。

　　这一切分歧和纷争，对于中国古诗的翻译和吸收而言有着动机层面上的重要意义。洛威尔既然怀疑庞德意象派的真实性，那么庞德就用意象主义原则去改写中国古诗，让世人知晓只有意象手法才能将中国古诗的神韵带入英文。庞德既然认为她十分专断，那么后者就用行动证明，一个专断的女诗人也可以译出受人追捧的汉诗，只要认定正确方向。于是有洛威尔和艾思柯（Florence Ayscough）以及农竹合作翻译的《松花笺》。同时，分裂结果是产生了庞德和洛威尔两支互不往来的探索力量。因为各自诗学观点不同，具有相当互补性，特别是庞德偏好韵文方法而洛威尔侧重散文方法④，各自带来一些自己相当满意的发现，尽管在客观上很多观点和方法与实际情况相去甚远。值得注意的是，经过庞德和洛威尔独立研究而产生相似甚

---

　　①　Pound，1951，p. 78.

　　②　Pound & Cookson，1973，p. 29.

　　③　几年之后，当洛威尔的诗歌造诣达到一定的前卫程度，她也开始反对用投票的民主方式去判断一首作品或者一种诗学思想优劣的做法。见 Damon，1966，p. 500.

　　④　关于庞德对散文如何厌恶，迫于生存压力却不得不写的论述，见 Crunden，1993，p. 198.

至相同的看法，比如汉字部件在诗文中的表意和修辞作用的问题，以及汉字本身与可见世界的紧密和同源的联系，表明汉诗在进入美国诗歌过程中最具魅力之处乃是汉字诗学。同时，他们对于汉诗的不同翻译与理解正好揭示了文学吸纳活动的内在特点，即吸纳并非从一种文字代码到另一种文字代码的转写，它更多牵涉作者的主体状况，包括历史性（historicity）、文化取向、美学设置，作为原文本的读者同时也是"新"作者对于各种诠释力量的开放程度。这些因素的激活和作用往往受大时代背景所左右，因此很多时候译者自身难以察觉也就不足为怪。比如，有学者观察到庞德和洛威尔以及后来的宾纳，都不习中文甚至拒绝学习中文。在汉学家帮助和协调下，他们将翻译典故注解、索考字词源流以及逐字意译等艰巨任务交给中国人，将校对和复查工作分配给汉学家，自己则在他人辛勤劳动基础上创作英文诗，并扮演裁判，充当权威①。这种劳动分工方式映射出这一次诗歌现代化运动背后欧美文化的强势力量所搭建的文本交流平台/图表（Table/Tableau）②，是资本主义扩张到一定程度时（即地方文学逐渐式微而世界文学时代尚未到来），与残喘中的处于现代化前夜的古典文明博弈的结果。

---

① 关于庞德如何利用自己对汉诗的理解在众多欧美诗人和评论家中树立自己权威形象的论述，见 Ruthven，1990，pp. 25-26。关于洛威尔如何充当权威，反驳农竹以及艾思柯的一个例子，见 Ayscough，Lowell & MacNair，1945，pp. 102-105。洛威尔甚至认为自己在某些方面比中国人更懂汉诗。

② 就平台/图表的详细论述请见本书《明心见性》部分。

第二章　相见之初：现代主义阅读
中的《神州集》和《松花笺》

庞德见到费诺罗萨遗孀玛丽的确切时间是 1913 年 9 月 29 日晚，地点在孟加拉旅英诗人沙拉金尼·奈都（Sarojini Naidu）的家中。当时玛丽正在寻觅合适人选翻译她丈夫的遗作，包括中国语文、中国和日本文学、诗歌以及日本"能剧"等笔记，数量颇多。因为这些笔记的内容涉及古汉语，特别是有关中国古诗的理解和翻译部分，故当时在伦敦能够胜任此项工作者较难寻获①。按常理，玛丽应该将文稿托付给一位或者几位汉学家，让学术界去完成这项工作。但不知出于何种原因，她敢让或者愿意让庞德一个丝毫不懂中文和日文，从未到过东方，也和学术圈没有交集的一个人去察看丈夫关于中国古诗的遗作。答案就在整件事情的前因与后果中。

首先，就后果而言，庞德不负厚望，不仅在接到文稿两年后出版了让自己也让费诺罗萨名噪一时的《神州集》。其后几年内他继续整理，还出版了《某些日本能剧》（*Certain Noble Plays of Japan*）（1916），《能剧和其他成就》（*"Noh," or Accomplishment*）（1917）以及《作为诗歌媒介的中国汉字》（*The Chinese Written Character as a Medium for Poetry*）（1920）。尤其是其 1920 年关于汉字的论文，使得生前寂寞的费诺罗萨

---

① 庞德如何遇见费氏遗稿的详细过程，见 Nolde，1983，pp. 14-16。

俨然成为现代主义运动的"幕后操手"（Éminence grise）①，他足可含笑九泉。其次，从前因看，玛丽在丈夫去世后也尝试做过整理文稿的工作。她用了三年时间整理出一本，名为《中国和日本艺术的纪元》（*Epochs of Chinese and Japanese Art*），1912 年出版。这本书原稿仅是潦草的铅笔手写本，距离出版还比较遥远，再加上所研究的对象散布在亚洲各地，年代久远考证困难，这项任务"最为困难，最为复杂"②，三年艰辛使玛丽意识到，若靠自己一人之力去整理其他文稿，特别是关于诗学和文学方面的，可行度不高。她这时面临两个选择：第一，向学术界求助，汉学家虽稀有但伦敦并非没有；第二，寻找一位诗人兼学者，即有一定学术造诣然而本身又具有强烈的诗人气质的人。她选择了后者，因为她知道丈夫生前虽然是东京帝国大学教授，但并非一名纯正的学院派，对学院派理解亚洲所持观点颇有异议③。将文稿翻译成文学而非语言学作品也符合丈夫遗愿④，而庞德是唯一有能力为故去的丈夫代言之人⑤。

历史证明玛丽的选择是正确的。庞德是一个被学术界逐出门墙之人⑥。对学术界的对立和鄙视态度也伴随他终生。他和

---

①　Hulme & McGuinness，2003，p. x.

②　Fenollosa，1912，p. v.

③　Bridson，1961，p. 177.

④　Pound，1951，p. 289.

⑤　Donald，1963，p. 45.

⑥　庞德在宾夕法尼亚大学研究生阶段就已经挂过科。该届学生中唯有他一个人未能通过文学批评课。毕业后他在一所大学教书不久便被辞退。见 Ruthven，1990，第一章。

费诺罗萨关于这一点态度一致。玛丽也看中他不懂中文但拥有超人的诗学洞察力和创造力这一点，遗稿中的任何新颖，或者主观色彩浓厚的想法经过他的巧妙处理就能被读者轻易接受并获得活力。的确，庞德从 1911 年便开始构思"新学术方法"，核心观点之一便是翻译之于诗歌活动，如同"给鬼魂带来血液"（blood brought to ghosts）①。如果现代诗歌果真要与上一个时代告别，那么诗歌涉及的学术方法也不例外。况且诗人此时已经深入发展了意象派观点。《神州集》里所有的语言结构，庞德后来回忆说，在《荒弃的外省》（*Provincia Deserta*）里都已经实验过了②。

庞德遇见汉诗之后，于己而言，当时的评论家认为他写出了到当时为止"最棒的也是唯一的好作品"（the best and only good work Mr Ezra Pound has yet done）③，对于整个美国诗坛而言，半个世纪后学者观察到他以汉诗为凭借巩固了新生的现代主义诗歌运动的合法性与创造力，"重新思考了英文诗歌的本质"④。总结起来大抵是自由诗原则、意象主义原则和抒情原则。前两条原则上文已经有叙述。这里笔者想要强调的是，《神州集》的出现一方面向人们证明自由诗和意象主义，特别是后者并非一时噱头，另一方面也展示自由诗和意象主义对

---

① Kenner，1971，p. 150. 关于庞德翻译观发展的详细论述，见《埃兹拉·庞德：明澈细节理论》（*Ezra Pound：Theory of Luminous Details*）（Gentzler，1993）部分。

② Pound，1971，p. 154.

③ Martin，1967，p. 253.

④ Kenner，1971，p. 199.

于诗学发展的深远历史意义。庞德成功地借助《神州集》将它们历史化，让其成为传统的一部分。到如今，自由诗已是英美诗歌发展的主要途径，也是认识汉诗的自然之选。叶维廉将汉语强制编排成英文格律诗的做法只会让译文"背离原文到无法想象"(unimaginable deviation from the original)①。1977 年在纽约召开的"中国诗歌和美国想象"(Chinese Poetry and American Imagination)研讨会上，与会者通过探讨近两百年来汉诗英译的成果和教训(主要是英译和法译，从最早戴维斯(John Francis Davis)和威廉·琼斯(William Jones)翻译《诗经》，到戈蒂埃的《玉书》，到《神州集》再到后来晚唐诗歌等)，认为依照韵文途径只能得到"荒唐可笑"的打油诗，即便翻译者是饱学勤勉之人②。与会者已经充分认识到汉诗是多层次、多中心的复合体。以自由诗形式翻译汉诗的做法得到一致认可。只有它才能将汉诗的复调和多态在英文中完整表达，是过去受到音节与韵律束缚的传统英文诗歌所无法企及的③。

再看意象主义，庞德向世人展示，遇见汉诗中的意象，帮助他识别了英语诗学传统中的意象主义，"如抒情诗一样古老

---

① Yip，1969，pp. 11-12.

② Anonymous，1981，p. 11.

③　当然，这次会议召开不久，便有中国学者对以自由诗形式翻译中国古诗提出异议。质问："丢掉了音韵，翻译出来的东西能算是诗吗?"而且容易给西方人造成中国诗幼稚简单的错觉。见许渊冲，2005，p. 118. 想必许渊冲先生对这次会议的内容并不了解，两者只是时间上的巧合。

可敬，但直到最近都还没被人命名"①。庞德认为，意象主义
在古今东西方诗歌中都存在，和孔子同时代的伊比库斯便是意
象派。它具有持久生命力和高度生成能力，不是新潮和别致的
代名词，应当将其载入史册并一直延续下去。然而从但丁以
来，意象手法未被西方诗人发扬却反而从东方溜入现代诗人的
视线，就连刘彻也被庞德视作和屈原并列的自由体诗人②，师
法他们有助于实现美国诗歌的文艺复兴。鉴于此，现代主义运
动的重要方法之一便是在他者身上看到自己的过去，然后向自
身传统回归。意象手法作为诗歌创作基本途径之一，当然受到
相当重视，但也无须继续单列为艺术思潮。虽然庞德看到的古
诗，在相当程度上并不符合其原貌，而且基本是从休姆延续下
来的"干练和坚实"的反女性特质。其他如阿尔丁顿和 H. D. 等
所谓早期意象派，对简约克制的意象理解主要来自莎孚（Sap-
pho），一位在某些方面和中国诗人高度相似的希腊女诗人：
"语言简短，思想单纯"，"意象尖锐"，善于克制情绪，措辞直
接，营造瞬间感③。至《神州集》问世之前，意象派在相当程度
上是用希腊诗风写就的自由诗④。《神州集》或多或少为美国诗
人提供了另一种参照。

关于抒情原则，庞德在 1908 年给威廉斯的信上如此写道：
"戏剧抒情……是戏剧的诗性部分而其他部分——对我而言则

---

① Pound，1916，p. 83.
② Pound & Eliot，1979，p. 216.
③ Campbell，1967，p. 262.
④ Moody，2009，p. 223.

是散文——留给读者去想象，或者隐含在只言片语（short note）中。我抓住碰巧让我感兴趣的人物，在引起我兴趣的一瞬间。"①庞德理想中的"言已尽而意无穷"在短小简约的汉诗中找到大量实证。阅读翟理斯（Herbert Giles）的《中国文学史》之后，庞德惊讶于汉诗的"短"，"如果一个人在十二行内写不出他要说的，那最好就别说了"。② 此时他已经初步感受到了汉语文章的精短和这种精短激起强大而宽阔的诠释可能的潜质。这确实是汉语作为象征性语言有别于西方分析性语言在语义构建和语篇布置上的显著不同。上自南北朝时期的刘勰："文以洁为能，不以繁缛为巧。"下至清代刘大櫆："凡文笔老则简，意真则简，辞切则简，理当则简，味淡则简，气蕴则简，品贵则简，深远而含藏不尽则简，故简为文章尽境。"（《论文偶记》）汉诗让庞德充分领悟到如何抛开动词形式和逻辑关联的束缚，用寥寥数行精确传神的"抓拍"，呈现事物不带感情，刻画精确细节。除庞德个人的具体贡献如诗学蒙太奇、具象化、表意符号理论等，更重要的是，人为地将一首诗的历史和社会背景与文本隔绝，直接响应形式主义和新批评。

　　从 1913 年 9 月和玛丽会面之后到 12 月中期收到从美国亚拉巴马州费氏老宅寄来的成箱遗稿③，其间，庞德深入阅读了翟理斯所著的《中国文学史》并在第二年根据这本书中的汉诗英译创作了四首中国主题的诗歌，发表在《一些意象派诗人》上，

---

① 　Pound，Witemeyer & Williams，1996，p. 7.
② 　Pound，1916，p. 88.
③ 　Benfey，2003，p. 272.

它们分别是《屈原之后》《刘彻》《扇》以及《曹植》。屈原被他视为意象派诗人①，刘彻直接影响了其日后创作的诗章②。

这些诗歌都令人惊奇地简短，可看作诗人如何在具体依照意象派三原则进行诗歌写作上做出的努力，当然也是《在地铁站》创作方法的延续。以《扇》为例：

Fan-Piece，For Her Imperial Lord　　扇，致吾皇
　O fan of white silk，　　　　　　　哦，白绸扇，
　　clear as frost on the grass-blade，　像草叶上的霜一样清亮，
　You also are laid aside.　　　　　　你也被搁在一旁。

诗人用了一个较为罕见的呼语开头。在诗行中大呼小叫本是维多利亚时期诗人最为擅长的情感表达方法，庞德在此使用无非是要提醒读者这首诗乃女性所作：请看呼喊乃是女性以及和女性气质挂钩诗人的常见套路。庞德内心潜意识中关于男女分别界定法则对如此措辞的使用产生正向效应。另外一个原因，笔者认为很有可能是凑够音节数：第一行五个音节，第二、三行都是七个，明显是模仿汉诗中的五言和七言。这首诗在音步上并不规律，抑扬格式不明显。有一定音韵规律，如blade 和 laid 押行内韵，also 和 aside 押头韵，as 和 grass 押视觉韵，等等。抛开形式不论，这首诗真正重要之处，在于它是庞德最早几首依照中国古诗创作的诗歌之一。先前即便有自觉

---

① 　Pound et al.，1984，p. 267.
② 　Qian，1995，p. 216.

运用日本俳句的作品，却并非从中国诗而来。而这次，诗人有了一份底稿，用英文写成，距离看见汉字原文还差最后一步，对汉诗英译的想法已经逐渐成熟。于是真正到接受费氏遗稿之时，"我（诗人自己）已经准备好了"。①

庞德言指的准备活动，自然包括他通读西方汉学界的中国文学权威翟理斯的著作。也有他用现代诗歌手法重新装扮/塑造中国古诗所做的尝试。现对比庞德的《扇》，再来品味一下翟理斯的《怨歌行》原文以及英文译文。

《怨歌行》

班婕妤

新裂齐纨素，鲜洁如霜雪，

裁为合欢扇，团团似明月。

出入君怀袖，动摇微风发。

常恐秋节至，凉飙夺炎热，

弃捐箧笥中，恩情中道绝。

《怨歌行》

Herbert Giles

O fair white silk，fresh from the weaver's loom，

Clear as the frost，bright as the winter snow.

See！friendship fashions out of thee a fan，

Round as the round moon shines in heaven above，

---

① Pound，1935，p. 8.

At home，abroad，a close companion thou，

Stirring at every move the grateful gale.

And yet I fear，—ah me！—that autumn chills

Cooling the dying summer's torrid rage，

Will see thee laid neglected on the shelf，

All thoughts of bygone days，like them bygone.

翟理斯的翻译可谓尽可能的翔实细腻。将"新裂"(fresh from ... loom)，"霜雪"(frost ... snow)，"秋节"(Autumn chills)译出。但后果是短短几个汉字能说清楚的事件需要耗费许多英文词汇才能表达。作品看上去更像是散文而不是其他。此外，"微风"翻译成"大风"(gale)，"合欢"处理成"友谊"(friendship)也是硬伤。从注释和解说角度出发翻译汉诗能够满足一般民众的好奇心，也可以让东方学家满足于领悟中国古诗的快感，尽管两者的满足感皆不过是自我陶醉，和事实相去甚远。庞德透过英文翻译看到的，是中国古诗固有的简洁、克制，根本不会有"ah me！"这种表达出现。古诗设喻取象，以物喻人，以景或者以境成诗的常见手法才是意象派四处寻找的表现范式。庞德的扇子，洁白(white)清亮(clear)，未经任何装饰加工，成功映照出一位纯洁天真少女的心境。受大英博物馆中国艺术品的熏陶，庞德对中国古代妇女以扇掩面("扇薄露红铅")，以扇游戏("轻罗小扇扑流萤")的做法大概不会陌生。并且，扇子是十分接近人身体的一种器物，出入怀袖的团扇使得性联想更为隐秘且增添一抹典型的东方色彩。因此扇子本身，只要能够"精确地呈现"，故事感和戏剧性已经足够，诗人无须

再费笔墨；仅有几行短小文字，尚不带"秋"字，便准确地将一把被人抛弃的秋扇带到读者眼前，并且具备层次感和微妙生动的细节：白扇是近景，草叶上的清霜是微景，能说明绸扇被搁在一旁，必是远景。于是庞德成功地将看见一件生活物品的活动，透过微观和远观两个镜头，讲出其寻常背后的跌宕起伏。有如此手笔者，难怪当洛威尔开始质疑他到底是否"冒牌"之时，庞德用来自中国古诗的"早已存在且经过历史考验"的诗学原则证明了自己的"正牌"。

庞德最先接受的费氏遗稿并非关于中国古诗而是关于日本能剧①。他 1913 年冬随叶芝到距离伦敦乘一个半小时火车的乡下，他们在一个称为"石头房子"（Stone Cottage）的地方闭门读书写作。当时带去的是关于日本能剧的笔记。后来促使他在所有费氏笔记中首先发表《神州集》的主要原因乃是 1914 年 8 月第一次世界大战爆发。由于战争突然发生，波及面广，庞德又是旅英的美国人，他和他的艺术家朋友都感受非常不适。当时正值诗人新婚不久。他的英国籍妻子突然发现自己嫁给美国人并被警察阻止她再前往石头房子，因不远荒地上有士兵操练。庞德的好友戈蒂耶（Gaudier），一位充满灵感和创作激情的年轻法国雕塑家，以及温德姆·刘易斯（Wyndham Lewis）——旋涡派艺术的开创者——都被应召入伍。他们在阵地战的战壕和泥浆里吃尽苦头。庞德正在进行的现代艺术运动因这两位好友离去而突然中断。对战争的厌恶促使他从费氏遗稿

---

① Pound & Kodama，1987，p. 6.

中发掘反战、厌战题材的诗作。在 1915 年 4 月他将这些诗作集结为《神州集》出版①。

费氏遗稿里的中国古诗数量在 150 首左右，经庞德整理后出版的仅有十四首②。具体如下：

		英文题目	中文题目	出处
1	1	Song of the Bowmen of Shu	采薇	诗经
2	2	The Beautiful Toilet	青青河畔草	古诗
3.1	3	The River Song	江上吟	李白
3.2	4		侍从宜春苑奉诏赋龙池柳色初青听新莺百啭歌	李白
4	5	The River Merchant's Wife: A Letter	长干行	李白
5	6	Poem by the Bridge at Ten-Shin	天津三月时	李白
6	7	The Jewel Stair's Grievance	玉阶怨	李白
7	8	Lament of the Frontier Guard	胡关绕风沙	李白
8	9	Exile's Letter	忆旧游寄谯郡元参军	李白

① 这段掌故见 Moody，2009，pp. 236-275。

② 《神州集》中到底有多少首汉诗这样一个看似简单清楚的问题事实上颇为麻烦。在 1915 年由埃尔金·马修斯（Elkin Mathews）出版，印数一千册的第一个版本共收入十四首汉诗。该版本因印数有限现已成为珍本。世人所常见的是一年后即 1916 年由同一家出版社出版的《鲁斯特拉》（Lustra）里的《神州集》。增加了《游仙诗·翡翠戏兰苕》《陌上桑》《长安古意》以及《停云》四首。考虑到《送别诗》是四首诗的合集，因此有十八首，又《江上吟》是两首诗合并在一起。因此总数应是十九首。

续表

		英文题目	中文题目	出处
9.1	10	Four Poems of Departure	渭城曲	王维
9.2	11	Separation on the River Kiang	黄鹤楼送孟浩然之广陵	李白
9.3	12	Taking Leave of a Friend	送友人	李白
9.4	13	Leave-taking Near Shoku	送友人入蜀	李白
10	14	The City of Choan	登金陵凤凰台	李白
11	15	South-Folk In Cold Country	代马不思越	李白
12	16	Sennin Poem*	游仙诗·翡翠戏兰苕	郭璞
13	17	A Ballad of the Mulberry Tree*	陌上桑	古诗
14	18	Old Idea of Choan*	长安古意	卢照邻
15	19	To Em-Mei's：The Unmoving Cloud*	停云	陶渊明

注：* 为 1916 年 *Lustra* 版本增补。

《神州集》的选题，即中国古诗对庞德在文本创作范围上的规划，相较于它的内容以及诗作在英汉两种语言中的比较阅读而言，同样能反映中国古诗对美国诗歌现代化的贡献。① 费氏文稿中 150 多首诗仅选十四首，十不选一，为何如此选择，选择为何如此少？深入探究两个为何，便能清楚《神州集》对庞德产生的作用。《神州集》作品大多数与战争和离别有关。可以认

---

① 钱兆明在《东方主义和现代主义：庞德和威廉斯作品里的中国传奇》(*Orientalism and Modernism：the Legacy of China in Pound and Williams*)一书对选题的范围和过程有详尽论述。本书专注于选题的动机。

为庞德如此选题源于战争给自己生活和艺术生活带来不便，为表达反战情绪，出版诗集进行抗议和反思。也可以认为《神州集》从取名到内容都充斥着一种张力，它让读者看到往日马可波罗笔下繁荣富饶的中国，与如今这本诗集里残破衰落不堪的对立，并试图用众多中国元素去营造一个西方人心目中的东方世界，如河畔蓝色的草（Blue, blue is the grass about the river），楚王的一层层的宫殿，即台榭（King So's terraced palace），女子在男人面前自称"妾"（At fourteen I married My Lord you），等等。同时，他创作/翻译《神州集》的主要动机是关于诗学方面的探索，即率先用自由诗的形式去编译东方韵律整齐的传统诗歌，建立现代主义挪用异国文化的合法性和合理性，通过《神州集》表达艺术审美在接受维度上的自适应调整和在诗学发展主张上的试探性动作。

仔细辨认这一时期庞德的艺术活动和心理状态，再结合《神州集》诗歌具体内容和情绪，不难发现庞德此时迫不及待地拿出 14 首诗，主要目的之一，除为意象主义和旋涡主义诗学运动提供实际、直接的作品以延续它们发展之外，也同时想借中国诗人之笔，含蓄表达自己对美国诗歌未来发展的态度：一方面，庞德当然厌战，战争破坏了他主张的艺术运动的进程，妨碍他用自己的诗学主张推广现代诗歌，这些汉诗英译使他诗学实践进一步发展；另一方面，从深层次而言，战争是"日耳曼返祖现象"和"差强人意的民主制度"之间的血腥冲突。在庞德眼里，这场战争的发起者以及盲从的大众愚蠢、偏执、自以为是。群氓政治以及个人独裁两种邪恶势力在现代社会制度下相互促进最终导致了西方文明社会的崩坏。诗人认为自己拥有拯救社会的思想和主张，如果艺术能够成为文明的灯火，来自创造性艺术的上层统治能够给人类一个美好的将来。① 可惜知音难寻，整个大英帝国都处在无可挽回的衰落轨道上；作为一名旅居伦敦而祖国（美国）并未参战的外国人，庞德明显感到和周围世界的隔离与孤独，于是在选题上也格外突出了这种情绪，作为现代性的主要特征②。

从被国王遗弃的将士到被丈夫冷落的妻子，从分离的挚友到荒芜的胜迹，夹杂其间并反复出现河流的危险和阻隔（by the river of swirling eddies；narrows of the river Kiang；The flat land is turned into river），世间沧海桑田的变迁无常（楚王台榭空山丘；凤去台空江自流；晋代衣冠成古丘）。庞德眼里的人类文明和依附在人类语言之上的诗歌已然走到尽头，遇到根本危机。自己刚和戈蒂耶（Gaudier）等人提出旋涡流派，将早先提出的意象——"思维和情绪在一瞬间的复合体"（an intellectual and emotional complex in an instant of time）从观念的范畴剥离（the image is not an idea），发展为旋涡，"观念汹涌急促，流转不休，来自旋涡，通过旋涡，进入旋涡"。庞德于是认为"在语言简化凝结成意象之前，必须先具有强烈的情绪"。情绪的强烈直接决定言语的简化/简练程度。情绪作为"聚变，协调，统一的力量"，强烈的情绪如何产生？迷幻剂的

---

① 　Moody，2009，p. 274.
② 　Bornstein，1985，pp. 38-40.

使用尚要等到几十年之后。① "情绪"强烈，如果只是咏叹个人心情，再往前走岂不是要踏上被休姆等现代诗人猛烈批判的维多利亚抒情的老路吗？处在十字路口，诗人亟待发现并更新强烈的主体情绪，避免沾染个人色彩的主观情绪。② 如此困境，凸显了《神州集》对美国诗学两大贡献。首先它激发日后《诗章》创作，《诗章》开头和《神州集》开头都诉说出一种回归原始、回归诗学起源的主张；《诗章》和《采薇》的主人公都陷于个人境遇无人关心，个人命运成为时代牺牲品却又无力改变的境地③。其次，看见汉字和费氏关于汉字的见解之后，庞德领悟到汉字作为诗学方法其文字内部充满能量，可以带领观察者回到语言最初阶段的纯粹与简短，在语言中找回对客观存在最为直接和生动的拟态。两者都是让诗人能够恒久更新的情绪。在第一点上，庞德连接自古希腊以来的诗歌传统，第二点庞德则和美国诗人爱默生关于文字与自然的见解相通。由此可见，中国古诗的重要作用绝不是使美国诗人看到一种异于西方文明的诗歌实体然后便开始醉心中国文化和传统诗歌那么简单，如果真是这样，庞德以及美国诗歌现代主义运动岂不将被中国化？事实上根本没有。笔者认为，应该说中国古诗以一种类似脚手架

---

① 这一段的引文来自 Pound，1916，pp. 81-94，106.

② 近年来有学者专门研究《神州集》的饱满情绪如何帮助亚洲或者中国主体在英美诗歌/文化中建立概念和话语基础。正因为亚洲长期作为被研究的客体存在，微观到亚洲人的情绪，宏观到亚洲文化的自主性在西方思想界长期处于缺席状态。有关论述请参考 Yao，2007。也有学者指出庞德等现代诗人对维多利亚诗风的诋毁更多为一时的诗学探索，而非一生的诗学信仰。见 Alexander，1979，pp. 47-48.

③ Qian，1995，pp. 194-195.

(scaffolding)和反射镜的方式，让美国诗人沿着脚手架在历史维度和国别(罗曼语族内部)维度上下攀缘，观看镜中自身，然后与自己的传统(古典、中世纪、近代)建立联络。多年后，神州阻断恩爱友谊和人生走向的河流出现在吉福德作品里，还有那美丽短暂的烟花(smoke flower)。

Separated by a river
I try not to think of you
At least my tears
please the flowers. ①

根据戴维·穆迪(David Moody)研究，庞德想要表达的不仅是生离(四首离别诗)和死别(《胡关绕风沙》《代马不思越》)两种情绪；诗集的前七首诗在主题上呈现出惊人的结构规律②。

序号	标题	主题
1	采薇	战争悲苦
2	青青河畔草	弃妇怨恨
3	江上吟	朝纲堕落
4	长干行	情书
5	天津三月时	朝纲堕落
6	玉阶怨③	弃妇怨恨
7	胡关绕风沙	战争悲苦

---

①　Gifford，2012，p. 64.

②　Moody，2009，p. 269.

③　这首《玉阶怨》和庞德不久前翻译过的女诗人班婕妤的诗作《怨歌行》有一定的依承关系。庞德是否知晓这一点，或者是否因此有意选择这首诗，不清楚，也不在本书关注范围。

　　如此划分，将每首诗的丰富层次压缩成四个字甚至更短的语义表达当然显得过度简化和概括。如此"粗暴"地修剪任何一本诗集都不难找出类似的环状结构。笔者认为穆迪的做法依然有相当可取之处。它再一次证实庞德在题材选择上并非要单一地宣泄某种特定的情绪，甚至也不完全是负面的。本来，战争是放大并激化阶级矛盾的极好时期，两次世界大战都导致许多国家不同阶级之间的尖锐冲突，《神州集》厌战却不"革命"。否则如何解释庞德将诗稿寄给战壕中的戈蒂耶①和刘易斯②，前者整日将其揣在口袋中，后者把它拿给自己长官看，给他解释什么是意象主义。因此《神州集》在题材选取上着力点并非社会政治，乃是性别政治。它从性别视角出发，围绕男女两种性别在社会分工上的差异，勾勒出一个庞大、富裕帝国正在经历的宏观和微观尺度上的困顿：宏观上蛮邦侵边，"三十六万人，哀哀泪如雨"。将士年年征战，此乃男人之苦；微观上在宫廷嫔妃不得见皇上（玉阶），在民间佳人无处觅夫婿（空床），此乃女性之苦；快乐男女倒也不缺，却被置于道德和审美颓废的大背景之下，贵族权臣在歌姬的香风曼舞（perfumed air and girls dancing）中陶醉却不知大限将至。庞德借中国诗人之笔回避阶级斗争和社会革命，着力描绘在战争中，以及作为孕育战争温床的社会中人类的现实无奈与善良期待。通过描写前方将士和后方民众各自的苦悲，为战争中的后方辩论：女性对丈夫的思念既可视作厌战，也可被看作对丈夫事业的理解和关切，也进

---

① Schweik，1991，p. 100.

② Pound & Materer，1985，p. 39.

一步强调诗人对战争早日结束以便继续现代化运动的渴望。中国古人诗作为庞德提供了一次契机，教会他如何通过放弃自我去找回自我。

另外一个颇让人费解之处是《神州集》诗歌数量为何如此稀少。联想到庞德初得遗稿之时十分兴奋，他给家里写信说："这是一个非常好的机会……该有的好东西好像全部从天上一下子掉了下来，我什么力气都不用出。"他甚至把它们称为"宝藏"(treasures)①。那么对于这样一个意外所得的金矿，包含数量可观的笔记、注释和散页的遗稿，中国古诗有大约 150 首，为何庞德只翻译了十分之一左右，而在以后半个世纪的人生中他再未系统地对古诗进行翻译？入宝山而空手归，不合情理。笔者认为是综合因素使然。首先也最为直接的原因便是中国古诗太复杂。这是任何一位翻译者都无法回避的问题②。费氏笔记中的中国古诗，时间跨度与风格差别都相当大。为翻译工作保持可操作性，庞德选择将主要精力投放在李白一位诗人身上。即便这样，他也难以一方面将充满象征比喻以及成语和典故的中国古诗完全确切地译出，比如"烟花"(smoke flower)；另一方面在译诗中凸显现代主义特征。庞德必须在语言学和文学之间窄小的中间地带艰难前行。后世学者发现大量误译和不合之处也在情理之中。庞德在 1920 年一篇关于翻译中世纪诗人阿赫诺·达尼艾尔(Arnaut Daniel)作品的文章中说

---

① Qian，1995，p. 57.

② 关于翻译中国古诗究竟如何困难的一次个案研究，请见 Weinberger，Wang & Paz，1987.

道："翻译工作乃临时凑合。不要指望我能在十年内翻译出两百个吟游诗人在一个半世纪之内做出的文章。"①对于上千年跨度居住在文化和历史巨大隔阂另一端的中国诗人，庞德就更不可能从学术角度，甚至从准确角度去深究。其次，中国语文是熟悉西方罗曼语族的庞德的弱项。他对中文的领悟能力十分有限。据学者考证，在 20 世纪 20 年代末，庞德在完成《神州集》十几年后，在已出版费诺罗萨关于汉字的论文以后，在已阅读相当数量的儒家经典之后，他依然几乎完全不懂中文。他1928 年写给父亲的信中谈及：

拿无穷多时间给我，有可能我能读得懂一首中文诗（"可能"在原文中大写）。就是说我知道表意符号（庞德对汉字的称谓）是怎么工作的，还能（原文有下划线）在字典和词汇里找得到，但我应该能（"但"在原文大写）。基本上没怎么这么干过，除非有什么迫切原因。

……

我不是什么汉学家。别跟人说我读汉语能像欧洲语言那么容易。②

庞德在解读《神州集》时主要依靠费氏以及他的两位日本老师森槐南和有贺长雄对汉字的英文注释。大多是采用将一行诗

---

① Pound & Eliot，1979，p. 113.
② Pound & Qian，2008，p. 17.

句拆开成单个汉字加以注释的方法，并没有成句的翻译。如果
需要查字典，他会翻阅由马礼逊所著的《华英字典》。这本多达
七册的大字典是庞德妻子用结婚时的礼金去二手书店购得的。
这至少说明两件事：庞德当时生活尚不宽裕；（学习）汉语的确
困难，七册大字典很容易将人吓退。① 大部头的汉语字典让庞
德查了一辈子②。

　　对《神州集》的"成书"有一定认识，有助于我们全面理解庞
德以及整个美国诗坛看见中国古诗之后的"成为"。中国古诗进
入美国诗坛以《神州集》出版达到一次高潮。这本诗集的出版为
庞德带来了巨大成功和荣誉，包括被评论家视作"英语写成的
最美的书"，"他（庞德）最出色的作品③"等。庞德看见中国诗
歌之后，从个人角度而言他发现了"一种比希腊文更具客观性，
比普罗旺斯语更富暗示性，比现代法语更有准确性，比古日文
更为才气逼人且足智多谋的艺术"。以后的汉字诗学和明澈细
节表现法均发源于此。对美国诗坛而言，艾略特有一句被无数
次引用的论断道出了庞德在读者和评论家心目中赢得的巨大影
响力："庞德是我们时代中国诗的发明者。"原文是："Pound is
the inventor of Chinese poetry for our time."这句话肯定了《神
州集》以及其背后的现代诗歌方法（意象主义只是其中之一）在
诗学革新上所取得的突破，以及突破之后美国诗坛发生的变
化。这些变化一方面是前文所述现代诗歌运动各种诗学主张的

---

①　Kenner，1973，pp. 43-44.

②　Pound & Qian，2008，p. xiv.

③　对《神州集》溢美之词的综合集成见赵，2003，pp. 19-20.

实现：发端于休姆的"正确的、精细的和明确的描写"，发展于庞德的意象派三原则，承接于洛威尔两年后在《现代美国诗歌趋势》中将要扩充的意象派六原则。具体诗歌创作手段包括意象并置叠加，戏剧抒情，明澈细节表现法等。另外庞德刺激美国现代派诗歌挪用和搬运其他文化/语言的诗歌和诗学，同时也为跨文化内化行为设立了一个早前时代不具有的标准：透明（transparency）或者半透明（translucency），翻译主要目的是保存原诗的活性（vigor），而非单纯形式复制或者代码转化。这一观点扩充美国诗歌表达矩阵的维度和视觉。美国诗歌作为国别文学在实现现代化的过程中完成独立，确立它的国家性和在世界文学中的地位。

出版《神州集》的同时，庞德在《诗刊》（1915 年 2、3、5月）发表论文《文艺复兴》（"The Renaissance"），用相当篇幅讨论文字和颜色，回顾从惠特曼以来以色彩入诗的写作方法。再一次提出美国诗歌需要从世界文学中汲取营养和优点的主张。发展"美国文学"之时无视其他国家的发现和成就，就如同忽略其他国家的科学同行，闭门造车地搞"美国化学"（American Chemistry）一样荒唐。这番话仿佛是针对布莱恩特的"陈年往事和异国珍闻等元素并非只栖身在彼岸旧国"的专门回应。庞德治学态度十分明确：文艺手段、表现方法、思想理念统统不应该被人为桎梏在国别/语言中。在科学界，既然没有"中国化学""希腊化学"等提法，文学文艺也一样，应该将其置于跨国界/无国界的最大场域中去研究。这便是庞德在看见中国诗歌之后的世界文学观。他或许不知道，在将近一个世纪之前

(1827 年)，德国学者歌德看见《好逑传》①之后，在西方文艺史（也很可能是世界文艺史）上第一次提出世界文学（Weltliteratur）的概念。《好逑传》的艺术成就让歌德相信，"诗的才能并不那样稀罕，所以我喜欢环视四周的外国民族情况，我也劝每个人都这么办"，并感言"世界文学的时代快来临了"②。从《好逑传》到《神州集》，两次西方文人看到东方作品之后都产生了类似的反应。简单说来是因为东方对于欧洲中心而言，既代表地理上的边缘，也是文化和知识上的极限。如今欧美人在自家门口撞见曾经以为远在天边的"极限/边缘"，还发现"中国人在思想、行为和情感方面几乎和我们一样，很快就让人觉得他们是我们的同类人"，自然会发此感叹。

　　在深层次上，歌德撞见中国之后的世界文学观和庞德的世界文学观有本质不同。歌德的世界文学是多样性和复合性，是杂合。"碰到好的作品，只要它还有可取之处，就把它吸收过来。"这是全球化之后，国别文学之间加深交流和融合后的自然趋势。然而国别文学本身仍然是存在的，把别人的优点"吸收过来"，自己和别人依然泾渭分明，在相当程度上还因外传而得到弘扬。而庞德认为，世界文学和"世界化学"是同等概念，世界只应有一种化学，也只应有一种消除国别界线的文学，是

---

　　①　《好逑传》即 *Hau Kiou Choaan*，*or The Pleasing History*，由托马斯·珀西（Thomas Percy）翻译，1761 年在伦敦发表。参照的版本是英文和葡萄牙文的混合文字。见 Teele，1959. 关于帕西和庞德在翻译实践中，不看原文（因为看不懂）而依照一位或者几位中间人的过渡，在翻译过程中展开想象和创新的做法，见 Kern，1996，p. 162。

　　②　爱克曼，1982，pp. 113，112.

融合。1915 年 2 月在《新时代》(*The New Age*)上发表的文章里他提出了世界诗歌(world poetry),并试图在文学评论上对各国别,各语种文学进行统一。尤具革命性的是,庞德相信世界诗歌不仅在横向上消除国别等障碍,更在纵向上贯通古今,将传统和当代视为整体,而非分段去接近,在比照文艺复兴的大背景下,变相授权现代诗人改变/改造传统的权利,目的是找回"失去的真实和失去的强烈"(a lost reality and a lost intensity)①。这也决定了美国现代诗人在观看汉诗时天生带有的互惠诉求,即要求观察者(美国诗人)和被观察者(中国诗歌)在权利协商的基础上双方都做出一定的让步,这很容易被理解成或者激化成侵略性。美国诗人可以在语法上做出一定让步,在中国诗歌的监护人如闻一多、叶维廉、王佐良等中国学者呼吁下,用去拉丁化(de-Latinize)、拼接(Collage)的方法突出汉语风格、改造/重塑英文②,那么庞德和洛威尔的拆字、史耐德的寒山阅读和石江山的音韵汉诗便不会被贬低为无知者的胡来或者有知者的恶搞,而是世界文学背景下对语言融合的大胆尝试。和歌德看到古希腊作为欧洲文明源头类似,庞德心中的古中国和古希腊能够帮助现代语言去接近巴别塔倒塌之前,即第一次全球化时代的亚当语,它是现代人再一次回归自然和世界的理想途径。在世界诗学范畴中,它继承并发展了中国古诗的

---

① Pound,1915a,p. 411.

② 关于汉诗英译语法的比较问题,参见叶维廉《比较诗学》"语法与表现"一章,朱徽《中英诗艺比较研究》中"语法"一章,刘若愚《中国诗学》第一部分第四章"诗歌语言的语法特点"。

"不隔""剔透"，以及爱默生从英国语言学继承的"同构"（iso-morphic）概念①。

　　艾略特将庞德称为发明者本身也多少有些不合常理之处。小学生皆知，发明一词，往往用于先前从未出现的新事物，如"爱迪生发明电灯"。而发现适用的上下文为事物/知识在寻找活动之前已经存在，如"哥伦布发现美洲"。中国古诗早已存在，汉诗英译庞德远不是第一人，那么何谈"发现"。据学者研究，这段话的原文其实试图强调庞德翻译成就的局限性，重大意义尚居其次②。简而言之，艾略特在强调两件事：第一，《神州集》不是中国诗歌。第二，它是伟大的诗歌集。第二点因为光环过于耀眼将第一点几近湮没。艾略特解释道：我觉得每一个时代关于翻译都有一个错觉……当一名外国诗人被合乎我们的语言、我们的时代的惯用语表现出来，我们相信他就被翻译了……而实际上，"惯用语"（idiom）无论如何精妙，始终带有地方特征和时代特征，只是该诗人及其作品某个具体时空的一种特定投射。"每一代人都必须为自己翻译"并且为自己发明，不仅是艾略特的观点，也在思想发展上承接休姆关于现代主义诗人的要求。休姆认为，"因为他（诗人）意识到寻常的不足于是便有责任去发明"③，发明所要达到的目标是摆脱模式

---

　　①　语言和自然"同构"的概念是 17 世纪英国语言学的主要研究课题。见 Cohen，1977. 爱默生将其发展为"自然的整体皆是人类思想的比喻"（the whole of nature is a metaphor of the human mind），见 Kern，1996，p. 20。

　　②　原文见 Eliot，T. S. "Introduction"部分，Pound，1928，pp. 14-15.

　　③　Hulme，1924，p. 167.

化形式（stereotyped form），即艾略特说的惯用语（idiom），对诗人的束缚。从这个角度而言，与其说对中国古诗的稀薄认识逼迫庞德去发明，不如说中国古诗陌生朦胧的题材为现代主义诗人提供了一次或者多次宝贵的发明机会。正是这些发明和实验的活动明确了现代主义相比早先时代而言在复杂性、表现力以及进入他者诗歌的手段和时机等方面的突破。

艾略特这一番关于庞德诗学成就的著名评论实际上流露出他眼中一个鲜为人知或者众人皆知然而选择缄默的隐藏现实：获得汉诗活性的英文诗歌不再是汉诗英译的简单复制，庞德翻译汉诗成就自己的诗学建设，汉诗的原作在翻译之后也便消失了（被驯化、铲除或者遗忘）。今天看见的汉诗原文只是存在于中国文学，甚至是封存在中国古典文学中的遗存。而世界文学里的中国诗大抵是英译之后的模样。"看见"之后中国古诗便不复存在，或者和观察之前的面貌全然不同。这是"看见"活动内在的一部分，也是现代主义运动的鲜明特点。西方现代化运动对绝大多数东方国家而言，具有明显破坏性，或曰重构能力。从洛威尔幼年记忆中正在消失的古日本，到《神州集》出版后不久解体的古中国文明，"观察"的破坏力显而易见。就文本构造层面而言，以任何一种思维"模子"（叶维廉语）对另一种模子解读都一定会产生位移，该位移并不能简单归置到一种模子去解释。而西方思维生产出的文本在文化政治上处于强势，客观上放大了位移的影响力和波及面，自然被许多人理解成破坏，破坏之后的汉诗在世界文学范畴中便不复以原貌存在，或者说，旧貌被新颜取代之后，残存在东方文化和学者之间的所谓"原本"反而成为阻挠汉诗完成现代化转身的累赘和错位。也无怪乎叶维廉在初读汉诗英译时："看着 Giles，Fletcher，Bynner，Christy，Jenyns，韦利等人解说式的翻译，我急起来，气起来。原有的、我们可以自由活动的空间和境界完全被破坏了。"①因此叶希望中国人写英语文章在英语世界中为汉诗正名，"……但要为中国诗的境界'正名'的想法则始终未失去"。②

也可以理解成迁徙。德里达在《巴别塔》(*Les Tours de Babel*)中论述翻译在后现代社会继续存在的价值与意义时，重提惯用语翻译的不可为："惯用语(idioms)不可简约的多重性，翻译工作的必为与不可为，它的必要性即是不可为性。"③文言文普遍具有高度"不可简约"的惯用语/成语形式，无论以何种态势接近都不完整，无论以何种具体观察都会改变诗行的语义设置以及诠释潜力，给人留下话柄，留下尚未完成或草草完成的感觉/错觉。正是因为《神州集》在美国诗坛取得的成功和它在翻译上的种种漏洞，才真正凸显它以及在它以后进入英语世界的中国古诗的重要价值：从文本起源角度出发，它巩固新批评，倡导封闭阅读文本，并启发半个世纪之后解构主义运动。据笔者观察，欲解读译者和原作者之间几乎通过文本交流而建立的汉诗英译，要求读者用高度接近阅读马拉梅诗作的方法，

---

① 叶维廉对庞德的《神州集》总体持肯定态度，也对诗集的种种所谓硬伤感到惋惜。见 Yip，1969，pp. 199-203.

② 叶维廉，1983，p. 5.

③ Derrida，2007，p. 197.

注意力主要集中在"句法、间隔、互文、声音、语义、词源甚至具体字母"①。对修辞效果和文本形式的高度重视自然瓦解了文本的一致性和作者的权威性。如果修辞而非其他乃是文本意义建立的基础(汉诗英译之后如是),那么意义权威性很难由外部力量去保障(汉诗英译之后不是)。于是在这个现代主义阅读的时刻,对汉诗原文的专注实质上离间了原作者和文本之间的亲密度。进一步说,为文本脱离汉语诠释社区,进入当时西方的汉学诠释社群以及美国诗坛的迁徙,提供理由"正名"。

另外,从社会起源角度出发,《神州集》折射出西方对东方的观察和理解模式,由此引发的关于认识的真实性、方法论的可为性以及诗歌连带的现代性的争论。海亚(1999)详细观察并分析各家之言:艾略特以为《神州集》并非中国诗歌而张敬烈(Jang Gyung-Ryul)强调如此上乘作品只有得中国诗学神髓者方能为之;叶维廉为庞德因不谙中文而只得屈身于费诺罗萨遗稿中而扼腕,钱兆明却为庞德用诗学心眼打破文字之隔阂,竟将汉诗与自身被忽略的诗学传统背景再度复合而兴奋;科恩将《神州集》看作"主要是一次英美文学事件";而陈小眉(Chen Xiaomei)眼中《神州集》主要价值之一,是英美读者遇见它的文化不同质(culturally alien)后生成的一连串理解/误解,阅读方法论核心应指向跨文化而非某个单一文学场域②。

以上关于对庞德"看见然后成为"的一连串争执和分歧以及在思考方向上的简单铺陈,笔者认为,不单是整个事件复杂性

---

① Bonaventure,2012,p. 164.

② 以上几位学者的观点以及出处见 Hayot,1999.

的最好证据，更是在提醒人们有必要超越二分法（中国 vs. 美国；翻译 vs. 原创）在本体论上的局限性，用开放多元的观点正视现代化运动的二重性或者多重性。静态来看，这些研究从不同角度出发，看到或者强调在不同历史时期和批判审视下变身为英文的中国古诗的所在地。该位置坐标有两个维度，每个维度拥有三个可能值：国别（中国、美国、世界）和内质（翻译、改写、原创）。两个维度的值决定各家眼中的《神州集》所在地，其间显然颇有出入。如果将《神州集》定位为中国文学翻译，则暗合叶维廉为汉诗正名之愿。如理解为美国文学原创，则和艾略特认识到现代派固有的拿来主义一致。如果理解成世界文学改写，则正是陈小眉提出的文学作品对审美和认识是激发而非满足；如果理解成美国文学改写，则符合钟玲关于"美国作家创作的一刻，他把自己许多经验、感受凝聚在一起，作艺术的呈现，而中国古典诗歌的翻译文本只是各种经验的其中之一而已"的主张①。按数学组合计算所示，当有 9（3×3）处可能地点。上述学者的观点显然还未完全体现释放《神州集》在诠释空间中可能占据的位置以及势能。

以动态眼光看待和追踪庞德在跨文学迁徙中所作的努力更为重要且有趣。为解说方便起见，笔者用一个带有两个维度的笛卡儿坐标系去描绘迁徙的过程和方向。首先是萨义德关于西方在接近东方过程中认识（perception）和接受（reception）的论断。海亚归纳如下：

---

① 钟玲，2010.

虽然西方对中国的任何一项认识都可能与中国实际情况相符，准确并且真实，但在接受和生产方面也必然在某种程度上反映出西方的人种中心思想。

While any single Western perception of China may be accurate and true to the real China，it is also necessarily inflected to some degree by Western ethnocentrism，in its reception as well as its production. ①

萨义德在认识论上清楚而明确地将西方和东方区别对待。认为两者即便在认识层面上能够不带任何误读和偏见地洞悉对方一切细节，也不可能在认识之后没有偏差地接受/接纳对方，尚不论庞德的强项和魅力就是误读。② 造成隔阂的根本肇因是各自主体在质上的差别。统一认识的努力对于弥合接受层面上的分歧无补。钱兆明以此作为参照，指出萨义德认识模式之不足在于：

　　首先，庞德和威廉斯似乎并不认为西方文化优越。其次，东方吸引两位诗人的地方真正在于它的类同（他者中的自我），并不是它的不同（他者中的非我）。

　　First，Pound and Williams did not seem to believe in Western cultural superiority. Second，what attracted the two poets toward the Orient was really

---

① Hayot，1999，p. 517.
② Kenner，1971，p. 459.

the affinities（the Self in the Other）rather than the differences（the Otherness in the Other）. ①

在钱兆明看来，从认识东方到接受东方，庞德以及威廉斯观看的结果是在东方诗歌中发现和自身诗学认识颇为相似的见解与结构，比如庞德在上文中提到中国和希腊在简约和直接方面的类同，将中国古诗成功改变美国诗坛的机制归结成东西方诗学相互融通。威廉斯作为另一位现代主义代表诗人，虽终生主张美国诗当用美国语，当言美国事，根植于本土而不必效仿他国，但他依然高度评价中国和希腊古诗对于现代诗歌运动的重要启发作用，特别是在其晚年。他 1954 年和丹妮斯·莱维托芙（Denise Levertov）讨论诗艺时写道："无论写什么你（Denise）都得删了再删——但在作品中却不留雕琢痕迹——最终发出的声音里就满满都是你想要的。"②如果将这段话上下文移走，多数熟悉中国古诗的读者可能会不自觉地以为他们正在讨论中国古诗，很容易嗅出中国或者东方的气息，尽管实际上和中国没有直接相关，是希腊。

基于萨义德和钱兆明的划分与归类，笔者用箭头 3 在笛卡儿坐标系内表示艾略特笔下《神州集》的迁徙过程——横轴两极是认识与接受，纵轴两极是类同和不同（见下图）。换言之，《神州集》始于中国古诗原本，终于美国诗歌。钱兆明对《神州集》迁徙过程可以用箭头 1 表示。

---

① Qian，1995，p. 2.

② Levertov，Williams & MacGowan，1998，p. 11.

类同

1
2

接受 —————— 认识

3
4

不同

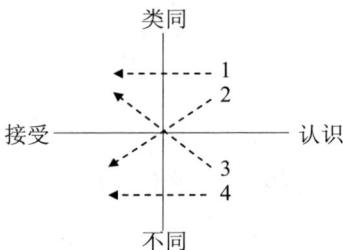

上述制图思路也可以直观描绘其他类型文学迁徙活动的轨迹。例如，箭头 1 可以表示古诗今译以及欧洲罗曼语族作品间的相互翻译；箭头 2 可表示某些海外文学在作者故乡被接纳的过程，如北岛离开中国之后的作品被国人阅读；箭头 3 是成为一个国家民族文学经典的外国作品，如《神州集》《砌石与寒山》之于美国文学，《敕勒川，阴山下》之于中国文学，以及近年颇为流行的仓央嘉措《你见，或者不见我》。箭头 4 则代表大多数翻译作品，比如重要古代诗人李商隐和陆游，至今仍徘徊在世界文学门外①。

如此看待艾略特这句圆滑论断以及它深广的引申意义能够避免进行诗学比较时走弯路。和原文相比，译文文意准确和诗意完备依然重要，只是诗歌受现代化进程驱使，在迁徙之后要经受相当数量来自故土之人的不定期审查，因而错位较为显

————————

① 文学概念如"国家""海外文学"等仅为文学范畴讨论。笔者无意纠缠它们的政治含义。值得特别注意的是李商隐极其复杂而隐晦的诗作几乎让他成为现代朦胧诗派的穿越前世。克莱因·卢卡斯(Klein Lucas)提出了一个新颖观点：从律诗和梵文关系出发，卢卡斯认为李商隐故意用朦胧、陌生和难以琢磨的诗句，试图让律诗重新获取梵文的他者性，为走向世界文学铺路。见 Lucas，2010，第五章。

眼。就中国古诗迁徙到英文而言，实际上还涉及古代汉语在现代汉语语境下的内译（箭头 1），以及中英文两种语言的融通（箭头 3 或者 4）。既然结构主义已经令人信服地展示文本阅读的权威性是多重复合体，而非单一结构，那么对庞德看见中国古诗之后的种种做法，就不应局限于庞德的文字，或者某一位译者的文字有多么"忠实"，他/她所建构的诗行是多么贴近原文，从另一个角度印证艾略特给出翻译和原文之间的二元对立："如此出色的翻译不仅仅是翻译，对翻译者而言是出于自己手笔的原文，也是通过原文找到自我。"①如果出色翻译都能或者都要求译者在一定程度上偏离原文，对原文进行一定程度的再创造，那么译者心目中的汉诗，和许多中文为母语者的理解必然有一定偏差。如庞德所言，美即在陈词与陈词的缝隙之间闪现。出于本能反应未加仔细思辨的理解，母语也好外语也罢，正是存在于脑海中的陈词。

　　为"准确地呈现"，在此从《神州集》中抽取一个实例《青青河畔草》进行详细分析。选《青青河畔草》是因为它曾被庞德之前和之后的学者翻译过多次，便于比较庞德和其他各家的汉诗翻译②。这首诗无论原文还是译文均达到相当高的艺术水平。诗意无穷而篇幅有限，笔者只能摘选自己眼中较为精彩的部分详细论述。《青青河畔草》的头四行，庞德译作：

---

① 　间接引用于 Marin，2001，p. 18.
② 　在此"翻译"二字仅为行文方便。前文关于《神州集》意义的大段论述应该能够说明这本诗集内质问题。

Blue，blue is the grass about the river

And the willows have overfilled the close garden.

And within，the mistress，in the midmost of her youth，

White，white of face，hesitates，passing the door.

诗人因翻译《神州集》得以有机会第一次仔细观察汉字——尽管数十年间也未能深入了解——然后对他以为的汉字诗学特质倍加重视，这是后话。而此时此刻，他只能依照费氏破碎的注解，以及参考翟理斯的翻译。据叶维廉考证，庞德看到的费氏遗稿的原文当如下:①

青	青	河	畔	草
Blue [green]	Blue [green]	river	Bank Side	Grass

鬱	鬱	园	中	柳
Luxuriantly spread the willow [dense]	luxuriantly spread the willow [dense]	garden	In [middle]	willow

盈	盈	楼	上	女
Fill Full (in first bloom of youth)	Fill Full	storied house	on	girl

---

皎	皎	当	窗	牖
white	white	just face	Window	door
brilliant	brilliant	[at]		
luminous	luminous		（window）	

　　任何一个人，只要能够睁眼看世界，无须懂汉语，无须是汉学家，看到《青青河畔草》原文前四行就能发现两个特点：第一，每一行前两个字重复，根据唐代上官仪的划分当为连珠对；第二，"鬱"字出人意料的复杂，《说文》曰"木叢生者"。一个并不生僻的汉字笔画将近三十（若此人知晓如何辨认笔画），足以让许多习惯拼音语言的西方人，也包括接触过字母的东方人拍案①。关于汉字的论述将在后文展开。对第一点，汉字形容词重叠的丰富表意精神和修辞美学已有大量文章专门论述，在此按下不表，仅谈一处细节：太田辰夫在《中国语历史文法》中极为简短而富有见解地指出："这（AA 型形容词重叠形式）在上古汉语中非常发达，但几乎应该说是两个音节的象声词或者拟态词，因此，单独一个字是不用的。"②从古汉语构词法的角度一语道破"青青、皎皎"蕴含的玄机。显然"青青"之辈并非象声，因此语义性状处于拟态无疑。拟何态焉？春回大地，草长莺飞，"草色遥看近却无"的初春已过，阳光下万物张扬恣意地生长。柳树已是"郁郁"，时当暮春盛夏。"青青"等叠词，如

---

　　①　汉字拉丁化的呼声自 1919 年新文化运动以来到 20 世纪 60 年代一直不绝于耳。

　　②　太田辰夫，2003，p. 157.

太田所言，带来双重难题：准确而生动的拟态，是为"显性"结构；无缝地整合在古代汉语"非常发达"即较为常见的表达之中，如"青青陌上桑""青青陵上柏"，是为"隐性"结构。一隐一显为翻译者设置相当障碍：如何处理这一系列叠词，既不能不做，否则诗句失去光泽；也不能做作，避免译文从英文角度读起来古怪笨拙。

庞德用了一连串让人眼花缭乱的文字和修辞手段，依托自己欧洲诗学传统的深厚内功，在处理四个重叠词上展现出天赋，充分证明"发明者"头衔并非虚名。他大胆地，多少是出于一位诗人在平衡修辞手段上的本能，将四个叠词也分为显性与隐性两组。首尾是 blue/blue 和 white/white，第二、三行是，willow/overfilled 和 mistress/midmost，不仅让诗句在重叠形式上未受减损，反而暗有增益。这样呼应有致，对仗工整的 abba 方式显然不是出自汉诗。英语世界的读者此时如能观察到这一点，便不难领会此乃意大利十四行诗（Petrarchan sonnet）头八句的经典韵脚套路，而这类诗的特点之一恰好是描述作者心中求之不得、无法言说、难以企及的爱情①。庞德采用这种形式有意要补偿译文在遣词上相对汉诗特征的明显偏离之不足，并变相使用一个常见西方爱情诗的音韵结构，为移植而来、源自汉诗内部的"活力"提供住所。并且，overfill 和 midmost 两个最高级格式，从侧面重现了汉语重叠格修辞目的：

① 代表诗人弗朗希斯科·彼特拉克（Francesco Petrarch）著有《坎佐涅雷》（Canzoniere），为爱慕劳拉（Laura）所作，写作时间长达四十年，而终身不得心上人正眼相看。

丰富，众多，于"时"正当，于事无补，与原诗中少妇在如此美好时光中独守空房，虚耗光阴，枉发感叹的唯美与可悲高度契合。

此外，如果有人认为他用"蓝色"（blue）去对应青色乃是被费氏遗稿所误，则有失偏颇。事实上他在"客舍青青柳色新"一句中便还原了"绿色"（greener and greener）。用蓝色标识青草大致原因有二：蓝色在英文中的忧郁引申意，符合楼上女此时此刻的心情；蓝草营造出一个不真实，富有异国情调的东方。最后，四个叠词本身具有惊人的关联性：首尾两个颜色，两对单音节词，通过意思关联在一起，中间两对双音节词，通过发音"/i/"关联在一起。这首诗虽然并不押韵，音节数也不规律，但成功利用叠词达到另一种整齐，并在原作视觉效果之外和谐自然地增添了声学效果，不输给汉诗原文。从这个角度与翟理斯生硬的英文拷贝相比，高下立见。尽管有意识使用头韵（green grow grass；long lank 等），但将汉语叠词的显/隐性结果完全破坏，余味有限①。翟理斯（1901）的翻译如下。

> Green grows the grass upon the bank，
>
> The willow-shoots are long and lank；
>
> A lady in a glistening gown
>
> Opens the casement and looks down.

庞德在此时对汉语语音一窍不通。二十年之后他回忆说，

---

① 　Giles，1901，p. 97.

翻译《神州集》之时他对汉诗音韵方面的技巧毫不知晓，多少是一种遗憾①。尽管如此，这首译诗在声学技巧方面依然达到高度成就。大量使用短元音"/i/"和摩擦音"/s/，/z/，/θ/"，如 is，river，overfilled，within 以 及 grass，willows，close，mistress，midmost，youth，face，passing 等。短元音让人感到短小与急促，如同"楼上女"易逝的韶华和痴情。摩擦音传递出被边缘化和剩余的焦虑。夏日明媚阳光下观察者偏居院落一隅，担心自己在情郎心中是否早已"被搁在一旁"。"/s/"音反反复复出现，在每一个不经意的瞬间，烘托出寂静午后阵阵刺耳的蝉鸣，让人烦躁。音节设置同样匠心独具。整首诗以单音节词为主，间有一定数量双音节词，意图模仿汉语一字一音的特点。只有第四行 hesitate 是三音节词（如果不计第二行的合成词 overfill）。庞德有意提醒读者，在先前短小词汇铺垫之后，hesitate 让整个诗的节奏放慢。前文皆在描述外物场景，这一句意识的主体现身，点出何人在观看，心情又如何。似烘托楼上女缓步走过门口（尽管汉语中是窗口），故意想让外人窥见她难以启齿的心事和寂寞，暗合下文的"空床难独守"。零散单词之间的生动、有机且复杂的联系，让肯纳叹曰：乃是"大量丝线"（so many filaments）句法的、声响的、意象的串缀在一起的结果②。庞德把简略克制的中国诗背后的复杂和精致成功带到了英文，进而有所突破。

庞德翻译当然也存在漏洞。通过阅读有关中国文学的介绍

---

① Pound & Qian，2008，p. 21.

② Kenner，1971，p. 200.

性作品并亲身从事翻译实践，此时诗人对汉诗的神韵已经有一定把握。这些经验性、总结性的知识，很明显，无力让诗人看到深藏在原作之中的哲学思想：观物观己的世界观，观察者和观察物之间的互不干涉、有机融合。勉强算上一个静态动词"当"，《青青河畔草》前四句动词出人意料地缺席，便是明证。着力避免动词出现，不但映衬园中静谧，也传递一种僵硬和压抑，恰好对应下文内心世界正在经历的波澜起伏。是佛家之不动或者道家之无为的世界观在进入现实世界保持"不沾身""不动念"所做的努力。观察者置己身于物外，满眼草木皆与自己无关，也不局限在自己的视野中。"盈盈楼上女，皎皎当窗牖"两句中的人物角色好似与自己的肉身脱离，从他者的角度来观察自己，看到了一个正当盛年的美丽女子，在安静环境中安静存在。然而最后一句"空床难独守"的内心独白，让这种宁静和谐完全破灭。几乎脱离动词，避免了动词牵涉到主系表（主语＋系动词＋表语）或者主谓宾的笨拙，汉诗短短几行便完成从超然到凄然的大幅度跳跃。显然庞德的翻译未能做到。他在语言结构上延续的仍是恺撒的名言"Veni，vidi，vici"（我来，我见，我征服）中充斥着主体性、动态动词的表意句法。相比之下，韦利的翻译在动词使用这一点上要克制许多，虽然他也未能处理好重叠词连用。

> GREEN，green，
>
> The grass by the river bank.
>
> Thick，thick，
>
> The willow trees in the garden.

Sad，sad，

The lady in the tower.

White，white，

Sitting at the casement window.

注：原文 GREEN 大写。

庞德翻译《青青河畔草》时未能获知的事实是，中国传统诗坛内部对《青青河畔草》的意境和诗意的改编和借用一直未曾停止。据宋代李淑在《诗苑类格》里的总结："诗有三偷：偷语，最是钝贼……偷意，事虽可罔，情不可原……偷势，才巧意精，各无朕迹。"无独有偶，这种观点并非中国学者所独有。艾略特在比较马辛格（Massinger）对于莎士比亚的借鉴时，认为"不成熟的诗人模仿，成熟的诗人偷盗；拿回来的东西，蹩脚诗人使之蒙尘，优秀诗人使之增色，或者至少另有别裁"。高明的诗人偷诗时，目光应该放高远，瞄准那些来自"悠久的过去，语言陌生，兴趣不同"的作者①。可见，只要能够青出于蓝，便偷得大方，拿得有理；只要和当下的自我足够遥远，模仿者和被模仿者相遇便能够碰撞出火花。或许是出于巧合，不提沈约《拟青青河畔草》"漠漠床上尘，中心忆故人。故人不可忆，中夜长叹息"，仅信手应用三条后世对《青青河畔草》挪用和改编的实例。杨炯《途中》有"郁郁园中柳，亭亭山上松"，借题发挥，心情也颇似楼上女的抑郁不满，故为偷语。孟浩然有《赋得盈盈楼上女》，依照《青青河畔草》的抒情线索，用"妆成

---

①　Abel，1973，p. 213.

卷帘坐，愁思懒缝衣"一联，添入自己的想象，增加连贯动作行为和心情描写，让整个故事细节变得更为丰满细腻，是为偷意。辛弃疾《清平乐·村居》中"茅檐低小，溪上青青草"一句与"青青河畔草"比照之下呈现出精巧的镜面对称。用短短九个字勾勒出田园生活的简单与古朴。如此模仿不留痕迹，介于似与不似之间，可谓"偷意"之代表作。中国诗人从《青青河畔草》诗句中汲取灵感的做法充分证明诗歌作为文本的互文本性：文本只要存在，便不可能被拘束于单一时空，总是会有突破语言文字契机出现，激发文本开始跨文化/时空迁徙。迁徙的过程不可能"无损"，也无须要求"不变"。《青青河畔草》等诗歌作为独立自主的"才巧意精"的文本可以为中国诗人服务，也能为美国诗人服务。庞德之前的翻译者学究式的做法未能取回真经，从汉诗中看到文本的生命力，故将诗歌翻译活动减损为学术，而非艺术。庞德以及他们同时代的人显然在《神州集》取得巨大成功后也意识到了这一点。他身边的洛威尔更是跃跃欲试，积极寻找崭新方法去接纳汉诗这位远方来客。从前的方法既然是错的，是"枉"，那么矫枉便应过正。这当是庞德和洛威尔拆字法产生并持续相当一段时间的情绪动机，它源于意识，而不是源于知识。

　　和庞德一样，洛威尔是这一时期另一位利用翻译和模仿中国和日本诗歌提升自己诗学造诣，达成诗学理想的诗人。她的出现和产生的响动与喧闹本身即带有明显的美国民族性：爱好争辩，更热衷实验①。洛威尔试图借助诗歌运动达到美国文艺复兴的想法和庞德如出一辙。自从挤走庞德成为意象派领导人之后，洛威尔以出版《一些意象派诗人》为依托，的确实现了她初到伦敦时的梦想：成为现代诗歌潮流的领头人物。她现在能够出版专著，点评美国现代诗歌潮流，也能抽出时间和精力对幼年记忆中的远东诗歌进行仔细研究。在庞德三原则基础上，作为回应，同时也试图抹去庞德的旧影，她发展出意象派六原则，只字不提庞德，并声称这些原则乃被众多诗人（并非单独某位诗人，暗指庞德）自愿采纳（voluntarily adopted）②、自然发展而不是被某人强加定义的结果，目的是要写出"最好的诗作"，促成"真理和美的精神的重生，这意味着在现代世界中再次发现美"③。这六条原则大致上是对庞氏主张的延续，但也有显著区别。这些区别不仅造成《松花笺》与《神州集》在翻译风格和阅读美感上的分歧，更体现了洛威尔作为"后来人"，在观看汉诗的视角与思路上做出的探索。

　　在洛威尔眼中，自由诗并非现代诗歌的唯一选择。思想需自然地依托在合适妥帖的韵律结构上，无论此结构是否属于先前存在的某种"体"，或者当下流行的自由体，复调散文等，或者全新的原创形式，因为"新的抑扬顿挫意味着一种新的思想"④。这意味着当面对汉诗这种看似陈旧（至少完成于数百年

---

① Untermeyer，1919，p.137.
② Lowell et al.，1917，p.236.
③ Ibid.，p.237.
④ Ibid.，p.239.

之前）实则新颖（如何为现代诗歌运动所用）的文学材料时，不但完全有理由抛开原作韵律/形式的局限，用新的结构和思路去阐发，同时也不能忽略新的诗学形式和结构的实验以及建设。观察汉诗当然不可避免"破"，破的同时必须有所立，否则"新的抑扬顿挫"又有何用？此外，现代诗强调"集中"（concentration）①，将各种感官获得的刺激信号在简短的诗行中集中，造成并列、重置、对立、互补等效果。集中和现代主义片段化（fragmentation）对立并且统一。片段化和集中两种观察态度都可以追溯到早先休姆等诗人提出的关于具体（concrete）的主张。对具体事物精确描绘一方面取消传统表现方法注重的整体性和完整性，因此所见多为缺乏关联的局部特写；另一方面局部描绘零而不散，通过诗人精心布局反而在语义表达和思想发展等不同层面出现一致性和连续性。换句话说，过去时代的诗人总是竭力表现（represent）事物，因此用铺垫，有头尾，借助主谓宾等各种语法和修辞手段去达到目的，文字和事物以及文字与文字之间的关联由作者完成，阅读的主要任务是理解和领会。对本质上十分简短凝练的汉诗的翻译更充分体现了如此努力和它的无用。现代诗人已经意识到这样做只会延迟描写对象的出现，削减其生命力，并耗散文字的力量。通过"呈现"（present）抓住具体事物，放手让文字自己去寻找形成表意结构，阅读因此成为诗歌方程式的一部分，依靠解码文字生成的诠释能

---

①　Concentration 可以译作"集中""浓缩"，或者"凝练"，内涵和外延各有不同。这里作者选择集中，目的是要避开"浓缩"或"凝练"附带的"短小"的隐意。

力，超越了文字本身，填补文本在形式和内容上的空隙。如此方可从容应对用一个完全陌生的句法构建的中文。庞德依照类似的思路删改艾略特诗作《荒原》，去掉叙述承接和过渡，尽量只留存戏剧化片段。20 世纪后期出现的语言诗派也间接由此受益。

不难看出，现代派诗人在后印象主义、立体主义等美学实践启发下，关注点已经从表现转向呈现，文学活动重心放在"成为"上。这也是洛威尔完成《松花笺》的真正意义所在。此时她对汉诗已经有一定接触。即便尚未领略到"枯藤老树昏鸦"这种语法极度片段化，写意又非常集中的诗句，她所领导的现代派以及和她反目的庞德，作为现代化运动大潮中的一股势力在许多方面正在有意识地取法汉诗。据她自己说"含蓄是我们从东方学来的重要东西之一……使人们在心中想到某个地方或某个人，而不是去直接描写这个地方或这个人"①。可惜她的收获因为诗人英年早逝而凋零。在她身后，现代诗歌运动的另两位重要人物同样意识到形式对于诗歌现代化的重要性。汉诗等其他国别文学进入美国诗坛的重要意义并非告诉人们多少年前在遥远的东方发生过怎样的故事，而是翻译汉诗在形式实验上取得的突破。"诗歌即是创造新的形式"，② 威廉斯认为任何用十四行诗形式写成的诗作都不可能超越 12 世纪的意大利。再依托古人诗歌形式去表述今人思想的做法乃是死胡同。艾略特在 20 世纪 50 年代回首这场运动时也说："时不时便会有某些

---

① 张，1982，p. 200.
② Williams & Thirlwall，1984，p. 134.

文学形式和内容上的革命或者突变发生"，某些过去的写作形式"不能再对应当代新的思想、感觉和言语模式"①。洛威尔在处理汉诗翻译中用到的拆字为句，拆原诗一句为译诗多句，复调散文，简洁含蓄的笔调以及意象主义方法，实质是用现代派的"新"去重新改造汉诗的"旧"，既是"创新"也是"更新"。

　　上文提及，洛威尔翻译的汉诗在宾纳眼中辞藻过于繁复和华丽，尽管他做这番评论时尚未见到《松花笺》全貌。有意思的是，在中国学者吕叔湘看来，《松花笺》可贵之处正是它的平实贴切②，并且"无工巧"，而宾纳的作品反而"颇逞工巧"。两人意见如此相左，抛开宾纳与洛威尔之间的竞争不谈，恰好揭示了美国诗人观察汉诗的角度在《松花笺》出版前后几年正在发生巨大转化，也隐约透露出诗歌现代主义运动的发展轨迹。试图在英文中完整重现汉诗方方面面的做法已被证明是死路一条。中国古诗具有精致优美的格律，但落入英文中立即变形走样。据吕叔湘 20 世纪 40 年代末，纵览现代主义诗歌运动产生的各家汉诗英译之后概括，用英文律诗格式翻译汉诗，弊端"约有三端：一曰趁韵……二曰颠倒词语以求协律……三曰增删及更易原诗意义"。其中第二条，为求工整而倒装尤其为美国现代派诗人不屑③。从前认识汉诗的方法必须推翻重来。既然完整

----

① Eliot，1965，p. 57.

② 吕叔湘，2002，p. 13.

③ 在洛威尔眼中，倒装让人嫌恶。见《现代美国诗歌倾向》(*Tendencies in Modern American Poetry*)，p. 241. 而威廉斯主张将倒装永远清除出现代诗歌。见 Williams & Thirlwall，1984，p. 134.

复制已不可求且求之无益，在现代主义诗人眼中，汉诗于是成为一块难得的试验田：内容结构复杂而深刻，从文字语义到意境主旨都充满弹性和不确定，邀请翻译者通过不同方法解读然后产生自己的创作，再将自己发现领悟的汉诗方法（不只是写作技法）以及审美融入新作。庞德顺利达成这种转变。韦利、洛威尔、宾纳跟随其后。宾纳以庞德在意象营造上的简约和直接为参照，洛威尔的《松花笺》有散文的趋势，故而辞藻华丽。而吕叔湘以宾纳在原诗基础上颇有发挥为论据，认为宾纳"好出奇以致胜"，反衬出洛威尔诗作的平实。

洛威尔作为意象派领袖，在意象派其他成员如弗莱契、H. D. 都在东方诗歌中寻找灵感的大前提下，也逐渐靠近汉诗。据弗莱契回忆，《神州集》出版之前洛威尔思想里便已浮现不少东方模式的影子，并开始利用中国古诗的创作套路来写作，证据是收录于诗集《刀锋和罂粟籽》(*Sword Blades and Poppy Seed*)的一些短诗[1]。弗莱契作为意象派运动"当事人"且一度是洛威尔最亲密的朋友，所以此观点被后世学者广泛采纳[2]。然而在《刀锋和罂粟籽》这部作品的前言，洛威尔谈到诗歌创作不能只靠情绪饱满和思想飞扬，必须同时依托出色精巧的技法和形式，她只说自己十分受益于法国诗歌，丝毫未提亚洲、日本或者中国诗歌。笔者认为，《刀锋和罂粟籽》作为洛威尔的第二本诗集，既然被视为她在诗歌创作上使用复调散文

---

[1]　Fletcher，1945，p. 160.

[2]　Ibid. ，p. 125.

(polyphonic prose)的突破性作品，让她"迅速走红"①，其中影影绰绰的东方或者中国的重要意义不在于《刀锋和罂粟籽》具体包含了多少异国元素，而是诗人主动在形式上进行的一系列实验②。《刀锋和罂粟籽》更适合被视作庞德的《荒弃的外省》(*Provincia Deserta*)。通过它，诗人得以实践自己的写作方法和诗学理念。所以《刀锋和罂粟籽》从一定程度上预知并提前支配了《松花笺》：为传递心中的强烈感觉，诗人必须"找到新颖突出的意象，让人愉悦而出人意料的形式"，以及"无韵的律动，有机的节奏"。正确/合适的结构非但不会限制诗人，反而能够帮助诗人完成"美的作品"(a work of beauty)③。《松花笺》中不少拆句实验明显受"无韵的律动"启发。这种更接近散文的创作方法不是洛威尔一个人异想天开，它是那个时代现代派积极实验的产物，比如威廉斯的意识流经典著作《科拉在地狱》(*Kora in Hell*)便是用散文诗写就，用富有韵律感的即兴文字捕捉从一个瞬间跳跃到另一个瞬间的想象。

　　洛威尔遇见汉诗的经历和翻译《松花笺》的过程在《松花笺》前言部分有简要叙述：1917 年秋，弗洛伦斯·艾思柯，这位她儿时便结识并相交甚密的伙伴，从中国回到美国开设一些东方题材的讲座，带来了相当数量的中国画，其中许多是字画书

---

　　① Gould，1975，139.

　　② 《松花笺》的合作者艾思柯也不认为《刀锋和罂粟籽》带有任何具体亚洲成分，尽管有几首作品和远东诗作的意象相当吻合。见 Ayscough，Lowell & MacNair，1945，p. 21.

　　③ Lowell，1914，p. x.

法类的作品。洛威尔对这些作品十分感兴趣，交谈之后发现两人都对此有相当兴趣，因此一拍即合，要合作翻译一部中国诗歌作品。翻译遇到各种阻碍，包括战火让通信受阻、汉诗的困难让译者花费大量的时间和精力去理解和揣摩原意、汉字的丰富含义让译者难以取舍等。最后克服重重困难，终于完成一本"尽己所能最为接近原作精神的诗集"①。的确，为了能够看见汉诗的原生态，在"尽我最大努力逼近原文的状态下阅读中国诗人"，② 洛威尔将自己的精力、才智和想象力推向极限。为翻译这些诗歌她和艾思柯之间产生了厚厚的通信和电报。在《松花笺》最后阶段，洛威尔许多个星期每天晚上都要在自己家通宵达旦地和艾思柯一起商讨翻译的细节。直到第二天拂晓，艾思柯才会离去，留下洛威尔自己对译文进一步润色和处理③。这样的作息规律持续了许多个星期。《松花笺》最终完成以后，洛威尔告诉艾思柯，关于中国古诗（杜甫）的下一步合作要往后推一推，等完成济慈传记，放自己一个长假之后再说④。

上文提及，和庞德不一样，洛威尔拥有显赫的社会地位和充足财力，兄长还是当时首屈一指的日本专家，对她而言看见中国古诗并不困难。她从小就接触到了许多东方的艺术品和手工艺品，也听到兄长以及跟随兄长来访的宫冈恒次郎等亚洲人

---

① Ayscough & Lowell, 1921, p. v.
② Ibid., p. vii.
③ Ayscough, Lowell & MacNair, 1945, p. 29.
④ Ibid., p. 32.

亲口讲述的亚洲①。在她眼中的汉诗如此复杂困难，主要原因是她坚持使用的三种语言代码并重的阅读方法：汉字本身（字形信息），部件及其英文翻译（字源信息），汉字直译的英文（字意信息），希望超过老对头庞德以及新对手韦利。此外，每一句译文至少要经过三道工序的加工：第一道工序艾思柯将中文转码成英文，第二道工序洛威尔负责把英文直译转化成诗句，第三道工序艾思柯检查这些诗句是否与原文贴切并做出相应修改。两人时常为了一两句诗或者一两个字词争执好几个回合。洛威尔内心深处十分感激艾思柯能够不动肝火、不伤友谊地和她争辩，知道自己往往不顾及他人感情，并不是一个容易相处之人②。考虑到两位作者还要时不时请教那位不会说英文的中国神秘学者农竹，翻译过程就变得更为曲折③。所有辛苦都是值得的，从试图把庞德的译文敲出一个大洞出发④，最后将庞

①　Benfey，2003，p. 208.

②　Ayscough，Lowell & MacNair，1945，p. 30.

③　这位名为 Nung Chu 的中国人的确十分神秘，其身世简要介绍见 Ayscough，Lowell & MacNair，1945，p. 193，当为与辛亥革命有瓜葛的清廷权贵或权贵之后，汉语翻译来自" cultivator-of-bamboos"（p. 65）。英文口语能力为零，阅读能力也只有一点（p. 30），不在艾思柯居住的上海且暂时联系不上。为何伦敦圣教书会总部干事窦乐安（John Litt Darroch）会将此人作为"唯一人选"推荐给艾思柯（p. 90），值得玩味。而她居然接受了，更让人不解。艾思柯作为出生成长在中国之人，和中国知识界隔阂至此，不得不说是一大憾事。

④　Ibid.，p. 43.

德的译文彻底击倒①，至少她自己认为如此。就这一点而言，洛威尔在中国古诗这个双方共同的客场赢得了一场久违的胜利。有资格夸耀于西方人和华人。于是她们给当时的美国总统哈定和中国末代皇帝溥仪各寄去一本《松花笺》②。

《松花笺》书名表面上是说中国文房四宝中的"纸"，两位作者介绍了松花笺"十色纸"的优美典故③，反映出两位译者对纸张的偏好和敏感：上文提到洛威尔十分喜爱兄长时常从日本寄来的各种纸笺；事隔多年艾思柯仍然记得当她即将回中国，留下洛威尔一个人定《松花笺》稿之时，洛威尔提笔写下的告别信，用的便是"光滑的淡黄色纸"（smooth primrose-colored paper）④。深层次上，两位译者试图用"松花笺"这个名字留住那个正在因为现代化而迅速消失，但在记忆中依然十分鲜活的理想东方：书写工具以及文字载体本身便是诗歌表达的一部分，字如其人，字画合一；题写在照壁上，门两侧以及生活中各个角落的诗句才是最为"原装"的亚洲/中国诗歌；在那个遥远国度，不仅妇女可以拥有自己的字体、诗风，甚至连书写的纸张（松花笺）都具有性别特征。既然以休姆—庞德—艾略特—乔伊斯为发展路线的现代派有意对女性及其创作不予重视，就有洛

---

① 这段话原文是"This discovery should knock out Ezra's transla-tions completely, as far as their resemblance to the originals is concerned."来自 16th August, 1919. Amy Lowell Collection, Houghton Library, Harvard University.

② Ibid., p. 191.

③ Ibid., p. xcv.

④ Ibid., p. 29.

威尔、杜丽特尔、摩尔等女性作家寻找机会发起抗争。《松花笺》发表之后，面对来自男性世界（美国和中国都有）的指责和质疑，洛威尔的反抗尤为强烈且尖锐。

不算上书尾的字画部分，《松花笺》一共收录中国诗122首。其中李白诗歌占有相当大的比例，竟有83首之多。据译者解释，她们清楚中国学者对诗人的排序：杜甫、李白、白居易。之所以选李白是因为：第一，杜甫的诗太难翻译；第二，白居易不少作品韦利已经进行了翻译。韦利1918年出版的《中国诗一百七十首》，李白、杜甫的一首不收，白居易诗歌占到近一半。不难看出，洛威尔和韦利在庞德之后，就选题上的不同态度而言洛威尔是在避让韦利并故意和庞德撞车。

上文已经提及，庞德看见中国古诗为美国现代主义贡献了三个主要特点：自由、意象和抒情。尤其是意象手法，如并置、叠加、省略句法，明澈细节等被曾经是意象派运动的发起人或者发起人之一的庞德熟练地从中文挪用到英文中。对于洛威尔这位半路出家的意象派，其思想还难以完全脱离印象主义的势力范围，想在意象上追赶庞德是不现实的。当然并不是说洛威尔打消了在意象营造/处理上和庞德分高下的念头，对此，她写的许多日本俳句便是明证之一。此外，她在《松花笺》中多次使用逐字翻译，让没有曲折转化的中文直接进入读者视野，在诗人精心安排下，大量缺乏直接关联的语义信息瞬间涌入，造成张力、密集，充分激发读者的诠释欲望，因为她和庞德一样，也相信"将诗歌抓住读者想象力眼睛的那部分翻译到另外一种语言中去，并不会有丝毫损失"①。比如洛威尔版本《秋扇怨》：

> 新裂齐纨素，鲜洁如霜雪
>
> Glazed silk，newly cut，smooth，glittering，white
> as white，as clear，even as frost and snow.

本来"齐纨素"是一个类似于"景德镇细瓷"这种土特产的说法。考虑到之前的三位翻译者的处理都只用了两个形容词的近义词，翟理斯用的是"fair"和"white"，丁韪良（W. A. P. Martin）用的是"fresh"和"new"；庞德用的是"white"和"clear"②，洛威尔选择将它在中国读者心目中的确切意义全盘托出，甚至有些过火。读完两行，六七个形容词奔入视野；为保持汉语中的形容词并列形式连用"as"。在词汇处理上，译文大量投放形容词和明喻标识"as"，和庞德的《在地铁站》完全相左。但仔细观察便能发现它并不违反庞德提出的意象派三原则，同时也能成为洛威尔六原则中"集中"和"具体"的优良范例。从某种意义上说，它的确可以被视作庞氏意象派另一种可能。译文彰显出洛威尔透过中国古诗去规划现代主义：多元并且喧哗，强烈而具有侵略性。

如果意象是洛威尔有心和庞德较量的战场，那它也只是战场之一。另外一个较为明显的战场则是她在现代诗歌文体格式建设上所作的努力，即复调散文。而拆字法是两位爱好中国字

---

① Pound，1935，p. 340.
② 吕叔湘，2002，p. 83.

画译者的偶然或者必然发现，服务于复调散文，是洛威尔在诗歌实践上的主要创新之一，标志着她从 1912 年《多彩玻璃顶》中的浪漫主义，到 1914 年《刀锋和罂粟籽》中的意象主义，再到 1918 年中的复调散文计划，不到十年间便完成了诗学主张上的三级跳。有后世有评论家这样评价复调散文：

> ……英文中出现过的最为变化丰富和灵活的诗歌形式。它没有阻力和障碍地从一种节奏流转到另一种节奏，视当前片刻的情绪而定。所有韵文手法它统统认可，唯一的约束是"声音与感觉当相互应和"。
>
> ... the most various and supple poetic form ever devised in English. It runs without let or hindrance from one rhythm into another，according to the mood of the moment；it allows the use of any and every device known to versification，the only restriction being that "the sound should be an echo to the sense". ①

洛威尔在多处场合对复调散文下过定义。在给弗莱契写的信里说："复调就是发出很多声音，之所以取这个名字是因为它利用诗歌所有的声音，即韵律、自由体、谐辅韵、头韵、押韵和回归（return 即是重复）。它运用每一种押韵形式，时而甚至用到散文韵。"②在诗集《堪·格兰德的城堡》前言中洛威尔又

---

① Damon，1966，p. 257.
② Untermeyer，1921，p. 163.

说，复调散文突破了韵律诗和节奏诗之间的藩篱，"复调散文
在同一诗里可以时而是韵律诗，时而又是节奏诗，却没有不协
调之感"①。决定因素不在于展开并遵循某一种单一格式，只
要"坚持诗的手法一定要完全适应诗所要表达的思想"，便是好
文章。接触到汉诗之后，她又坚持认为汉诗中的赋便是原始的
复调散文，理由是"赋也利用中文诗歌中所有的声音，尽管大
多数情况下，赋的利用方法有别于韵文正文的利用方法"②。
其信念之强烈，尽管经英国韦利和中国赵元任建议和规劝她仍
然坚持③。主要理由和证据之一是她读过一篇北宋欧阳修的赋
（由一位中国教授提供）和梁元帝萧绎关于赋的论述。若不是艾
思柯劝阻，洛威尔甚至认为她的拆字法，可以将每一个汉字还
原为不同部件发出不同声响的复调混合体④。

　　起源于 18 世纪的法国诗歌、复调散文通过《刀锋和罂粟
籽》第一次在英语世界中亮相，走向成熟是在 1918 年《堪·格
兰德的城堡》，即洛威尔着手翻译汉诗的一年后。从某种意义
上提前支配了十几年后巴赫金在《陀思妥耶夫斯基诗学问题》中
提出的"复调理论"产生根源，认为"人类生活基本的，不可简
约的多中心性或者复调性"⑤决定了现代性的复杂和混杂，因
而任何无视这种复调性的文学批评在方法论上都是先天不足

---

① 　张，1982，p. 189.
② 　Ayscough, Lowell & MacNair, 1945, p. 267.
③ 　来自 Ayscough, Lowell & MacNair, 1945，韦利的反对见
p. 183，赵元任的劝阻见 pp. 186-187.
④ 　Ibid., p. 27.
⑤ 　Bakhtin & Emerson, 1984. p. xx.

的。换句话说，洛威尔在对形式革新的痴迷和深度发掘上已经
到了臆测和偏激的边缘，这是她饱受诟病之处。却也得益于
此，这使她比其他接触汉诗的美国诗人如弗莱契等人，甚至比
庞德在美学发展理论上更前进了一步，不但看到了中国古诗的
多层性，即音律的、句法的、意象的、意境的等层面特质，还
同时认为这些层面的状态，或者"价"（valance）在翻译实践中
必须用复调散文的内在特点——随意而不定——的手段来处
理，因为摆在世人眼前的汉诗根本就是典型的多中心复合物：
不但有文本的、内文本的和互文本的意义，在汉字内部（通过
拆字法而寻获的"汉字诗学"）和读音语调上也存在相当的逻辑
结构和由此衍生出的复杂性。她想通过复调散文这种现代主义
诗歌手段发出呐喊：请忘记绝大部分汉诗每行或四字，或五字
或七字的事实，几位懂汉语又能作诗的稀缺西方人才将心智局
限于推敲字数/音节数实在可惜。现代作家要依靠指南针，而
非遵循路径，去获得艺术领域最为丰富的发现，威廉斯在同一
年（1918 年）如是说①；也要放弃将充斥中国古诗的典故和成
语完整地植入英语中来的做法，因为这样的做法并不总是必要
或者有益，诸如折柳送别等典故在西方读者看来若不是隔膜，
便是进一步加深对东方的"陌生化"和"异国化"等他者思维的成
见，这些典故成就了汉诗②，最终也毁了汉诗，韦利在后一年

---

① Williams，1920，p. 16.
② Ayscough & Lowell，1921，p. xxiii.

(1919 年)感叹道①。

洛威尔有意利用汉诗这块试验田，使用句法的抽象（作为高度现代派）、如此语调的变化与杂合（遥相呼应后结构主义）、感官信号的放大（意象主义和印象主义）等诗学手段来构造她梦想中的美国文艺复兴。作为第一次世界大战前后现代主义高速发展时代的现代派，在洛威尔的诗学观中能找到过去时代以及未来时代的魅影。她用于承载汉诗的复调散文有评论家说是惠特曼最初开辟的散文诗《我自己的歌》的延续和发展②，并且更具有目的性和自我意识；同时也是师法福楼拜的散文笔调的结果：福楼拜置投射意识中的感官刺激重构为背景，而洛威尔将其处理为前景，并强调"风格和色彩上的明艳"③，这便是美国性。超前性在当时有些人眼中已经达到变态（Abnormal）的地步④，用自由诗翻译中文也被当时某些中国留学生哂笑为古怪（queer）⑤。但半个世纪过去，当英加登（Roman Ingarden）提出的文学作品本体层叠理论（stratified system of norms）被刘

---

① Waley，1919，p. 21. 不仅译汉诗如此，对于作汉诗，王国维在《人间词话》中也有类似主张。回避使用典故和故事，以求"语语皆在目前"，如果"使用故事，便不如前半精彩"。

② Boynton，1922，p. 532.

③ Aiken，1918，p. 347.

④ Ambrose，1989，p. 52.

⑤ C.，1922，p. 351. 这位神秘的作者只留下字母缩写 C. H. H.，根据赵毅衡在《诗神远游》（2003）第 23 页的猜测，可能是张歆海。这位哈佛博士应该是为了保存自己的面子，才选择不署全名，毕竟洛威尔当时风头正劲，而且还是哈佛校长的妹妹。

若愚修正为复调结构之后①，洛威尔看到中国古代文学而坚定复调理论的做法终被历史证明不是毫无道理。另外，她通过翻译汉诗（当然也通过其他渠道）看见和学习到的抽象句法：不试图构造表意中心，而通过暗示、关联等弦外之音去达到声音与感觉的相互应和，又暗合狄金森所开创的诗学，包含并扩展了"去印欧语"实践，是现代性发展的主要特征之一②。

　　复调散文作为指导思想让洛威尔用三个句子去表达三个字：温庭筠《忆江南》的第一句"梳洗罢"被译成：

> The hair is combed,
>
> The face is washed,
>
> All is done.

　　洛威尔显然克制住了用主语人称"I"和代词"My"去讲故事的欲望。三个被动语态排比在此不显得重复累赘。虽未能保持原文"梳洗罢"便"独倚望江楼"的连贯性和动态感，但英文制造出来的延迟效果仍可以匹配漫长等待一整天之后，"斜晖脉脉"时仍不见情郎，被时间拉长和放大的焦急。英语诗歌中重复结构相对汉语而言是不常见的，但为了让文字中每一个声音都能加入复调大合唱中，《松花笺》大量使用重复和排比手法，强烈到甚至有点让人反感的程度③。

　　当然，复调散文最有名的例子当数吕叔湘眼中的洛威尔翻

---

① 詹，2005，p. 192.

② Serafin & Bendixen, 1999, p. 897.

③ C. , 1922, p. 351.

译杨贵妃的《赠张云容舞》①，吕叔湘高度评价了这首诗在形态和音律上取得的成就：

> 这首诗译得很好，竟不妨说比原诗好。原诗只是用词语形容舞态，译诗兼用音声来象征。第一，它用分行法来代表舞的节拍。行有长短，代表舞步的大小疾徐。不但全首分成这么多行，不是任意为之，连每节的首尾用较长的行，当中用短行，都是有意安排的。第二，它尽量应用拟声法（onomatopoeia），如用 puffed，fluttered，ripplings，touching，brushing 等字，以及开头一行的连用三个长元音，连用三个 S 音，第二节的重复 lilies，重复 up 等等。所以结果比原诗更出色。②

吕叔湘写下赞扬之句时并未提到复调散文等观点，也就是说，他很可能并不知道洛威尔有心在翻译汉诗以及后来创作中使用复调散文这件事。如果真是这样，吕叔湘对复调散文的态度就这首诗的评论而言应是中立甚至带有好感的。中国学者之

---

① 杨贵妃只有这一首诗传世。能被找到，可见洛威尔和艾思柯在选材上的匠心。同时值得注意的是，洛威尔选择中国女性诗作并非完全看中她们诗作的文学价值。她在给艾思柯的一封信中说中国罕有出色的女性诗人值得翻译。见 Ayscough, Lowell & MacNair, 1945, p. 78.

② 吕叔湘，2002，pp. 603-604.

翘楚能认为"译得很好，竟不妨说比原诗好"①，是复调散文可行性的最佳证据，也说明中国古诗经过加工后对当时美国前卫诗学思想产生的作用。

　　汉诗除了能产生复调散文、重复格等在诗歌创作方法和技巧层面上的显性作用，即影响诗人"怎么去写"，也能以阅读活动为路径进入作为读者的诗人的心理世界，不但和阅读主体已有的观点、看法、经历等发生关系，更能够帮助定义和捕捉尚未清晰的心理活动，使得意义建构能够在为其提供的框架规范下发生，即影响诗人"怎么去看"。中国古诗映射到诗人阅读经验中究竟是何物，可以通过观察比较构建意义和原文意义。最为吸引人之处莫过于那些明显的"错误"或者"偏差"，原文和译文意思完全相反的例子。洛威尔对以下四句的处理，比照原文，准确度都欠佳，特别是"相迎不道远"，和中国人通常理解的完全反了。

<blockquote>
早晚下三巴，预将书报家。
相迎不道远，直至长风沙。
</blockquote>

From early morning until late in the evening，you

　　descent the Three Serpent River.

Prepare me first with a letter，bringing me the news of

---

①　许渊冲，中国学者的另一位翘楚，却对此持有异议。认为"译诗给我的感受，却像听见美国女郎在酒吧间里跳摇摆舞。时快时慢，如醉如痴，印象大不相同"。并提供了自己的改动。目的是要恢复原诗"轻歌曼舞"的感觉。见许渊冲，2005，p. 145.

when you will reach home

I will not go far on the road to meet you，

I will go straight until I reach the Long Wind Sands.

只要不是因为疏忽或者技术问题，如错别字等非认知因素造成的，如此人人皆曰"然"的表达居然读成"否"。有学者认为洛威尔的"反向阅读"完全源自女性主义思想①。笔者认为除此以外，还有两种可能：第一，诗人/读者愚钝有加，谨慎不足；第二，原文隐藏有歧义，且在语言特征上具有高度的特异性，如林语堂英文著作《苏东坡传》的题目为（*The Gay Genius*：*Life and Times of Su Tungpo*）。Gay（"快乐"或者"同性恋"）本身具有的特异性容易让只看到书名却不知何人是苏东坡的读者产生严重误会。就《松花笺》而言，第一种情况的概率远小于第二种。于是借助研究错误偏差，结合一定的文本考据手段，便可能还原认识框架的原貌和成因，发现"怎么去看"和诗人因此发生的变化，认识"反向阅读"的现代性甚至"后现代性"。

汉诗在语言上的高度特异性对于非汉语母语者相当明显。常见的例子是"鸡声茅店月，人迹板桥霜"这样本身已经充满诗意，十字六景的句子。实际上，笔者观察到，由日常语言变异而来的表达不仅能够在古诗中寻获，在当代中国人的生活中同样随处可见，如"酒好不怕巷子深"。这句话乍一看十分浅显易懂，并没有任何歧义和误解的可能，但细究起来却有玄机。这个表达缺乏主语，酒和巷子都可以自为主语，"我是酒，我不

---

① Munich & Bradshaw，2004，p. 125.

怕我的巷子深"；也能接受诠释主体分配而来的主语，"他的酒""你的巷子"。第一种可能，主语阅读，以我为中心，语义建构箭头指向自己，是"我的酒好所以我不担心巷子深一些"，还是"我是好酒所以我不担心巷子深一些"。读者如果加上"我"作为主语，须在"我的酒"和"我是酒"之间做选择。第二种可能，宾语阅读，以酒为外物，语义箭头指向外，"你的酒好所以你别怕他的巷子深"，或者"你的酒好，但是他不怕，因为你的巷子深"。诠释到此已经从最初的叙事诗（epic）跨越到了戏剧诗（drama）。可是分歧/精彩还有更多。"酒好"是"名词＋形容词"结构，还是动词拷贝式"酿酒酿得好"的缩略形式，或者动补结构"酒酿好了"？现代汉语中"酒好"可以理解成"优良的酒"，又何尝不能视作"酒不够好，需要再好一点"，如人们在商店试穿一双鞋，同行人评价说"鞋大"（当然说的是脚小，鞋比脚大）。"酒好"究竟是在描述现状还是在表达期待，它有意无意地邀请歧义到访。并且，句读也能吞噬读者对阅读天真不设防的想法。"酒好不，怕巷子深"已经有些过分，要是断成"酒，好不怕，巷子深"，他人又当做出如何理智而思辨的反应？如果某人"胆敢"将其逐字直译成英文：

Wine good not afraid alley deep

典型洋泾浜，徒增笑料耳。但进一步排列成：

Wine good

Not afraid

Alley deep

谁又能武断地说这是一个彻底的玩笑和闹剧呢？有中国文人将常建《题破山寺后禅院》一句"曲径通幽处，禅房花木深"穿凿为"酒香不怕巷子深"的谜底（曲通酒）在先，才有美国诗人尝试用自由诗拆字解读在后。如此含义深刻、排列奇怪的汉诗，让洛威尔怎能不偶尔"失手"？就如 1916 年韦利一时兴起，逐字翻译了一些中国古诗：

> 杨柳青青着地垂
>
> 杨花漫漫搅天飞
>
> 柳条折尽花飞尽
>
> 借问行人归不归

The willows—green，green，down to earth droop.

The willow flowers thick，thick，whirled heaven-wards fly.

The willows' branches' breaking is over；the flowers' flying done.

Beg to ask，absent man return，not return?

其中"搅天飞"（Heaven-wards fly）和"归不归"（return，not return)的直译风格十分明显。将这首忧郁怅惘的惜别诗处理得多少像是刚学英文的外国人在作文课上的习作，让人忍俊不禁。同时，willows' branches' breaking 一句，东方人到底在干什么古怪勾当：一次重大自然灾害，一种奇怪人文风俗，或者两个同性朋友之间传递爱意的暗号？在接下来的半个世纪内韦利都不愿再回首这次试验，不愿让自己和洛威尔一样去面对重重负面评论，直到自己垂垂暮年，这本小诗册只有五本存世之时才同意重刊①。

　　以上恶搞般地"糟蹋"一句俗语以及对比汉诗直译②，笔者并非有意和谁抬杠，只是试图说明美国诗人在观察汉诗之时可能出现的困惑和疑难：尚不说诸如"从菊两开他日泪"这样复杂的语义和句法建构③，就算是中国人理解起来完全不成问题的"相迎不道远，直至长风沙"这样直白的口语也难倒了洛威尔和艾思柯，农竹博士却未能发现这个硬伤，要赵元任去提醒，"道"不能作"road"讲，应是"say"④。两位译者把"相迎不道远"理解成"不远道相迎"，即"不走到很远的路上去迎接你"。费尽心思诠释的结果和中国人自然阅读得出的结论完全相反。正是上文举的"酒好不怕巷子深"能够被人理解出"反意"的实例。艾思柯即便被她的合作伙伴奉为"汉学家"，也未能掌握"道远"和"远道"这对互逆词之间的重大区别，栽在汉语迷人的语序陷阱中。如果把"早晚下三巴"中的早晚理解成早上和晚上"morning/evening"，可以让人发出"对于西洋人翻译中国诗，

---

　　①　原文见韦利，1965 的开头的说明部分。

　　②　韦利后来对直译的看法有一定发展。在 1919 年出版的《一百七十首汉诗》中他提到直译有助于保持原诗的节奏感，让他观察到汉语字数和英文重读之间的关系，并说服自己当英文比汉诗短时，不会为凑够音节数任意添词（Waley，Bai，1919，pp. 33-34），发展出有意识地用重读音节对应汉字的方法。后来又将直译分成句法直译和语义直译两个层次。见 Yip，1969，p. 89.

　　③　洛威尔对这句诗的处理被认为"爽快而且忠实"。见赵，2003，p. 225.

　　④　Ayscough，Lowell & MacNair，1945，p. 186.

我们不能要求太高"这种类似于宽慰，实则失望的感叹①，那么将"相迎不道远"理解成反义则恰好证明了诗歌在现代阅读环境中所呈现的复杂性："我们的文明包含高度的多样性和复杂性……必定产生各种各样的复杂结果"。② 原文只是复杂的源头之一，多个译者翻译同一首汉诗，如这首《长干行》据吕叔湘1947 年总结，译者竟有七人之多，知晓对方的存在，互相对比、参照、竞争，对同样原文产生各自不同的解读，也直接决定现代阅读经验必须具备多重性。

　　每一个译者，相信自己真正理解原诗，从各自的角度对原诗用英文重构。他们和原文明显相左之处，是汉诗复杂结构以不同角度和组合迁徙到英文的结果，既反映了译者本身的风格和特质，也折射出中国古诗对美国诗人的影响。例如，庞德的《神州集》是他戏剧抒情（dramatic lyricism）风格的延续，而洛威尔的《松花笺》则清楚表明她的独白式抒情取向③。"预将书报家"按英文手法仿佛女子在发号施令，字字铿锵有力：为我准备（prepare me），带来给我（bring me），完全和前文"妾"（your Unworthy One）的身份相抵触，哪里是妾说话的口气？结合作者在介绍中不惜笔墨地介绍柳树的内涵和特种人称代词"妾"的事实④，想必她们将《长干行》解读成离别女子抒发怨

---

① 丰，1983，p. 122.
② 原文出自艾略特的论文《玄学诗人》（*The Metaphysical Poet*），发表于 1921 年 10 月号的《时代文学副刊》（*Times Literary Supplement*）。
③ Xie，1999，p. 131.
④ Ayscough & Lowell，1921，p. lix.

气，要求尊重。在介绍里她们表明自己知道中国传统诗歌里
"男人写给女人的爱情诗几乎不存在"①，因此中国诗人在意识
层面压抑男人对女人的需求，将需求压制放到潜意识里，放纵
并意淫女性对男性的饥渴。洛威尔还未察觉到双性化写作对后
来兴起的性别研究和批评的重要意义。应该是出于本能，作为
高蹈派中的女罗斯福②，对《长干行》做出了一次女性解读。笔
者进一步认为，对《长干行》这封洛威尔版本"怨书"的翻译，是
她对于女性写给男人的书信这种流行于第一次世界大战主题的
东方延续，也是对庞德和韦利版本《长干行》的回应。在 1914
年的《刀锋和罂粟籽》的一首诗中，这样描述一位给自己爱人写
信的女子：

　　……

The Beloved is writing a letter.

Occasionally she speaks to the dog,

But she is thinking of her writing.

Does she，too，give her devotion to one

Not worthy?

（the beloved 指狗眼中的女主人）

　　这首诗命名为《傻瓜的钱袋》（Fool's Money Bags），暗示
那个时代女性在经济和社会地位上仍然是男人的附庸。将一只

---

① 　Ayscough & Lowell，1921，p. xliv.
② 　Untermeyer，1919，p. 139.

狗对自己主人的忠诚和一位女子对自己男人的思念相比较，大胆而自我地提问"值不值"（not worthy?），从真正女性——而非男性构想和意淫中的女性——角度去描绘并且质问一位写信女子的内在情绪，透露出女性自我意识的觉醒。形式上被认为是散文形式和韵文节奏的理想结合①。几年后在 1919 年诗集《浮世绘》（*Picture of the Floating World*）里，接触到汉诗之后，和庞德、韦利一样，洛威尔感受到了汉诗/日本俳句中看似短小平实的叙述里能够高度压缩的各种情感。她模仿俳句的风格写出了下面两首诗。

> A BURNT OFFERING（烧纸祭奠）
> BECAUSE there was no wind，
> The smoke of your letters hung in the air
> For a long time；
> And its shape
> Was the shape of your face，
> My Beloved.

　　无论出于何种缘故烧掉爱人的信件（burning offering 当理解为爱人去世之后），伤心和苦痛自然难以用具体语言表达。如果这首诗里爱意尚浓，下面这首诗用抒情语调描绘更为直白和苦痛却又无法解脱的怨情。开头六句被康明斯（E. E. Cummings）认为是现代艺术新奇和暴烈之代表，奇特意象"苍蝇腿"抢走现实

---

① 　Baum，1922，p. 158.

主义文学的风头①。灼热的月光好似又不似中国古诗中"行宫见月伤心色"的境遇。

THE LETTER(一封信)

LITTLE cramped words scrawling all over the paper
Like draggled fly's legs，
What can you tell of the flaring moon
Through the oak leaves?
Or of my uncurtained window and the bare floor
Spattered with moonlight?

I am tired，Beloved，of chafing my heart
against
The want of you；
Of squeezing it into little ink drops，
And posting it.
And I scald alone，here，under the fire
Of the great moon.

　　根据她和艾思柯的通信推测②，洛威尔此时应该对克兰默-宾(Cranmer-Byng)所著的《灯节》(*A Feast of Lanterns*)不陌生，通过这本书她了解到月亮在中国传统诗歌中的文化比喻含义，即忧伤和爱恋等情绪，以及晚间不请自来，照彻人间悲

---

①　Healey，1973，p. 451.
②　Ayscough, Lowell & MacNair, 1945, p. 79.

喜的特质①。只是她的"伤心月"无须寒冰来点缀,在诗人自身个性改变下,辐射出巨大热量竟类似于当时刚发现的放射性物质。和《傻瓜的钱袋》相比,这两首诗的双性化性状更为明显。读者无法精确判断主语人物角色"我"的性别。如果出自女性口中,似乎是诗人借助人物角色宣泄对男性薄幸和感情无常的憎恶(男人怎能如此对待女子?),延续从 *Pattern* 以来的写作风格,并将西方情绪灌输到东亚文化中,借助异国性来铺陈现代主义的性别和身份表达,突破西方思想和诗歌在类型学上的限制。如果出自男性口中,又似乎在挑战性别成见下男女相思模式的现成传统(男人怎能如此痴迷女子?),并借助东方风格辉映由性别传统不对称规划造成的两性差别和双重标准。语义建构牵涉的双性特征邀请读者做出自己的诠释判断(或者延缓诠释判断)去接近诗作的形式内核,情感内核反倒退居其次。

除性别和性别话语上的杂合,洛威尔许多诗作虽然在名义上具有明显的国籍性,比如《浮世绘》,比如汉风诗(*Chinoiseries*),然而无论从内容到形式都模糊甚至抹去了日本诗歌和中国诗歌之间的界限,以及诗句主体在国籍和文化上的具体归属。表明对于亚洲文学产品的处理,诗人和庞德是一致的,在美国诗人的诠释探索和意义建构活动中,允许并期待亚洲各国学者对亚洲某一具体国家文学做出本土解读,以种族板结

---

① Cranmer-Byng, 1916, pp. 12-13.

（Racial Lumping）为手段确立作品的亚洲性①，使得本来内质各异且不断发展变化的亚洲各国别文化被现代主义杂合成恒常古旧的亚洲文化。《烧纸祭奠》和《一封信》等诗作的亚洲文化底色乃是杂糅中日两国文化而来，读者难以判断它们究竟是发生在中国还是日本。吊诡的是，如此处理造成这样一种局面：原本得来不易，相当珍贵的对亚洲某一国别文学的深入观察反而失去观察标记和身份特质，离散变形为泛亚洲表述。考虑到美国诗人意识形态里的亚洲性在20世纪各方面力量综合作用下发展为美国现代特色，甚至是最为突出的特色，进一步说明"现代主义形成和汉诗英译形成两件事之间的不可分割性"②，勾勒出美国诗学对于汉诗的想象和不可想象③。

维姆萨特（Wimsatt）在阐述"意图谬误"（intentall Fallacy）

---

① 种族板结（racial lumping）作为后殖民研究的重要概念，生动描述了西方如何忽略他者的"亚群分界"，将不同文化板结成"单一、扩大的民族框架"，这对西方如何认识和应对东方影响十分深远。单就美国诗歌而言，种族板结主要后果是发明中国诗，以及为后来的亚裔美国诗歌设置范式。见约瑟芬·朴（Josephine Nock-Hee Park）的博士论文《〈神州集〉的结构：现代主义，东方和亚美诗歌》（*The Forms of Cathay：Modernism，the Orient，and Asian American Poetry*）第四章"超越东方的诗歌：亚美诗歌的诞生"（Poetry Beyond the Orient：The Emergence of Asian American Poetry）。

② Yao，2007，p.135.

③ 关于庞德对中国想象的批判分析，见海亚《中国梦：庞德，布莱希特和泰凯尔》（*Chinese Dreams：Pound，Brecht，Tel quel*）的第一章。关于西方对东方想象/不可想象的一般性论述，见萨义德《东方主义》的"东方驻留和学问：辞典编撰和想象的要求"（Oriental Residence and Scholarship：The Requirements of Lexicography and Imagination）部分。

观点时提出，后世学者/读者对一首诗作意思的获取，无须也不能依赖作者自述，自述是外部证据之一。以"一首诗的语义和句法"（the semantics and syntax of a poem）为基础建立的内部证据是重点①。上文的分析清楚表明，对中国古诗所谓"误读"以及后来刻意营造的多重含义，从语言内部的歧义潜质和作者认知心理分析两个角度入手都说明洛威尔认为中国古诗重要意义在于认读，而非误读。还原这种认读有助于深刻理解汉诗进入美国诗人视野之后所带来的变化：从男性诗人假托女性之笔写下的旧怨情诗（长干行），过渡到女性诗人借助双性声音创作的新怨情诗（*The Letter*）；从翻译古代亚洲诗人的诗作，到扮演亚洲诗人，拼合两种诗学结构书写传统亚洲②。记录下现代诗人在书写性别/国别过程中发挥出的现代化探索和思考。③

---

① Wimsatt，1954，p. 10.

② 洛威尔在东亚和美国两种诗学传统间游移，利用两者在形式和修辞上的特点表现东西方文化的各自特点和交汇碰撞，以策应美国诗歌现代化进程。见 Yoshihara，2003，pp. 119-126.

③ 笔者无意在此讨论洛威尔的性取向和她观看中国古诗这两件事之间的关联。有兴趣的读者可以参考 Munich & Bradshaw，2004，pp. 59-76.

第三章　相见之后：现代主义情绪上
的汉诗审美和汉字诗学萌芽

通常认为，由诗人参与的翻译汉诗到英文的活动构成汉诗对美国诗学作用的"上半部分"。下半部分则是创作，使用亚洲的形式和内容，如上文提及对意象的处理方法，如并行句法、简略句式、复调、异化、物化、含蓄、多线性等。此外美国诗人还藏身翻译和创作异国情调背后，对东方主义的塑造以及西方思想规范的演变进行批判和反思，由此展现现代男性/女性在现代主义扩张带来的文化挪用过程中的自由和力量①。然而笔者认为，这种"翻译＋写作"的观点不太全面，它只看到汉诗进入后的表面影响，却扰乱东西方诗学交汇的历史性，忽略汉诗进入之前，美国诗歌或者英语诗歌对简略句式、并行、含蓄的看法，也未能突出汉诗的特殊性，任何一种古老文明的诗歌被美国诗人看见大抵都会产生审美上的变化，只是变化的程度与深度问题。

或许，比较现代诗歌运动之前的美（英）国诗坛对并置、简洁、含蓄等中国诗歌明显特点的看法以及后来发生的审美变化才能真正凸显汉诗的影响力。现在人们知道，汉诗进入之后这些特点的值变为正值（即诗人对其持肯定态度），如果在进入之前为零值（即诗人对其不置可否或者根本不知），那么汉诗进入将引发一次伟大的诗学启蒙运动，美国诗人从中国老师身上见

---

①　Munich & Bradshaw，2004，p. 126.

到/学到从未听闻和接触过的美学方法。如此说来，美国诗坛势必表现出特别强烈的中国性甚至被中国化，可这明显与事实相反。同样按照这种思路，汉诗对美国诗坛的广泛影响，不必等到 20 世纪初的现代诗歌运动，当 19 世纪末汉诗英译积累到一定程度时便可①。此假设不成立，说明这一次经由现代化诗人之手进入美国诗坛的汉诗在审美上一定有别于早先时代的汉诗英译。它成功作用于美国诗坛，让后者将并置、简介、缺乏曲折变化等现代诗学特征的审美属性从负值转化为正值，或者促进其正向转化的进程。简言之，美国现代诗人带来的中国诗学②扭转/促成了，而不仅是介绍/引进了，许多诗歌现代化得以实现的美学属性和情绪。简单来说，是对受到从前主流审美观念压制的诗歌方法的解放。从深层次上考虑，是作为局部的美国诗歌，在认识和进入作为整体的世界诗歌过程中搭建的典型诠释学循环（hermeneutic circle），即部分和整体必须在诠释建构中取得一致，双方才能够和谐地相互表达。美国诗歌现代化之前的审美先见既是认识汉诗的知识背景，也在诠释学循环之下成为深受汉诗影响的目标"前景"（foreground）。伽达默尔（Gadamer）同时认为，成为前景并且变成别人能够理解的断言（assertion）的内容，前提是言说者认识到并且尊重他和所言物之间的真实距离，承认事物"独立的他者性"（independent oth-

---

① 关于对 20 世纪中叶以前的汉诗英译活动的详细介绍，参见 Teele，1959，第五章。

② 有必要提醒读者，"中国诗学"在此仅是指美国诗人看到的中国诗学。至于有多么接近中国诗学本身，后文有专门论述。

erness）①。汉诗等他者文学和美国诗人之间无法缩减的距离，保证其后产生的美国诗学对自身美学实践深刻审视。相应的，看到美国诗歌早先存在的偏见，就可以进一步认清汉诗带来的美学动力。

首先是对细节的专注。语言和文字的关系自古希腊时代便有讨论。19世纪的约翰逊·塞缪尔（Johnson Samuel）认为伟大的思想总是大致的、普通的，不能将观察的眼光"降格到对细节的描述"（in description not descending to minuteness）。试图着力观看事物而发现新奇的作家永远不可能有大作为，因为"重要的事物不可能逃过既有的观察"。用分析的方法追求细枝末节，将图像破解成碎片注定和崇高无缘。浪漫主义相信先验经验，对超越客观世界的心理性偏好明显与现代主义注视客观世界的视觉性偏好相冲突。若突出呈现事物的某个局部，却未能建立局部和整体之间的有机联系，诗人所见则脱离真理，也无关自然。意象，或者图像需要和观察者的情感（sentiment）粘连。脱离情感的意象只是一堆支离物体杂合，根本算不上诗。因此诗歌无关事物本身，故更少关心具体用何种方法去单纯地、精确地呈现事物。诗所喜悦的乃是"展示比事物本身更加让思想愉悦的观点"（Poetry pleases by exhibiting an idea

---

① Gadamer，Weinsheime & Marshall，2004，p. 442.

more grateful to the mind than things themselves afford)①。

然后是并置(parataxis)手法。同样源自古希腊,广泛存在于各个时期诗歌中,现代派是对希腊诗学的继承。② 并置有两种,③ 古典时期即古希腊时期的并置手法往往在平行和平面的设置中进行。贺拉斯(Horace)在《诗艺》中开篇便讽刺马身美女头的奇怪图像,诗人滥用表达的自由权不说还引人捧腹。以亚里士多德为代表强调事物和谐与不和谐之间的平衡和张力,着眼点是自然现象中的裂变和聚合,主张诗歌创作应该完整而自然,在英文诗歌中的代表人物是约翰·德纳姆(John Denham)和亚历山大·蒲伯(Alexander Pope)。而按照柏拉图宇宙观,可见世界的图像和事物之后隐藏着不可见的思想。将不同图像和事物并置的自然结果便产生了各种不同思想之间的冲突和对立。作为模仿自然的诗学手段,自中世纪以来从基督教宇宙观发展出第二种并置手法,从二元对立之外的外力介入出发,捏合矛盾共性,抽取矛盾冲突转化为合力,特点是垂直和整合(Systasis)。这一派诗人代表是约翰·多恩(John Donne)和乔治·赫伯特(George Herbert)。思路延续柏拉图描述的神

----

① 这一段的引文来自古腾堡计划(Project Gutenberg)提供的免费文档。作品名为《英国诗人生平:沃勒,弥尔顿和考利》(*Lives of the English Poets:Waller,Milton,Cowley*),作者塞缪尔·约翰逊(Samuel Johnson),http://www.gutenberg.org/dirs/etext04/lvwal10h.htm。

② 见艾略特在《玄言诗人》(*Metaphysical Poets*)中对并置的论述:But a degree of heterogeneity of material compelled into unity by the operation of the poet's mind is omnipresent in poetry.

③ 对于并置手法的详细讨论,见 Huntley,1969.

创世人时处理相同和不同两种对立的方法，即在同样和异样之间找到第三者——本样，通过外力或者通过神力将同样和异样融合成为新的构造①。既然有"力量"参与其中，融合的过程总是伴随着努力和挣扎，并置方法通向矛盾对立的超越。

　　两种并置手段之间从来论战不断，随着各个时代主导哲学思想的变化各有起伏。多恩的并置后被人诟病为"将不同的内质的思想强行拼凑在一起"②，造成"和谐的不谐"（discordia concors）。而艾略特眼中多恩的过人之处恰好在于他能够将事物以及相关的联想突然用并置手法对立起来，使用压缩图像和多重联系（telescoping of images and multiplied associations），不仅能表达隐藏在事物背后的丰富思想，也为不可见世界和可见世界之间的交互留有足够发展空间③，手法和休姆在《现代诗歌讲座》中提到的视觉和弦（Visual Chord）高度相似：当两幅图像并置后，便能产生视觉弦，让人看到和两幅都不一样的另一幅图像。休姆此言集成柏格森（Bergson）的看法，后者要求两幅图像非但要有不同内质，且最好尽可能不相关，抵抗思维对观察进行抽象然后用思维符号替代的惯性，以免通过文字

---

①　同样，异样和本样的原文是（the same, the other, and the Essence）。原文出自 Plato & Kalkavage, 2001, p. 18.

②　原文是 The most heterogeneous ideas are yoked by violence together; nature and art are ransacked for illustrations, comparisons, and allusions.

③　艾略特在《玄言诗人》里指出，多恩时代的其他诗人，如莎士比亚、米德尔顿、韦伯斯特以及图尔纳（Tourneur）也常使用该方法。

手段达成的视觉抢夺了意象产生的直觉①。故于相当程度而言，现代派借助意象、旋涡和表意文字等手法，倡导并推广了第二种并置，标志着向柏拉图主张的美学取向的回归。庞德在接触汉诗之前，受惠特曼影响已经有意地在作品如"Threnos""The Cry of the Eyes"中实验了平行句法，完成《神州集》后其技法达到精湛②。他的老对手洛威尔的复调散文思路相当程度上也取法惠特曼，成为有别于视觉效果的听觉并置，充分体现在《松花笺》的翻译中。故此，汉诗的并置作为客观存在的先例，帮助并推动美国诗人实现处于探索和发展过程中的诗学理想。

　　然后是关于"简"的看法和实践。上文已经多次提及古希腊文简约风格对美国诗歌的影响，不但时间上与汉诗并立，在影响深度上也丝毫不比汉诗逊色。当年洛威尔在迪厄多内(dieudonné)餐厅摆设意象派庆功宴，与会者聚集了意象派诗人的代表人物如庞德、H. D.、弗莱契等人。他们谈论意象派的思想源流之时并未提到东方，对来自希腊的启发却十分重视。阿尔丁顿认为意象派实质上试图恢复希腊对"具象美、感官美和异教美"的审美崇拜③。而现代主义诗人强调的具体事物，在西方式认识论主导的思维习惯下，就是"简"的自然表现。有乌托邦为证：熟悉西方文学的读者不难联想到，在《格列佛游记》里，构造理想语言的努力方向之一便是"为了缩短话

---

① Hulme & McGuinness，2003，p. xxx.

② Tryphonopoulos & Adams，2005，pp. 228-229.

③ Fletcher，1937，p. 153.

语，将多音节词削减为单音节词，并省去动词和分词"①，最后只剩下供想象驱使的名词②。以名词为语言构建的基本和唯一单位，便能重回被上帝逐出伊甸园之前人类的原语即亚当语（lingua adamica），是亚当给天地万物完全和真实的名字，能指和所指之间具有自然理性而非武断任意的关系。③ 如此说来，"简"既可以看作一种回归本原的淳朴状态，也可能是有待发展的原始和粗陋。因此，当汉诗以"简"的中性面貌出现在英文之中时，"简"性气质难免蜕变成具有价值判断色彩的"简洁""简单"和"简陋"。关于"简洁"上文已经有充分论述。关于"简单"，狄任斯在 1922 年汉诗英译风行时期，警告那些从英文翻译反推汉诗原文的观察者，切勿被汉诗英译的浅显文字所误导，认为阅读起来有如民谣诗歌便产生"汉诗简单直接"的错觉。她大声宣讲汉诗的复杂程度远超过一般人想象，艾略特作为美国诗人中的杰出人物都不一定能写出一首唐诗。④ 因此观察到"简"的皮毛而错过精髓的诗人，被人批评为醉心于"短小、喷发和突兀的风格"，"最为突出的优点也是缺陷便是充沛的简

---

　　① 这段话的原文是：The first project was to shorten discourse，by cutting polysyllables into one，and leaving out verbs and participles，because in reality，all things imaginable are but nouns.

　　② 关于西方人想象中的汉语和理想语言之间的论述，见 Kern，1996，pp. 15-18.

　　③ 西方哲学家在很长一段时期内想象汉语能够充当亚当语的角色，让思想从任意而强制的符号表达中解放出来，参见 Woolhouse，1994，p. 435.

　　④ Tietjens，1922.

略，以及几乎缺乏曲线和优雅"。① 对于"简短"的正面认识主要发生在汉诗以及日本诗歌发挥重大影响力之后。当代诗人勃莱便深得简短三昧。对比弥尔顿的《失乐园》，他发现过去的诗人总是用文字摆布读者，告诉他们该如何思考，不至于坠落。而短诗不一样，诗人不愿意也不可能为读者设置理解的路线和定制阅读的经验。事实上，

[T]he poet takes the reader to the edge of a cliff，as a mother eagle takes its nestling，and then drops him. Readers with a strong imagination enjoy it，and discover they can fly. The others fall down to the rocks where they are killed instantly.

　　诗人将读者带到悬崖的边缘，如同一只母鹰带上自己的幼仔，然后将读者抛下。拥有强大想象力的读者会很享受，并发现自己能飞。其他跌落到岩石上的则立即毙命。②

让读者自己的想象飞翔的做法背后是对于长期支配西方心智的线性化理智以及逻辑不再推崇，转而更为重视文字如何能够唤起"关联性和直觉性"的认识③。勃莱许多小诗非常短小，往往在读者还未回过神来究竟文字要将其带向哪里时，便已经结束。宏大主题在后现代已经解体且饱受诟病和嘲讽。威廉斯

---

① Aiken，1919，pp. 121-122.
② Davis，1992，p. 167.
③ Ibid. ，p. 166.

的雨中红推车实现了休姆专注日常生活细节的主张。

除形式简单外，西方许多评论家认为汉诗在思想上也简单幼稚如孩童，① 很容易让人误认为是心态尚未成熟、智力尚未完全发育的人群的作品。该弊病几乎毁掉了仿写汉诗的美国诗人的前途。评论家将钦佩汉诗短小并模仿之的诗人（以洛威尔为代表），视为"似乎从未——或者尚未——从这种青年阶段毕业"，所写的作品"不大能算是诗"②。套用一句中国读者熟悉的"革命洪流一日千里，难免鱼龙混杂"的说法，汉诗的"简"既是它的迷人气质，也让人难以分清真正的诗人和骗子。无怪当时有人把简单平直的自由诗写作看作"胸中无诗"的症状，敦促庞德等现代诗人早日离开实验阶段上升到完美诗歌阶段③。简单一旦未能把握住界限，很容易跌入简陋中让人难以分辨。突然抛弃通行了几千年的节奏和韵律，背离动辄几百行、几千行的长诗传统，试图通过几行无韵诗（甚至译诗）在英美诗坛造成长远影响的做法带来的更多是哂笑。受汉诗影响的诗人后来皆写出了庞大复杂的作品，"简"更多是为后来的"杂"作准备。

---

① 关于对汉诗简单幼稚批评的小结，见赵，2003，pp. 271-274.

② Boynton，1922，p. 529.

③ 这段话来自 New Age，August 5，1915，原文是 It is, in fact, a transitional form between no poetry at all or a pedantic poetry, and perfect poetry. As a phenomenon of our time it is, in part, due to writers who simply have no poetry in them and, in part, to writers genuinely reacting against the school of Tennyson: the revolutionaries and the charlatans once more mingling as in every reform movement. To which of these component parties in the school of, free rhythm Mr. Pound belongs there is, of course, no doubt. And hence I wish him speedily out of it.

接下来是关于汉语缺乏曲折变化的看法。汉诗相对英文的一个显著特征，便是依托汉语不具备曲折变化、不区分时态（至少在字词层面上少有时态变化）、不分主格宾格、无主句大量存在等语言基础。语言学、对外汉语以及比较诗学关于这方面的论述十分丰富。较为极端的一个例子是叶维廉在《中国诗学》中提到的一首回文诗，在一定编排之下竟有"四十种解读的可能性，亦即是说，这首诗的二十个字，仿如一个'领域'里的二十件事物，我们可以进出二十次，向不同的方向，而得四十种印象"①。这首诗形式过于特殊，用图形表示如下。

字字回文

周策纵

（回文诗环形排列：晴 岸 白 沙 乱 绕 舟 斜 渡 荒 星 淡 月 华 艳 岛 幽 椰 树 芳）

随后对这首诗及其代表的诗学审美特点进行分析，大抵以盛赞中文句法和中国古诗为情感基调。如此说来，这首字字回文诗何尝不可读成一首小令（如梦令）

> 晴岸白沙乱绕，绕舟斜渡荒星，星淡月华艳，艳岛幽椰树芳。
>
> 晴岸！晴岸！白沙乱绕舟斜。

---

① 叶维廉，1992，p.27.

　　如此"粗暴"的读法都能产生诗意，究竟是汉诗之幸还是汉诗之悲？如果考虑到目前种类繁多且时常能以假乱真的作诗软件，让人不禁沉思，是汉诗/汉语的自由灵活成就了它的魅力，还是读者心甘情愿地纵容汉诗对阅读的挑逗与侵占，然后在诠释里得到验证和慰藉①？值得注意的是，回文诗等文字游戏表面上揭示了汉语因缺乏曲折变化而呈现出的灵活弹性，如"晴岸白沙"可以倒置为"沙白岸晴"。但同时是不是也可以说，汉诗的文字，特别是古汉语具有相当的粘连性，字与字之间总能建立某种表意关系，产生连续性和正常感，反而很难达到现代诗歌要求的"片段化""抽象语法"等主张。以脍炙人口的《凉州词》为例：

> 黄河远上白云间，
> 一片孤城万仞山。
> 羌笛何须怨杨柳，
> 春风不度玉门关。

试删掉首句中的"间"字。即可变为一首小令：

> 黄河远上，白云一片，孤城万仞山。羌笛何须
> 怨，杨柳春风，不度玉门关。②

　　类似的，试想一下，将斯蒂文斯的《雪人》(*The Snow-*

----

① 　对这首回文诗以及它所代表的中国古代诗词文字游戏的后现代解读，请见陈，2007。
② 　这一类增字减字改字为诗的"剥皮诗"文字游戏很常见。

man)用古代汉语，或现代汉语去翻译，都会显得特别啰唆和迁就。难以突出平凡话语背后，以《荒原》为代表的西方式虚无和空落，思想上对现代派主张的契合。汉语译文必须小心应对"listener""listens"以及一句诗行中的两个"that is"。由于缺乏系动词和时态/词尾变化，（现代）汉语必须加入"在"和"着"等时态标记去表示"在倾听""倾听着"和"注视着"。反观英文，不仅文字干净且脉络清晰。

> For the listener, who listens in the snow,
>
> And, nothing himself, beholds
>
> Nothing that is not there and the nothing that is.

根据钱兆明分析，斯蒂文斯早期的《雪人》受中国佛教和禅宗思想影响相当明显。整首诗从无眼到无耳到无心的过渡生动体现了佛家的"如是"和"空观"。钱兆明也观察到，诗人后期的作品如《某物的道路》（"The Course of a Particular"）在冥思的基础上发展出想象，将"冥思化境和想象化境的争论"放置于简短诗文中，是对庞德"清楚的意象"的进一步发展与超越①。笔者认为斯蒂文斯实际上也延续了威廉斯等人在现代主义高峰时期关于诗歌想象能力的看法：真正好的写作能够超越感官，不拘束于近在眼前的世界的直接和真实呈现，在平凡中观获得精

---

① Qian，2001，p. 169.

彩想象①。

作为中国学者，爱戴自己的母语是当然，而且似乎是必然。但中国学者倘若固守这块"情感主场"，将至少失去一半的精彩，难以靠近美国诗人观看汉诗之心，更无法欣赏他们的心路历程。"未定位，未定关系，或关系模棱的词法语法"②既可以理解成灵活自由，何尝又不是贫穷简陋"万金油"式的语文③。文字组合的高度的自由性恰好说明每一个文字本身在意义和诗意上皆处于原始状态，彼此之间缺乏精致/精确的逻辑关联，或者根本就无法建立精致/精确的逻辑关联。将一堆文字不加标点，不注句读堆砌在一起，但凭读者诠释能力产生诗意，这是属于后现代诗人的实验，过于超前。于是在很长一段时间，都是汉语原始简陋的明证。西方对缺乏曲折变化的语言看法曾经是：

---

①　威廉斯的原文是 But the thing that stands eternally in the way of really good writing is always one：the virtual impossibility of lifting to the imagination those things which lie under the direct scrutiny of the senses, close to the nose. 《科拉在地狱》(*Kora in Hell*)第 17 页。两位诗人之间相互学习和借用的例子还很多。较为有名的是威廉斯一首名为《男人》(*El Hombre*)的诗被斯蒂文斯借用到作品《威廉斯主题的细节》(*Nuances of a Theme by Williams*)。

②　叶维廉，1992，p. 18.

③　笔者无意卷入比较汉语和西方拉丁语族语言孰优孰劣的论战。自五四运动以来此种争论便未曾停息。在此的主旨无非是提醒读者，不能局限于一国语文的特点去评价该国的文学，须提防循环论证的危险。透过有色眼镜，特点很难不是优点或者缺点。笔者以为，中文的不定性用来书写山水诗的确殊胜，但构建长诗/史诗方面却略逊一筹。有兴趣的读者可阅读《语文建设通讯》第 37 期和第 38 期的数篇相关文章。

These languages, in their earliest origin, are deficient in that living germ essential to a copious development; their derivations are poor and scanty, and an accumulation of affixes, instead of producing a more highly artistic construction, yields only an unwieldy superabundance of words, inimical to true simple beauty and perspicuity. Its apparent richness is in truth utter poverty, and languages belonging to that branch, whether rude or carefully constructed, are invariably heavy, perplexed, and often singularly subjective and defective in character.

这些语言起源之初便缺乏对于日后宏博发展至关重要的鲜活胚芽；派生贫乏稀少，词缀堆砌无度，未让艺术构建更上一层楼，只换得过剩词汇，笨拙难为，真正的简约之美和清楚明了便横遭祸害。其表面丰富实则极端贫乏，属于该分支的语言，无论是粗文陋墨或精雕细琢，都无一例外地沉重、复杂，在特点上往往极为主观和残缺。①

此言不差。中国诗人和文人很长一段时间以阅读诗句要求读者贡献的主观决断为荣。而西方汉学家施古德（Schlegel），他所代表的时代对于世界语言进行等级划分的重要依据便是精确性和系统性，曲折变化作为担保和证据。印度和希腊语言得

---

① Schlegel & Millington, 1849, pp. 449-450.

益于此，可以将词根——"鲜活的，具有生成能力的胚芽"——通过内部变化，而并非依靠添加虚词或者词缀，发展成为表意丰富并且句法精妙的实体，语言因此"一方面丰富多彩，另一方面坚强恒久"①。并且，拉丁文词尾变化标志着语言从对自然的低级模拟发展到对自然的有机表现，生动鲜活，充满了能量、创造和想象，是最为高级和精美的语言。据卡迪克(Condillac)著名的观察，拉丁文能够让语篇更为和谐；写作风格更为生动有力而且精确；词语间语义流动更为有序统一②。非常有意思的是，卡迪克相信语言的视觉化力量，他以画家作画比喻诗人安排语言。事件或者场景，简单或者复杂，到最后所有的内容和句法成分都会被放置在画布/纸上，这是显然。高明的画家，高明的诗人，更重要的是高明的语言，一个词具备的曲折变化特点便足以统领整句诗，能够将一个动作的周遭统一联合到单个词语当中③，使阅读在主语宾语之间调换不致变得凌乱无力。例如：

Nymphae Flebant Daphnim extinctum funere crudeli。

语义和意境都非常平淡，即"仙子们哀恸亡故的达佛尼斯的悲惨命运"(Nymphs lamented a cruel fate of the killed Daphnis)。按 Condillac 的主张，如果稍微调换语序，则变成：

---

① Schlegel，1849，p. 449.
② Condillac & Locke，1974，pp. 267-271.
③ Ibid.，p. 269.

Extinctum nymphae crudeli funere Daphnim

Flebant ...

"Extinctum"一词是诗意构造的枢纽。作为动词"extinguō"（Kill，extinguish）的过去完成时态的单数阳性或者中性宾格形式，小小一个 Extinctum 本身便承载了大量的句法和语义信息。它和 nymphae（nymphs）"仙子"的复数形式不能搭配，给读者造成悬念，死去之人究竟是谁，直到看见美男子达佛尼斯（Daphnis），谜团方才解开。19 世纪更有学者认为，从这句诗的词语排列可以管窥拉丁文曲折变化之奥妙："他们（古老的语言如拉丁文）如此享受调换（transposition）的自由，编排文字时，任何悦人心神或者耳目的方法都可遵循。"①如此一来，拉丁文严格的位格、人称、时态等语法特征反而为调换文字提供了相当大的方便，它依靠已定关系和清晰明确的词法语法，在毫不减损表达完整性和精确性的情况下，同样可以达到未定的灵活效果。尽管这种未定建立在意思一定的基础上，不能和汉诗字与字之间丰富的可能性和模糊性相提并论。试想如果是史诗（实际上西方相当数量的传世之作便是史诗），在不更改历史、不变动既成事实的前提下，使用语序灵活、语法精妙的拉丁文作诗未尝不是最理想的选择。诗人和读者永远不用为"爹在娘先死"的算命式狡诈而费神，或者关于"娇儿不离膝，畏我复却去"的读法打笔墨官司。到底是"不离膝，乍见而喜；复却去，久视而畏"（仇兆鳌），还是"早见此归不是本意，于是绕膝

---

① Blair，1819，p. 119.

慰留，畏爷复去"（金圣叹）①。

　　西方在 18 和 19 世纪很长一段时间内，将完全没有任何曲折变化的中文——尽管中国文化和文明悠久灿烂——归入世界语言的最低阶层。施古德认为中文语法破坏了简单之美。比如说，中文必须依靠虚词或者句法结构来表达时态，反观印欧语言，一个词仅需词尾变化便可明示主宾关系、时态和性别。这难道不是一种简约和意味深长吗？试将"Prioritize"翻译成中文，便立刻明白汉语（至少是现代汉语）的繁复和笨拙，还要牵涉到"把"字结构。类似的例子还有很多，重要的意义不在于以西人之长攻国人之短，而揭示了汉语不具有曲折变化之不足。上文提到的"星淡月华艳，岛幽椰树芳"是精致还是幼稚，是灵活还是含混，是依托文本内部的严谨结构去构建诗歌，还是指望读者的诠释能力能够在任何文本中发掘诗意，让它读起来"像诗"。这些美学价值评判恐怕只有见仁见智了。有此思路做铺垫，便可以更接近上文提到的汉诗英译之初，各家皆倾向于用解说式和分析式的语言去重建汉诗，即让中国学者"急起来，

------

① 　这两句诗的现代笔墨官司，见肖涤非在 1961 年 12 月 28 日《人民日报》上发表的《谈杜诗"娇儿不离膝，畏我复却去"》和在 1962 年第 3 期《文史哲》上发表的《一个小问题纪念大诗人》。吴小如：《说杜诗"畏我复却去"》，载《北京晚报》1962 年 1 月 26 日；傅庚生：《探杜诗之探宝旷百世而知音》，载《光明日报》1962 年 4 月 15 日。关于这个题目的讨论持续到 20 世纪八九十年代，直到最近十年撰文探讨的学者也不少。见顾农：《杜诗小札》，载《南京师范大学文学院学报》，2004 年第 2 期。笔者认为，将聪明才智花费在"云霞出海曙，梅柳渡江春"不过乃诗兴所致，而醉心于争论"畏我复却去"却是文化近亲繁殖的诱因。

气起来"的做法①。关键取决于如何看待：与其说他们是在破
坏汉诗，不如说是在弘扬汉诗，将汉诗从"表面丰富实则极端
贫乏"的语言中拯救出来，汉诗译成英文拥有词尾变化以后，
无论在语义上、句法上，还是韵律上都可构建出新的和谐与复
杂。况且，只要安排得当，西方语言并非完全无力表达汉诗内
部的精妙结构。上文所举《神州集》中"青青河畔草"的翻译便是
明证。另外，长期在西方工作和生活的中国学者，和西方审美
以及思维方式足够亲近，也更容易接受和支持汉诗英译，如史
耐德的老师陈世骧，他虽然不相信汉诗能够通过另一种语言无
损表达②，但依然对于汉诗英译持正面态度、若非如此则外国
人如何能体会汉诗，如何欣赏精妙。据夏志清回忆：

> ［陈］世骧无时无刻不在洋人面前赞扬我国的文
> 化、文学。记得有一次他在纽约新月酒家请名批评家

---

① 笔者所见资料中，对汉诗英译意见最大的中国学者当属闻一
多。当他看到小畑薰良翻译的《李白诗集》之后，意见之大，评论之刻
薄，过于性情化，如他评论"人烟寒橘柚，秋色老梧桐"两句的翻译：
"我说这毛病不在译者的手腕，是在他的眼光，就像这一类浑然天成的
名句，它的好处太玄妙了，太精微了，是禁不起翻译的。你定要翻译
它，只有把它毁了完事！""实在什么人译完了，都短不了要道歉的。所
以要省了道歉的麻烦，这种诗还是少译的好。"不久，小畑薰良用英文作
答，由徐志摩翻译，发表在 1926 年 8 月 7 日《晨报副刊》，强调"翻译在
文学上有时是一种有效果的异种播植。再说，且不论译文本身艺术上的
价值，单就使某种民族对另一种民族的文化发生兴趣这点子实在的功
用，也是不该忽视的"。卷入这场论战的中国名人还有徐志摩，朱自清
等。参见邬 & 邬，2009.
② 陈，1998，p. 48.

凯岑（Alfred Kazin）夫妇吃饭，我作陪，谈得很融洽。但世骧一时兴起，大谈起中国诗来，我想凯岑专攻美国文学，不谙中文，不如讨论当代美国文学更配他胃口。我想改换题目，就插嘴说："其实英译的中文诗，不读也没有关系。"当时世骧觉得我在有地位的洋人面前把中国诗的价值估计太低了，立刻脸色转黑，幸亏有贵宾在，否则他可能会教训我一顿。①

庞德本人对待曲折变化的态度十分有趣。一方面，他痛恨将拉丁文的曲折变化带入英文，给写作带来负担，束缚诗人发挥才能，让语言僵化失去灵活性，② 强烈批判弥尔顿在作品中过度使用拉丁文法和词法。③ 洛威尔也持类似观点，④ 认为相比英文撒克逊传统的短音节词，拉丁词显得冗长而笨拙。然而另一方面，反对拉丁化并不等于醉心"中国化"，现代诗人偏好精确表达，相信"不坚实不精确"（slushy and inexact）语言足以导致文明的衰落⑤。相比坚硬平实的希腊，浮夸而松散的马其顿文明衰败就是前车之鉴。庞德进一步发难，声讨"不仅是修辞或者松散表达，也是对单个字词松散使用的问题"。如此说来，充斥着"未定位，未定关系，或关系模棱的词法语法"的中国古诗便应该成为庞德等现代诗人批判，或者至少是回避的对

---

① 陈，1998，序二.
② Pound，1935，p. 370.
③ Ibid. , p. 110.
④ Damon，1966，p. 412.
⑤ Pound & Eliot，1979，p. 19.

象，哪里还有和学习希腊等同的价值？又当如何理解半个世纪后美国诗人一致认为如果不考虑汉诗影响则美国现代诗歌将无法想象的说法①？

由此可见，中国学者眼中汉诗弹性灵活的显著特点和曲折变化并无根本矛盾，况且现代英语是一种弱变换语言。比如，在比较王维《鹿柴》翻译时，美国学者温伯格（Eliot Weinberger）对中国学者叶维廉为保持汉语特色的翻译颇有微词②。叶维廉的头两句是：

> Empty mountain：no man is seen
> But voices of men are heard

为了保持空山和不见人之间的以物观物，不违反先有"空山"，后有"不见人"的"瞬间之生命"③，叶维廉使用"no man is seen"，冒着被认为是洋泾浜的危险去保全汉语中原有的多种进入"空山"的可能。现在时"is"的使用虽然能表示当下，但多少有些不符合英语文法。相比之下斯奈德同样使用了被动语态的译文，则同样精彩：

> Empty mountains：
> no one to be seen.
> Yet-hear-
> human sounds and echoes.

---

① 发言者为莫温（Merwin），见 Anoymous，1981，p. 18.
② Weinberger，Wang & Paz，1987，p. 27.
③ 叶维廉，1983，p. 47.

不必说斯奈德如何巧妙使用英语的词尾变化（mountain→mountains，sound→sounds，echo→echoes）在短短几个英文单词之间造成的音韵效果，也不必说诗作留给读者空间去欣赏"hear"和"heard"之间的精妙差别，或者观看 echo，echoes，echoed，echoing 的语态/时态流变①，把玩英文词尾变化带来的个中三昧。单就系动词"be"的运用，斯奈德无疑更为自然真切。"No one to be seen"的表达和王维的"空山不见人"一样，看似平凡实则意绪盎然。"No one to be seen"，在英文中丝毫没有突兀感，仔细观察又不难发现，"be"的缺失，或者说本可以容纳"is/was"的短语拒绝了系动词的参与。系动词若欲回归，则有多种去处：

Empty mountains: no one is to be seen

Empty mountains, there is no one to be seen

Empty mountains, where no one is to be seen

Empty mountains are where no one is to be seen

并且，试将 is 替换成过去时 was 或者将来时 is about，则能够充分体现汉语原文借助时态缺失表达的"幽人空山，过雨采苹"的空灵以及空灵背后的盎然。小小一个系动词便掀起阅读在语义和美学领域的风浪，难道不是中国诗人和学者大力宣扬的汉诗灵活句法和不定表达下面蕴藏的含蓄魅力吗？难道不

---

①　威廉·麦克诺顿（William McNaughton）用"echoing"，弗莱契用"echo"。

是庞德所说的"陈词与陈词的短暂换气之间"闪现的美吗？笔者认为，这更是现代主义幕后操手费诺罗萨的汉字诗学观点在显灵：主系表结构只能表示事物在某一个瞬间的状态，而并非事物本身，这种源自"鲜活物质的震颤"才是真实自然，"波浪之上的波浪，步骤下面的步骤，系统里面的系统——而且似乎永远如此"。① 灵活使用单复数、系动词等英文特色鲜明的固有特点，依然可以生动传神地模拟毫无曲折变化的汉语，只要诗人没有忘记"is"原本的含义（据费诺罗萨称，"is"本义是呼吸，而"Be"的本义乃是生长），使用动词的正能量让整个表达生动起来②。

结合中国在西方坚船利炮面前沦为"老大帝国"的近代史③，就更容易理解西方诗人在观察和表现中国时，绝不认为自己填补诗句间的空白、消除语义的模糊性、确定观察者和被观察者、沿着西式的线性思维展开文字安排句法等处理是在糟蹋汉诗。在英美诗人/译者认识矩阵里，中国古诗的灵活弹性和中华文明的衰败竟相得益彰。阿瑟·斯密斯（Arthur Smith）游历中国后认为，中文的特点和中国人特有的性格联系相当紧密，比如对精确的漠视，误解歪曲和迂回间接的才能，知识的浑浊等。他提到，中国民间往往认为 A 到 B 的距离和 B 到 A 的距离不一样，因为 A 到 B 可能上山难走，回程下坡易行。

---

① Fenollosa et al. , 2008，p. 22.

② Ibid. , p. 49.

③ 笔者在此无意争论中国沦为"老大帝国"和西方坚船利炮之间的因果关系。可以肯定的是，近代中国在科学技术上相当落后于欧美强国。

这种荒唐划分法，违背西方人引以为豪的欧式几何公理。西方对数字和数词精确程度的迷恋，甚至可以在汉诗英译中看出痕迹。作者又说，外国人永远无法弄懂中国人真正在说什么，即便是他/她完全掌握汉语，把对方的话一字一句写下来也不管用，因为中国人的话语并非表达心中的想法，却是"和想法多少有关的东西，希望能借此表达他的意思或者一部分意思"①。阿瑟观点和当时美国民众广泛持有的对汉语的偏见一致，歪曲的智力，扭曲的人格和扭曲的句法相辅相成②。

如此认识背景之下，中文语法不是如孩童般幼稚，便像阴谋家一般狡诈。联想现代诗人对汉诗含蓄和不确切的推崇，更说明不具备曲折变化的含蓄汉语在现代诗歌运动历史关键点上的双重作用：一方面，它反西方传统，庞德、休姆等人利用它来挑战打击浪漫诗风；另一方面，也是它常被人忽视的特点，即反现代（自然也反浪漫），但经适当改造和装扮，却能以非常现代的面目示人。美国诗人接受汉诗影响所作的改造，以 20 世纪初叶《神州集》的出版为分水岭，有两个阶段：前一阶段，解说与分析当然是必不可少的手段，目的是要将汉语收编进西方语言严谨的逻辑和韵律结构，以完成西方译者/诗人理想中（注意不是实际上的）的汉语文本跨语言移植。当《神州集》确定了自由诗和意象主义原则之后；后一阶段，改编重点倾向于保

---

① Aurthur，1894，p. 66.

② 扭曲句法（Tortured syntax）和人格的论述，见 Kim，1982，p. 12.

持原诗的"意象序列，节奏和语调"①，是美国现代诗人和中国古代同行之间的"神交"，标志着美国现代诗学方法的他我指涉：在语义和句法层面的模糊性，原本字与字之间都有连接媒介，字句松散组合都能读出诗意的句子被看成缺乏连接媒介，反而使意象独立存在，产生一种不易分清的"暧昧性"和"多义性"②，断裂为片段化和多线并行等现代性，以此和现代主义产生美学汇通，完成汉诗从反现代到高现代的文本/纹理(textual & textural)质变。庞德的旋涡主张和洛威尔的复调散文都是明证。艾略特在圣-琼·佩斯(St. Johns Perse)影响下，吸收"一连串意象重叠或集中成一个关于野蛮文明的深刻印象"的创作方法，被叶维廉进一步认为是对汉诗审美模式的认可和自觉靠近③，唐纳德·戴维(Donald David)站在英文诗歌句法从浪漫主义进化到现代主义的高度，评价佩斯诗歌的句法有如音乐，不注重逻辑关联，强调各种成分的灵活叠加，"合而不绑，聚而不缚"。④ 值得注意的是，即便受汉诗影响之后，美国诗歌在结构上虽然并行但并不散乱，仍旧保持相当的粘连力和连贯性，绝非西方人笔下老大帝国那让人一头雾水的汉语。

综上论述，笔者认为汉语缺乏曲折变化就对美国诗学的影响而言，真正作用点不仅是作诗技巧的丰富，甚至也高于美学方法上的启蒙，更重要的是对美国现代诗学情感造成的错位和

---

① Kern，1996，p. 172.

② 叶维廉，2002b，p. 71.

③ 叶维廉，2002b，p. 65.

④ Davie，2006，p. 339.

断裂，以此引发的西方单方面诗学竞赛。借用海亚的术语，
"汉诗简陋"的滑稽和苦痛可被视作"两次普世化的情感经验"
(twice-universalized affective experience)①，两次将观看汉诗
的情感折射返回自身。《神州集》以前的西方人看见汉诗的异我
性和不可理喻的反现代性，《神州集》以及后来的现代诗人在前
人认识的基础上领悟到汉诗的同我性和齐备具足的现代性，即
缺乏曲折变化本来是最为幼稚和粗陋语言的明显特征，却能够
成为向讲究过渡和虚饰的维多利亚诗风宣战的最有力武器（如
1910 年前后的休姆和庞德），借助这块"他山之石"美国诗坛能
顺利实现现代化转型（如《神州集》和《松花笺》以及威廉姆的《春
天和一切》的出版）。汉诗为美国诗人想象，或者帮助美国诗人
去想象一个维多利亚时代以后的诗坛/诗人，一种能够容纳并
繁荣古希腊以及欧陆中世纪传统的英文诗歌。这便是情感经验
第一次普适化。新诗学范式不仅移除了对其他国别文化的偏
见/偏好，而且确立重生之后的美国诗学在世界诗坛的领导地
位。《神州集》前后三十年历史变革，标志着西方诗人从主动拯
救，到无意间挪用再到被动学习的心态和意识形态变化，向曾
经为自己不屑的文明学习（特别是该文明在新诗运动时期仍积
贫积弱），向曾经被视为低级简陋的语言学习，把汉诗异己

---

①　Hayot，2007，p. 120. 费诺罗萨《汉字作为诗歌媒介》的论文开
篇便为自己所在时代对汉诗/汉语的看法翻案。他响亮提出，中国人的
思想绝不是什么滑稽剧中的搞笑歌那样幼稚可笑(p. 42)。汉诗更不是西
方某些汉学家认为的"无关紧要，幼稚，在世界严肃文学表现中排不上
号"(p. 42)。

性(alterity)作为理想，在主体内省和自我表达活动中获得优先权并占据显要地位，构成情感经历的第二次普适化。简言之，第一次普适化以"汉诗为英诗好"(Chinese is good for us)为妥协理由，第二次以"英诗成为汉诗好"(Chinese is good to be us)为感情公约数。1965 年，即《神州集》出版的半个世纪之后，英国/美国诗人 Donald Davie 评论毛泽东诗词英译问题时，基于对庞德的研究和对 20 世纪美国诗歌运动方向的把握，感叹道："中国诗歌的特性，正是我们的诗歌在这个世纪中改变了自身去获取的。"①此时，美国诗歌在发明汉诗和现代性过程中本身发生的质变已经十分明显。

既然已经"成为"汉诗，下一步则要进入后汉诗时代，也就是美国单方面展开的诗学竞赛。依照海亚的论述路线，美国诗坛需要找到说服自己妥协的理由，借此释放自己屈就的痛楚，为借助意识形态统领下的话语矩阵变换为新兴的现代主义诗歌活动提供存在依据，并保持其动力。它便是想象中的诗学乌托邦，它必须和汉诗紧密相连却不同于或者高于当时(即 20 世纪初)西方研究汉诗的既得成就；它必须能够顺应西方的分析思维模式却又能和东方神秘主义搭上界；它不但能将汉诗装点得和当时美国的诗学理想一致，也能让汉诗去滋养西方诗学精神源头的隔代遗传；它不但是源于东方的古老知识，更是西方人在离开伊甸园之后(注意是西方人，而不是中国人或者东方人)逐渐被疏远的真理；它能生动反映丰富繁杂的现象世界的自性

---

① Davie，1965，p. 704.

(autonomousness)，也能揭示柏拉图宣讲的现象世界之后的理性。毫无疑问，完美具备以上所有条件的诗学乌托邦便是汉字诗学①。

在论述汉字诗学以前，笔者认为有必要提醒读者将汉字诗学的理论基础放置在西方发明式阅读传统的大框架中去考虑，否则庞德、洛威尔等人对汉字的见解，以及整个诗歌现代化运动中涌现出众多书写中国题材的诗作，很容易被学者夸大为针对中国文化的仰慕崇拜或者歪曲偏见。事实上，观察评价正负两极分化现象（时常在同一个人身上发生，比如庞德的《神州集》的成就和对汉字的完全荒谬的看法）有力地说明美国现代诗人阅读汉诗的发明活动较少受到具体汉学或者西方既有诗学传统的约束。既为发明，当然要偏离成规甚至常规。庞德等诗人拥有的发明式阅读思路显然是延续爱默生传统，特别是他关于"善于阅读之人必能够发明"的主张②，以及认为观察主体的眼镜（lenses）本质上永远带有不可避免的染色和扭曲，恰是这些受到主观影响的观察设备"或许具有一种创造力"，揭露了"或许客体并不存在"的可能③；唯有发明式阅读，才能有机和有效地统一观看和思考两种行为，从异国以及先前时代带回财富（物质或者精神）只是第一步，能够用实际行动将对他人的阅读转化为自身有创造性的发展才是目的。一旦如此，"思想被劳

①　读者如果此时回看上文提到的《格列佛游记》中的理想语言场景，便更能深刻地领会汉字诗学的乌托邦特质。

②　Kern，1996，pp. 147-150.

③　Emerson，2004，p. 249.

动和发明所簇拥，无论我们读哪一本书，书页都变成带有多重暗示的明澈"①。否则，如果阅读只是对前人思想缺乏创意的重复或者沿袭，"每一位重复者都会丧失一些创造性力量"。② 在爱默生时代这些思想和西方科学传统的精密确切显然相当冲突。后来的诗人接触了汉诗以及东方哲学，写出以下诗句也就不再困难和唐突，菲力浦·惠伦（Philip Whalen）眼中的苍蝇和脏鸟也变幻由心，都是思想的发明：

> What we see of the world is the mind's
> Invention and the mind
> Though stained by it，becoming
> Rivers，sun，mule-dung，flies—
> Can shift instantly
> A dirty bird in a square time

爱默生主张的发明式阅读让文字表面上固定单一的语义建构变得生动丰富，作为读者可以对文字包含的暗示进行进一步研究比较和再生产。阅读让人不但有所"新得"，而且能够产生新的作为。将文字由"明白"发展到"明澈"的思路同样见于庞德早期对于翻译和写作的看法。重要区别是庞德更加强调压缩聚合在明澈细节之内的能量，而非细节的"多重性"③。文字

---

① 原文是 When the mind is braced by labor and invention，the page of whatever book we read becomes luminous with manifold allusion.

② Emerson，1903，p. 111.

③ Pound & Cookson，1973，p. 21.

（word），在庞德眼中，既是一种"实"，容纳语义或者情绪，或者句法特征，或者其他任何以往在语言学以及文学范畴的定义，更重要的是它的"虚"，即文字只要安排得当，便可如同带电一般产生非物质的能量场，吸入或者涌出力量。① 有意思的是，庞德特别强调即便是三四个词这样的简单存在，也可以借助天才的并置处理（juxtaposition），如同电器元件通过一定工程学方法，将力量成倍增加（注意不是简单叠加），达到非常高的势能（high potentiality）。从这个角度来看，庞德的意象主义手段令人惊奇地指涉当时正在蓬勃发展的电学和原子物理学。对中国诗学完全无所知，诗人此时差一点就要说出"墨气所射，四表无穷，无字处皆其意也"这种中国诗学里广为流传且备受推崇的评语②。尤其诡异的是，就在这一段话里，王夫之强调东方风格的"气势"（论画者曰："咫尺有万里之势。"—"势"字宜着眼），认为文字能否蕴藏势能关键在于构造纳万里于咫尺的精妙结构，充分考虑并转化文字间作用力为审美冲击力。有别于"缩万里于咫尺"的简化轮廓，如普通地图一般无趣。而庞德明显挪用西方的科学概念"势能"或者"电势"，相信作者／创造者可以科学地调遣文字，如同科学或者精妙地排布电器元件，

---

　　① 原文是 Let us imagine that words are like great hollow cones of steel of different dullness and acuteness; I say great because I want them not too easy to move; they must be of different sizes. Let us imagine them charged with a force like electricity, or, rather, radiating a force from their apexes—some radiating, some sucking in. 有学者认为庞德此时已经产生了初步的旋涡主义观点。见 Gentzler, 1993, p. 16.

　　② 中文的"气"在很多情况下和英文的"force"同义。

产生诗意的美学效果。同样，读者也能够从读取方式以及进入途径着手，有如重新调整电流的流向和元件的功能，在现成文本中创造出新意。各自从自身传统和思维习惯出发都达到"势"的观点。东西方诗学方法在彼此毫不知晓对方存在的情况下发生汇通。等汉字进入西方诗学，简单的汇通更是无碍地叠加振荡。

不难推断，简短含蓄的汉诗能够在庞德笔下广大，不再是偶然，也绝不是邂逅中华文化然后为之倾倒那样单纯。汉字本身何尝不能看作不同部件的并置：和事物象形的偏旁部件通过一定组合排列便能产生诗学旋涡。诗人从西方高度现代化的代表性成果——物理学以及数学成就中得到启发，以现代科学发现的物理现象为框架展开思索，推及文字和诗学。除表现出诗人自身的想象力和创造力之外，也体现出现代主义对上一个时代的超越：从外部观察事物不仅必然，而且较为理想；能量与情绪同样不可见，但前者可测而且能够被纳入科学分析。借助发明式阅读，引入科学观，能够让诗人更加接近诗性文字的真实状态——"带电或者带能量的语言"①。

在翻译汉诗的过程中，庞德和洛威尔两位现代主义诗人都看见了汉字，比汉诗在形式和语言上更富吸引力的成分。天不假年，洛威尔的早逝让她的汉字诗学随之凋零。继续探索的庞德，从后来他发展并贯彻《诗章》的表意符号方法来看，他一直在有意识地用汉诗/汉字手段进行写作英文诗歌的实验。汉字

---

① Pound，1966，p. 170.

因为和拼音符号无关，庞德眼中便隔离了声音——人类语言的基本和武断特性①。和事物的联系纽带乃是："事物的图画，事物在某个特定的姿态和关系的图画；或者一系列事物集合的图像。"汉字正是通过图像/图画表示"事物，动作或者环境，或者和描摹的几样事物密切相关的性质"②。表意符号方法试图以汉字表意方法作为契机，用类似的句法和措辞进行诗歌创作。这是对早先意象派的发展。意象派强调清晰、准确、轮廓分明地呈现，但对于事物之间的内在关联，事物和自然的紧密联系着力不多。并且，和自然一样，事物时时刻刻都处在流动和变化之中，意象手段难以处理抓拍的静止性和自然的流动性，用具象凝视抓住抽象流转。而表意符号法如同用汉字写出一行诗句一样：每一个汉字便是一样事物或几样事物的组合，文字放置在一起能够在字形上、语义上和意境上聚合成强大表现力和高度灵活性，诗句中呈现大量事物的同时诗歌依然能够有机地将众多元素整合。一个汉字就可以构成旋涡，汉诗则是超级旋涡③（mega-vortices）。庞德日后在诗章中或直接使用汉字，或使用表意符号法写作④，充分证明他认为研究汉字的意

---

①　事实上汉字大部分是形声字。但即便是具有声符的形声字在没有一定汉语基础的美国诗人眼中依旧是图像。

②　Pound，1991，p. 21.

③　关于汉字和旋涡的关系，参见苏珊娜·尤哈斯（Suzanne Juhasz）的《威廉斯，庞德和斯蒂文斯的暗喻和诗歌》（*Metaphor and the Poetry of Williams，Pound，and Stevens*），第三章。

④　汉字入《诗章》见《庞德时代》（*Pound Era*）一书中的《发明孔子》（"Inventing Confucius"）部分，pp. 445-459。诗章和汉诗关系的详细研究，见 Blasing，1987，pp. 140-146.

义大于翻译汉诗。而诗章里的汉字，容易被人误解为庞德向往甚至崇拜中国文化的直接证据。笔者相信，它们更多是一种"正名"的异化手段，是庞德用汉字——相对拼音文字更接近自然甚至和自然同构的特性提醒读者跳出熟悉的文本场域，文本被异化成奥义，理解力被异化到无知。在对于"汉字"的无能为力时刻，反而使得读者接近阅读和写作的本质，让他们看见在文字背后，还有一个动感丰富、鲜活恒常，不会随语言一起变得破旧鄙俗的自然。

关于汉字诗学，首先应该明确，或者说从小就习惯看汉字、写汉字的中国学者必须接受一个清楚无疑的事实：汉字对于生长在非汉字文化圈的欧美人而言，是复杂迷人的信息结构，其中蕴含相当丰富的诠释可能①。近三十年来，随着对外汉语学科的逐渐发展，对这方面的系统记载和研究也日益丰富②。例如，《朝日周刊》刊登过一个欧美人士在学习日文过程中看见汉字的事例：

---

① 当然持这种看法的中国人也大有人在。最集中表现为拆字算命、姓名学以及近一百年来屡见于出版物的将汉字和耶和华创世记，或者将汉字与各种外国古老文化起源一锅烩的各种伪论。见苏三：《汉字与上帝——来自远古的照片》，《汉字起源新解》。以及在西方世界有一定影响的《创世记的发现：隐藏在中国语言中的创世纪秘密是如何被找到的》(*The Discovery of Genesis*：*How the Truths of Genesis were Found Hidden in the Chinese Language*)，等等。

② 关于汉字习得研究文章的系统总结，见《对外汉语教学研究论著索引》一书的"汉字习得研究部分"。总体而言，较为明显的变化是储承志等人提出的汉字教学从强调笔画部首，解释字源字意，逐渐向部件网络式教学过渡。见 Chu，2006.

東　合　映

在欧美人的眼里，"東"这个字看起来就好像管弦
乐团里放乐谱的架子，"合"则像通知栏的对面高高耸
立着一座富士山；"映"甚至像一个人拿着一把铁锹正
在往炉子里添煤炭。（Li，2006）

巧合的是，费诺罗萨《汉字作为诗歌媒介》也包含了对"東"
字的分析。从"日"在"木"而组成"東"的字形构造出发，阐述了
费诺罗萨作为现代西方汉学家关于汉字的重大革命性认识。十
八九世纪西方普遍将汉字作为象形符号看待，用具象的线条和
形状表达世界万物的"物"。字与字之间，如同自然界的两样事
物，很容易建立联系，但联系却难以发展为理性，缺乏连续
性、统一性以及严谨性。汉字本身也因无法容纳曲折变化，表
意十分孤立苍白，数量庞大而杂乱无序。这种看法之普遍，影
响之广，对中国文字现代化产生了难以忽视的作用。瞿秋白
20 世纪 30 年代初曾致信鲁迅，痛陈中国语言的贫乏，以及用
翻译手段"创造出新的中国现代言语"的必要和迫切。在瞿秋白
眼里，"中国的言语（文字）是那么穷乏，甚至于日常用品都是
无名氏的。中国的言语简直没有完全脱离所谓'姿势语'的程
度——普通的日常谈话几乎还离不开'手势戏'"。① 西方汉学
家认为汉语对自然界的拟态繁复庞杂为一极，中国学者认为汉
语对日常生活的表达苍白缺欠为另一极，两种相互关联却又对
立的看法显然都是在质问汉字的现代性：汉字是否能够统领现

---

① 来自鲁迅《二心集》中的《关于翻译的通信》一文。

代生活的精确简练，是否能够承载现代生活的丰富详细。

在统领和承载的矛盾之间，费诺罗萨认为自己抓住了联合两者的枢纽：不能以静止的观点来考察汉字，汉字作为符号是对活动的或者运动的世界的表述"动中之物，物中之动" (things in motion，motion in things)①，贯穿于汉字之中的并非简单粗线条的模拟，而是穿行于天地间的正能量②。以"東"字为例，费诺罗萨看到的一轮红日从树木之后喷薄欲出，发射万千条金线(请注意主动动词"欲"，"出"，以及"发射")。特别值得称道的是，按费诺罗萨对汉字字源和汉诗美学构建关系的理解，"日"本身即带有"照耀"之意，而"東"字将"日"字内嵌进来，用具有相当诗意的方法和"木"并置，不仅重复了"照耀"③，加深了旭日初生、金光万道的印象，让读者看到如同钻石集中反射之后发出的璀璨夺目的光芒；而且利用"東"字部件在视觉和认识学领域的并置处理，打破了英语读者习以为常的以时间作为过程变量的阅读/理解方式，或者说扰乱了西方传统高度依赖时空连续统一的认知方式，对于现代诗歌以及后现代诗歌有着高度的启发作用，正是缺乏"连续性、统一性以及严谨性"的汉字，经过现代主义诗人解读之后，在汉字结构、字源、语义以及诗句结构之后遭遇了蓬勃的现代性。

较为明显的一个例子便是费诺罗萨对汉语语序的论述。从

---

① Fenollosa，et al.，2008，p. 82.

② 关于中国字如何蕴含能量和动作的具体分析，见 Fenollosa，et al.，2008，pp. 81-88.

③ Fenollosa，et al.，p. 104.

观察汉字内部的能量流动出发，发现有可能汉字"大量意符部件的字根带有动作的动词性观点"①。因此每一个汉字从字源角度观察都是动词。当一串汉字连接起来，表达动作时，汉字源于自然的能量使得汉字语序和自然界动作发生的形式一致。这种遵循主语＋谓语＋宾语的语序，遵循前因后果的观察和思考方式，应该成为人类语言的普遍原则②。多少让人有点困惑的是，费诺罗萨大力提倡的 SVO 句型并不完全符合古代汉语的语法，如"岂不尔思，子不我即"。更和他所知晓一二的日语相去甚远。20 世纪 50 年代，西方学者已经开始注意到这些不一致③。特别是费诺罗萨与庞德二人关于汉诗动词的看法更是和实际情况相距太远。臆测在微观层面当然暴露出现代诗人对汉字和汉诗的无知。错误结论凸显了观察活动强烈的主观性和个人特征（idiosyncracy）。观察最后产生了期待结果，和真实情况有偏差，是观察者对观察物的主观诉求。放在时代宏观层面，产生偏差的观察活动、观察态度以及观察结果都源自现代化运动，认识汉字诗学的偏差便是现代性，是汉诗对美国诗学的具体贡献。

于是再过了五十年，到 21 世纪初，学者开始认为，以研究阅读汉字/汉诗的方法为参考和启发，（后）现代诗人解除甚至颠覆了符号和意义之间的强制性，各国别文本之间、各类型文本之间和各语种文本之间的界限也因"发明式阅读"变得逐渐

---

① Fenollosa, et al. , p. 81.
② Ibid. , p. 48.
③ Kennedy，1958.

模糊，作者和读者在语义构建过程中的商讨行为和对等作用解构了文本的完整性和自主性，正好是与尼采、海德格尔、德里达一脉相承的哲学思路①。近年来，贾汗·拉马扎尼（Jahan Ramazani）在全球化思考的大背景下，以跨国诗学（transnational poetics）为出发点，反省并批判西方主流学界通过现代主义对整个世界的收编和驯化，设想并提倡将诗人、诗歌和诗学真正建设成"杂合的，间隙的以及流动的结构"（hybrid，interstitial，and fluid imaginative constructs）②，以图对整个西方思想界带来革命性冲击。仔细观察拉马扎尼和笔者的措辞，不难发现两者正好互为反义词（统一 vs 杂合，连续 vs 间歇，严谨 vs 流动）③，是 20 世纪的现代主义和 21 世纪初的跨国主义"他者"观点在形式上的重合。跨国主义通过复习前者，试图重新认识现代以及后现代。

众所周知，映入眼帘的汉字以二维码出现，是纸质载体能够提供的最为复杂的编码形式。相比之下，以字母为最小书写单位的印欧语言在一维空间内，从左到右的阅读习惯构成空间轴，同时也决定了阅读所必需的时间轴以及沿此轴展开的解码活动的过程属性④。一个看似静态的汉字包含的灵动过程让人很容易想起当时刚发明不久的电影。汉字作为小窗口，让人得以观看自然万物变化，可以被称为"活动电影放映机"（kineto-

---

① Cordell，1987，p. 256.

② Ramazani，2009，p. 333.

③ 笔者在讨论汉字统一性等特点时，尚未读到拉马扎尼的这段文字。

④ Fenollosa，et al.，2008，p. 190.

scope）。这种放映具有高度的自发性和同时性。如果正放，"将其在想象中重现则需要（与自然界中）相同的时间顺序"①。另外，汉字部件的并置特点决定了放映可以拥有双向时间轴，或者完全不受时间和空间的控制，即自然活动在自然环境下发生时本不具备人为抽象归纳的先后顺序。如一株阳光下的植物，吸收养分，孕育种子，强健茎秆，着色花瓣，哪里有什么先后和分类一说②？

推而广之，汉字诗学启发了现代派关于贯通文学时域性和地域性的主张，即"所有的时代都是同时代"③和"人类智慧之和不在任何单独一门语言当中"④。将人类文学活动的时空藩篱拆开既是现代主义在萌芽阶段急需获得精神养料和学习以及批判榜样的举动，也是现代主义在萌芽以后，主体意识兴起，

---

① Fenollosa, et al. , 2008，p. 80.

② 阳光下植物的例子见 Fenollosa, et al. , 2008，p. 110. 作为费氏对中日诗歌理解的最高阶段，从这番话里很容易看到现代诗歌，甚至现代科学对时间这一基本构造的兴趣和疑问，以及试图打破从古希腊以来西方思维认识世界所遵循单一抽象方法，向真实、无序而庞杂的自然回归的期望。意象派并置手法，精确呈现等教条，以及现代诗歌集体呈现出的片段化、非线性、复调等特点背后其实都藏着汉诗描写的"自然"。同时，也应该充分意识到庞德和费诺罗萨在精确和模糊两种价值取向之间的承接关系。费氏对自然的崇敬让他认为缺乏清晰度恰好是诗歌的荣耀和特殊价值所在（原文：If lack of clearness means that it cannot be analyzed, or pulled to pieces without destroying it, that is just the glory, just the specific value of poetry, p. 111）。这种抽象清晰度的缺乏，恰好成全了具体细节的精确。前起未见费诺罗萨之时的明澈细节法，后至对美国诗歌影响重大的表意文字法。

③ Pound, 1910, p. 6.

④ Pound, 1991, p. 34.

对自身历史性的定位，这标志着世界诗歌和世界诗学实践的正式启动。欲将处于西方文明边缘的汉字纳入美国诗学的中心思想，从庞德对费诺罗萨的进一步改造以及洛威尔高调捍卫自己的拆字法，都可以看到美国现代诗人观看汉字后汲取到的能量和将注意力转回原始性和基本性的动机①。对古老文明成果（语言、文学作品、哲学思想以及古文明本身）的回归又一次透露出西方所付出的努力，寻找伊甸园，即巴别塔倒塌之前的理想世界，回到人类观察世界的基本而原始的状态。费氏认为原始人以及原始种族眼里的自然都和"动作"有关，一件事物的行为决定了它的本质(a thing only is what it does)②。在原始语言，或者原始语言发育迟缓的现代后裔中找寻，便有希望寻获人类认识世界在方法论上的基本元素和模式。换句话说，将作为"外人"的汉字或者其他时代的其他文学成果视为西方诗学将来发展需要倚仗和学习的"内人"，西方/美国诗人要么彻底放弃自己，当然这是不可能的，要么证明"内人"和"外人"在审美方向、诠释途径以及情感处置等形而上(metaphysical)的方面有系统的、客观的关联，不同的只是形而下(physical)的符号、形式、韵律、节奏等诗歌方法而已。如同大千世界里的花草风雨，虽然形式和表现十分不同，但都可以用原子说进行统一。汉字诗学足够基本，足够原始，对于现代派而言，成为对四海古今之内文明成果分门别类、登记造册的一次实践，因此可以对众多文化和文学进行考察。出发点是形而下的汉字、字源和

---

① Paul et al. , 1984，p. 105.

② Pound，1984，p. 132.

部件，归宿无疑是诗性表达①。对现代性的追求明显沿袭西方自然科学认识并诠释自然界的研究方法和思路。

受汉字启发，对于文本认识的进一步深入，开始让欧美语言和思维方式延续了数千年的从属编排（Hypotactic configuration）以及原子本体论（Atomic ontology）在最小的单位"字"，即文本的原子层面开始瓦解。汉字让费诺罗萨、庞德，也包括洛威尔和弗莱契等现代诗人看到，汉字语义/诗意构建方面呈现出迥异于西方一维式的、建立在从属和嵌套框架上的思维方式，单字或者单词层面上的阅读不必线性推进，因为每一个单字内部包含的动态变化让文字成为矢量，而非标量。文本作为矢量组合表现出矩阵属性。汉字的并置性，如木之后有日为東，使得每一个汉字从本质上都是合成字，但组合的元件之间并无从属关系，代表自然界物与物之间由动作和能量维系起来的有机而相互依存的共生（symbiosis），语义是部件共振的结果。以此产生的平行并置的多线性甚至非线性，便是现代诗歌的代表性思想。现代诗人对汉字的字源解读，将汉字部件拆开入诗的方法，引发了现代诗人重新审视文字（原子），将视线带入部件层次（亚原子），使用现代诗歌方法对部件结构进一步发掘，然后找到先前诗歌方法从未能设想的美学经验和效果。一个典型例子便是康明斯的"l(a)"l（a leaf Falls）one liness。

读者首先的感受便是满眼的"l"，当然下意识里开始构建树的概念。在林间，或者一棵树下（l时而单独出现，时而两个

---

① Dasenbrock，1985，p. 109.

ll，时而和其他字母一起）飘飞的树叶，翻转（af fa），凋落（观察诗行中"a"和"l"的位置）。字母拆散以后出人意料地相互呼应和整齐。字母和字母之间的一维码不复存在，被扩充到二维之后，在拒绝被朗读的同时，用短短七个音，（a leaf falls loneliness），类似于一句带有大停的七言汉诗的构造，创造了相当惊人的字形诠释可能①。将单词写成两行甚至多行可以看作是向方块字二维结构的有意靠拢，让能量在部件间（注意不仅在单词间）流动，如 le 到 af 的跳跃，af 到 fa 的翻转，从第一行的 l 到 one 的阻隔，括号内的第一个字母和最后一个字母组成"好似"（as），好似随风飘落的树叶见证生命的充实和虚无，积累出庞德所说的"势能"高度，并置部件表意的同时托物起兴。观察拆开的 loneliness，不难发现"独孤"的语义表达"one"，视觉表达（形如阿拉伯数字 1 的字母"l"），心理表达（loneliness），语音模拟 only-ness，或者字形模拟 one-liness；以及通过文本/文字离散错位提醒读者，英文五个元音字母之中，其他四个皆出现，唯独字母"u"（you）缺席。"你"的不在，是读者从第一行（第一个 l，缘起）阅读到最后一行（最后一个 l，缘灭）都没能等来的期待；或者说你的"不在"，从第一行的单身"l"到中间的相守"ll"到最后变回单身"l"，只剩一个孑然的我（i-ness，以"i"为词根加上名词性后缀 ness），独苦的我（loneliness），残缺的我（两个 ll 被 one 隔开，l-one-l。One 在西方文化中代表上帝，象征生死等不可抗力）。和英语诗人读

---

① 这首诗和俳句关系的详细论述见 Welch，1995.

汉字一样，Cummings 也没有忘记在诗行中隐藏其他语言的线索。两个片段，la 可以看作是法语/西班牙语中的单数冠词，突出孤单；而 Le 在西班牙语中，就是英文躲闪无踪的那个"你"。

　　在这一章末尾，笔者想用"不是"来结束。因为笔者相信中美比较诗学在完成搜集材料、查找源流、建立联系、记录活动以及分析发展等基础工作之后，相关性很容易找到，特别是当美国诗人明言他们受到汉诗影响，或者作品包含中国元素、模仿汉诗风格之时。到如今，研究应该从第一个时期毕业，即"见山是山，见水是水"的时期。说"是"容易，说"不是"难。将汉诗对美国诗学的作用简单理解成汉诗教导或者点拨美国诗人如何处理构造、排列和调适意象等诗歌写作技巧，也暴露出学术视野和方法上的问题：不但关注面太狭窄，包含相当的臆测成分，并且在未能深入了解美国诗歌内部动力的情况下，如对简短的看法，容易凭空想象相关性，夸大影响的效果。这种过度流行并且大有泛滥之势的做法必须得到遏制①。翻来覆去不是研究意象主义和中国古典诗学意象主张之间的关系，便是探求中国文化/文字为美国诗人提供了一种异于基督教文明的审美趣味和写作途径，中间穿插一两种前卫时髦的文艺理论，没能看见或者没有看见意象主义运动作为诗歌现代化运动的先遣力量，在庞德出版《神州集》之前已经存在，庞德翻译《神州集》的过程中（注意不是完成后）已经进化到旋涡主义的简单事实，

---

　　①　在中国知网上搜索一下近 20 年内发表的关于意象派和中国古诗的关系的文章的数量，便不难产生如此印象。

更忽视了由翻译中国古诗引发的韵文表达和散文表达的竞争与论辩关系。并且，假如汉诗果真凭几个意象、几行简短抽象的诗句便影响了美国诗歌，如何解释洛威尔，曾作为意象派的最为高调的呐喊者，在 1922 年居然说"意象主义只是一种思想态度而非一个学派"，诗人都可以适时适当地使用意象方法，或者印象方法，或者其他任何方法①。哪里还能看到那个十年前（1913）飞奔到伦敦，和庞德争夺意象派领袖的宝座，就"意象派"一词可能牵涉的版权问题差点儿打官司的洛威尔②。这些变化，充分证明汉诗在写作技法上的简单重复，即便初相见时有殊胜之处，多次运用以后便难以保持新鲜感和独特感，对美国现代诗学作用相当有限。

事实上，从诗歌现代化运动肇始之日起，追求形式和技法相当程度上超过了对内容和读者接受程度的关注。休姆以及"被人遗忘的流派"将形式和技法创新，而不是主题和原创观点，作为判断诗作成败的标准③。洛威尔非常反感将诗人及其作品的价值交给公众去评判的做法。"诗歌的价值在且只在诗歌之内"，"只有在高级知识分子的圈子里诗歌才是民主的"。④庞德认为丁尼生（Alfred Tennyson）因迎合大众口味而毁掉了

---

① Damon，1966，p. 605.

② 洛威尔在 1914 年底差一点就"意象派"一词的归属和使用权限问题与庞德对簿公堂，还说你（庞德）只要敢告我攫取意象派领袖之位，我就敢起诉你，将我再归入意象派是毁谤。参见 Damon，1966，pp. 274-275 以及 Healey，1973，pp. 447-449.

③ Martin，1967，p. 164.

④ Damon，1966，p. 500.

自己的天才和个性①，在诗歌形式创新上建树有限。可以说，欧美诗人一直在用倒序设计的思路去把握汉诗②，在形式和技法上进行革新这些手段有些碰巧和汉诗有关，大部分当然不是。在相当程度上，庞德是对古希腊传统的延续，洛威尔则继承了惠特曼以来美国诗人利用散文进行韵文实验的做法，以弗林特为代表的早期意象派诗人看到俳句和汉诗的含蓄简约，第一反应便是马拉梅③。

　　尤其吊诡的是，美国诗人对于自身受到汉诗影响的言论很多时候是不足为据的，更不能断章取义地作为教条去对待使用。美国人一方面出于来自世界民族大熔炉，一个较高程度的杂居社会的集体无意识，另一方面由于对世界各国文化和文学的主动挪用，综合起来，在建设现代派以及现代派提出的世界诗歌/诗学的过程中，很自然对各国文学成果心存挂念，露于言表，并没有多么难得，更不值得大力鼓吹。只有挖掘出跨国诗学的作用和力量，对美国诗歌里中国元素的分析才可免于浅薄，对美国诗人申明的受汉诗之影响才可获得真值，而非面值。举一个被引用过太多次的例子，一位美国诗人，在一次名为《中国诗歌与美国想象力》会议上，说"到了现在，我们甚至难以想象，没有这种影响美国诗歌会是什么样子，这影响已经

---

　　①　Knapp，1979，p. 26.

　　②　庞德在倒叙这条路上走得较远，到了晚年更为偏颇。

　　③　关于佛林特对俳句的评论以及早期意象主义诗人在日本和法国诗歌的交叉作用下进行探索的叙述，见 Martin，1967，pp. 147-150.

成为美国诗歌传统本身的一部分了①"。这句话在很多中国学者看来，不但为汉诗影响定性，也将汉诗的影响力定量并推向无以复加的地步。可钟玲通过严肃而系统的分析，得出结论是"中国诗歌的影响力则自然被凸显且被夸大了"。钟玲观察到了发言背后的西方种族优越感和文化自救的动机，一对看似矛盾却高度相关的情绪。也就是说，根据钟的论述，西方人在现代化程度上高度领先于东方，故而优越；在第二次世界大战之后发现现代化带来的"思想，宗教信仰和生活方式已经不足以让他们安身立命了"，故而向东方求教问道以图自救。

钟玲的分析如果能触及中国学者对汉诗英译事件所作的接受和调整，便可从局内人的角度反思局外人的观察。事实上，在相当长一段时间内，有不少人将美国诗人的英译汉诗视为对天朝上国的纳贡和朝贺，看到西方人或者外人翻译汉诗，有些中国学者暴跳如雷；但听到汉诗成为美国传统的一部分，又弹冠相庆。未经天朝恩准擅自携带汉诗出洋，是犯上。奉汉诗为正朔并依教奉行，是外夷归化，匍匐叩拜的最佳投名状。外夷见汉诗，火候欠缺的次品反映了大国文化沙文主义心态（尽管翻译无疑存在相当瑕疵）：我是对的，你看错了。认为百十首古诗仅凭几个意象，几个典故传说和"漏洞百出"的英译便改变了美国诗学，则反映出另一种大国文化沙文主义居高临下的心态：你的观察这么歪曲都能成功，可见我本身有多么伟大；以此推断，你就观察到这么一点就获得巨大成功，那你要是全学

---

① 这一部分的译文引自钟玲：《中国梦》，第 22 页。原文见 Anonymous，1981.

会了怎么得了。以上两句看似粗鄙的反问，是有关方面的任何
严肃学者（对应庞德所说的"严肃艺术家"）都不能回避的现实。

　　如果没有汉诗，现代派是如何书写中国题材的？艾略特写
于 1910 年四首名为《满大人》（"Mandarines"）的组诗提供了非
常难得的实例。一直未曾发表，直到《发明三月疯兔》（"*Inven-
tions of the March Hare*"：Poems 1909—1917）出版之后才逐
渐为公众所知。在写作之时诗人尚未研究过汉诗，没有接触到
意象派，更无从知晓汉字诗学主张。即便如此，有学者认为在
这四首诗中已经依稀看到未来《荒原》的轮廓：承接拉弗格
（Laforgue）的虚无主义理想，利用西方诗歌传统中对于中国元
素的想象①，如中国文人自幼培养，努力达到"不以物喜，不
以己悲"的人生境界和"喜怒不形于色"的士大夫气质在《唐璜》
中被讽刺为：

> Just as a mandarin finds nothing fine,
>
> 　　At least his manner suffers not to guess
>
> That any thing he views can greatly please.
>
> Perhaps we have borrowed this from the Chinese.

艾略特的诗句是：

> Indifferent to all these baits
>
> Of popular benignity
>
> He merely stands and waits

---

① Fabio，2011，p. 162.

Upon his own intrepid dignity；

表面上为读者勾勒出一个外表冷漠麻木、内心深邃莫测的满大人，即东方异族在西方人眼中的典型相貌。而这种对于相貌刻画的探索可以在二十年后出版的 *Coriolan I-Triumphal March* 中找到影子①。整首诗指涉《荒原》和《尤利西斯》诉说的现代人被卷入历史车轮无法挣脱的焦虑痛楚但同时又被历史抛弃的孤独绝望②。除受中国影响的意识形态变化之外，《满大人》组诗的重复，抑扬顿挫，用词等形式手段都能在艾略特以后的作品中找到踪影③。诗句的双关手法（waits 或者 waits up）让内心强大（intrepid dignity）的指向变得游移，人物冷漠的动机也因此问题重重。"Merely""his own""indifferent to"得以强烈突出时代对人物的异化作用以及人物对于外部世界起伏变化的不为所动/无能为力。有理由相信，满大人与艾略特的想象共舞，依照那个时代西方对东方的典型偏见，借古代异族身体而成立。作为意识臆测出的身体符号，在思想发展上为表达潜意识里的"空心人"做铺垫。满大人身体和情感的"不可能"恰好给处于探索状态的美国诗歌提供了一个理想他者的"可能"，使得想象者自身的诸多元素被发掘然后重构。脱离中华文化背景的"满大人"自古如此，缺乏历史性，既可能是历史发生前"空心人"的现实原型，也可能是历史终结后"空心人"的理

---

① Eliot & Ricks，1996，p. 129.
② Murphy，2007，p. 140.
③ David，1996.

想完形。满大人身体作为缝隙，在现代西方缺席，充当桥梁作用，使得原型和完形能够贯通。于是，在未见汉诗之前，艾略特的诗学方法和英国早先时代的东方诗人表现出相当的共性：将处于扩张中的大英帝国的影子和东方重叠，使用未受扩张冲击之前的东方原型对当前整个东西方社会进行批判。体现了现代诗歌集体意识形态上"打击欧洲中心论中的优越感和原创性"的动机和作为①。遇见汉诗的机缘使得这种倾向在目标上更为清晰明确，手法上更为高明熟练。但在诗学发展的宏观规划上仍旧是以他山之石攻玉的实用主义思路，和中国新文化运动时期提倡仿写和译介西方文学以扩充现代汉语的风潮并无本质区别。

　　"见山不是山"能够让人更为深刻地认识汉诗影响的作用和作用的模式。此时读者应能发现，意象观点在汉诗进入之前早已有诗人在实践，对意象的具体处理方法也非汉诗独有；并置手法曾受人诟病；简略表达更多源自希腊；缺乏曲折变化是先天不足的残疾而非优点，发明式阅读更是西方阅读活动的一贯传统，并非专门针对汉诗。以上内容清楚地说明一个事实，除开汉字诗学外，中国古诗对美国诗学的建构主要起激发和实验作用。不是教材，也不是教学参考书。跳出教材和教学参考书比喻的参考性和指导性暗示，美国诗人对于汉诗的想象和欣赏建立于自己与他者之间的"直觉近似"（instinctive affinity）②，构成一块扭曲而模糊的棱镜，以自我指涉的批判方式书写东方

---

① 　Stamy，1999，p. 21.

② 　Qian，1995，p. 6.

题材，并不在乎这块棱镜的真实度/忠实度偶尔受到中国学者和某些汉学家质疑。透过棱镜，隐隐看见观察对象，但更多还是自身在棱镜上的反射，透镜变成反射镜。阅读中国古诗，强化自己心中已经存在的（往往并非原文真正具有的，如中国古代诗歌和西方现代科学在方法以及思想上的关联）种种特质，然后在写作中，译诗和原创皆有，试验并利用它们的可行性。往往不是中国古诗教会美国诗人什么写作技巧，即文学技法现代化，而是中国古诗让美国诗人看到，自己开创或者从前辈延续下来的探索，可以朝他们心目中汉诗的某些特点靠拢，即文学方法现代化，在建构西方概念化的东方主义的同时也充实和扩充西方诗歌对世界文学的代表性，即文学审美现代化，然后几乎凭空捏造出汉字诗学作为竞赛的手段去规划后汉诗时代的美国诗歌，即文学意识形态现代化。他们以观汉诗之心去扮演作英诗之人，"观看和阅读聚合成彼此相关的功能"①，从试图达成的诗学效果回推需要用到的诗学手段。若要再向前一步，利用汉诗达成现代到后现代的过渡，要等下一代诗人去实现。

---

① McGann，1991，p. 145.

第二部分　明心见性：汉诗对美国诗歌现代性的贡献

后来发生了一系列很奇怪的事情。张清常早年负笈北平师范大学国文系。六十年后，撰写一篇论文，偶尔提到当年：

> ……钱玄同先生在 1930 年给我们的一次讲课为例。他谈到"华北、华南、华西、华东"这些字眼，是列强所制造的。"称华北则中国之北端被划到长城以南，长城以北非中国所有；称华南则中国……"先生之言，使我顿悟。抗战期间，一听到成都有由某方命名的华西坝，使人难过。①

现如今打开电视，中央台、地方台都一样，看天气预报，很难不听到"华南大部"，"华北局部地区"等说法。显然列强制造的词汇并未受到太大抵制，已成为汉语基本表达的一部分。不用"华"而用"中国"才更使人难过。若是哪位主持人或者被采

---

① 　张清常，2001，p.76.

访者，只要被视为中国人，胆敢在话筒前进出"中国北部"，恐怕要遭批评的口水灭顶。至于"华西坝"，已经成为西方文明在 20 世纪前后时段进入中国内地，带来现代科学，先进思想和普世关怀的记忆符号。近年来有人回望华西坝和那个时代并感言：

> 当人怀着这样的心，向弟兄伸出援手时，更值得感恩，也把我的目光从他那里移开，在华西坝回望南京的苦难，回望面包和恩典的来源①。

华西坝成为另一种文明进入中国却不幸垮塌的桥头堡，的确让人难过。两种文明和思维方式的冲撞，对其进行评说显然不是本书的主旨。只是，冲撞结果产生了众多"中间词"或者中间文本。"华西"、《神州集》《满大人》就是显著个案。中间文本同时具有两种诗学的血统，使得双方交流得以发生和延续。中国古诗在 20 世纪初被美国现代诗人遇见之后，为美国诗坛所带来的种种变化，以及这些变化背后的现代主义思想驱动力，经过前文的论述，已经比较清楚。因此问题的重心转向为诗学构建的自我指涉和可延续性，即制造中间文本的活动让美国诗歌获得了多少现代性，以及美国诗歌如何继续制造中间文本。

根据萨义德的理论，在《神州集》那个年代，汉诗对美国诗歌的作用范围大致局限在东方和东方主义认识模型当中，即美

---

① 王书亚，《在华西坝回望南京》，载《南方人物周刊》，2009 年第 20 期。

国诗人以东方学家为代理人，在自身理性框架下认识东方。东方在时间和空间上的遥远和不在场，为研究东方的西方人搭建了舒适的思考平台："东方不再遥远，它就在你的手边；东方不再不可理喻，它可以被教学和传授；东方不再湮没无闻，它被重新发现。"①萨义德认为无论是东方某个具体文化或者民族，如阿拉伯，或者东方作为一个文化整体，都被放置在现代学术的整体图表（tableau）中②。图表让东方在西方学术体系里成为可能，同时以西方视角出发紧密规范和约束着东方的可能。汉诗的所谓发明，也在图表的规划发展中进行。时代向前发展，照此势头下去，现代主义翻译和介绍方法会继续以发明中国诗为手段推进，美国诗人以汉诗为反射镜/棱镜观察自身的行为会得到进一步加强，相应地汉诗原作的影响也日渐式微，越发远离汉诗的本来面目。这样的观察和想象方式能否继续进行下去呢？

---

① 中文翻译来自王宇根翻译的《东方学》，第 167 页。原文见 Said，2003，p. 129.

② Said，2003，p. 130.

第四章　两个平台上的汉诗

　　历史证明，和原作疏远既是汉诗西进持续下去的原因，也是动力。韦利在现代诗歌运动早期比较汉诗和英文诗不同之处时，对两种诗学在思想和修辞上的差异问题有所触及。他敏锐地观察到，汉诗可以有"蓝天""苍天""阴天"等，但从不会有"凯旋的天空"或者"被恐惧鞭笞的天空"的说法①。中国诗人概念里显然有凯旋，有被人鞭笞的恐惧，之所以无法或者未曾将其与天空联系到一起，不是想象力的缺乏，而是缺失，即不可想象。只有两种语言对比之下，才能显现出其中一种语言意识形态方面的基本参数和思维图表里的空白和不连续。韦利接下来举了一个意味深长的例子。他比较《敕勒川》和《普鲁弗洛克的情歌》（"The Love Song of J. Alfred Prufrock"），前者描述的天空，像帐篷的墙帷（天似穹庐），而艾略特的天空则是麻醉的病人躺卧的桌子/手术台②。同样是天空，在中国，可以看见田园牧歌里向往的生活场景，艾略特的天空以现代医学无影灯下的手术台为隐喻，折射出一种和先前时代截然不同的现代性和思考方式。以天空为背景设置展开叙述的前者永远无法想象甚至接近直接以天空为生产方式的后者。平台（table）或者图表（tableau）的缺乏与不对等，决定了立足一种诗学观察另一种诗学时的投机和不可持续。当然，韦利的汉学此时还在以

---

　　① Waley & Bai，1919，p. 21. 韦利所说的 Gray sky 应该是翻译"天苍苍，野茫茫"两句。见 Waley，1919a，p. 140.

　　② Ibid.，p. 21.

观察汉诗具体作品为基础的"元件阶段"，最多走完了文辞和文思两个环节，尚未前进到领会元件背后的神思和道心。他不知道《敕勒川》关于天地壮阔的表达先前未曾见于汉诗传统。刘勰在《通变第二十九》中举出五个有关天地表达的例子，认为从汉初极盛之后，不同作者试图突破，"循环相因，且轩翥出辙，而终入笼内"，即难以逾越"天地相接、日月出入的圈子"①。可见缺乏平台支持，难以真正有所突破。挖空心思求新，后果很可能"美而无采"。前文提到洛威尔翻译汉诗给人以古怪的印象，便多少和"为赋新词强说愁"有关。在她去世不久，美国英语教师协会期刊对其文学活动发表评价，提到洛威尔关注点一直是创新，总在有意识地思考"应该写什么，而不是有什么可写"②。还举出她的一首诗为例：

> The cat and I
>
> Together on this sultry night
>
> Waited.
>
> He greatly desired a mouse,
>
> I, an idea.
>
> Neither ambition was gratified.

与此同时，不能忽略的关键一点是，图表/平台所代表的思想体系本身并非僵硬冥顽的思想固件，也会随着诗学观点改

---

① 周，1981，p. 337.

② Boynton，1922，p. 532.

变而发生变化。外来文本的进入，往往能促进变革发生。在叶维廉看来，艾略特的黄昏—天空—病人—桌子的意象组合相当匹配中国诗歌追求的"自身具足"①，即利用压缩在文字中的具体元件以及它们的不定关系构造"一个能单独背负近乎一首诗的戏剧动向的意象"②。美国诗人虽然没能使用，也无法想象中国式（注意是鲜卑族民歌）的修辞和写作思路，并不妨碍他们在诗学方法论上进行探索，和汉诗发生美学汇通并革新自身。很多英译汉诗也成功地改变了思想体系对它们的评价和定位，摇身一变成为美国诗歌的经典作品。据钟玲观察，一本出版于20 世纪 60 年代末的美国当代诗歌选集，王红公入选十六首，其中居然有十四首出自汉诗英译。这让钟玲感慨"美国文化自诩可以熔各国文化为一炉"③，同时证明"许多其他美国现代诗人也都受到了影响，即他们认为这影响是一种普遍的现象"④。进一步观察表明，即便影响是普遍的，对汉诗的接受顺序并非整齐划一。通常是先得到同行诗人认可，同时遭到汉学家两极分化的批评，然后是汉学家抛开汉语原文，搁置汉译英时的损失或者增生，最后"把它们当作优美的英文诗来欣赏"⑤。也就是说，在汉诗原文被淡化、移除、隔离或者消灭的情况下，译诗便能蓬勃生长。只要不再受到往日原文的纠缠（时间维度

---

① 叶维廉，2002b，p. 78.

② Ibid.，p. 69.

③ 钟，2003，p. 36.

④ Ibid.，p. 43.

⑤ Ibid.，p. 42.

上），汉诗就可以改变西方诗歌思维体系（空间维度上），为其接受并奉为经典。王红公时代对汉诗的认识已经不再单纯只是建立在他者想象基础上的自我指涉。从"求同"，而并非"同化"的变迁，透露出时代发展的脉络。

和钟玲、萨义德同时代，也观察到思想平台/图表的还有福柯。后者以图表为比喻，论述了东西方在想象上的不可能，以及如何突破这种不可能然后"求同"的途径。以其《事物的秩序》(*The Order of Things*)一书开篇提到西方博物学家邂逅古代中国博物学的故事为例。常识认为，东西方虽风俗、语言、文化迥异，各自土地上的飞禽走兽也有一定区别，在对动物的分类方面却不应该有太大差异，盖因分类学和博物学乃是需要大量理性思考和严谨观察的科学，而人类在推理和思辨方面的同一性应该是且必须是足够充分的。如同庞德所说只有"世界化学"，没有"美国化学"一样。可谁能想到，"中国的某种百科全书"对动物的分类方法让西方观察者在大跌眼镜的同时捧腹不已：(1)属皇帝所有；(2)有芬芳的香味；(3)驯顺的；(4)乳猪；(5)鳗螈；(6)传说中的；(7)自由走动的狗……福柯惊讶于中国人（他者）在思维和观察方面与西方常识巨大差距，指出两种思维遭遇的结果，是展示了"我们自己的局限，对于思考那件事的完全不可能"(The limitation of our own, the stark impossibility of thinking *that*)①。现在，既然已经看到了"那个"，一如美国诗人在 20 世纪初用现代主义方法发明了汉诗，

———————

① 钟，2003，p. xvi.

接下来问题便是能否借鉴遭遇到"那个"的经历，继续对它进行想象，避免"不可能"的再一次出现，以及能否消化"那个"，与"那个"达成协调/妥协。

前一个设想答案是否定的，后一个设想则肯定。福柯认为，脱离思想图表/平台的改动，对异类进行想象是不可能的。只要相异性继续存在，即便之前有过接触经验也用处不大。中国式分类之于想象的"不可能"，并不在于这些动物门类的不存在，相反，驯顺是动物真实属性；乳猪更是动物的真实阶段①；也不在于这些分类的怪异和荒诞：怪异不存在于分类之中，它被夹在"实体与实体之间的间隙式空白中"②，分类中没有怪兽只有真实。将分类并置在一起的平台（table）或者图表（tableau），才是不可能的根源。用想象力去设想他者之中的类别和实体并不难，但想象力只能构成"有"，却无法构成"没有"，即"有"和"有"，"这个"和"那个"之间的空隙（empty space），因此无法构成平台。唯思想平台才能让这些并不十分奇怪的门类和门类下面的实体有机会走到一起，被观察者并置。平台构成它们的共同场所（common locus），也提供类别之间的空隙，表达并界定类与类不同。空隙作为独立于类别的外部空间，切断类别之间可能存在的其他相似性，并吞噬和消除掉类别内部的不和谐和对立，因为"只是在这一网络的空隙

①　作者在此无意争论驯顺究竟是动物的自然属性，还是附着了人类观察与价值观的人造属性。有一点是可以肯定的，即"驯顺"在大尺度上的可证性（真的有动物很温顺）和可辨性（真的有动物不温顺）。

②　Foucault，2005，p. xvii.

（blank spaces），秩序才深刻地宣明自己，似乎它早已在那里，默默等待着自己被陈述的时刻"①。从这个意义上来说，将一个平台上放置整齐规范的事物挪到另一个平台上，马上就表现出杂乱和无序，先前被忽略和压制的空隙，终于等到陈述自己的时刻。异位移植（Heterotopias）造成纷扰，破坏句法，破坏观察者熟悉和依赖的间隙，扰乱名和物的粘连性。应对办法之一——相信读者根据现代主义发明的汉字诗学已经猜到，就是乌托邦。

根据福柯论述推导，在一种诗学中持续"发明"或者想象另一种诗学的终极结果，是打破想象者与想象对象之间相异却靠近的平衡②，不是同化，便是异化。要么让两者之间不再靠近，缺乏原有思想平台作为依托，被异位移植后，先前存在于各个类别之间制定和维持秩序的空隙消失，想象对象更加杂乱和不可理解；要么不再相异，经过想象者自身的思想平台进一步规范，想象产物中存在的不规则被削去棱角，相异性在改造

---

① Foucault，2005，p. xxi.

② 根据周蕾观察，福柯学说努力想要破除的，便是西方思想对事物"相似、相等、相类、相较"（similarity, equivalence, and likeness, comparison）的痴迷。当然，笔者将它们翻译成四个押头韵的中文词汇，便是迷恋类同和整齐的典型实例。这些特性和历史密不可分，受制于文本诠释、心理认知和社群理解。内嵌在比较行为中的历史性决定了它的成果是思考性的而非结论性的。福柯提出新的比较可能，只关注事物之间"单纯的靠近"（in sheer approximation to one another）。详见 Chow，2004。笔者相信既然平台也能发生变化，"靠近"的观点也相当靠不住。是否能够说，比较的原动力乃是不同事物之间距离的变化，以及承载事物的平台的演变？

和驯化过程中逐渐消融，外来元件被添加规整到平台已经存在的网络中。无论哪种情况，想象产物破坏和否认他者思想平台，美国诗人只能更加熟悉中国诗学思想终端产品，无法审视汉诗思想产生的平台，自然也不会出现如史耐德和王红公般的诗人，成功地以中国诗人心态用英文写出以假乱真的汉诗。如此推想的不成立，或者说对他者想象力的无以为继，表明 20 世纪 10 年代前后的汉诗英译，到 1979 年以王红公和钟玲出版《李清照全集》(*Complete Poems of Li Ch'ing-Chao*) 为终点，其间整整半个世纪内，美国诗人认识和研究汉诗的方式发生了显著变化，汉诗对美国现代化运动的作用力也有新的发展。

　　还有一个不小的问题，即美国诗人为何非要"审视汉诗思想产生的平台"。难道每一位，或者说大多数美国现代诗人都非得翻译几首汉诗，认识几个汉字，去过几次中国，或者写几首和中国有关的诗作才能跻身美国诗坛吗？当然不是。汉诗对美国诗歌现代主义在起步阶段所作的贡献，通过上一章的论述已经比较清楚。美国诗人眼中的汉诗的特性和美国诗歌的现代性原本就是同构关系。所以，"审视汉诗思想产生的平台"能够让美国诗人更深入审视自身的现代性，观察孕育在现代性中的后现代性，深入理解汉诗作为外来文本，被请入/拐入另一种诗学中，记录美国诗学潮流变迁和发展方向，如此方为求同的重大意义。给垮掉一代诗人以深度启发的唐代诗僧寒山曾说：

　　　　我语他不会
　　　　他语我不言
　　　　They don't get what I say

And I don't talk their language(史耐德译①)

　　这两句话生动地反映出禅者和凡夫之间分明的、难以逾越的界限，类似于福柯所举例子中对他者想象的不可能，也表明了汉诗英译行为的本体是用我语来表达他语，我语即便能获取或者达成某些变化，也直接和他语有关，既不宽泛也不自由。事情的微妙之处在于，佛教相信"菩萨观于蝼蚁，皆是过去父母，未来诸佛"，认可"众生"和"诸佛"之间可能转化，转化基础是众生皆具有的佛性。显然汉诗所应允的(后)现代性和(后)现代可能，成为两个平台重叠和共用的场域。寒山认为，这种可能结果若真能出现，机缘便是"忽遇明眼人"。因此本书这部分将进一步讨论美国的明眼人如何不再拘泥于汉诗原作本身，单单研究转移到美国平台上的汉诗英译以及它们背后的神思，方为"他语"对"我语"的深层次对接。前一阶段，是汉诗原文影响美国诗歌，这一阶段，主要是汉诗英译发挥影响。只依靠英译而非其他，不再将其视为他者，省去以西方思想平台结构对汉诗进行规范的步骤，标志着美国诗人超越萨义德东方模式所

---

　　①　这首偈子韦利也翻译过。"What we say, he cannot understand; What he says, we do not say"，显然不如史耐德口语化且直白。寒山原作大白话式的口语特征翻译为英文以后，马上由古代中国穿越到了当代美国。即是说，史耐德成功书写了一个与历史无关的寒山。注意，韦利把"我"处理为"我们"，而史耐德把"他"处理为"他们"。显然后者处理是对的，符合原文自白自证的特征。此外，史耐德非常小心地避免了与助动词"能"和"会"纠缠，遵照原文使用"不"(don't)。笔者认为他在这个细节上和寒山保持一致且参破寒山禅机：凡夫能，只是他们不领悟(they can but they don't understand)，暗示众生佛性和开悟机缘。

作的努力，使汉诗直接作用于诗歌现代性，促进美国现代诗歌的发生和发展。从汉语到英语，文本在迁徙过程中发生变化，中国古诗变成美国现代诗，差异产生是源自现代性的获取，反过来又为美国诗歌发展贡献了现代性。从这个意义上说，现代性是美国诗人对汉诗想象的动机和联系纽带。两种诗学靠近而相异，在差别中求得类同，对应、对立和对流三种交流模式皆有，是两种诗学和思想平台并置的结果。

前文分析和整理汉诗对美国现代诗歌的影响时，观察对象大多是思想平台上的具体元件，即来自汉诗的人物、草木、措辞、修辞、审美等。最为粗略地说，比如：(1)中国哲学思想的移入，包括儒、释、道三种，庞德是儒家代表，史耐德是佛学，而王红公偏重道教；(2)诗歌表达方式的移入，主要是主客体的交融；(3)人物模式的移入，美国现代诗人让中国古典诗人走入自己的诗作和思想；(4)中国文化的移入，"对大自然美的倾慕，对天人合一和谐境界的寻觅，对权力与荣华的轻视以及对质朴与闲适生活的推崇"；① (5)模仿汉诗形式：诗题、对偶、绝句与八行体，如王红公的《鹅妈妈》("Mother Goose")，伊吾琳·司科特(Evelyn Scott)的诗集《仓促》(*Precipitations*)；(6)化用汉诗：无形与有形，如金斯伯格改写《枫桥夜泊》，王红公《又一春》("Another Spring")同时包含了杜甫、王维和白居易的诗作②。还不必说被学者反复咀嚼的题目，特别是汉诗的意境和意象等。

---

① 这一段论述引用姜涛的总结。见姜涛，2011。
② 这一段论述引用王峰的总结。见王峰，2001。

　　围绕具体元件的迁徙进行分析，证据充分，说服力强，还可以很容易地观察迁徙前后的变化，便于学者以此为线索查找研究汉诗对美国诗歌的影响。这方面的研究已经做得比较充分和出色，只是比较孤立和缺乏关联①。在这些个体事件之后，汉诗对美国诗歌整体的影响，或者说对现代性的影响，其重要意义应该高于具体元件的迁徙。可不可以这么认为：如果某一个或者某几个美国诗人翻译/借鉴了白居易或者李白诗作，写了几首致中国诗人的诗歌，学者不应该有太多理由肯定地宣布汉诗对美国诗歌产生了主要影响。这些迁徙行为总是能够被视作特例。如北京某条街上开了几家美式快餐店，有几位公众人物表示对炸鸡、薯条、汉堡包颇有好感，就说西餐改变了中国人的口味，说服力恐怕不够。除非汉诗影响力足够强大，能对美国平台产生作用，加速美国诗歌现代性的形成。解答此问题价值非常重大。采用逆向淘汰法，现代性是中国古代诗学和美国现代诗学最不应该交叉和重叠的地方。如果能够证明，现代性的基本特点和汉诗有显著相关，那么汉诗对美国诗歌的影响乃是全面而深刻的，否则便不是。

　　既然 20 世纪早期是美国诗歌现代化的高峰时段，发生于同时代的汉诗英译活动及其成果也应该至少被美国现代诗人察

---

　　① 笔者并非相信或者暗示汉诗对美国诗的影响受"大一统"的系统的支配。事实上笔者更愿意相信这样的系统并不存在。只是想要强调，如何才能让这些汉诗元件的迁徙不再是孤立偶然的事件。各个诗人经营元件的手段或有不同，但只要是现代诗人，手段必含有现代性。换句话说，只要也只有找出汉诗对现代性的贡献，便/才可说明普遍影响力的确存在，而且深刻。

觉。艾略特 1935 年在伦敦书展上就如何更新美国诗歌，推动其向前继续发展说出了自己的倾向性看法：有两种纯粹文学的杂交方法，一是和自己的过去重新相逢，二是邂逅某种外国文学。① 美国现代主义诗人接触汉诗，可视作因循后者。艾略特这番话肯定了外国文学，包括汉诗对美国诗学的贡献和成就，以及美国诗歌接触汉诗之必要/重要。同时却设置了一个难以破解的方法论困局：对于美国诗歌的现代性，如何区分影响的来源？有多少来自遭遇自己的过去，又有多少来自外界？而且，汉诗显然不是唯一的他者，在辨明影响源头以及效度时，如何能够分开汉诗与其他诗学？还有，就发生变化而言，如何能够有充足理由处理"后来"（post hoc）和"此后"（propter hoc）？比方说，画家甲画了一匹马，有六条腿。画家乙不久也画了一匹马，也有六条腿。那么是否能够说，马本身有四条腿，到六条腿这样的变化，是因为乙曾向甲学习，受甲启发，或者有没有一种可能，乙没有受到甲的影响，两人采取了相似甚至相同动作，独立得出了一致结论？

笔者认为，答案需要从问题里寻找。既然是异体受精（cross-fertilization），必不能是在文字层面上简单对应的翻译作品。杂交产物应该同时具有异体和自体的特征，分为显性和隐性。显性易于辨别，如上文提到的汉诗英译，借用中国哲学

---

① 　Abel，1973，p. 1.

以及宗教思想，以中国诗人为人物模式写作等①。发现隐性特征需费一番周折。这要求对产生两种诗学的平台进行深入观察，掌握两个平台各自的构造。借用刘勰之言，就是"意授于思，言授于意"，文辞背后的文思，文思背后的神思。用现代派的观点，就是书写出来的文字，书写文字的意识以及左右意识的潜意识。以此为遗传密码，在杂交产物中辨别东西方两种神思的存在与改变，交融和排斥，便可以确切地探明汉诗对于产生美国诗歌的平台的作用。至于这些作用是否只来源于汉诗而非他者，则不在本书论述范围②。

按此思路，可以将汉诗对美国诗歌现代性的贡献分为三个方面：显性的混杂（hybridity/Heterogeneity），隐性的自然（nature）和变化之后的新颖（novelty）。其来源一方面和汉诗转移到美国诗人和学者认识平台之后所呈现的性状有关，是汉诗在迁移过程中内在特质的重新表达，诗歌现代化对汉诗的隔阂、期待和挣扎使得重新表达成为可能，想象进入现代性；另

---

① 杂交毕竟是一个为了说明问题而使用的比喻。笔者无意让它和生物学知识严格对应。汉诗英译，学习中国文化和哲学思想，更多是两个平台上的元件发生异位移植。

② 笔者同意福柯关于比较方法应该从系统模式转向现象模式的看法。以往的比较倾向于建立一个确定的系统或者模式，然后将两种文学放置在系统中进行对比。而来自两个不同平台的诗学，充满了相异和冲突，特别适应以模式为基础的对比方法，可以轻易地将自己依附在模式规定的框架上，但如此一来也相当局限。从现象入手，能够更好地捕捉平台的具体元件的转移，以及元件下面平台的蜕变。因此，争论某种影响是否只来自汉诗，容易让研究陷于狭隘。事实上，没有任何一种诗学能完全纯粹地自生自创，也不可能与同类没有任何关联。

一方面则是汉诗进入美国现代诗歌之后，后者为应对前者作为他者带来的冲击和影响，预测前者成为美国现代诗歌一部分之后的光景，以此为基础进行提前规划调整，现代性进入想象。将中国诗歌对现代性的贡献划分成两个不同来源，能够较为明显地分清美国诗人以处理汉诗为表意实践的双重动作。也就是说，汉诗作为符号（文化的、文本的、思辨的，等等），在被美国诗人观察之时，成为索绪尔的模式中的所指，那么美国诗人观察的结果相应便是能指。又因为美国诗人并非单纯地为读懂汉诗，单纯地为向英文读者介绍一种外国文学而接触汉诗（这些具有鲜明现代主义特征的变化在前文已经论述得较为清楚），所以观察结果变为拉康表意链中的一环。表意链箭头既指向过去，设想如何让来自远古异国的汉诗成为现代诗歌的典范；又指向未来，即在发明中国诗歌之后的美国诗坛对汉诗采取的应对措施，由设想如何与汉诗在未来共处并深度融合出发，改变自己的现状。过去指向让汉诗英译越界（Transgression），曾饱受诟病，又被人追捧的美国现代主义汉诗英译便是明证；未来指向拓宽了美国诗歌疆界，"去印欧化"、语言诗派、片段化、抽象句法等可以看作是美国诗歌以汉诗为预期进行提前进化。近年来学者通过回望过去一个世纪的诗歌翻译活动，发现庞德等现代派翻译（当然不只是翻译汉诗）不仅有助于美国现代诗歌生产，对美国现代英文发展的影响也十分深远①。诸如Blue，Blue 形容词叠用拓宽了（美国）英语在文法规范和表意可

---

① Katz，2007，p. 81.

能上的疆域。更进一层，翻译活动将这种非规范用语嫁接到源自英国的正统英文之上，表明美国现代派对继承的英语遗产进行清点和改造，同时也试图树立语言典范，以现代主义面目登台的美国诗歌随后成为范例或者经典。于是，制造出的美国现代诗歌和诗歌语言，不仅是对先前时代或者传统的继承或者反叛，而更多表现出混杂与不确定。这便可以解释为什么钟玲会观察到美国当代诗歌选读里面居然有相当数量的汉诗英译。这并不代表美国诗歌的中国化，恰恰相反，拉康表意链中的双重时间箭头让中国诗歌可以从过去和未来两个方向作用于平台，赋予平台包含汉诗特性的现代性。在确立现代性的过程中，美国诗歌成为汉诗现代性的宿主和受益人。

第五章　显性的混杂

　　首先看作为显性特征的混杂，不但提供现代性的发展动力，也是后现代的表意链断裂之后的普遍形式①。现代性混杂的核心内容，是表意链面向未来和过去的指向，即建构在时间维度上的詹明信的现代性，以及借助乌托邦想象改变思想平台，即建构在空间维度上的福柯的现代性。隐藏于时空维度幕后的宏观议题是（西方）现代知识分子对世界的认识和处置，包括前文提到的世界诗歌或者世界文学。标志着西方主体意识形成之后，对其所处总体环境进行的第一次感性认识。东西各方，古往今来，在现代主义运动中，首次被全面搬上西方知识分子的认识平台。混杂促成并支持东西方思想的深层次接触和对冲，同时使得美国诗歌通过文本多样化和片段化，实现意识形态和阅读经验方面的全球化和普适化。混杂作为知识分子思考的产物，却也能帮助思考者对自身进行反思。美国诗坛 20 世纪二三十年代利用汉诗来反抗先前时代的诗学传统，利用汉诗作为他者性去建设现代诗歌的相异性（alterity），明确现代之所以为现代的界划。五六十年代流行反智思潮，借助中国/东方的佛道思想以及汉诗文本来表达当时青年一代对社会的失落和拒绝。这两个时期的活动充分显示混杂作为美国诗歌现代性的一部分，影响十分广泛持久，让美国诗歌保持开放和活力。

　　谈论汉诗对现代性混杂的贡献不妨从现代主义"幕后操盘

---

　　①　Jameson，1991，p. 27.

手"费诺罗萨开始。费氏思想和人生经历本身便是东西方各种元素混杂的产物。他是那个时代在思想和身体上穿行于东西方之间的美国知识分子的典型。同时代另一位美国人，珀西瓦尔也常往来于日本和波士顿之间。他们各自影响了两位重要的美国现代主义诗人：庞德和洛威尔。从这个意义上说，美国诗歌的现代性和混杂直接有关。本来，费氏数次出访日本，和传统的东方文化有广泛接触。处于东方和西方的交叉影响下，本身又作为受过良好教育的知识分子，提出类似"西学东渐"或者"东学西渐"的看法无甚稀奇。任何两种文明／文化接触和碰撞过程中皆会产生相似看法，如此便认为是现代性未免肤浅。费氏的独特价值，根据上文对现代性基本结构的讨论，在于他不仅穿梭于中西之间，更有幸亲眼看见日本从一个闭关锁国的传统东方国家迅速实现现代化，一跃成为世界强国的过程，借此探寻并且创造传统与现代的连接渠道。他努力设想一个包容了东方和西方的世界，以及西方为迎接这一天的到来应当做出的调整。

1886 年 10 月下旬，旅居日本八年的费诺罗萨，乘坐"京城号"（City of Peking）轮船，横穿太平洋，取道加州，回到马萨诸塞的塞勒姆（Salem），带回大量日本艺术品，一位中国护士，以及他受日本／东方艺术启发获得的思想成果。他以东方学家和东方艺术鉴赏家的身份，针对美国当时的艺术氛围，提出了"世界艺术"（world art）的观点①，从思想认识和形式结构

———————

① Chisolm，1963，p. 77.

两方面为东西方的杂合造势。费作为第一批真正看见东方，看见并研究过东方艺术品的美国学者，一方面希望"日本艺术能够加入到世界艺术主流且不丢失本土天分"①，另一方面设想西方艺术应该重视并发扬那些"最能和日本特性相结合的部分"。双方在对方身上发现共性，从各自角度向对方靠拢，保持自己特点的同时实现融合。这种态度有利于实现真正的现代主义杂合，即各种文学体裁、各种语言、各种语体，甚至各种艺术形式都可以被杂糅到一起，为现代诗人所用。从东方艺术中领会的平常性以及寻常性，也说服费诺罗萨以及他的同道，不再将学习研究艺术的机会单独留给一小群有非常天赋之人②。东方诗歌，包括俳句和汉诗，用通俗字句表现平淡生活中的复杂和精彩，证明普通生活可以入诗，普通民众也可以赏诗。受到现代性杂合的冲击，诗歌，一门过去时代由少数人专门创造和独享的高雅艺术，正和当时其他艺术形式一样，逐渐将现代大众（一般民众和各种学者的组合）纳入审美范畴和市场考量。这不等同于认为现代诗歌以及现代艺术有迎合大众的倾向，而是说，所谓大众实际包含普通民众以及各种跨学科的学者和异国人士。于是有美国诗人和汉学家/中国文人合译汉诗，有美国诗人和中国学者关于汉诗英译的打笔仗，有洛威尔在六条意象派原则的第一条第一句即说"使用通俗语言"③，有威廉

---

① Chisolm，1963，p. 77.
② Ibid. ，p. 78.
③ Lowell，et al. ，1917，p. 241.

斯从新乐府运动对普通人和普通生活的关注中汲取灵感①，有史耐德仿写寒山的口语诗，有石江山以汉语教材为基础写英文诗，有温伯格总结汉诗帮助王红公取得创作题材和情绪范围的突破②。日常生活细节、饮食起居、冰箱上的便条，犄角旮旯的杂物，都可以很自然地入诗：

当然，还有姚强用中餐菜名写就的洋泾浜英文诗歌：

Moo goo

Milk mush

Guy pan

Piss pot③

蘑菇源于自然，代表蘑菇的语言符号各地不同，无甚联系。在现代化进程中，推搡着相互融合。实际上汉语中的"蘑菇"一词来自蒙古语④，证明跨越不同文化和语言的符号一直都有，纯净而本土的语言只是一种假象。现代文明缩减了语言

---

① Qian，1995，p. 141.

② Weinberger & Williams，2003，p. xxvi.

③ Moo Goo Guy Pan，即蘑菇鸡片，尽管中国读者对它比较陌生，却是美国各地中国快餐店必备的一道菜肴，在美国可谓家喻户晓，成为中国菜的代名词，暗喻早期华裔难以被主流社会接受，只能栖身并终老于中餐馆的历史。诗人用广东方言的英文拼音对应英文联想，从语言角度提醒读者能指的物质性（materiality）。能指（signifier）背后混杂的超常与不可预料，极大地破坏文本的统一和文本作者身份的单纯，因此促使观察者重新认识/承认作者特殊性和在场，否定罗兰·巴特"作者的死亡"一说。详细分析见 Zhou，2004.

④ 张，1993，p. 356.

的距离，以语言符号为中心搜索，很容易分辨语言符号在历史上的迁徙经过。现代派积极找寻外来元素，后现代派有意提醒读者思考"外来"之后的变化和不可变化。费诺罗萨或许未能预见到，在现代化前夜，他努力推销东西方结合，倡导将东方元素有机地融入未来的世界艺术的观点，能为美国诗坛乃至英语语言带来深远影响。1998 年出版的《剑桥英文史》中，亚当森·西尔维娅（Adamson Sylvia）站在 20 世纪出口回顾现代英文发展历程，援引艾略特关于每一代诗歌革命都倾向于回归通俗语言的论点，详细分析了现代主义对英文语法、语体以及表达方式的总体影响①。虽未直接提及汉诗，但从论述中很容易找到汉诗带来的混杂对英文发展的重要意义，比如，英文句法由偏向论证的从属结构到偏向表达的并行结构转变，正是庞德在汉诗英译中找到的；叙述包含插入语，打破通常按线性展开的叙事路径，符合洛威尔在汉诗中观看到的复调；措辞的杂合（polyvocalism），诗性语言和日常对话混杂使用，到后来诗性和俗鄙界限逐渐模糊难以分辨，威廉斯受汉诗影响创作的许多诗词的措辞堪为佐证。而且，借用肯纳的分析，西尔维娅敏锐地观察到，在现代诗歌运动通过《尤利西斯》和《荒原》等作品确立的"合成用语"（synthetic idiom），似乎产生了一种不受地域和国别限制的国际化英文②。汉诗英译作品以及仿写汉诗的英文诗歌，因受到两种语言的双重影响，语言风格上去掉了英文本土性，同时洋溢着外国味，可被视作英文国际化动向的范

---

① Hogg，et al.，1998，p. 589.

② Ibid.，p. 679.

例，见证了汉诗带来的混杂。还有，庞德、洛威尔等现代主义诗人在当年非常前卫的诗学实验里仿写具有异域情调的日本俳句，现如今已经飞入寻常中小学的课本中，成为美国学生常规写作技巧的一部分。汉诗和日本俳句共用的自由体、省略句法、强烈视觉感等特点，更是隐藏在混杂里的混杂。

以西尔维娅对英文现代性的产生和发展机制的总结为参照，再对比费诺罗萨的思想主张，可以发现除艺术审美外，他倡导的汉字诗学也是混杂的产物，并促进了英文诗歌的现代性。西尔维娅指出，现代主义试图解决的重要难题之一便是暗喻问题，即如何让虚构暗喻表达实际经验；实际经验感知的现实如何获取象征价值；而象征价值距离规则的、自然的、普通的语言又有多远①？回顾 18 到 19 世纪诗人对于拟人以及各种比喻手法的态度，现代主义自发生以降，一直想方设法要避免蕴含在修辞手段里不真实，或者不确定的情绪与感情倾向。休姆在《现代诗歌讲座》里对陈旧比喻的批评，庞德在《意象主义诗人的几个不要》里下令"要么不用装饰，要么用好的装饰"②，相当避讳"鸽子灰"（Dove Gray），"珍珠白"（pearl pale）以及"和平的土地"（land of peace）等说法。现代派展开的探索大致有：（1）视觉手段精确地呈现，绕开装饰性形容词；（2）省略句法、多重复义、片段化等，造成经验感知和象征符号分裂，让以往和暗喻联系紧密且司空见惯的情绪无法藏身；（3）庞德表意文字法以及从费诺罗萨继承而来的汉字诗学，利用汉字蕴含

---

① Hogg, et al., p. 647.

② Pound, 1913, p. 202.

的思考方法和美学实例，建造一种全新诗学可能。第一种方法前文已经有详细论述，受汉诗和法国象征主义的双重影响。第二种方法能看到不少汉诗的影子，但影响主要还是来自欧美诗学内部。只有第三种方法，完全是费诺罗萨敢于开创东西混杂之先河，几乎以观察汉字为基础，对美国诗学做出独特贡献。

费氏作为习惯拼音文字的外国人，看见汉字时自然容易联想起各种具体动作/事件，无甚稀奇。费氏特色思考的起步点，是认为汉字从直观外形便能够观察到所指的本身特点，即"动作和过程的速写图画"①，让人透过眼前的所见，看到背后的所不见。构成的暗喻充满自然性和理性，相对于其他符号系统用武断和偶然的方式联系能指和所指，不仅要美妙和优雅许多，更可以留有空间让人去体会被暗喻连接的两件事物之间的关系，即"用物质的图像暗示非物质的关系"②。庞德看到此处十分赞同，马上联想起西方诗学对比喻的经典看法，并留下批注"比较亚里士多德的《诗艺》：对关系的敏锐感知，天才的显著特征"③。可以说，汉字是西方诗学和东方文明发生的第一次深层次美学汇通。费诺罗萨相信汉字作为暗喻连接的两件事物，特殊和可贵之处在于这种连接关系本身。忽略它，附着在语言符号之上的逻辑思维便开始侵蚀诗性能量，对符号分类并展开分析，将语言缩减成语法，最后丧失诗歌的直接、视觉生动和能量。有学者认为，费诺罗萨以"物质的图像"为骨干组织

---

① Fenollosa, et al., 2008，p. 46.
② Ibid., p. 54.
③ Ibid., p. 54.

语言，陈述情感的做法直接影响了后来的意象主义观点以及艾略特的客观对应物（objective correlative）：作为最直接、最基本的客观对应物，图像是作者进入叙述的通道，构成/完成作者的表达，然后在相当程度上取代作者①。

接下来，受东方哲学和宗教思想影响，费氏眼中"自然是一个单一有机体"，天地之间有精气（sap）流淌其中。精气流转不休，使得众生万物变化无常，形态各异但又息息相关。因此，无论从自然界或者从世界中抽离出任何一件事物，其内部特点便能照见大千世界，连带的语义与联想也连绵不尽。如果"我们能把更多的弦外之音压缩进我们的文字，就能够获得更多的诗意"②。文字内部的混杂性借此得到充分体现。本来文字的普通属性是动作不在场，但汉字却有魔力将动作拉入/拉回文字之中，使暗喻修辞不增添多余情绪，也不损失动作的活力与生机。由此看来，现代主义对作品自主性的看法，以及后现代主义处理文字时显示出多重性和不确定性偏好都可以在费氏诗学观点中找到投射。最后，当费氏将目光投向汉字，惊讶于汉字（或者部件）和大自然难以隔断的客观联系，"如同我们挖掘出的一株植物根部沾有续命的泥土"③，借助观察汉字，能看到文字创立之初的原始暗喻（original metaphor）：文字后面的"明澈背景"，"赋予文字色彩和活力"的实体④。费氏开始

---

① Brooke-Rose，1971，p. 96.

② Fenollosa，et al.，2008，p. 109.

③ Ibid.，p. 96.

④ Ibid.，pp. 192-193.

认为原始暗喻能"揭露自然，就是诗歌的本质"①，后来进一步相信它"同时是自然的本质和语言的本质"②。20 世纪中期，德里达反其道而行之，同样观察到比喻的补充性（supplementarity），认为任何将能指和所指在形而上学方面割裂的企图，或者将作者的原创性/文本性和其他元素严格区分的想法，都是不可能的，会带出"一块尚且很不成形的物质，根部，泥土，沉积物等各种东西"。"泥土"对文字的粘连决定了暗喻的混杂③。

费诺罗萨的现代主义观察和德里达的后现代主义论述，现象相似，方向不同。从某种程度上讲，任何一种文字都是暗喻，文字和概念存在较为广泛而且稳定的映射关系。拼音文字靠字母拼读发生表示自然语言的声音，而象形文字靠字形和自然界事物相对应表示意思④。随着岁月流逝，人类活动范围增大，文学艺术活动日渐发展，拼音文字已经完全丧失了人类语言最初的原始暗喻：汉字显然保持了原始暗喻的全部，包括内在精神（造字法）和外在结构（拆字法），因此是"人类所有语言中最为自然的诗歌媒介"⑤。这些观点出现的时间顺序表明它们是费氏人生思想发展的最高阶段。若果真遂愿，在以汉字为诗歌媒介的乌托邦，即世界诗歌时期，人们想必仍使用各自原

---

① Fenollosa, et al., 2008，p. 192.

② Ibid., p. 52.

③ Derrida, 1998，p. 161.

④ 这里对于拼音文字以及象形文字的论述大致反映费诺罗萨时代的语言学观点，并不符合现代语言学。

⑤ Fenollosa, et al., 2008，p. 193.

来的语言进行日常交流，汉字和汉诗便成为明显且突兀的外来
语（heteroglossia），在统一诗歌媒介的同时却在其他所有方面
继续加深混杂。遗憾的是，费诺罗萨本人未能看到这一天的到
来，继承者庞德却能延续他"综合思想"（Synthetic Thinking）
的脉络，成功地在《诗章》中将各国语言和文学混编在一起①。

费诺罗萨日本羁旅十数载，逐渐相信东方思想/文字中的
和谐自然、生动圆融等优点能够最终冲抵掉西方现代化带来的
分裂、焦虑和陌生②。早在 1892 年创作长诗《东方和西方》
（"East and West"）时，他就在设想东西方融合之后的世界大
同景象。

> Into the silence of Nirvana's glory,
>
> Where there is no more West and no more East.

作为西方人，对东方宗教和文化有了一定了解之后，学习
汉字的同时产生如此观点，当然可以理解成殖民主义思想潜在
惯性使然，主张整个世界在西方人规划下达到大同。同时值得
注意的是，费诺罗萨即便无法脱离西方思想平台，仍然在努力
想象一个寻获东方以后的西方，以及为了适应共存所必须付出
的努力。他预期东西方在现代化进程中将会首先会面，通过学
习对方的艺术，相互知晓；然后扩大到文化层面上的联合。在
相应氛围下产生的汉字诗学自然也同样被赋予混杂中西的属性

---

① Chisolm，1963，p. 216.

② Ibid.，pp. 97-102.

与期待。最后，在西方作为一种文明主体积极探寻自身历史定位和使命的背景下，实现"世界文明"①，标志着汉字诗学作为现代性杂合手段不仅意味着观察者在看见以后，对自身形状进行深刻认识和积极改变，也有意识地参照自身局限去找寻与其他诗学的结合点和沟通的可能。在整个过程中对汉字的本体认识始终处于东西方两个平台的结合点之间，即汉字诗学严格意义上既不属于东方汉字学，也非纯粹西方诗学理论。它的出现，不但体现了现代性的混杂和新颖，更提醒人们对"现有"的注意和再认识。美国现代诗人在找寻东方超验所指的过程中，从另一个角度认识具体实在的经验所指，即自身。

费氏之后，诗歌现代化运动中，美国诗人仿写汉诗，对现代化诗歌内容、形式、审美以及性质等多方面进行探索与实验，在反思传统的同时树立新的传统与模式，如上文提到的将中国元素纳入现代诗歌的做法，《诗刊》在《神州集》出版前后便刊登过不少。汉诗作为外来文本，其本身具有的他者属性，当然为现代诗歌贡献了混杂。当代学者观察英文诗歌在庞德发明汉诗之后一百年以来的变化而察觉到，翻译活动实际上是借助外文越界，为扩展英文疆界做铺垫。因此美国诗人以汉诗为参照物创作的诗歌，在没有翻译原文的干扰下，通过另一种混杂方式，凸现汉诗对现代性的贡献，以及诗作背后的诗学平台的变化和发展。根据黄运特对现代诗人的汉风诗的分析，认为现代诗人采用腹语（Ventriloquism）手段，试图装扮成他者，进

---

① Chisolm, 1963, p. 223.

入异国外族人物所处的时空和境遇，将早先具有的关于这些人物的"知识"（knowledge）转化为"认可"（acknowledge），"认知"（cognition）转化为"识别"（Recognition）①，在另一块诗学平台上认取和发现一个镜像，作为自我的跨平台投射。读者看到亚洲人的身体，听到亚洲人的言说，然而仔细辨别声响来源乃是躲藏在背后的美国诗人。镜像作为原来自我掩盖下的他者，承载未能完成或者无法完成的理想与可能，帮助自我重新认识周遭环境和各种基本设置，由此找到新的见解和努力方向。黄运特举的例子是《来自中国》（"From China"）：

> I thought—
> The moon,
> Shining upon the many steps of the palace before me,
> Shines also upon the chequered rice-fields
> Of my native land.
> And my tears fell
> Like white rice grains
> At my feet.

在"没有戏讽人物"的前提下，透过由西方想象出的东方身体，诗人完成了一次发声练习②。洛威尔显然察觉到见月感怀，见月伤心，一轮明月照古今，照在家乡照在边关等早已被

---

① Huang，2008，p. 155.
② Ibid，p. 123.

写滥的汉诗主题。宫廷台阶、月亮、稻田、（女性的）脚、伤心等元素洋溢着浓浓的中国味。似乎洛威尔果真进入了某个古代东方女子身体里。可是再看第二眼，马上发现，这些所谓中国元素不得不让人联想起《神州集》的《玉阶怨》：

> THE jewelled steps are already quite white with dew，
> It is so late that the dew soaks my gauze stockings，
> And I let down the crystal curtain
> And watch the moon through the clear autumn.

两人都在宫殿里望月，都有"离人"怨情，都用第一人称，都站在相对较高的地方，可以看见脚下延伸开来的台阶，一只脚上有泪水，另一只有露水。特别是两者都用了"and"的并行结构来叙事。所以与其说洛威尔藏身在东方女子的身体里，不如说她藏身在庞德身体里。庞德背后是李白，而李白呢？熟悉中国文学的读者自然知道《玉阶怨》最初乃是南朝诗人谢朓的作品，李白使用的就已经是"现成品"。这样一来，《玉阶怨》作为在历史和国别轴向上迁徙的文本，已然具备高度的现代性混杂。借助腹语方法，诗人可以向外发声，目的当然不是炫耀自己是中国人，或者是能写几首汉风诗的美国诗人，而是能够具有世界视野，揽各种诗学方法于己怀的现代诗人。这是认识（汉风）到他者识别（中国女子）然后他我识别（躲在中国女子背后的"我"）。现代派想方设法一面拆解当下的、被历史的现在定义的自我，一面将拆解之后的部件转移到另一个时空，让自己在两边，在古代中国和现代美国都同时"在场"，重组新的可

能。凭借汉诗带来的混杂认取现代诗人身份，最终完成现代主
义女诗人的自我识别。

依靠腹语发声制造的诗歌将两种平台进行接驳，虽缓和了
汉诗/美国诗之间的差异度，却也造成美国诗内部的进一步分
化，于是有个性鲜明、融世界各种元素为一体的庞德和专心致
志拷问美国语言本身是否能为美国诗歌输送足够养料的斯蒂文
斯①。这些行为都标志着制造现代性的主体意识受创新冲动驱
使，寻找新输入的同时也更为自觉主动地搭建和已有传统的联
系。具有发明（艾略特）和找回（萨义德）双重属性。短期而言，帮
助现代诗歌运动确立现代性，勾勒风格特点，成为能和其他时代
（国别）诗歌比肩的新传统；长期来看，不但为东西诗学深度交融
创造条件，预示 20 世纪中期后现代诗歌运动，促使美国诗歌发展
到 21 世纪初全球化时代更加接近庞德设想的世界诗歌。

受汉诗影响，庞德在中年时期写出的带有浓郁汉诗特色的
《中国诗章》等作品已经广为人知。实际上，整个《诗章》都有理
由被看作"以东方手段对西方进行的批判，不仅对《诗章》本身
也包括《诗章》的整体语境"②。《诗章》既富有政治诉求又饱含
抒情笔调的写作方法明显和儒家文本有关③。例如，在《诗章》
第一部以庞德对一个中世纪《奥德赛》版本的翻译开头，故事中
主角向死去之人索取知识的求知欲和紧迫性相当明显，暗指诗
人找寻并消化过去时代和异国诗歌的欲望。奥德修斯在海上流

---

① 　Vendler，1993，p. 373.

② 　Kern，1996，p. 209.

③ 　Kenner，1985，p. 54.

浪，有家却无法归去，只能无休止地历险和战斗，与强加于自身的命运作无谓的抗争，处境与《神州集》开篇《采薇》描写情景十分相似。有学者进一步认为《神州集》主题上和早期《诗章》有相当重叠，包括无法预期、无法抗拒也无法逃避的离别，人与人之间无法沟通造成相互隔离和陌生，命运无常和无情①，等等。这样一来，庞德借助对过去时代诗歌成果的翻译，尝试表达他所在时代的情绪，重新解读、注解和拼合经典，努力方向虽然是"归去"（回归到西方文学史最古老经典之一，或者奥德修斯回到自己妻子身旁，或者《神州集》的离人回到过去/未来的美好），《诗章》本身却努力建立范式，欲成为后世经典，毫无疑问显露出掺杂了各国各时代元素的现代性。以费诺罗萨汉诗笔记为底稿整理出《神州集》，再以《神州集》为"铅笔底稿"创作《诗章》②，庞德一定在有意识地将外来文本设置为反射镜（reflectors）③，用一个平台的明澈照见另一个平台。西方惊涛和怪鸟扑面而来，头顶上却是东方的秦汉明月。《诗章》开篇两句：

> And then went down to the ship,
>
> Set keel to breakers, forth on the godly sea ...

---

① Kern，1996，p. 302.

② 铅笔底稿的原文是"pencil sketch"。见 Kenner，1971，p. 356. 肯纳进一步认为，《诗章》对《神州集》的模仿，庞德自己并未能明显察觉。翻译汉诗带来的创作方法以及情绪，对译者影响力较为持久且容易迁徙，于是可以"悄然地"和庞德诗学的基因整合。

③ Kenner，1971，p. 356.

　　开门见山的手法似乎不符合《诗章》作为鸿篇巨制应有的铺陈①。开头便使用"And then"让人感到相当突然，短语暗示的并列或递进，在缺乏上下文的情况下引人猜想"and then"前面被省略的部分，打开了多种阅读可能：被省略的部分不够重要，或者与本诗相关度不够，或者概括性太强，会抢去后面文章的风头？无论哪一种，都符合西尔维娅对英文向并列结构过渡的观察。诗章陆陆续续写了半个世纪，最后一篇的最后一句可以借助"and then"和第一句连接起来，毫不突兀。还有，诗句中很多语言成分似乎被刻意省略，如冠词"（the）keel"，"（the）breakers"，动词"（sailed）forth on"，主语"（we）went down"，以及连词"（and）sailed forth"。短短两句诗就有如此频繁的省略表达，让人怀疑诗人是不是有意在模仿希腊文的简洁，或者汉诗的不确定性。在《诗刊》上发表的《三部诗章》（"Three Cantos"），即最早问世的《诗章》里，庞德提供了如何以安德里亚·谛富（Andreas Divus）翻译的《奥德赛》为底本进行创作的线索。

---

　　① 　这种新潮且充满现代意味的开头是否影响了《芬尼根守灵夜》的开头："river run, past Eve and Adam"以及余响不绝的结尾"A way a lone a last a loved a long the"，有兴趣的读者可以做进一步探索。两句连成一句，首尾相接，永不止息。特别是，庞德《诗章》最后一篇的最后部分，显示出新柏拉图主义和儒学的联合。见 Liebregts，2004，p. 384. 许多年后，一幅中国山水画卷给深受汉诗影响的史耐德以多重感知模式的启发，后者创作出他自己的诗章——《山河无尽》。其开始和结尾不仅文本相互呼应，也对应画卷开始和结尾稍有不同但神思一致的画法。山水，空间，诗作，禅意等眼前物都连绵不绝。见 Hunt，1999，pp. 17-18.

Uncatalogued Andreas Divus,

Gave him in Latin，1538 in my edition，the rest uncertain，

Caught up his cadence，word and syllable：

"Down to the ships we went，set mast and sail，

Black keel and beasts for bloody sacrifice，

Weeping we went."

I've strained my ear for-ensa，-ombra，and-ensa

And cracked my wit on delicate canzoni-

Here's but rough meaning：

"And then went down to the ship，set keel to breakers，

Forth on the godly sea..."

谛富是一位生活在 16 世纪文艺复兴时期的意大利文人，他用拉丁文翻译荷马史诗，非常忠实于原文希腊文，几乎达到逐字逐句翻译的地步，有理由被看作为方便读者理解希腊原文，用作阅读辅助的文字①。于是，《诗章》浓厚混杂语感的开篇，当然也包括以后很多章节，就创作思路而言和庞德早先利用费诺罗萨的汉诗笔记为底稿"发明"《神州集》相当一致。进一步说，和费氏自己同样依靠日本老师帮助，逐字逐句解读汉诗的行为相吻合。这清楚表明，现代主义学者和诗人在使用古典文本时，一方面出于语言能力，另一方面也受现代性所支配，更为注重局部和片段的获取与发挥。汉诗带入现代性的混杂不仅是源于他者文本的文化元素、修辞表达等可以搁置在平台之

---

① Sowerby，1996，p. 162.

上的元件，也不仅是诗学思想以及意识形态等平台形状本身。文本和母体文化脱节，从整体语篇中独立出来之后表现的片段化和自我封闭，形成文本不可摧毁、不可简约的物质性，是现代诗人试图征服的困难，也提醒诗人去注视平台，思忖生成或者改变平台的途径。汉诗等外来文本奖励美国诗人离开自己的舒适区，去拥抱他者的"未知"，让探索者收获"已有"。诗歌创作从对"半成品"密切关注突然飞跃到"现成品"，活动重心围绕带有历史性的现成展开，作者持有的主体性不再是一个永远处于进行时态，有待实现或者正在实现的实体。相反，作品的混杂被作者明显地（经作者自述，如对谛富的挪用），或者隐含地（经过学者考证，如《诗章》和汉诗的关系）放置在作品中，提醒读者既需要放弃寻找作者本体，将注意力转向元叙事，又不能忽略作者通过删减原文，让自己作品存活而耗费的匠心，即作者的话语权。两种期待/启迪实质上都让混杂性和文本的自性紧密结合，为其提供活动的理由和进一步演化的动力。后现代更是直接切入，以现成品为素材大做文章。符号与生俱来的波动性（即符号总是属于表意链，总能够和其他符号发生关联，总能够将自身信息传播到其他符号，和它们相互叠加、共振、取消等），突然因为表意链的断开或者不定变成符号汪洋中的一座座孤岛。趁表意链出现故障的机会，那些向外辐射到作品而连带的现成品再制造，向内离散到互文而产生的相互作用和冲撞，突然一下子被强制终止。文本反而成为诗歌特质最为坚实而直接的体现，即粒子性。粒子之间并不受制于象征秩序，不必发生关联，于是表现为混杂，代表了现代主义时常主动寻找的困难与隔阂。

这种超越或者回避总体把握，如识字练习一般解读现成文本并谱写新诗的做法，表面上是现代主义诗人富有个性的创作方法，深层次则揭示出观察主体在面对他者的时刻，主体本身的消融①。本来，对他者文本的"把握""理解""领悟"等词汇或者概念，通常来说都建立在整体性和连贯性上，若只言片语，恐断章取义。但现代主义诗人以及他们的实践一次又一次地证明，所谓整体和连贯要么出于语言和文化的隔阂不可获取（如许多误读和想象），要么在平台间转移的过程中被视为不可取（如对汉诗典故的处理）。整体和局部关系无从建立。并且，观察者在主体消融后，不再具有主体思想对整体进行把握，只剩下文本中孤立而分裂的文字，以及对片段的认可和识别，只言片语反而跃进成为现代主义主张的"事物"（thing）。于是现代性的混杂，以及混杂带来的多线性/非线性、并行、叠变、复调、不确定等现代特点也相应产生。

汉诗带来的混杂在 20 世纪中后期发展到新阶段。钟玲考察了史耐德和查尔斯·赖特在汉诗基础上脱胎的作品各一首②。赵毅衡看到肯尼思·汉森的获奖作品《无处不在的距离》（"Distance Anywhere"）中有一部分仿写林和靖的诗作③。朱徽通过考察王红公和唐诗的关系，发现其作品中不仅直接装点着某首唐诗，甚至故意摘取不同诗篇，捏合一处。原诗如下：

---

① Evens，1996，p. 12.

② 钟玲，2003，pp. 111-114.

③ 赵，2003，p. 160.

Another Spring

The seasons revolve and the years change
With no assistance or supervision.
The moon，without taking thought，
Moves in its cycle，full，crescent，and full．

The white moon enters the heart of the river；
The air is drugged with azalea blossoms；
Deep in the night a pine cone falls；
Our campfire dies out in the empty mountains．

The sharp stars flicker in the tremulous branches；
The lake is black，bottomless in the crystalline night；
High in the sky the Northern Crown
Is cut in half by the dim summit of a snow peak．

O heart，heart，so singularly
Intransigent and corruptible，
Here we lie entranced by the starlit water，
And moments that should each last forever

Slide unconsciously by us like water．

朱徽仔细辨别诗句的用词、意象以及修辞之后，发现：

　　雷氏在诗歌创作中还经常运用中国诗歌的意象典
故。如《短诗全集》(*Collected Shorter Poems*，1966)
中的一首诗《又一春》("Another Spring")，描写诗人

在深山中欣赏宁静与温馨的自然之美，其中就多处化用杜甫、王维和白居易的诗句作为"互涉文本"（intertext），如"The white moon enters the heart of the river"是来自白居易的"唯见江心秋月白"（《琵琶行》），"The air is drugged with azalea blossoms"是取自杜甫的"地清栖暗芳"（《大云寺赞公房》），"Deep in the night a pine cone falls"是取自杜甫"故园松桂发"（《月圆》），"Our campfire dies out in the empty mountain"是取自王维"夜静春山空"（《鸟鸣涧》）等。①

仔细对比王红公的作品和汉诗，确能发现不少共享元素或者措辞。笔者甚至愿意大胆假设，前半部分意境和文笔与白居易《宿蓝桥对月》有一定重叠之处。

> 明月本无心，行人自回首
> 新秋松影下，半夜钟声后

另外，用月、水、星、山等自然物件来布景乃汉诗惯用套路。最后一句仿佛是汉语常见表达"流年似水"。"Moments last forever"在英文中常见，北冕座（Northern Crown）掌故来自希腊传说。谙熟英文诗歌传统的读者一看到"O heart, heart"! 不难联想到惠特曼：

> But O heart! heart! heart!

---

① 朱徽，2004，pp. 87-88.

O the bleeding drops of red,

Where on the deck my Captain lies,

Fallen cold and dead.

　　一首短诗混杂各种古今中外风格和曲调。名为《又一春》，不写草长莺飞、春光明媚的春日，让全部诗情发生于黎明未至的春夜。夜晚静谧沉着，几许春天到来的欣喜，背后却隐藏怅惘无奈，流年逝水不可留，有别于发端于乔叟的万物自我更新，朝圣者向心中目标进发的英文春歌（reverdie）传统，和汉诗春歌也有相当距离，很有几分"夜静春山空"的禅意和春怨诗的物哀①。诗篇中地上水（有流水有静水）和天空物（有明月有明星）占相当比例，相互映照，彼此怜惜，做永恒和宏大的布景板。天地间生出篝火、松果、杜鹃花。篝火熄灭，松果坠落，杜鹃花让空气沉睡过去，极写物体虽际遇有异，外相万千，皆坏空无常，"如梦幻泡影"。同时高声呼喊自己的"心"，庄严肃穆同时又流动变迁的自然让"我们"陶醉心悸，情绪仿佛前文讨论洛威尔《在夜晚》的浪漫主义。

　　汉诗月光下，读者还能看到老朋友庞德。诗人晚年，《诗章》以及生命接近尾声之际，环顾四周，一个个好友同辈相继离世，如伦敦意象派时期曾一同发动现代主义诗歌革命的艾略特、威廉斯、H. D. 等人都先走一步。当年意气风发，视英国

---

　　①　有兴趣的读者不妨搜寻一番王红公汉诗英译中关于"月下世界"的章句。总体来说，汉诗月下世界静谧、颓坏、清冷、孤绝。月光下的诗人便是诗人在秦汉明月下，异国文学中的飘游魅影，自我的非我。

诗歌为"粪土"①。如今历经沧桑，被追捧过、被贬损过、被审判过、被关押过。一切都已成往事，只剩下一百多章的深奥漫长、鲜有知音的《诗章》让自己时常想起来时路上的种种情景。相比半个世纪前翻译《神州集》，此时庞德在心境上反而更加接近汉诗，时常回望初识汉诗当年的"那时明月"。对《神州集》中无可奈何的生离和无法抗拒的死别增加切身感触。个体随大时代潮流身不由己地上下沉浮，遍历荣辱，是古中国的将士、墨客、怨妇、隐者，难道不也是庞德本人吗？晚期诗章的意象更为混杂和纷乱，诗人没有像晚年斯蒂文斯一样，用绝对抽象追求最高虚构或者纯粹存在，反而时不时流露出类似于中国古代诗人对于"明月＋故人/故乡/故物"的倚重。

Yellow iris in that river bed

yüeh4

ming

mo

hsien

p'eng

庞德有意不写出汉字，留下同音字或者读音相近的汉字组成不同意义以及意境的可能。幸亏自己的孙子问过他这几个汉字究竟表示什么，也幸亏有学者不辞辛苦的考证②，后人今天

---

① Pound & Eliot，1979，p. 203.
② Kenner，1979，p. 51.

才能确知庞德写下：月明没先朋。

　　还记得《神州集》中常常出现的阻断通信和感情，以及冲毁文明与记忆的"河"的母题吗？还记得《玉阶怨》中对月伤怀的时刻吗？当然，有学者认为"Yellow iris"是他从费氏遗稿整理出来的第一本作品，即日本能剧中的一个典故①。也有学者认为"Yellow iris in that river bed"是对纳西东巴文"泉"的表意文字法解读②。如此说来，在诗章快要结束之时，混杂深度和广度更上层楼，远超先前。"月明"一句无论在意境上，遣词上甚至书写格式上都高度类似于汉诗，或者说，已经"成为"汉诗。庞德自 1914 年因翻译《神州集》的因缘第一次正式"看见"汉诗和汉字，历经劫波之后在洁白明月之下感慨先朋离去，沉吟自己剩下时光。没有必要继续躲藏在中国诗人背后用腹语发声。诗人召唤自己的中国前世写下这些诗句，同时展望来生去处和命运。

　　因此，这些作品并非单纯互文（intertextual）。来自不同传统的文本杂合使得文本背后的表意链纠缠在一起，既相互指涉也相互排斥。和"现成品"一样，象征秩序被强制叠加之后文本出现波动。这一刻，诗人同时存在于东西方诗学两块平台之上，甚至还穿越了平台中的相对封闭的区域，如纳西文化。诗人从多处截取资料，或者说消费文本，合奏敲击发出喧嚣。彰显后现代异体受精的中间文本的标志，即消费者的超文本性（hypertextuality）：难以厘清来源与出处，总是介于"乃是"和"相似"之间；因为在国别传统上无法界划疆域（文本混杂出自

---

① 　Qian，2003，p. 252.

② 　Terrell & Pound，1980，p. 715.

汉诗、日本诗、英文诗或者其他偏僻来源如东巴），时间序列上无法界划认知截至点（文本混杂授予表意链无尽可能，如追随"Yellow iris"一句将把人带回古代日本，或者古代中国，或者根本没有现在和古代之分，一直处于古代的东巴文化）。两者都暗示着诱人或者恼人的未发现和未穷尽，文本阅读始终处于开放的进行时状态，召唤与文学创作同样强大的诠释动机，同样难以捉摸的前行方向，对阅读对象进行破除和重构。符合伊瑟尔（Wolfgang Iser）"统一式阅读"（unifying reading）观察，汉诗混杂性激发并推动后现代阅读，让读者永远在过剩和缺乏的两极来回穿梭，或者说，"多多少少地在幻觉的建构和破除之间来回摇摆"。①

其实，笔者认为，来回摇摆的不只是读者，王红公等诗人也将自身创作归纳入循环。分两种，或发生在不同时代诗人之间，或出现在同一诗人作品中。钟玲通过观察何丝费尔以杜甫诗英译为基础创作英文诗歌的事例，相信以英译方式闯入美国诗坛的汉诗，对前者的影响已经走到"小循环"阶段②，即"由创作到创作的小循环：由杜甫的中文创作文本，到王红公的英文译作文本，终点站是何丝费尔的英文创作文本。这是实实在在的文化影响，而中转站译作文本与终点站的英文创作文本，都有想象的、憧憬的成分"。如此说来，在同一位诗人身上表现出的流转变迁何妨视作"微循环"，成、住、坏、空，环节清晰齐全，诗人同时也是读者，同时扮演"构建虚幻和观察虚幻

---

①   Iser，1972，p. 293.
②   钟玲，2010，p. 51.

双重角色"①。如王红公、庞德、史耐德等有心有力观察汉诗者，破拆汉诗，采撷枝叶，截取片段为"坏"，超文本中汉诗余响犹在，意蕴尚存，然眉目不可辨，文辞不可追为"空"。恰在"空"产生的那一刻，思想平台上先前被忽略和压制的各种可能，终于可以借助混杂陈述自己，获得新的想象能力。因此，中间文本不仅释放了诗人，也释放了诗学。"空"并非最后产物。处于不稳定状态，"空"作为构建材料可参与下一循环。也正因为"空"和汉诗原文缺乏直接关联，辨析颇有难度甚至只能捕风捉影，挑逗读者寻找永不在场，永远无法确知的原型。同时，穿过"空"的门廊，诗人和读者能够最准确而直接地到达"真"，真实和真切。诗人的月下世界，如白月、空山、寒星、星光照耀下的水面，事物和意象十分真切强烈且真实具体，拒绝用修饰性形容词，主观情绪如月光一般洒遍四方，同时又如月光一般稀薄缥缈。休姆在20世纪初发出的横扫矫揉造作诗风的现代主义呐喊声似乎在汉诗月光世界中得以实现。学者不愿多谈，或者说无力多谈过于混杂的庞德，却对王红公突出的"清晰，生动和强烈"风格赞誉有加。诗行中干练坚硬的"自然的超自然"，扫清了"社会中掩盖真实的咆哮，做作和诡辩"，对后世诗人影响深远②。

---

① Iser，1972，p. 291.

② 原文是：A particular lucidity, vividness and intensity emerged in his verse that one could call the natural supernatural. 以及 Great knack for clearing away the rant, pretensions and chicanery in society concealing reality. 来自《论王红公诗歌》(*On Rexroth's Poetry*)，作者是唐纳德·古铁雷斯(Donald Gutierrez)。

　　作为利用子虚乌有的材料和强烈想象力创作诗歌的熟手，王红公对美国诗坛颇有影响力的《百首汉诗英译》(*One Hundred Poems from the Chinese*)有相当一部分为杜甫诗歌，据诗人自述，所选杜诗来自"哈佛燕京书社杜诗引得"(Harvard Yenching Concordance to Tu Fu)。然而，因在措辞、字句以及作品包含的隐性情绪方面都有较大发挥，作品自问世以来便引发汉学家对诗作来历的质询。评论家约翰·毕晓普(John Bishop)认为，若考虑翻译的有效性和"自足"英文诗歌的可读性，作品让人叹服，避免了"呆板僵硬的浮夸空洞，似是而非的无效推论，疲软无力的异国情调以及让人生厌的陈词滥调等汉诗英译过于常见的特点"①。但物极必反，文字可读性过强，透明度过高，让读者有理由担心是否译者有意添加或者割舍了原诗的若干成分。和受费诺罗萨遗孀所托的庞德不同，王红公显然知晓庞德做《神州集》之后饱受汉学家和中国学者质疑与诟病一事，站在翻译活动的入口，宣称作品乃是自我表达。于是美国诗坛出现了以下奇观：

I have chosen only those poems whose appeal is simple and direct, with a minimum of allusion to past literature or contemporary politics, in other words, poems that speak me of situations in life like my own. I have thought of my translation as, finally, expressions of myself.

　　　只选那些感染力简单而直接的诗，最大限度地不

---

①　Rexroth, 1971, p. 61.

涉及过去文学或者当前政治，也就是和我自己生活境
况有关联的诗。我把我的翻译看成是，说到底，自我
表达而已？①

　　试想，若非现代性"混杂"应允，一位成名诗人，无论其表
达欲望有多强烈，和原文隔阂有多深，谁能有胆量公开承认一
本译诗集其实不过是"自我表达"？这当然是诗人翻译理想最尽
然、最彻底的表现形式，或者是作者对于亲密接触汉诗然后成
为自我的策略的无忌陈述。这个荒诞时刻恰好和福柯笔下西方
博物学家看到古中国物种划分的捧腹和不屑是一致的。它不仅
暴露出美国诗歌思想平台上的裂缝，即异国文学进入的新可
能，新摆放和观察秩序以及各种异国文学和本国文学间相互作
用的新范式，还凸显杂合既是现代性的显著表征，同时为现代
性的生成和持续输送营养，提供保障。王红公曾将译者比作"全
力以赴的辩护律师"（all out advocate），将读者比作陪审团，描绘
翻译工作和阅读活动之间的关系。按照这个比喻，译者工作本
质便是向陪审团陈情恳求（pleading）。前者试图让后者相信自己
所讲故事真实有效。如果两者能够对故事达到一致认同，故事
具有感染同化力（assimilability），翻译便取得成功②。
　　译作既然朝向美国现代读者的自我表达，原文呢？王红公
本不具备直接阅读汉诗的能力，毕晓普考察，所依赖英译作品
有威廉·黄（William Hung）、艾思柯和赞克（von Zach）三位译

---

①　Rexroth & Morrow，1971，p. 136.
②　Rexroth & Morrow，1987，p. 171.

者以及哈佛燕京书社杜诗引得①。按钟玲说法，应该算是半循环。联系到王红公和她后来翻译的李清照诗作，并揣度汉诗之心，原创性地写出了不少成名作品。可见循环能在同一诗人身上实现。和其他循环嵌套交织在一起，编成一张超文本网络。汉诗等异国元素的独到之处，便在于它们是这张文本网络上的空节点（成住坏空的空）或者外部网连接点。对内，节点划分出"沉默的边缘，一种用沉默来定义形式和内容的省略"②，既是被抓住的内容，也记录着抓住内容的过程。对外，节点让网络永远处于开放状态并能和其他网络发生关系。这些网络的总和就是世界文学。庞德曾把世界文学想象成为一个实体，并配以只有世界化学，没有美国化学的说明。将世界文学看作网络，则揭示了为何美国诗人要绕道，通过汉诗等外部网络建设自己的国别文学。若不在网络上加入新的空节点，则永远无法和英国诗歌断网。同时，通过生产空节点，产生入侵外部网络，扩展自身的强大推力。

作为"律师"，王红公为汉诗赋予了现代性，也让翻译和原文断裂，造成脱节和越界。脱节让原诗成为原材料，越界则允

---

① Bishop，1958，p. 62.
② Snyder & McLean，1980，p. xii.

许翻译向创作偏移①。对平台而言，裂缝之处新元素涌出，错位让新的对接成为可能。数种来源间掺入诗人"自我表达"，多处缝隙（汉文和英文间，几位前辈译者间，译者的王红公和诗人的王红公）给予译诗混杂的自由和特权。混杂让汉诗从汉学家、东方学家以及中国学者的过度保护和圈禁中解放出来，作品在文本、表述、语境等多重层面上的可能性得以充分释放。律师若无视事实真相，帮辩护人编织或者编造故事，无良也。诗人如此做法，以王红公看来反而值得大力倡导和推广。"最杰出的汉诗翻译者——Judith Gautier，Klabund，Pound——译出最出色作品之时，基本上一点儿中文都不懂。"②王红公严谨且特意地加上时间从句"译出最出色作品之时"进行限制和细分，暗指庞德学习一定中文之后，反而失去未识中文时的妙笔。那些懂中文的译者，竟无法拿出上乘作品，被学究式、考据式语言学习消磨掉灵气。理想状态是，大概懂一点就好，好像美国军人学外语一样（A bit of the GI approach to language），以此来克服语言学家的野蛮。如此态度伴随诗人一生。许多年后和钟玲合作翻译李清照诗作时，王红公对于原文和译者关系的看法几乎没有变化，使用现代美国惯用语的做法

---

　　① 钟玲在研读王红公的杜诗英译后，虽然未总结性地就脱节和越界进行归纳，但文章中有相当篇幅已经触碰到这两个概念。如"We shall not fall into the trap of all those deviations and distortions"（p. 330），和"However, 'Winter Dawn' can serve as an illuminating example to illustrate how Rexroth trespasses the boundary of translation into the realm of creativity"。见 Chung，1984，p. 318.
　　② Rexroth，1987，p. 187.

也保存下来①。

　　然而仔细观察王红公的"律师"比喻和后来的翻译活动，不难发现"律师"不仅仅满足于充当故事编写者或者编造者，"律师"更愿意主动参与到故事进程中去，挪用并劫持故事原主。就王红公个人而言，他想要"将他人认作自己，将自我发声转移到他人发声中去"②。躲藏在中国古代诗人背后，腹语发声的洛威尔在下一代诗人中找到传承。或者说，王红公和洛威尔都认识到"看见之后成为"有多么重要与必要。当时诗人几乎不可能接触到拉康的镜像理论。只是将他人看作自己，无法让人不联想到拉康对于身份产生认同的学说。和前辈庞德说自己不是汉学家一样，王红公聪明地避免与汉学家起直接冲突，一再声称《百首汉诗英译》是自我表达，"并非东方学学术作品，只是一些诗作而已"。③ 然而，主动和东方学家拉开距离，难道没有同时暗示，治学严谨又考据细致的东方学家反而才是真正掌握事件、最有资格作为"律师"陈述实情的人？那么王红公这位律师又是谁，充当何种角色呢？可见，这位律师真正的辩护动机既然是完成律师到顾客的身份转化，身份转化的动机就是自身辨认出的缺乏。有意躲闪汉学家和他们的学问，这种缺乏与原文二重扭曲：第一重是诗人吃不透原文，因此只好自我表达；第二重是诗人通过表达，将自我注入原文，提供补充了许多原文并不明显，关联薄弱的表意链。就在这一刻，转移迁徙

---

① 钟玲在 Chung，1984 中详细陈述了王红公的翻译观。
② Rexroth，1987，p. 171.
③ Rexroth，1971，p. xii.

的不再是汉诗，而是美国诗人本身。成为美国诗人化身的杜甫或者李清照，在王红公笔下都呈现出相当程度的"缺乏"，"求不得"以及"旧瓶新酒"或者"新瓶旧酒"的混杂。按拉康理论，缺乏产生欲望。不用太了解王红公，读者脑海里应该能马上浮现诗人众多情色作品。对于"缺乏"造成的混杂，情色不仅是最好发泄，也提供上佳保障，让其得以延续。王红公和他的前辈洛威尔一样，许多作品带有强烈情色感，应该和看见汉诗然后"成为"有显著关系①。上文引用洛威尔作品《一封信》，有学者辨析出其中的长短句好似莎孚风格韵律。诗人眼中的莎孚是色情和女同性恋的欲望对象和想象符号②。凯莎的诗集《阴》(*Yin*)有躺在同一张床上的李白和杜甫，有为同性恋精神偶像莎孚创作的诗歌，有日渐憔悴的爱神③，有想写一首情诗却满

---

　　①　此时回头想想庞德《神州集》中满满的离人怨妇，以及威廉姆斯《致白居易之魂》和对于杨贵妃带有明显性暗示的呼喊(你的脸，你的手，你的唇)，自然很容易用"西方诗人沿袭殖民主义观察，居高临下地用男权主义眼光对异国女性身体进行猎奇窥探和意淫遐想"等观点来判读。然而简单地用历史政治替代作品中的心理生成，有可能大幅度减损作者建立身份认同(在看见东方之后成为自己)的主观意愿和思想能动。召唤东方女性身体，何妨看作对于翻译作品背后暗藏的"空"的拒绝和兴奋，试图用真实可感的身体拴系原文和译作，或者小循环作品。对东方身体的呼唤和蝙蝠在黑暗中的声音定位，以及拉康关于黑格尔和"主人奴隶"阅读相当一致。只有不断呼唤东方身体，美国诗人才能完成诗学定位和界划，有把握知道自己现在在哪里，是什么。

　　②　关于洛威尔对于莎孚的色情化想象和互文，参见 Munich & Bradshaw，2004，pp. 9-26.

　　③　原文来自 Kizer，1984，p. 45.

心的沉重①。

最后，王红公用尽晚年精力，成为一名女性诗人，堪称美国文坛让人最为惊诧的一幕②。下面一首小诗，来自《摩利支子情诗》。王红公声称是译诗，但其实乃自我心声。中国读者一眼便能辨认出"孤枕难眠"和"为伊消得人憔悴"两个意象。美国男性诗人凭空捏造一位日本女诗人，在她口里放进汉诗意象，又是一次混杂。和洛威尔作品一样，心上的爱人，思念的对象，性别不明朗。

Lotus Pillow

The disorder of my hair
Is due to my lonely sleepless pillow.
My hollow eyes and gaunt cheeks
Are your fault.

---

① Kizer，p. 83.

② 原文是 And it will have to take into account one of the more startling transformations in American letters: that Rexroth, the great celebrant of heterosexual love (and for some, a "sexist pig") devoted the last years of his life to becoming a woman poet. 作者是温伯格，发表在 2003 年的 *Jacket* 杂志上，网址 http://jacketmagazine. com/23/rex-weinb-o-bit. html。

第六章　隐性的自然

　　然后是隐性特征的自然。表面上看，汉诗中有大量作品提及自然景物。这些和叙述相关的安排和设置，往往作为背景出现，为人物及其思想提供活动场所，寄托幽思，抒发情感，点明环境。在自然的静态衬托或者动态裹挟下，人物受到文字召唤来到眼前，遭遇自然，发生故事。然而从深层次看，自然和文字的前/背景拓扑关系总处在不断协商和变化中。就汉诗而言，刘勰在《文心雕龙》中开宗明义，阐发文字和自然在生产关系上的共生和互相依赖："文之为德也大矣，与天地并生者何哉"。"文"出自人手，人手书写人心。这是"文"或者"文辞"的狭义定义。事实上，"心生而言立，言立而文明，自然之道也。旁及万品，动植皆文"。自然万物不但有"文"的表现，还可以细分为形文、声文和情文三种：一曰形文，五色是也；二曰声文，五音是也；三曰情文，五性是也。文章和修辞由"五性发"，文采是"神理"，即自然形成的。刘勰"试图用自然界的现象来说明属于人的意识的文章"，不仅在本体论上将文本形式结构（文采、对偶、声律）和自然等同，更试图将与文本相关的认识实践和美学体系嵌入自然，受到自然背后的"道"的统领。杨国斌相信自然之道"把文学创作追溯到人，并把人看作天地之心，就是将文学写作归源于道"①。形文和声文在自然中都可以找到直观对应，容易观察到也容易理解。至于第三种，周

---

① 刘勰，2003，p.20.

振甫出自唯物主义科学观点，认为"情文是有了人类之后才有"①，刘勰的观点显然"混淆了自然现象和意识的差别"②，汉诗关于道生万物（也包括人和文）的观点不够科学。那么，在科学突飞猛进的 20 世纪早期，汉诗对美国现代性产生影响的过程中，汉诗带来的自然观点是如何被美国诗人认识的？如果在宇宙万物中都能找到文，都和人类创作的文本"遗传密码"相同，那么这种中国特有的看法和心思，能够和西方文学理论产生什么样的汇通呢？

看见自然事物（龙凤、虎豹、云霞、草木），事物背后的文字以及变化（英华日新、精义坚深），变化的力量和设计（道心惟微，神理设教），以及文字和文字的创造者——人——之间的关系（鼓天下之动者存乎辞），宇文所安以一个西方人对柏拉图的熟悉，敏锐地感知到刘勰思想和柏拉图的知识、代表、模仿三个概念之间的关系③。在柏拉图思想体系中，可以观察到存在于自然之中由上帝创造的床的形式，以及生活中木匠制造的床和画家创造的床。诗人或者艺术家只要掌握了足够艺术技巧，便可以画出从远处看上去以假乱真的木匠（当然也包括木匠造的床），而根本不必知晓造床所需的任何知识。④ 他们将世间万物纳于笔尖或者画布，似乎具备无所不知（omniscience）的

---

① 周振甫，1981，p. 3.

② Ibid.，p. 20.

③ 刘勰，2003，p. 21.

④ 柏拉图《理想国》（*Republic*）。见 Jessica，2007，p. 422.

神奇能力①。但是，艺术家无论多么出色，已经和床的理想形式三重隔离，不可能跨越两重障碍（先跨越对物质的刻画再跨越对形式的物化），直接进入自然。柏拉图进一步用绣着各色饰物的五色罩衣（a multicolored cloak embroidered with every ornament）做比喻②，说明永恒的隔离让艺术相对于自然，永远在空间上隔离，时间上迟到，形式上别样，即便通过各种手段达到"像自然"的缤纷，也难以摆脱"不是自然"的变异，或者说必须在"不是自然"和"不自然"两种人为制造的扭曲中进行选择。文本之于自然，只不过是变异、隔阂、延迟且不确定的代表而已。无论对自然观察有多么仔细和忠实，文字始终处于被动局面，观察者既难以接近自己的观察目标（自然），也难以驾驭自己的写作成果（文字）。怀疑由此产生，自然可以被想象夸张到荒诞，也可以被观察约束成机械。离开西方文学批判传统，宇文所安相信，刘勰赋予人"得道"的能力，圣人"原道心以敷章，研神理而设教"，获取道心的可能不但完美化解了呈现和代表之间的困难，而且让文字和自然通过道心为规定性代码相互连接，文本和自然同生且同构，都是"道"的外化/物化表现，前者在空间上和后者重合，构造上无须模仿后者，在时间上无须追赶后者。现代主义诗人，以威廉斯为代表，生动地

---

①　Kraut，1992，p. 423，《文心雕龙》中关于圣人的地位和作用有详细论述。总体说来，圣人最大作用不超过引领写作之人通往"道"。写作不必拘泥于圣人思想。"师乎圣"的前提是"本乎道"，学习之后要能"师心独见"，有创新和变化。详见周振甫，1981，p. 540.

②　Jessica，2007，p. 426.

称述了用文字代表世界时所遇到的困境："我调遣文字去说我是什么，当说出来的时候，我已经不是调遣文字时的那个我。"①摩尔在描述陶罐之时，揭示了东西方对自然想象的根本区别：

> Yet with gold-glossed
>
>   serpent handles，are there green
>
> cocks with "brown beaks and cheeks
>
> and dark blue combs" and mammal freaks
>
>   that，like the Chinese Certainties
>
>   and sets of Precious Things，
>
>   dare to be conspicuous?
>
>
>   Theirs is a race that "understands
>
> the spirit of the wilderness"
>
>   and the nectarine-loving kylin
>
>   of pony appearance—the long
>
> tailed or the tailless
>
>   small cinnamon-brown common
>
> camel haired unicorn
>
> with antelope feet and no horn，
>
>   here enameled on porcelain.
>
>   It was a Chinese who

---

①   Boone，2006，p. 16.

imagined this masterpiece.

　　西方诗歌因为和自然有三重之隔，很难把握"异兽"和"怪兽"之间的界限，想象不经意间便从清楚明白（conspicuous）降格为怪诞（freaks）：绿色公鸡，墨绿鸡冠，怎么看都不过是"艺术家自己豢养的家禽家畜的夸张、反常版本"。① 福柯笔下的西方博物学家，难以把视线从物种之间的相关性和相似性移开，去想象一个完全不以肌体形态为分类基础的自然世界。同理，摩尔眼中西方艺术家受困于对艺术过于细致和片段的观察，无意中拒绝了离开自然表象同时保留自然精神的可能。而汉诗用"野性精神"去塑造一只由各种动物特征拼合起来的麒麟，丝毫不显得突兀和出格，已经十分接近刘勰的"自然之道"。此时诗人当然尚未读过《文心雕龙》②，但对中国人观察自然和表述自然的独到之处已经有所察觉，并开始主动模仿。具体说来，自然无语也无心。任何试图和自然进行意识交流的企图都是主观臆想，即便能够暂时超越想象，最终也只是想象的一部分。观察者只能从自然元件出发，观察"龙凤、虎豹、云霞、草木"等天地万物的自然形式。等觉察它们包含了"文彩、声律、对偶"等文学形式以后，可进一步以文本形式为依托，去找寻自然，与道心合为一体③。对于自然，用何种语言和文学形式来表述，比语言蕴含了何种高深思想更为重要。诗

---

　　①　Robin，1998，p. 24.

　　②　《文心雕龙》的第一个英译本应该是 1951 年修中诚（Ernest Richard Hughes）翻译的 *The Literary Mind and Its Carving of Dragons*。

　　③　周振甫，1981，p. 9.

人更应该关注文本孕育了什么，而不单纯是承载了什么。

刘若愚根据刘勰关于"自然之道"的主张和说法，设定了现象世界的自然，文本的自然和统领自然的道心神理之间的关系和顺序。"人通过文学显示其本性是'自然'的。"自然，或者自然性存在于文本中，文本显示（reveal），而非代表（represent）①。他将刘勰文论归为形而上学，通过仔细比对柏拉图模仿理论对于模仿对象，即宇宙概念的辨识和处理，刘若愚认为道心和超验理想（transcendental ideal）最为接近②。微妙差异在于，道可以规定和统领世间万物，如西方思想中的上帝，道也如遗传密码一般生成世间万物③，它"遍在于自然万物中"，从未离开也不能离开它创造的世界。于是，刘若愚推论，西方诗人依照柏拉图理论，对自然观察若想摆脱"怪兽"纠缠，终极状态是向内看，观照自己的心灵。东方从道的观点出发，

---

① 刘若愚，2003，p. 21. 细心的读者不难发现，本书中关于 represent，present，manifest 等词的翻译前后不一致。盖因中文词汇在这些细微处和英文对应有不小的出入。为保持论证清晰明确，往往根据上下文调整表达。

② 刘若愚，1981，p. 72.

③ 笔者认为，遗传密码的比喻能够很好地抓住道和自然之间的关系。刘若愚认为：在中国的行上理论中，诗人被认为既非有意识地模仿自然，亦非以纯粹无意识的方式反映"道"——好像他是被他所不知而又无力控制的某种超自然的力量所驱使的一个被动的、巫师般的工具——而是在他所达到的主客观区别已不存在的"化境"中，自然地显示出"道"。也就是说，"道"对作者的控制不是叠加（superimpose）的，更不是强加（impose）的。"化境"一词多少有些闪烁和含糊。如果主客观区别已经被消除，作者本人已经无法分清自己和自然的界限，则恰好是作者和自然基因的结合。

首要也是终极的观照对象是自然。刘若愚认为西方的"观心"和东方哲学理论中的"观心"根本不同。前者出发点是获得"高度的感官感受"，而后者希望能够达到"感官感受的中止"①，压制作者主体意识，即"作者之心"，要求作者尽可能地接近然后臣服于"天地之心"来进行创作，自我意识的解体，进入无我无心之境。笔者注意到，刘若愚所举大多为现代主义之前的事例，而自从现代诗歌运动开始对东方形式和思想的学习以及借鉴以后，很难再以感官感受是否被强化或者中止为分界线，去判别两种诗学对于由自然引发的超验的认识和态度。钟玲总结王红公和史耐德译诗以及原创，认为"中国隐士诗的论述已与后现代的论述交汇融合了"，并引述麦可里欧的论断，只有"把武断的自我溶解掉"之后，才能写出一种"以最佳方式获得自我真实的诗歌"②。也就是说，汉诗的自然疏远了观察者作为感受活动的发出者（主格的我）以及接收者（宾格的我），也扩充了元件在平台摆放的可能类型学预设。图示如下：

	有我	无我
感受放大	A 浪漫	B(后)现代派③
感受中止	C 语言诗派	D 汉诗

---

① 刘若愚，1981，p. 75.

② 钟，2003，p. 130.

③ 中国古诗中实际有相当多的对自然观察在视觉上毫发毕现，听觉上声声入耳，观察者不是已经离去便是难以辨识的例子，如王维和李商隐的许多作品。只是说，从自然界采集信号并非这些作品的终极关注。信号短暂和不定，容许人物角色能够保持住完整同一，不同于西方后现代诗作。因此笔者汉诗主体归类为 D 路线。

粗略说来，西方文学方法自古希腊以来大抵遵循 A 路线，观察越细致，感受越个体，便越符合审美预设。汉诗中相当一部分，特别是王维和后来的寒山，往往表现为 D 路线，和《二十四诗品》中的自然高度相关：

> 俯拾即是，不取诸邻。俱道适往，着手成春。如逢花开，如瞻岁新。真与不夺，强得易贫。幽人空山，过雨采蘋。薄言情悟，悠悠天钧。

在"我"依然存在的情况下感受中止，或者感受放大时"我"消失不在，最容易联想到语言诗派。主要由诗人让·希里曼（Ron Silliman）主编的《在美国的树上》（*In the American Tree*）中有一首诗生动地代表了 C 路线：

> I is the other.
>
> Having said that
>
> is an ancient construction.
>
> He split.
>
> ……
>
> Reader，writer，how
>
> does the poem go.
>
> Inner ear and eye
>
> take a vacation.

柯慈·罗宾森（Kit Robinson）点明"我"即"他者"的思考方法在西方人文传统中由来已久。"我"如果不能放下或者重逢

"他者"，不看到他者中的自己，不给自己内心的眼耳放假，结果很可能是分裂。有这首诗做注脚，便不难理解 B 路线——无我的同时感受放大——典型的精神分裂特点，和詹明信关于后现代诗学的说法高度吻合。在一次广为人知的总结后现代的演讲中，詹明信指出后现代的基本特征之一即是精神分裂。后现代的精神分裂者"对于这个世界任何给定的当下，明显地会拥有比我们强烈得多的感受"，因为普通人对世界的认识具有选择和区别，而表意链断裂之后，便看到过度丰富的能指①。精神分裂者同时也不具有个人身份，处于无人（no one）且无为（does nothing）的状态。较为典型的例子包括乔伊斯的《芬尼根守灵夜》和艾略特《四个四重奏》（Four Quartets）。有学者看到《芬尼根守灵夜》中的视觉和听觉效果并置，"能言画面和能动的画面；不光空间上联合，更达成了同时呈现人类所有意识模式，原始和复杂皆有"。各种感受，各种意识模式一起出现的结果便是抹去了诗人的主体性，将其变成一把"通用的风神竖琴"②，只是一个发声/书写管道，负责生产文字。威廉斯的诗学方法同样号召诗人移除自我，并且相信只有先失去自我，才能放大感官信号的强度。是因为，早先当自我尚在位时，这些信号被自我发出的反应所干扰或者遮盖，宾格的、感知的我化身为主格的、认知的我，"我发现"到"我认为"形成了一个思考回路。而一旦主体坠入思考，势必被思考的物质基础即语言束缚，"我"便难以再发现。除非，"什么都不是，也不为结果所

---

①　Jameson，1985，p. 119.

②　McLuhan，1951，p. 270.

左右，解锁然后漂流，去色，顺滑，无虑——别抓住具体人格
（你自己和你的应允，诗作）不放，板结在一起难以化解"。①
许多年后，史耐德依循禅宗"初心"对待创作的方法，同样让自
己空心化：

Clearing the mind and sliding in

　　to that created space,

A web of waters streaming over rocks,

Air misty but not raining,

　　seeing this land from a boat on a lake

　　or a broad slow river,

　　coasting by.

　　长诗《山河无尽》第一段，诗人要求读者首先将自我放下，
将过去记忆和思想清空后方能进入作品构造的云雾弥漫、水流
石上的虚拟时空。而作者作为空间建造者和第一见证人，也必
须首先消除自己的意图和习性，成为"非我"。从小舟上观看山
水暗示观察者需证悟途经之过客眼见山水时的初心，即山水空
间的非人乃是主体，观察者（无论读者还是作者）面对非人必须
始终处于不定与消隐状态。创作者就是生产作品的工具和媒
介，仅此而已。有学者发现中国画卷和美国长诗都代表了一种

---

　　① 原文是：be nothing and unaffected by the results, to unlock and
flow, uncolored, smooth, carelessly—not to cling to the unsolvable
lumps of personality（yourself and your concessions, poems）concretions。
转引自 Bremen，1993，p. 68.

从水上用移步换景的方式观看山体陆地的结构布局，让人联想起庞德《诗章》里的"periplum"（环绕观瞧）视角①。熟悉庞德的读者应该不难联想起诗人初访水城威尼斯，坐在船上看到两旁街市行人以及灯火时心中产生的惊愕和赞叹。这种视觉冲击力以及观察者真正融入观察对象时能够想象并且达到的超越神思，影响了诗人一生②。诗人用《夜晚连祷》（"Night Litany"）表达自己的观点，和史耐德盼望超人类的灵性清洗身心（Clearing the mind and sliding in）的盼望一致。

> O God of silence,
>
> > Purifiez nos coeurs,
> >
> > Purifiez nos coeurs,
>
> O God of waters,
>
> > make clean our hearts within us

此外，史耐德还特别留意了《溪山无尽》画卷上的一首题作，相当程度上移除了来自绘画者的个人成分。

> The Fashioner of Things
>
> has no original intentions
>
> Mountains and rivers

---

①　Hunt，1999，p. 24. 庞德主张《奥德赛》的地理风貌应该以水手在海上看陆地所用的环绕观瞧法去理解，而不是常见地图绘制的鸟瞰角度。见 Pound，1991，pp. 43-44.

②　Alexander，1979，p. 59.

are spirit，condensed.

因为没有"我"的存在，文本直接表现为丰富多彩，充满了故事且不需要情节。将表意链反复拆解然后重新组合恰好是后现代文化生产的典型特点。威廉斯从这个意义上来说应该归为后现代诗人，他深刻认识到人格是"板结"在一起的。在传统诗学中，自我作为主格和宾格合体，接收感受并统罩全局，感受因此被取舍、加工、更改、拼合。这一刻人的私心取代了自然的道心。文字只能模拟而不能成为自然界的无序、同时性、混杂以及多变，根本无从拆解表意序列，去寻找被文字覆盖、在语言发生之前的"神思"。现代诗学以及后现代诗学重要而强有力的手段之一，便是能够对表意链进行"去翻译"（detranslate），让观察者有机会对自我提出质疑，寻找新的、没有私心或者少有私心的身份，一种更加容易接受并放大感受的存在方式，然后在新的思考平台上对输入进行"再翻译"①（retranslate）。"去翻译"和"再翻译"生灭不息，互为动力，清楚表明 C 路线（当然也包括 B 路线）位于东西方诗学交汇过渡地带的不稳定和不确定。可以理解成现代主义对处理两种诗学冲突达成的妥协，而恰是这种妥协成就了现代性以及后现代性。从另一个角度看，汉诗和英文传统诗歌完全对立（A 路线和 D 路线），英文诗歌看见一个完全异于自己的他者，这个他者是西方诗学

---

① 根据拉普兰切（Laplanche）的学说，"去翻译"（detranslate）和"再翻译"（retranslate）两种活动是循环反复的。它们让主体迅速获得一种身份，然后将其瓦解。参见 Laplanche，1992，p. 171.

拓展的边界，也是阻止其进一步扩张的极限。汉诗自然写作以
实例向现代主义诗人以及学者说明，传统诗学的解构和重构是
可能的，以及具体应该如何操作。重构之后产生不同组合，只
有穷尽四条路线才达到完整，扩充了美国诗歌的写作模式和思
考方法。这种重组思路本身，即把熟悉对象拆开重组，发现新
意的思路，也成为现代派与前代诗学作战的有力武器：较早的
或者经典现代主义是对立艺术（oppositional art）①，詹明信在
比较后现代与现代时如是说。通过接触汉诗，如同照镜子，美
国诗人看见汉诗虽然和自我明显对立，但这不恰恰是现代主义
倚重的颠覆性吗？于是产生想要遍历的欲望，把四条路线都纳
入平台。依照上文，路线 B 和 C 的开辟，可以解读成学习，
也可以看作对汉诗的竞争和超越。来自午夜冥思的一首小诗，
完美地展示了美国诗人对东方哲学的学习成果。拿掉"我"，只
剩下也只需要"不在乎"：

> Little Midnight
> Buddhist Poem
>
> Don't take
> your Self
> so seriously
> Remove the I
> from I don't mind

----

① Jameson，1985，p. 123.

you have

Don't mind

which，after

All，is all

you'll need

or ever

have①

就在汉诗进入美国诗人视野的同时，西方思考方法在 20 世纪初从意识扩展到潜意识以及无意识之后，也出现中止。可以说是作者对感官放弃，把自己交给自然，如汉诗里常见的天人合一等主张，也可以说是作者让意识以外的成分占据，把自己交给无意识，比如意识流写作。有一点可以明确，感官能够捕捉到的感受，或者获得的感触，不但可以进入意识，同样能作用于潜意识。叶维廉在讨论庞德汉诗英译的意识形式（forms of consciousness）时，援引荣格对于意识和无意识创作的区别的说法——后者作为"人格以上的角色，超越意识理解的范围"②。感受和潜意识之间没有输入和输出的关系，后者对前者往往无应答和明确反馈。威廉斯对意识和意识之外以及意识以后的关系这样表述：

Words progress into the ground. One must begin with words if one is to write. But what then of smell? What then

---

① Gifford，2012，p. 338.

② Yip，1969，p. 102.

of the hair on the trees or golden brown cherries under the black cliffs. What of the weakness of smiles that leaves dimples as much as to say：forgive me—I am slipping，slipping，slipping into nothing at all. ①

　　文字逐渐扎入地面。想要写作，一个人必须从文字开始。不过，那么气味呢？那么树上的毛发或者黑色悬崖下的金棕色樱桃呢？那么留下酒窝的微笑的软弱呢？就仿佛在说：原谅我——我坠啊坠，坠啊坠，坠到什么都不是。

　　这是威廉斯接触汉诗，并且对唐诗，特别是白居易有一定认识之后产生的观点②。和荣格类似，诗人作诗从文字开始，文字看似固定，实则充满变化和不定因素，不局限于现实和现

---

　　①　Williams，1973，p. 9.

　　②　和庞德、洛威尔等明确地取法汉诗不一样，没有直接证据证明遭遇白居易或者汉诗和写出这段话之间的必然联系，两者更多是时间上的先后而非逻辑上的因果关系。笔者充分认识到证明显性因果关系的不可能。关注点在于"然后"而非"因而"。以福柯考古学为比喻，通过对两起事件主观连线，试图整理发展变化的脉络。应该认识到，在 20 世纪初期，西方思想界空前活跃。弗洛伊德的心理分析学和中国禅宗几乎同时进入美国前卫艺术家的视线。韦利出版了西方最早（之一）介绍禅学的小册子，发现两者关于个人意识之下的普遍意识，以及力图超越意识的思考方法，非常类似。见 Waley，1922，p. 25.

在①。二重隔离于道，诗人先在想象中经历感官敏感大幅度放大(气味、细节、奇幻和回忆)，和自然出奇地靠近，同时自我放弃(原谅我)，主体意识消融，个体下坠到虚无。显然违背刘若愚关于"诗人与个别事物合一"的观察②，而此观察恰好针对现代主义以前的诗学。因此可以说，汉诗的自然之道影响了美国现代主义的观察方法，两者达到高度一致③。遵循自然之道，王红公和史耐德都曾亲身经历过山野生活。山野并非简单提供给诗人一个亲近自然、反思自我的机会。事实上这样的反思和内省在维多利亚时代便已达到顶峰。山野让诗人思考"自

---

① 注意：威廉斯及以其为代表的美国现代主义诗人对于文字模糊性和文思模糊性的独到之处，类似于刘勰关于神思、文思和文辞的三段划分，现代主义提出潜意识(后两者的基础)、意识(思考和判断)，以及文字(潜意识和意识的外化/物化)。不同的是，刘勰相信作家需"规矩虚位，刻镂无形"，侧重向内归纳的确定性。现代主义促成文字和物体分离，侧重向外推导的不定性。威廉斯认为死的文字不过是"符号的符号，二重隔绝于活力"，所以同样得出直接处理"物体本身"(the thing itself)的结论。见 Williams，1974，p. 18. 诗人在此为原始土著辩护，认为他们崇拜日月等自然物体为纯粹奇迹(merely wonder)、真实表达(true expression)，比所谓现代文人高明许多。这些论点让人很难不联想到同一时期的现代主义汉字诗学。可见，在现代派诗人的思想里，对于事物的推崇和重视正在期待汉字，或者其他所谓表意文字的到来。汉字只是恰好被看见，然后成为现代主义期待的具体化身。究其根本，诗人并非推崇汉字，而是推崇自己美学主张的成立与实现。汉字充其量，是他们在野外采撷到的为自己思想提供佐证的标本而已。

② 笔者只看见这本书的电子版，第 74 页。前后文是："诗人与个别事物合一，而在形上理论里，诗人通常被劝与'道'合一，这'道'是一切存在的整体，而不是个别的事物。"见刘若愚，1981。

③ 笔者无意把美国现代主义局限在威廉斯这一支上，无论威氏诗学有多么大的影响力。

我"概念的由来和组成，或者说，诗人开始发问，在天光云影、草木虫鱼的旷野，观察者怎么会下意识地与自然分割，怎么会产生"自我"的念头？

Suspended

In absolutely transparent

Air and water and time，I

Take on a kind of crystalline

Being．In this translucent

Immense here and now，if ever，

The form of the person should be

Visible，its geometry，

Its crystallography，and

Its astronomy．The good

And evil of my history

Go by．I can see them and

Weigh them．They go first，with all

The other personal facts，

And sensations，and desires．

At last there is nothing left

But knowledge，itself a vast

Crystal encompassing the

Limitless crystal of air

And rock and water．And the

Two crystals are perfectly

Silent.　There is nothing to

Say about them.　Nothing at all.

相比威廉斯无法自拔地下坠。王红公则发现自己悬挂在"完全透明的空气，水和时间里"①。他也看到了被自我牢牢抓住的"自己的历史"以及"标识，感觉和欲望"先后离开自己。主格的我和宾格的我在王红公的世界里同样分裂。后者目送前者走远。剥去身份外衣，剔除意识内核之后，"什么都不是"意味着王红公和威廉斯两位诗人同样达到精神分裂之后的"空"。饱受汉诗影响的王红公在自然旷野让心性如空气、岩石和水一样澄明。自我消融，进入寂灭，反而因为失去而变得完整。

认识汉诗，或从事翻译活动，或只观看译文，通过翻译认识汉诗，往往破坏原作的无意识，因思想平台不同，最多到达文辞背后的文思，无法推测文思之前神思的"虚位和无形"，很难接近自然之道。叶维廉认为翻译者更多时候只能依靠语义和自己的判断力，有意识地去揣摩汉诗中"思想的削切和转变"②，对于汉诗自然之心感悟能力有限。这便是为何威廉斯批判庞德学习汉诗，当然也包括其他国家诗歌传统，过于看重内容和内在精神，忽略了形式，注意力方向朝着"心理的、哲学的、梦、弗洛伊德式的"③，难以真正亲近汉诗的自然。庞德晚年翻译《论语》，居然把"学而时习（习）之"，习字上半部分

---

① 透明的存在（crystalline Being）在下文论述爱默生超验主义时还会涉及。

② Yip，1969，p. 106.

③ Williams & Mariani，1973，p. 121.

"羽"翻译到英文中：和季节展翅的过去一起学习（Study with the seasons winging past），其中"季节"一词让人不知所谓，把习字拆开更是"对汉语完全不负责任的态度"①。相比之下，仅阅读了汉诗英译的诗人（如威廉斯、斯蒂文斯等），不受原作字句拘泥，立足于汉诗英译保存下来的浅表自然，包括自然景物以及自然景物在诗歌之中的形式等，再辅以诗歌以外的相关知识，包括美术绘画，宗教哲学等②，同样可以领略汉诗自然之道并有所发展。

　　在汉诗的自然进入美国现代性之前，诗人渴望找到可以方便地捕捉现代生活的诗歌形式和创作方法，处理文字和自然的隔阂。《诗刊》的创办人蒙罗，作为诗人以及编辑被形势推向探索前沿。在她所处的时代，城市化进程达到高潮，而美国广阔的土地在相当程度上仍然处于荒野状态。现代诗歌必须在表现城市生活，以及反思人与自然的关系两个看似对立的主题上双线作战，这显然是先前诗歌和诗学所未曾遇到过的难题和挑战：对工业文明本身和伴随其左右的各种便利与苦痛，尤其是来自异国外邦的文本，现代主义究竟应该如何处理？从过去到现代，国家地区间距离日渐缩小，观察者或被动或主动地拥抱异国，但似乎与自身成长的本国与自然日渐遥远。举个例子，

---

　　①　Kennedy，1964，p. 462.

　　②　注意，威廉斯和庞德认识中国文化，或者异国文化显著区别之一在于，前者只是一般性地了解，浅尝辄止，而后者总想深究思想源头，方志彤说他从 1928 年翻译出版《大学》开始，意图和追求都已是儒家学者。见 Pound，1954，p. xiii.

同样是中国题材,《诗刊》刊登过不少,如林赛(Vachel Lind-say)的《中国夜莺》("Chinese Nightingale"),厄普尔德(Allen Upward)的《香叶——来自中国花瓶》("Scented Leaves—From a Chinese Jar"),狄任斯(Eunice Tietjens)的《我们的中国熟人》("Our Chinese Acquaintance")等。但有意地回绝了贝尼特(William Rose Benet)的《来自神州的商人》("Merchants from Cathay")。有学者考证这首诗被诗人大力自荐给蒙罗,因为它"更富于魔力,而且在基本思想方面更富于独创"。但未被采纳。主要原因是诗作各种细节都过于接近早先时代西方人从阿拉伯和拜占庭王朝辗转听来的东方,充满珠宝、排场、魔法与欺诈[①]。其中有一段是:

> And when he will a-hunting go,four elephants of white
> Draw his wheeling dais of lignum aloes made;
> And marquises and admirals and barons of delight
> All courier his chariot,in orfrayes arrayed!

诗的形式触犯了现代派对于倒装和拼凑音节的忌讳。内容上,时代发展到 20 世纪早期,西方对东方的看法早已发生明显变化。以商队之口叙述东方显然不如现代派诗人的腹语途径来得直接和"坚硬"。此外,向读者展示翻越大漠的商人如何讲述对遥远神州的印象时,并未能够将人物角色和观察对象有机关联在一起。商人把神州奇景带到读者面前,反而把读者与神

---

① 赵,2003,p. 176.

州严格隔开。尽管诗人故意用了一些十分古旧的词汇，如"sei-gnorie"，"pannier"以及传说中的"Sugarmago"①等，试图唤起读者对古老神州的想象，但适得其反，中国在这首诗里退缩到越发遥远孤立且奇幻的角落。无法取得现代读者认同，难以跳出"异国珍闻"的陈旧模式。异国想象将异兽变成怪兽，将宏大扭曲为排场，作为叙事主要推动手段过于突兀，读者对东方题材的认识仍然停留在形而下的看图说话阶段，如白象、沉香木、辇车。画面蕴含许多情绪，让读者注意力难以集中在画面本身，因此也看不到神州的自然和细节。读者作为阅读主体只能惊讶于万乘之君的排场，仅此而已。相比之下，《中国夜莺》对东方奇幻的处理便要高明许多。

贝尼特为吸引读者眼球而建构的排场和作秀一般的中国显然与蒙罗等人正在试验的诗学探索方向相背。蒙罗和同时代的大多现代诗人一样，同样怀揣美国文艺复兴梦想，认同惠特曼对美国诗歌应该立足美国本土生活，以及"简单自然的健康"等主张。于是不难解释蒙罗对美国现代诗歌中有关自然写作，以及对美国本土性进行思考的推举与赞赏。思考的核心问题便是"美国诗人如何一面与美国自然保持具有典型意义的关系，一

---

①　Sugarmago 是古代丝绸之路上的一座大城市，据称储备了"丝绸和来自世界各地的商品"(one of the best stored with silk and other mer-chandises in the world)，见 Wright，2003，p. 233。这一段关于中国的传说来自约翰·曼德维尔爵士(Sir John Maundeville)的叙述。仔细观察贝尼特诗作和曼德维尔文字之间的关系，不难发现前者对中国的想象明显来源于后者。尤其有些细节，如"立柱"(pillars)和"豹皮红如血"(Red-as-blood skins of Panthers)。

面重新想象自然是现代性的有效主题?"①伴随着第二次工业文
明发展到顶端,而第三次工业革命还在视线之外,现代性的内
在特质既然已经带来了具有世界元素的"外国",以威廉斯为首
的相当一部分美国诗人,积极寻找如何能够对自然进行重新想
象的方法,设法让被重新想象过的自然主导现代诗歌的发展。
处理自然于是成为美国诗学建设活动中的重要环节,这体现在
自然的普世性和美国性。山川河流、季节变迁等自然景观和现
象,普天下皆然。汉诗中大量的自然描写能够更容易也更深入
地和美国诗歌结合。比如威廉斯和斯蒂文斯诗歌中反复出现
的,以四季为切入点的作品②。下面这首小诗名为《春天》,钱
兆明认为"视觉之清晰,感触之细致"③颇具中国大师遗风。

>O my grey hairs!
>
>You are truly white as plum blossoms

"梅花"一词带有浓郁的亚洲风味。汉诗以及东亚诗歌中,
有大量作品和梅花有关。自然界作为两者之间的相同/相似,
为连接两个平台提供方便。威廉斯甚至猜想各种语言的春天,
"这是春天——是拉丁语的也是土耳其语的,是英语的也是荷
兰语的,是日语的也是意大利语的"④。能够感知并愿意观察
自然皆是人类共性使然。只需观察和想象眼前的梅花,诗人不

---

① Schulze,2004,p. 51.
② 两位诗人诗集中大量诗歌以春夏秋冬为背景或者前景。
③ Qian,1995,p. 138.
④ Williams,1970,p. 91.

需要费力揣测另一个平台上的梅花，或者其他自然元件是何状态，便能将梅花移植过来。如果文字是对自然的模仿，那么将另一个平台上的文字移植到自己作品里，则是对模仿的嫁接。放置在各自思想平台上的自然界差异颇大，正如福柯笔下东西方博物学鸿沟，普世性提供了移植前半部分活动的理由，美国性则是移植后半部分的结果。威廉斯发现，伴随抄袭而来的片段化、不协调，词与物之间缺乏关联，有效地暴露了抄袭活动前身，即模仿行为的缺陷和不足。他将其视作"粗糙的象征主义"（crude symbolism），以此为理由拒绝"象征主义、主观主义和超自然主义"对诗歌的渗透①。来自外来文本的所谓自然，让诗人看到了强烈的不自然：自然界所有组成部分，无一例外是对过去的重复，或者对他者的重复。"进化从一开始便重复自己。"②任何所谓创新，很难说不是过去创新的重复，谈不上真正的新。"每一样事物都已如是，也都是新的。唯一不再受蒙蔽的只有想象。"③认真思考和对待自然，终极目标是否定自然作用于诗人以及读者的情绪、感情、思想等主观反应的有效性。比如梅花的白（洁白）和头发的白（花白），自然如何有资格用同一种颜色、同一个能指，唤起观察者两种完全不同的心情？"真的"（truly）强调颜色近似，提醒读者，自然的无意识总能屈服于人的价值体系，但永远和人保持着距离。对着白发，应该庆幸多一些，还是失落多一些？诗句中拟人化的头发

---

① 　Miller，1970，p. 418.

② 　Williams，1970，p. 93.

③ 　Ibid.，p. 93.

宛如人物角色久未谋面的朋友，春天终于来到，暮年无法逃避两种惊喜/惊慌的反应同时升起。如此辩证地看待自然，有助于最大限度地还原被文字遮盖的现代主义的自然，"作品在想象王国里，如天空之于渔夫一般普通——非常迷蒙的句子"。①

　　只有在自然这一古老的话语场域中注入现代性，才能摆脱欧洲的影响，才能充分肯定现代主义诗人所处的历史时刻。用富有美国本土特色的诗歌和"精确地呈现"，"使用通俗语言"，使用美国惯用语，观察语言背后的明澈世界，以及不被主观审美左右自性。多线性、物化、片段化等现代主张都可以被微调到相当一致，便于重新思考现代世界里诸多自然以外的话题。认识到自然的重要意义之后，来自中产阶级的白人诗人，"将自己的思想和身体转向自然，数量创纪录"。② 尤其值得注意的是，参与转向活动的男性和女性皆有。自然意外地提供了一次机会，平等性别差异。汉诗中本身带有强烈的自然属性，特别是以十分灵活弹性的句法模拟自然景物，甚至生成自然景物（如王维的空山），对自然哲学化和非拟人化的处置，为美国诗歌获得现代性提供了现实而丰富的对照。

　　庞德和洛威尔学习汉诗，自己从一开始便承认，且留下很多具体言论和线索，便于后世学者辨明源流。威廉斯却几乎从头到尾都努力回避自己和外国诗歌的关联。据钱兆明分析，之所以这样做是有意要和庞德以及艾略特划清界限③，特别是利

---

① Williams，1970，p. 102.
② Schulze，Fall 2005，p. 5.
③ Qian，1995，p. 142.

用他国文学成果作为底稿的做法①。当现代主义诗人忙于观察和学习外国诗歌，试图建立一种全球化的世界诗学秩序的时候，威廉斯眼光却一直集中在（至少是他自己宣称）美国本土，甚至不超过他自己居住的邻近。回忆起自己初学写诗的情景，认为"从本土角度看待诗歌；我不得不无师自通"②。尽管自己的父亲是英国人，母亲来自波多黎各，威廉斯却对"美国人"这一身份更为认同，因此在诗歌创作方面想走出一条完全美国化的道路。和休姆对上一个时代诗学的刻薄批判不同，威廉斯诗学中几乎没有自我树立的假想敌，比如被休姆猛烈攻击的诗歌押韵，他几乎没有经过任何思想斗争或抽象思考，便轻易地说服自己，取法惠特曼，走自由诗的道路："我认定，押韵属于另外一个时代；不要紧；一点儿都不重要。"③连每行首字母大写和行末标点等带有鲜明诗歌特点的形式都可以取消。《科拉在地狱》(*Kora in Hell*)开篇用"太阳回归"(The Return of the Sun)反思美国诗歌现状，和惠特曼《草叶集》一样，都试图建立新的形式，摆脱他国传统诗学的指教和束缚。④ 他希望美国诗歌既不像庞德、艾略特般总是响应他国和过去的诗歌模式，也不依照斯蒂文斯的分析方法，也非芝加哥诗派对于地方区域特色着墨过多的描写⑤。值得注意的是，威廉斯的本土诗学探

---

① Williams & Berrien，1920，p. 26.

② Williams & Berrien，1967，p. 14.

③ Ibid.，p. 14

④ Paul，1989，p. 102.

⑤ Serafin，1999，p. 1241.

索围绕如何让美国诗歌成为富有生命力的国别文学而展开。通过强调"写作活动的本土阶段",他和其他现代主义作家一道,"竭尽所能去激发美国艺术观察、发明和表达的新活力",逐渐将"艺术的沙漠"转化成文明的沃土①。用自然平实的语言描写诗人自然平实的生活和遭际。用美国某地,或者某族裔富有地方特色的语言词汇描写当地人文风光,只可以算作地方性,对来自英伦的文学传统改造尚不彻底。

如此说来,威廉斯诗歌应当和欧洲传统联系甚少,和汉诗关系更为稀薄。感谢钱兆明详细而脉络清晰的考证,发现诗人表面上和汉诗疏远乃是他刻意隐藏的结果。钱兆明仔细("翻遍了")翻找过威廉斯书柜,未能发现任何与中国诗歌有关的著作,却意外地"最后从威廉斯遗孀二十多年前送去的一只封条未启的纸箱中找出了两本笔者所要找的书:一本是翟理斯(H. A. Giles)的《中国文学史》(*A History of Chinese Literature*,1901),另一本是韦利的《一百七十首中国诗》(*One Hundred and Seventy Chinese Poems*,1919)"②。并以此为线索,发现威廉斯许多次主动学习和模仿汉诗的行为。盛唐诗人白居易对他的启发尤为显著,借用阴阳相生相克,两极对立而统一的哲学思想,超越艾略特等人的看法,诗人不再认为并置重叠手法必须意味着各种力量剧烈冲撞,如《作者画像》("Portrait of the Author")便是典型例证。中国诗人可以轻松而不露痕迹地

---

① Williams,1967,p. 90.
② 见钱,2010,p. 57.

将"对立的情景和心绪编织在一起"①，通过描写自然景物和生活细节，促使各种生命主体（自己或者他者）对自身进行反思，领悟思考对象与思考者之间的无差别从而达到和谐。仔细观察威廉斯的作品，如此反思几乎无处不在，但诗人似乎从来都不愿意有意说明自己反思的内容。例如：

Here it is spring again

and I still a young man!

I am late at my singing.

The sparrow with the black rain on his breast

has been at his cadenzas for two weeks past：

What is it that is dragging at my heart?

The grass by the back door

is stiff with sap.

The old maples are opening

their branches of brown and yellow moth-flowers.

A moon hangs in the blue

in the early afternoons over the marshes.

I am late at my singing.

阅读这首小诗，映入眼帘的满满都是（优美而富有生命力的）自然景物，包括被雨点打湿的麻雀，挺立在后门的小草，苍老的枫树，挂在蓝天上的月亮，等等。描写方式具有鲜明意

---

① 　Qian，1995，p. 136.

象派的特征，对大量事物进行具体而简短描写的同时，小心提防形容词情绪化，除状物之外，基本屏蔽了作者对这些物品或者场景的主观感受。诗人对韶华易逝的感慨在文字表层被压制到最低点，诗句里只能读出反思行为的前期动作，反思的内容与关注点却被留在了纸张之外。诗句只是用寥寥数语描写出春天自然里各种勃发的生命，仅此而已。"我"和自然似乎没有太多联系，只是在时间上略有重叠：我还年轻（still a young man），而春天又来了（spring again）。

狄任斯曾经警告，切勿把汉诗之简误认为汉诗之浅。这首诗是不是受到汉诗影响暂且不论，表面简单之下依然相当复杂。诗人用十分含蓄的手法表达自己对人生方向的焦虑与思考。生于 1883 年的诗人此时将要步入不惑之年，反复吟唱心中的歌，虽然依旧年轻，心想应该早一点开口唱。威廉斯晚年回忆说，自己对世界的认识来得"非常晚，非常慢"①，因此"一直都意识到自己晚了一步"②。这本诗集当然是一本带有心绪和充满即兴的作品。"当自己被心绪占据，我就写"。可见威廉斯的文字中埋伏了许多可以指向心绪的复杂线索。首先，again和 still 对立，前者是事件的重复，后者是事件/状态的延续。一动一静折射出诗人改变现状、寻求突破的迫切愿望，也是为下文事物两两并立提供铺垫，包括麻雀的华彩乐段和我的心曲、小草和枫树、月亮和沼泽等，特别是末尾的"early"和"late"在时间上的矛盾对立。此外，"春天又到"和"我的歌声

---

① Williams & Berrien，1967，p. 33.
② Ibid.，p. 34.

迟到"两件事情连续发生，从描写自然节气变化到自身境况，诗人似乎要托物起兴，以物咏志。但通篇读完，除重复提及迟到一事之外，并无其他。与读者期待逆向而行说明"我"的慵懒，却也不失为一种人生的自然状态。然后是句法整齐，整首诗绝大部分采用主系表结构（it is；I am late；sparrow has been，what is；grass is stiff；maples are opening），形式重复或者说多余背后是对内在的思考，即"我迟到了"（I am late）以后的三个基本问题："我是谁"（who am I）及"我是什么"（what am I）及"我要做什么"（what am I going to do）。春天来临的下午（注意下午是复数）向自己发问，显得特别合适。有学者考证出，这首诗唯一的主动动词"悬挂"（hangs）取代了该诗首次发表于杂志《自我者》（*Egoist*）时的"漂浮"（floats）一词，修改方向显然要营造更为无力和被动的效果①。诗句里的"early afternoon"是刚过中午不久，恰好符合威廉斯此时人生已经走过的路程。在此之前，诗人在上一本诗集《献给要它的人》（*Al Que Quiere*）里显露出"审美挫败"（Aesthetic defeat）②，如何饱含深情的吟唱似乎都无法破解思绪的凝滞（There is no light/only a honey-thick stain/that drips from leaf to leaf/and limb to limb），避免生命在无尽等待中耗失而变得难以辨识（spoiling the colors/of the whole world）。十几年后，诗人的辛勤劳作终于看到成果，等到夏天来临，"在夏天歌/自己便唱起来"（In summer the song/sings itself）。在韵律方面，虽然没

---

① Ahearn，1994，p. 139.
② Cirasa & Williams，1995，p. 203.

有明显的模式与套路，诗句之间的内韵，特别是开头的 spring 和 singing，以及结尾的 moon 和 afternoon，随意之中包含刻意，说明诗人在遣词造句方面下过一番功夫。

这首诗的复杂还不止于此。这段时期诗人总是匆忙出诊，只能在繁忙工作的间歇写作。时常要开车赶去给病人看病，对交通堵塞和缓慢行驶的车辆表达出强烈不满，为赶路他经常开上人行道或者超速，甚至还在过铁路时弄伤了妻子的脖颈，留下的后遗症伴随她终生①。就在《酸葡萄》即将出版之前，威廉斯给友人的信里提到，它是所有作品中自己最不感兴趣，但也可能是最出色的。相较早先作品更为"镇静沉着"，诗作外表更多是"来自日常周遭的压力"但同时孕育了自己对未来的希望②。一个容易被人忽视的重要隐含特性是：诗作放眼望去都是春日阳光下的自然，但仔细观察却能看到不少矛盾或者错位。观察时间窗口相当狭窄，必须是春季，必须下过一场雨（black rain on his breast），必须初晴露出蓝天（a moon hangs in the blue），必须是中午之后不久（early afternoon），也就是说，诗作发生时间必须是春天特定的某一天某个特定时刻，但这明显和复数形式的下午（afternoons）冲突。小麻雀如何唱出华彩乐章，树木的汁液（sap）如何会在小草中流淌，枫树如何

---

① 这段典故见 Mariani，1981，p. 183。

② Williams & Thirlwall，1984，p. 53. 注意对未来的希望并意味着诗人在未来要完成些什么，成就些什么。相反，未来的希望就在当下，就在这些诗作中。它们的形式和方法将要开启下个时代。

能够开出忍冬花①? 看似平淡无奇的自然中，有不少细节透出不合常理的做作与不协调，似乎要含蓄表达迟到产生的焦虑，但读者无法确定这种情绪是否真的存在。如此说来，这首诗便是元叙事（meta-narrative）产物。诗人深刻感受到，世界不可能被"代表"，于是在代表性文字的隐蔽处隐含着不协调，提醒人们绝对意义的当下不能被书写，书写中于是没有绝对确切的自然。这才是真正的自然。"进步就是去获得。可是文字怎么实现呢——让它们喝醉过去。呸，文字就是文字。"②解决办法是"突破/打破文字"。他相信"应该把自己变成一个词。一个大词"。当这个词和生命混同在一起时，诗人才能和一直伴随左右却无法准确代表的自然团聚。

表面的简单/简短和深层次的复杂是汉诗的明显特征，很显然这首诗也是同类。这首诗真的和汉诗有关吗？美国学者从这本诗集面世起便不断猜测它和汉诗的渊源。主要关注点包括简短诗歌，丰富语义，如何不露痕迹、自然完整地将对立冲突的各种元素融合在一起，既让人不易察觉又不容忽视③。这本诗集从上一本《献》的坚忍不拔（hard-bitten）跳跃为宁静（serenity），显然和《神州集》脱不了干系④。钱兆明更是举出了好几首诗作和汉诗的直接关系，如《春天》（"Spring"）、《叫醒一位

---

① Moth flower 究竟为何物让人费解。姑且取一家之言，将其看作忍冬花（honeysuckle）。Williams et al.，2004，p. 16.
② Williams，1970，pp. 159-160.
③ Read，1986，p. 425.
④ Winters，1922，p. 219.

老妇人》("To wake an old lady")、《寡妇春日里的伤悲》("The widow's Lament in Springtime")等。钱兆明以这些作品为基础整理并列举出威廉斯向白居易学习的种种证据，其中并未提及《迟到的歌者》("Late Singer")①。考虑到威廉斯阅读过韦利 1919 年出版的汉诗英译作品，且保留这本书直到去世，笔者仔细对照威廉斯和韦利的作品，果然发现二者间的关联。

Waking From Drunkenness On A Spring Day

"Life in the World is but a big dream;

I will not spoil it by any labour or care."

So saying, I was drunk all the day,

Lying helpless at the porch in front of my door.

When I woke up, I blinked at the garden-lawn;

A lonely bird was singing amid the flowers.

I asked myself, had the day been wet or fine?

The Spring wind was telling the mango-bird.

Moved by its song I soon began to sigh,

And as wine was there I filled my own cup.

Wildly singing I waited for the moon to rise;

When my song was over, all my senses had gone.

春日醉起言志

处世若大梦，胡为劳其生？

所以终日醉，颓然卧前楹。

---

① 见 Qian，1995，第八章.

　　觉来眄庭前，一鸟花间鸣。

　　借问此何时？春风语流莺。

　　感之欲叹息，对酒还自倾。

　　浩歌待明月，曲尽已忘情。

　　通过以上韦利的译诗，读者可以看到和《迟到的歌者》相同的元素：春天、院子、小鸟、唱歌、花朵、月亮等。相似的句法：两首诗都以命题宣言（propositional declaration）开始，采用 A is B 的句型，然后马上转向人物角色自身，两首诗都采用动词延续形式（The sparrow … has been；所以终日醉）；中间都有主系表结构形成的对仗（The grass is；The maples are；A bird was；The wind was）和相似的情绪：感叹时光流逝，作为"能动"且有意识的主体，诗人体会到自身无法逃脱时空设置（睁开眼睛就在院子里，在春光里，在午后），被动处境（drunk/helpless/late）及草长莺飞、日升月落的自然规律。诗人一方面放纵和不作为，另一方面又有忍不住自我质问（借问此何时；What is it that is dragging at my heart）的强迫和担忧。

　　天主教家庭出身的威廉斯对饮酒或者宿醉的迷恋远不及李白，前者更多关注美国诗歌如何能够在手段上持续创新，包括韵律、措辞、诗行结构、表现手法、审美趣味等。对汉诗的借用和学习以此为出发点，也以此为目的地。汉诗进入之前，西方诗人当然也能观察到自然界，大抵认为其中能量流转、意象生灭、时境变迁、聚散离合，都包含着意义和动机，能够对观察主体，即诗人产生直接作用。但汉诗，特别是禅诗中的自然更多为自然性的自然，即取消了能指符号超验性，在文本之外不存在一个更为抽象和纯粹的超验所指。自然就是自然，除此以外，并非其他也别无其他（曲尽已忘情；I am late at my singing）。威廉斯借助重新拼装李白原诗素材，加入了自家院里的枫树、离家不远的湿地等实物，简单模仿而不是仔细揣摩中国诗人对自然观察的切入点，无意中达到"物我两忘"的境界，关注甚至忽略文本超验性，提醒读者将注意力放在文本的物质性层面，即文本作为诗歌手段本身的重要意义。拒绝延续过去诗学指向文字以外的宏大和重要。从这个意义上讲，威廉斯诗歌以放弃其自我为代价成全一种纯粹美国的诗学手段。《酸葡萄》帮助威廉斯诗歌转向并成为现代主义，对诗人的重要作用如同《神州集》之于庞德①。

作为美国现代主义诗人的代表人物，威廉斯的高明之处在于，他并不在意或者并不急于找出汉诗背后的文化和哲学。产生汉诗的思想平台本身究竟为何，诗人不做多余想象，文本以外没有附加异国魅影，"美国人的背景就是美国"。② 汉诗文本译为英语后，文本跨文化存活，作诗手段才真正让诗人感兴趣。不花精力想象另一个平台，向外搜寻的目光落在现成，也

---

① Qian，1995，p. 142.
② Williams，1973，p. 47.

止于现成①。借用来自另一平台的文本制造和规划自己的平台，无须挖空心思凭空创新，只要在现有基础上发现短暂的、表象的，有关于新意的假象/想象即可。诗人笔下的自然，一如杜尚手里的现成品，无论看上去如何新颖别致，依然是模仿的模仿，难以自拔地要向过去以及理想范式回归。《迟到的歌者》在相当程度上延续了春歌传统，如《坎特伯雷故事集》(*The Canterbury Tales*)开篇便让人物遭遇春天，作为启动叙事的契机。此外，还有学者注意到诗人其他关于春天的作品和艾略特荒原开篇之间的关系②，以及对西方传统叙事结构如《圣经》神话的借用和传承③。

　　且不说这一时期诗人诗集中随处可见的春天，连"Kora"一词本身也包含春天的暗喻：诗人"想象自己是春天，感觉自己正在前往地狱的路上"④。可见诗人一方面并不避讳对传统的挪用和抄袭，另一方面选择在作品中尽可能地不彰显传统携

---

　　①　威廉斯的诗学观点和当时前卫艺术结合紧密，包括杜尚的现成品，现成艺术以及抽象拼贴艺术实验等。他在艾森博(Arensberg)工作室遭遇杜尚，想和对方搭讪，说自己喜欢他的一幅画，而杜尚却带有醉意地随口回答道："是吗。"于是再无下文。这段经历成为"刻在了我的头骨上，让我满是羞辱于是永生难忘的事件"。见 Williams, 1968, p. 137. 因此在学习和效仿杜尚的同时，威廉斯一心想要超越他。区别于前者现成品的不作为，后者不断作为，致力于建设新的美国诗歌艺术。见 Sayre, 1980.

　　②　这首作品名为《春天及一切》("The Spring and All")。它开头大量的介词短语有理由被看作对艾略特《荒原》开篇大量动词短语的效仿，见 Frye, 1989.

　　③　Peter, 1980, p. 403.

　　④　Williams & Berrien, 1967, p. 29.

带的互文。诗人挪用时能够大胆借重原作观察，却并不看重原作的创作意绪，因为诗人如果关注他人的敏感，势必不能忠实而明确地表达美国的敏感。这样一来，作汉诗之心滞留在原有平台上，并未发生迁徙。失掉原文诗学思想之后的文本不再自主和可确知，在新平台上显得越发孤立和突兀。正是这种不协调，或者说不自然，促使诗歌发生。处理外来文本时，通常做法是在"同"的基础上比较然后处理"异"，有学者认为威廉斯诗学恰好相反，因为有"不同"，方构成相似的基础，借外来诗歌形式之"壳"，转化成本土诗学方法之"质"①。这便是威廉斯与庞德两种不同接近方式的吊诡。前者观察如蜻蜓点水般从原文表面掠过，没有忠实于原文的责任，因此也不被拖累，可尽量回避英译干扰，就文本论文本，不以帮助文本融入新环境为追求，放手让文本最大限度地创建新环境，如上文提到的斯蒂文斯的《雪人》：

Which is the sound of the land

Full of the same wind

That is blowing in the same bare place

For the listener，who listens in the snow，

And，nothing himself，beholds

Nothing that is not there and the nothing that is.

---

① Miller，1970，p. 429.

听者在雪、风和自然三者之间变换定位：自然中听雪、听风；或者雪中听风、听自然；或者其他组合。读者，当然也包括听者自身，难以辨析自己的确切处所和聆听对象。到最后聆听和观看动作也消失："从有意识地致力于观照自然，转到与'道'的直觉合一。"①上文提到，钱兆明找出这首诗和汉诗的联系，声称这便是化境。这是针对诗人而言。和空间达成新的关系，新的进入方法，改变诗人的同时影响他们所处的空间。威廉斯长诗《帕特森》（"Paterson"）中人物和空间，也发生了类似的互动：

what do I do? I listen, to the water falling.
(No sound of it here but with the wind!) This is my
entire occupation.

我做什么？我听，水流下。（在这儿听不到除了
与风一起②!）这便是我的全职。

很难想象西方也有类似于中国参禅问道的隐士，全身心投入听水。但读者和故事人物并未能听到水声，只有一片寂静。有学者结合《帕特森》里的其他片段，如"a nothing, surrounded by/a surface"认为威廉斯用寂静和空无，让空间被诗性所占据：声音的发生点和接收点位置不定，甚至其存在都让人生疑，声响并非传播而是弥漫③。笔者相信诗人试图用另一种方

① 刘，1981，p.73.
② 这句意思十分模糊。可以理解成这里没有水声，除了在风声中带着水声的效果，或者水声在此处听上去如同风声。
③ Nelson，1971，p.560.

式接近自然。自然不会屈从或者迎合人的行为。如无水声，听一万年也无用。既有聆听水声的愿望，也能够接受听不到水声的现实，并矢志不改，这样便可接纳自然之道和人的寂灭。有件事情不能忽略：水可流动，但河流或者瀑布的位置却无法改变。既然想听，为何不去水声发源地附近，为何固守在"这儿"？是不是可以说水声是耳朵生出的幻想？耳朵在何处，水声便在何处。耳朵既没，何来水声？水作为稳定且持续的实体物质，存在的确定性被放置在文本之外，所发声响已经消融在自然中，无形无踪，随生随灭。诗人有意将实化虚，再以虚对虚，"无我"且感官中止感觉①。诗人这样处理水声和听水之人，很难不让人想起中国明末高僧憨山德清因循耳根圆通的修行法门而开悟：

> 闻古人云，三十年闻水声，不转意根。当证观音圆通。溪上有独木桥，予日日坐立其上。初则水声宛然。久之动念即闻，不动即不闻。一日坐桥上，忽然忘身，则音声寂然。自此众响皆寂。不复为扰矣。
>
> 摘自《憨山老人梦游集》

从"我"听水声到"我"放弃思索（不动念），再到无我"忘

---

① 当然也不是所有的美国诗人都认为通过听水声和观瀑布，主体能够不动念。勃莱有论文专门讨论来自人体的"欲望能量"（desire-energy）如何在自然中"接地"（grounding）。其中特别说到一幅李白观瀑布的画卷（疑为依托李白的《望庐山瀑布》），观察者的"欲望能量和瀑布的水流一样充沛"，马上"震惊于意识的宏大和多样化"。见 Bly, 1980, p.289.

身"，各种感受不复存在（众响皆寂），修行法则充分体现中国传统思想对自然的思考是分级且渐进的（宛然，即闻和即不闻，寂然），超越自然表象的法门和威廉斯十分相近，乃是念的止息和声闻消泯，即理性感性一起解体，而非柏拉图式的理性张扬，感性受制于理性。自然提供修行场地和途径，也验证修行进程和效果。坐在河边必然听到水声，照应苏格拉底关于山洞洞壁影子的比喻，观察者拥有感官，感官能接收信号，信号存在于观察者所处的环境中，于是观察者必然受制于外部世界在人脑海的强制性投影，听到水声，或者看到河流不是自由的表现，反而证明了人的不自由。苏格拉底认为，观察者无法验证所谓"外部世界"是真自然，还是火堆照射下物体的影子。禅宗不相信人能够有能力逃离山洞，或者有能力确知自己逃离了山洞。只有拿掉自身，让自己不再和周遭环境对立或者有分别，不再是自己，才可以获得不被火堆和洞壁影子所困的自由。刘勰统领自然和人的道心，渐渐过渡成为禅者统领自然和人的初心。这颗初心不被水声干扰，不被念想缠绕。当初心寂灭时，便是涅槃。应该说，威廉斯的诗学和诗歌和先前时代的显著区别是，现代西方思想中的超越，总是有向"非人"（nonhuman，即拉康镜像理论所说的镜像）靠拢的倾向①。从威廉斯为代表的后现代派开始，诗歌以及其他文艺活动更多表现是"无人"（humanless，即拉康和詹明信所说的精神分裂），为后现代主

① 深受中国禅宗思想影响，史耐德曾总结说现代诗歌倾向于成为一种"疗伤歌曲"（Healing Songs）。诗人首先要做的便是成为源于自然的非人的声音。见 Snyder, 1980，pp. 171-172.

义诗人的过剩和缺席做准备。史耐德等深受汉诗影响的生态诗
人，利用自然的野性，以寒山作为诗人、空间和存在状态三者
同一的独特聚合体为参照，试图将人为构建的文明形式如语言
和思考从逻各斯的死亡中解救出来。"意识，思想，想象和语
言根本而言是野性的。"① 和自然野性的融合，而不是征服，为
语言提供了发展动力和逻辑前提。在一次诗歌研讨会上，他以
冥思为途径思考人与自然的关系，同样使用了东方传统的河边
听水修行法门，消泯自我，与自然合一：

> 静坐冥思不只是在溪河的动乱中悠然休止，它而
> 且也是成为溪河的一种方法，我们同时在白水和潮涌
> 中安然自若。冥思也许使人出世，但也把人全身心地
> 放回世界中。②

事实上，如此高度类似佛教"寂灭"的手法，在现代主义诗
歌中已经开始孕育，并非孤例。感谢钱兆明对诗人书柜的查
找，和威廉斯一样，斯蒂文斯也拥有和中国诗学高度相关的著
作，其中之一便是 1919 年购买的《中国佛教》(*Buddhism in
China*)一书，书页边上笔记和记号颇为丰富，说明他明显反
复揣摩过佛教思想③。钱兆明进一步考证发现斯蒂文斯 1909
年便开始摘抄冈仓觉三的《远东的理想》(*Kakuso Okakura*)，
并初次接触了禅。《雪人》只是其受汉诗影响的一个突出例子，

---

① Snyder & Mclean，1999，p. 260.
② 叶维廉，2002a，p. 82.
③ Qian，1997，p. 124.

其他诗歌里受汉诗自然观点影响的现代性也同样明显。根据比维斯（William W. Bevis）细致而颇有说服力的梳理，斯蒂文斯对于自然、事物、感觉和思想这四大主题的探索，从一开始便显示出爱默生自然主义和佛教中观论的双重影响①。举出爱默生看见玫瑰的感叹和《景德传灯录》里良价和云岩关于"法"的机锋为例，说明斯蒂文斯一直在想方设法，表达自然作为无情（non-sentient）的真如本是，要求人类观察必须"超越言说和思考"②，也就是将人从自然中拿去，消融在自然中，突破色身设置的障碍，才能达到事物本身（the thing itself）。这种激进而宁静的写作和冥思伴随诗人终身。生命临近终点时，诗人发表《关于纯粹存在》（"Of mere being"）：

> The palm at the end of the mind,
> Beyond the last thought, rises
> In the bronze decor.
>
> A gold-feathered bird
> Sings in the palm, without human meaning,
> Without human feeling, a foreign song.
>
> You know then that it is not the reason
> That makes us happy or unhappy.

---

① Bevis, 1988, p. 54.
② Ibid., p. 53.

The bird sings. Its feathers shine.

The palm stands on the edge of space.
The wind moves slowly in the branches.
The bird's fire-fangled feathers dangle down.

如同威廉斯笔下的水声，诗人眼中的棕榈树不但处于思维尽头(at the end of the mind)，也在空间边缘(on the edge of space)，冲撞了苏格拉底的山洞比喻，即映照在洞壁上的影子作为空间边缘，反而是观察者思维的中心而非尽头。树作为思想触摸不到的存在，出现了一只鸟唱歌，诗人使用 sings 和 things 读音近似，让鸣禽成为树里的物体(things in the palm)，无论具体事物还是弥漫在空气中的声音，都不在人的感受和理性范围之内。类似双关还有 utter 作为"纯粹"或者"最高"的双重含义，以及带有火焰羽毛的鸟(phoenix)实际上也可以是刺葵，即棕榈树的一种①。那么空间不单容纳事物，它还是事物本身。Beyond the last thought 可以理解成"最后思想"范围之外，也可能是对最后思想的超越。尽头和边缘上的存在于是变成虚无，图像变成想象。因此纯粹的存在是构想(conceive)的结果。人物角色能够观看(perceive)，尽管无法确知观看的内容和观看本身的意义。也有学者留意"思想的尽头"和"最后的思想之上"两种说法是否为同义表达。如果它们之间有递进关系，说明棕榈树，也就是纯粹存在能且只能在"尽头"和

---

① Eleanor, 2005，p. 250.

"之上"中间的空隙里升起，即超越思想（thought）但仍然在思维（mind）之内①。深刻思考空间和感受，证实了现代主义为适应现代性所作的另外一种探索。相对于主动攫取和想象他者平台上元件的方法，威廉斯和斯蒂文斯受到东方思想启发后，更为关注自身平台性状，进一步反思从前未曾觉察或者深究的关于平台的主要处理思路，不只局限于僵化、自外而内的观看或者认识。相对于可以被人看见的一切有情和无情，只有空间才能被从内而外地观照。空间和思想以及语言于是能够在拓扑层面和逻辑层面进行无缝转化：人在空间中以及空间在人中；人在思想／语言中以及语言和思想在人中。对其中（空间、思想、语言）任何一者的革新见解都能波及另外两者。注意力从书写空间以及空间里产生的感受，转移到质问空间和感觉本身，包括它们的提前设置，构造纹理和他者关系，等等。现代诗人的空间，从不被人留意的背景变成前景，不只是为思想发生提供舞台的空白，它要么是寂静和虚无弥漫的结果，要么明确地处于思想能够触及范围之内。作为思想／感知的生成者，而非简单承受者，空间、事物和人有机统一，不能被切断。它启发和预期了后现代思考逻辑。姚强一连串只有质疑，没有答案也不试图提供答案的发问，同样触及空间（房子）和物体之间的关系：

What is it makes this place what it is and nowhere else? What
were the things in this room before they became what they

---

① Berger，1985，p. 186.

are? What makes you think they and the room are separate?
What other places are there that might have led to this place?①

这些文字充满张力，思绪充沛，情绪随时准备爆发或者熄灭的句子一方面可以理解成美亚诗人对于自身身份、诗学和感官世界的认识和反思，如同被庞德等现代主义诗人"拐带"到英文中的汉诗，亚美诗人和亚洲以及美国之间纠结复杂的关系并非出于自己的选择。汉诗和亚美诗人都是因为"被写作"，才有了今天的成就。另一方面，不妨看作是和斯蒂文斯早期诗作《事物的表面》互动，用汉诗标志性的简约平常，以直接经验冲破存在（being）和超验。

Of the Surface of Things

I

In my room，the world is beyond my understanding；
But when I walk I see that it consists of three or four
Hills and a cloud.

II

From my balcony，I survey the yellow air，
Reading where I have written，
"The spring is like a belle undressing."

III

The gold tree is blue，

---

① Yau，1996，p. 36.

The singer has pulled his cloak over his head.

The moon is in the folds of the cloak.

　　诗人足不出户，在自己后院或者阳台就可以看见"世界""春天"，各种生动的自然。将这首诗和上文威廉斯的春天作品一并考虑，再次验证汉诗的自然对两位"歌者"的深刻影响：题材和元素选择上洋溢着浓浓中国味；金树居然是蓝色的，不由让人想起庞德《青青河畔草》；"Yellow air"乍一看让人不知所为，一番搜索之后笔者认为极有可能是挪用"雾鸟沉黄气，风帆蹴白波"，只因韦利的汉诗英译包括白居易这首诗，用词也是一模一样的"Yellow Air"①；罩衣褶皱中可看见月亮②，是否表示只有在想象的缝隙里才能看到真实自然？从第一节对世界观察之淡然，如休姆一样走到户外看到自然，到第二节曾经的（have written）象征性的（春天美女）媚俗表达（美女脱衣），再到第三节超越现实却回归现实，汉诗启发诗人如何进入/退出自然，如何停留于其中，融入其中：世界就是几座山丘，一片白云；出去走走，从阳台上望去；不要让想象的罩衣遮盖住了头顶明月。据钱兆明考证，斯蒂文斯对中国宋代富有道家思想的山水画兴趣浓厚。诗人不但仔细观看了众多博物馆里的中国绘画，还研读了很多和中国艺术理论有关的著作，如比尼恩（Binyon）的《东方绘画》（*Painting in the Far East*）和费诺罗萨

---

　　①　Waley，1919b，p. 58.

　　②　这件罩衣和柏拉图的五色罩衣有何关联，笔者不愿意附会穿凿。有可能它们真的有一定联系。

的《中国和日本艺术的纪元》(Epochs of Chinese and Japanese Art)①。在 1911 年给妻子的一封信里，斯蒂文斯附上一张剪报，内容是宋代郭熙的《林泉高致》的英译，他倍加推崇郭熙"不下堂筵，坐穷泉壑；猿声鸟啼，依约在耳；山光水色，滉漾夺目。此岂不快人意，实获我心哉"的主张，家门口、阳台外就可以看见真正的自由/自然，不用像奥德修斯一般流浪到天涯去找寻，去回归。如此观察日常生活中的自然和自己，符合休姆在《现代诗歌讲座》中宣讲的现代诗歌写作正在发生的转向，专注"片段语句"，注意力放在描写男孩垂钓而不是围攻特洛伊②。另外，也标志着现代派在自我减损和克服的过程中，试图对权利和意义去中心化和增强不确定性。并非每个人都踏上，甚至充足地想象奥德修斯的魔幻之旅，但人人都可以在自己院落和自然碰面。特洛伊的故事无论谁来叙述，都逃不开"这个故事"(the story)的外在限制，而每个人眼里和身外的自然都是"一个故事"(a story)，在家门口某一天突然遭遇，或者天天看见(缺乏时间纵深)，可以漫步观瞧(缺乏空间纵深)的自然在水平方向上被拉伸和压扁，没有中心，不被统领也不统领

---

① 钱兆明相信斯蒂文斯是在 1912 到 1916 年间阅读费诺罗萨的著作的。见 Qian，1995，p. 127.

② Hulme McGuinness，2003，p. 63.

其他，拥有高度不确定性①。前文所举《迟到的歌者》的例子，有学者敏锐观察到这首田园牧歌实际上不够浪漫，不够理想：麻雀不是云雀，沼泽也不是草甸。不过正是自然的不完美，诗人才能被美撞个满怀，才能发现"美好一下子来得如此充足"②。自然不是给了诗人一个"托物言志"的机会，相反，自然让诗人可以过度发泄，或者不言志，甚至不言。自然作为他者，不再是其他的代换，春天是美人，金树是青春等象征意味浓厚的符号开始瓦解。瓦解之后的美人缺席的春天，感受随之放大或者消减。提醒读者自然的"如是"和在场，也为后现代颠覆做准备。

可以看出，和庞德一心追求中国哲学思想和汉字，获得混杂方法和内容以成为现代诗歌的努力方向不同，威廉斯和斯蒂文斯等现代派更愿意将注意力投放在建设自身诗学平台，将日常生活和过去时代/国别的诗学视为现成品，思考如何可以破除它们光滑而平整的外壳，改变已有诗歌经验的根本性状，完全超越熟知的经验本身。简言之，就是在生成西方诗歌的思想平台上撕开一条条裂口，填补一个个缝隙，致使思想平台能够反思并改变已确立的固有存在，扩充了平台摆放和生成物件的路线可能。到晚年，威廉斯给朱可夫斯基（Louis Zukofsky）去

---

① 帕洛夫（Perloff）在分析斯蒂文斯的风景（landscape）时，同样认为诗人不相信存在（being）能够在神性迷宫（divine labyrinth）中找到，相反，存在必须"在此并且当下"（here and now）。并指出诗人"永别观点"，（farewell to an idea）就是要让思维每一次都遭遇全新的世界。世界和遭遇本身都是"去中心"和不确定的。见 Perloff，1981，pp. 19-30.

② Townley，1975，p. 127.

信，提到自己正在反省庞德遭遇汉诗一事，很明确地说出自己的判断，遭遇汉诗这件事毁了庞德（went straight to hell）①，当然也是庞德自身特质使然。威廉斯认为，借助东方学家观察东方的美国诗人，倾向于对东方进行学院派式的分析，观察目光被文本连带的他者性所耗散，总是愿意把原作想象成"其他"，灵活不复存在，只剩下"凝滞"（Stasis）②。以庞德为例，汉字和试图利用汉诗帮助美国诗歌实现复兴的宏大计划遮蔽了汉诗写作手段内核，根本让他走上了歧途，也就是对中国想象的无力为继。具体说来，观察汉诗很容易让人跑偏——为汉字着迷或者去深究汉诗背后的中国古典哲学思想。庞德作为他者，始终未能进入汉诗的门墙，他尚未能深刻理解汉诗形式便站在门外靠贫乏的知识和失真的传说开始臆测，因此无论是从汉诗平台搬运过来的原件，或者是对汉诗的自发想象，都表现出杂乱和失常。具体事例是他研究汉诗这么多年，一直停留在哑巴中文阶段③。失去了音韵美，既不可能奢谈形式的完整，也难以猜测形式的美妙。异位移植的产物让诗作不再立足于声音即形式的美妙，而是退化成宣讲（pronunciamentos）；宣讲人试图抬出一个又一个古圣先贤，掺杂各种各样的诗学思想，

① Williams. et al. , 2003, p. 387.

② Williams & Mariani，1973，p. 121.

③ 庞德未能掌握中文发音，对汉诗的古音韵更是知之甚少。威廉斯认为他因此迷路。见 Williams & Mariani，1973，p. 120。实际上，庞德自己也积极学习汉语发音，只是一来找不到合适的老师，二来因为年龄太大，力不从心。况且当时中国古音韵的英文材料和专门人才太难寻找。对庞德和汉诗音韵的探讨，见 Qian，2008，介绍部分。

最终辜负了观察对象，也失掉了自然。①

　　美国现代诗人听风、听雪、听水声，深入思考空间边缘和思想尽头以外的存在，在抽象方法和写作形式上受到汉诗影响，只是一方面，至多归结为间接而隐性的影响。承接上文关于杂交产物的比喻，聆听自然行为本身，以及现代主义对先前时代思想方法的暗指，直接源头毫无疑问可以追溯到贝克莱（George Berkeley）关于人类感觉和基于感觉的现实世界知识的论述，如著名的 *esse est percipi*（存在即是被感知）。贝克莱在《人类知识原理》（*The Principles of Human Knowledge*）中对思想之外的思想，或者说思想之外能不能存在可以被感知和想象的物体，进行了详细阐发。他说："检查你自己的思想②，然后试试看能否构想（conceive）一个声音，或一个形象，或一个动作，或一种颜色，可以脱离思想和观察（without the mind or unperceived）而存在。"以上字句和论述句法可以很轻易而迅速地把读者拉回斯蒂文斯的《关于纯粹存在》。那只站在棕榈树上唱歌的金色羽毛的鸟，不正是声音、形象、动作、颜色全部具备吗？贝克莱进一步举森林中的一棵无人知晓的树，或者书架上一本无人翻阅的书为例，说明这些所谓绝对存在（absolute existence）也是建立在可能被人看见的基础上的（may

----

　　①　从这一点来说庞德对塞缪尔·巴特勒（Samuel Butler）的名言"The power of fusing ideas depends on the power of confusing them"身体力行。只是庞德一直努力想要弄明白，想要探求究竟。即一开始就把自己设置成"不懂"（confused）的模式并试图翻转它。对他者的强制想象最终失去了他者。

　　②　原文是"look into"，符合刘若愚的总结，西方思想习惯向内观照。

perceive)。存在本不愿意落入构想之中，却非通过构想才能存在。推论是，如果真有所谓绝对存在，要么是没有意义的单词，要么是自相矛盾，"想法的存在恰好说明其中的被动和惰性"。斯蒂文斯的鸣鸟就唱着一首没有意义的外国歌曲（a foreign song），角色人物和话语对象"你"（you）表面上看，知道歌声和高兴无关（not the reason makes us happy or unhappy）。实际上并不知道什么是高兴，惰性使然，即便高兴来敲门，也不做他想。贝克莱之后，关于"无人看见之树"的问题继续有人探讨。较为有名的是《科学美国人》（*Scientific American*）杂志在 19 世纪末提出的问题："如果无人岛上一棵树倒下，会有任何的声音吗?"杂志给出的科学回答是如果没有耳朵听，"声音"的说法当然也就无从谈起①。以这些思想发展历程为知识背景，不难接近和理解庞德为何直接在《诗章》中植入汉字和古代

---

① Anonymous，Apr. 5，1884，p. 218.

中国先贤的名字①。这些无意义的单词如同电脑木马病毒源代码，用意义的不在场遮盖文字背后汹涌的思潮和复杂的文本结构，能够强行改变英文诗歌的"道心"。威廉斯等人听风听雪的诗句，也让现代主义诗人对贝克莱思想的美学限制所取得的突破变得清晰明确。现代主义诗人笔下听风听雪体现的现代性，是对贝克莱问题的继续思考。而汉诗的进入扩张了思考的广度，间接提供了进入问题的新入口。突破之一便是，绝对存在如果不能在以思考者为主体，以思考者的思想为触手的情况下被触碰，那么去掉思考者（无我），让感受高度放大，通过能指

①　较为有名的例子是《诗章 74》在一大堆看似杂乱破碎的中世纪、古埃及、古中国名字和典故中，突如其来的汉字"顯"。叶维廉认为，这是"作为涵盖文本前后的母题聚合和发放的'旋涡'（Vortex）"。见叶，2002a，p. 49. 叶维廉援引了郑树森的分析，"显字不单是一个并置性的意象，还是一个统一性的意象，协助整段诗的意象和典故作有机的融合"。朱春耕从儒家的"一以贯之"出发，认为"显"不但能联合来自各种语言和文化的言语，还能进一步帮助他抓住纷乱离散背后的统一且同一的自然，见 Zhu，2006，pp. 400-401. 笔者主张对英文诗中的汉字应该回归到汉字的本来面目，即陌生而具有复杂结构的符号，即下文将要论述的阅读经验的新颖。庞德挑选一个汉字就是福柯所说的"异位移植"（Heterotopias），故意要制造一个贝克莱预言的"无意义词"，犹如木马病毒，放出中国哲学、文化、历史等力量去冲击英文。这种高度现代的刻意到了后现代则变成司空见惯的随意甚至烂俗。所以，庞德不但想找寻文字背后的自然，更试图驾驭现代诗歌的历史性（historicity），将汉字作为能指，去罩盖和包含那些乱七八糟、其实本来毫无联系也不能产生联系的历史时刻。过去不再是绝对、遥远、孤立的构想，能够被无意义的线索（读者不认识）或者只能臆测乱猜（庞德认为顯和"日"以及"丝"有关）的汉字召唤到眼前。与其说这是对中国文化的喜爱和向往，不如说庞德想借此发泄和脱罪。

的大量丰富和重重叠加，切断能指和所指（意义）间的联系，达
到后现代的无意义（words without a meaning）。玛丽安·摩尔
对斯蒂文斯在《风琴》（Harmonium）中表现出的人格分裂也有
所察觉，一面是"有控制力和安全感的，严肃且高贵"，另一面
又是"愤怒的，狂暴最终到粗鲁的"双面诗人①。并认为诗句中
物体的丰富已经过量，到头来失去了秩序。

---

① Schulze，1995，p. 46.

第七章　变化之后的新颖

　　新颖，是汉诗对现代性的第三个显著贡献。作为他者，汉诗给现代性贡献显性混杂和隐性自然，顺理成章地促成了现代主义诗歌的显著变化。凭借混杂，新颖是现代性出现之后的结果；凭借对自然的全新思考方式，新颖也构成现代性的内在特征。诚然，每一个时代都有自己的发明创新，诗人不愿意重复紧邻的上一个时代，或者和自己文化相近国家的诗歌，倾向于寻找更为古老的传统，来自更为遥远异乡的灵感，并非现代主义诗人专有。但现代主义作为一种"对立的艺术"（oppositional art），"一种对于 20 世纪早期中产阶级社会占据支配地位的现实以及行为准则的煽动性挑战"①，和以往，也包括以后时代的反叛有明显不同。就以往时代而言，来自东方的文化和文本从未如此规模地遭遇美国，被翻译、模仿改写和参考，对于东方认识水平也达到前所未有的高度。汉诗及其代表的"中国"更被某些激进诗人（如庞德）认作有可能取代希腊，成为完全置换西方传统思想的强力候选人②。前文提到，那些和汉诗纠缠较深的现代诗人，因为汉诗引起的情感错位，单方面开展诗学竞赛，试图建立包容各国别、各时期的世界诗学，敢于"吃大米"，向曾经（或者在当时依然）被看作幼稚浅陋的、在现代化进程中落后于西方的民族学习。古老汉诗为美国现代主义诗歌提供新素材、新方法。其他现代诗人，虽未直接和汉诗发生太

---

　　①　Jameson，1988，p. 27.
　　②　Pound，1915b，p. 228.

多关系，却一直能感受到汉诗的存在，如上文所举的威廉斯和斯蒂文斯，受汉诗对自然描写的激发和影响，对于欧美思想传统产生新见解、新思路等。无论哪一种"新"，都可以理解成汉诗作为反射镜，映照出美国诗歌自身。因为汉诗和英国或者欧洲诗歌相去甚远，因此对于汉诗的想象和想象的产品可以更加"越界"，反射镜照见了新的美国诗歌，也成为新的美国诗歌。

因为汉诗进入，美国现代诗人可以攻击和反抗上一个时代，继而发展出个性色彩浓厚、艺术风格突出的美国现代主义诗歌。这场运动的领头人如庞德、斯蒂文斯等，笔者已经论述颇多。在此，既然探讨"新颖"，不妨稍稍偏离出既定轨道，离开这些大胆取法东方以及异国文化的先锋诗人，考察佛洛斯特（Robert Lee Frost）和罗宾森（Edwin Arlington Robinson）等老一辈美国本土派对这场运动的反应。他们的诗学方法和思考习惯稍微保守，大众接受程度较高，佛洛斯特一直反对诗坛的非民主化思潮和精英主义，不相信缺乏受众且拒绝照顾普通读者阅读能力的诗歌实验能够为美国诗歌发展做出长远的实质性贡献①。取自异国诗文的各种所谓新颖论调，美国诗人因文化隔阂以及语言障碍，理解十分有限，非英文元素的进入更突破了英文诗歌长期沿袭的规矩。事实上，现代诗人的精英主张，尤

---

① 关于佛洛斯特对于如何让现代诗歌不只是成为少数人的思想特权，保持诗歌的艺术底线和美学修为，在创新之中留存最基本的忌讳，什么是"不能"等论述请见马克·理查逊（Mark Richardson）的《罗伯特·佛洛斯特的考验：诗人和他的诗学》（*The Ordeal of Robert Frost：The Poet and His Poetics*）的第二章《罗伯特·佛洛斯特和人的恐惧》（"Robert Frost and the Fear of Man"）。

其把东方诗歌抽象藏匿到神秘主义或者极端个体化言说的诗歌实验，客观上让汉诗和现代性相结合，应被看作当时个体求新求奇，整体获取国别文学地位的方便之法。在后现代浪潮袭来时完全瓦解。学习汉字绝不是难以完成的任务，参禅问道也并非只能在东亚崇山中、溪流旁，相当数量的美国后现代诗人身体力行，继续深化汉诗（后）现代性。

1935 年罗宾森辞世不久，其好友佛洛斯特受邀撰写罗宾森诗集《贾斯珀国王》(*King Jasper*) 的前言，并借此阐述自己对于现代诗歌现状的观察以及发展的见解。他有意识地将讨论放置于诗歌发展的历史连续系统，预感后世对当今诗坛多少有些走火入魔 (ran wild) 的"以新求新"(in the quest of new ways to be new) 将有所察觉，并在括号中放置插入语"(and then again it may not)"(有可能不会察觉)，暗示这些所谓创新很有可能只是诗歌发展潮流过程中转瞬即逝的小浪花，连吸引后世注意力都难。和庞德相左，佛洛斯特要求诗歌不能无原则地受其他学科知识影响，尤其是科学——负面影响的主要肇因。接下来诗人对现代主义诗歌运动带来的新鲜变化进行了精辟的反面总结，相当具有针对性和时代感：

Those tried were largely by subtraction—elimination. Poetry, for example, was tried without punctuation. It was tried without capital letters. It was tried without metric frame on which to measure the rhythm. It was tried without any images but those to the eye; and a loud general intoning had to be kept up to cover the total loss of specific images to the ear, those dramatic tones of voice which had hitherto constituted the better half of poetry. It was tried without content under the trade name of poesie pure. It was tried without phrase, epigram, coherence, logic and consistency. It was tried without ability. I took the confession of one who had had deliberately to unlearn what he knew. He made a back pedalling movement of his hands to illustrate the process. It was tried premature like the delicacy of unborn calf in Asia. It was tried without feeling or sentiment like murder for small pay in the under-world.

> 那些尝试过的诗人主要做减法——消减。诗歌，比如说，尝试不加标点；尝试不要大写字母；尝试抛开丈量节奏的韵律形式；尝试除去视觉意象，其他各种意象皆无；还有，诗歌另一半精彩曾是由激动人心的语气声调组成的，如今耳朵能欣赏的具体意象完全流失，吵人的总体语调被保留下来并用作掩饰；借诗意纯洁之名头，做空洞无物之尝试；尝试不要短语、警句、凝聚、逻辑以及连贯；尝试放弃能力。一位故意自废武功之人曾向我袒露心扉，如做倒蹬动作的双手演示了这一过程。尝试早产和不成熟，如欣赏亚洲的牛胎美味一般；尝试放下感觉和情感，如同江湖上出点小钱便可买凶杀人。①

---

① Robinson & Frost, 1935, p. v-vi.

　　佛洛斯特虽然没有提及任何诗人的名字，文字指向却相当容易辨认。他曾经用"半个朋友"（Quasi-friend）来描述自己和庞德的友谊①，他和艰深前卫现代派之间的关系一直让人费解②。有人曾经采访他，问他为何在写作风格上和其他现代派相去甚远，回答便是"我不愿意艰深。我喜欢玩闹"③。每一位诗人都有理由选择自己的风格，就佛洛斯特对于现代主义诗歌运动批评而言，他审视和评价的方向尽管有自家主见，所见之新颖变化却不失精要。如果把"汉诗"二字嵌入"尝试"或者"尝试不要"之前，几乎句句都言有所指。前文详细论述过的汉诗特点，如视为"正说"，以上评价则提供了使从前叙述变得完整的反向表达：汉诗的简短和不说教，离散，译文缺乏或者无法进入英文传统诗歌的韵律格式，拒绝宏大，留心日常生活的细节以及在瞬间生灭的诗兴，等等。佛洛斯特对其抵制生动地说明了汉诗在两块诗学平台上的"如是"与"不是"，以及获取现代性之后为美国诗学带来的深刻变化。批评提供了"正说"不能提供的反诘机会，即如果没有汉诗进入带来新颖变化，如果没有这些让大众费解，让部分学者兴奋地对传统诗歌的结构性更改或者破坏，美国现代诗歌又当如何？能够拥有如此反思能力，说明美国现代诗人对自身的身份认证在看见他者并明晰和他者

---

① 　Richardson，1997，p. 8.
② 　Lentricchia，1994，p. xiii.
③ 　Diepeveen，2003，p. 202.

关系之后已经完成①。诗歌现代性在和外来文本协商过程中确立。

佛洛斯特自然也无法想象，30 年后，王红公译作《一百首汉诗英译》(*One Hundred Poems from the Chinese*)问世，风靡一时。汉诗英译虽然不能完全配合英文诗歌的韵律节奏，事实上现代主义诗人抵制的正是用某一种英文"诗体"和韵律主题去对应汉诗，但并不表明翻译作品缺乏或者完全破坏了英文特有的音韵美。美国小说家罗伯特·维斯布克(Robert Westbrook)曾撰文回忆青年时代阅读汉诗英译的光景：不仅是热恋情侣之间互赠之佳品，高声朗读起来让人在爱恋、幻想和沉思中陶醉不已②。来自遥远文化，穿越漫长时空，即便迁移行为引发了种种变异和越界，依然有魔力"抓住现代耳朵"(catch the modern ear)。

回到汉字入诗的新颖。庞德直接在诗作中植入汉字，王红公也有类似举动：

---

① 有学者认为佛洛斯特的形式主义并非简单保守和对于自由诗的正面抵制，实则深受作者所经历时代复杂的政治和文化力量影响。因此佛洛斯特对于庞德、艾略特的批评，以及真有意拉开距离的写作，更应当被看作现代诗歌原则和现代性在同一场域、不同维度上的展开。见 Hoffman，2001，pp. 5-6，33.

② 原文是：It's hard for me to imagine anything more perfect than lying stretched-out on a grassy meadow with wildflowers and maybe a small waterfall nearby, and listening to someone read aloud from this perfect little volume poems, as Rexroth put it, of love, reverie, and meditation in the midst of nature. 原文来自 http://www. bookbravo. com/week18_11042002. html.

心

It is the time when

The wild geese return. Between

The setting sun and

The rising moon，a line of

Brant write the character "heart."①

　　有学者认为王红公诗感情充沛，心事重重却不用一字写情绪，明显有汉诗之风。且"心"的意象有意取法李清照的《一剪梅》中的名句"云中谁寄锦书来？雁字回时，月满西楼"②。虽然几乎每一行都有大停（Caesura）和无关紧要的冠词，实在不是汉诗风格，然而韵律上故意用五音节或者七音节展开，想必和汉诗字数有关。和庞德相比，王红公这首诗不再混杂和斑驳，"心"字更像是字画一般地提醒读者作品所描绘的图景。前文已有论述，外国人看见汉字首先想到各种图画和意象是非常正常的反应。王红公将"心"字和"雁"字联系到一起，也便无甚稀奇。只是这种平淡和容易理解，反而使得整件事变得珍贵。从费诺罗萨的汉字诗学到庞德以汉字为旋涡，为能量发散和聚合点，汉字一直笼罩在西方强大的分析诠释能力之下，作为图形文字（且不说很多字仍然是象形字）的纯视觉效果反而被忽略。王红公一面用"心"点明诗作和汉诗的联系，一面又用大停以及冠词不让自己落入汉诗的禁锢。心只和大雁排列形状有

---

① Rexroth Hamill & Morrow，2003，p. 722.
② 郑，2006，p. 163.

关，试图避免用力过猛，成功地将汉字由"没有意义的单词"转化为装点具象表述的视觉点缀。在此，20 世纪 70 年代的王红公似乎能听到半个世纪前那位和庞德抢风头的洛威尔的搭档艾思柯关于中国"书画"(tzu-hua)的判断：虽有几位东方学家能够掌握汉语，因此可以阅读汉诗，但是"除非对远东的认识水平大幅度提高，书画基本上将无人知晓也无人欣赏"。① 确实，直到垮掉的一代开始深入研习远东文化之后，才有西方诗人试图还原汉字文化圈里人们看见诗歌触发的视觉感受以及诗性体验。较为出色的是保罗·瑞普(Paul Reps)在 20 世纪五六十年代发表的作品，是时前卫美国诗人转向禅宗和东方学说，成为一时风尚。现摘两首如下，第一首是《金和鱼的签名》("Gold and Fish Signatures")，第二首是《禅意电报》("Zen Tele-grams")，都是在第 42 页：

《金和鱼的签名》("**Gold and Fish Signatures**")

---

① Ayscough, 1919, p. 268.

```
world through
      my door
    how wide
house how tiny
    From outside
```

《禅意电报》("Zen Telegrams")

　　第一首包含的东方和禅意，以及对威廉斯"春歌"和西方超验的传承，相信读者自己能够找到满意而充分的答案。瑞普在另外一本广为人称道的书画诗《禅意电报》中说出了他的禅思妙意："诗生于文字以前，让生命律动之鲜活发自观者，而非压制观者。"①他进一步阐述诗歌对于读者保有私密性，读者只有在自见自闻的条件下才能真正到达诗歌②，和庞德将诗学与具有普世意义的科学等同的做法明显对立。第二首沉思房屋和世界之间的关系，响应斯蒂文斯在日常观瞧中的高度抽象，借助世界和房屋之间大小相互变换，突破形容词以及描述的主观相对性，触碰"我的门"，门外和门内的存在互相包纳，同态共存。通过考察语言和思维的关系，福柯认为随着语言的出现造

---

① Reps，1959，p. 9.
② Ibid. ，p. 12.

成人类对于单调一致空间的分割概念①。门作为区别屋外和屋内的看似具体确定且实在的界线，是被"我"的概念所生成。放下"我执"，才能穿越事物表面（surface of things），也才能回到事物表面，察觉并克服语言对于认识和思考事物途径的预设。同时代的史耐德和瑞普一样，显然受到禅诗的空间概念和身外观的影响，在荒凉寒山中彻底将"人"放置在旷野，屋内屋外不但通透不隔，而且同态统一。

寒山有一宅，

宅中无阑隔。

六门左右通，

堂中见天碧。

Cold Mountain is a house，

Without beams or walls.

The six doors left and right are open，

The hall is blue sky.

许多年后，龟岛之上，天籁之中，书写自然组诗的史耐德又一次回到了当初寒山那间不挡风雨日月的寒舍，并见到寒舍中打坐的寒山。

A Mind Poet

Stays in the house.

---

① Foucault，1970，p. 125.

The house is empty

And it has no walls.

The poem

Is seen from all sides,

Everywhere,

At once.

　　瑞普受到西方哲学传统和禅学双重影响，对诗歌从创作思想（或者削减思想）到文字呈现形式（或者取消文字）进行全局变革和探索。诗人使用东方传统诗画手段，用毛笔草草勾勒出一座茅屋，然后大量留白，用线条的密集和空间的中断给观者造成强烈的感官冲击，左下角比房屋大上许多倍的文字不符合中国禅画的一般套路，可以作为东西方文化对流的另一种新颖。其背后，我们有理由相信西方诗人重新看见以书法形式出现的汉诗。相对于识字练习和看图说话以及训诂考据等传统接近他者文本的手段，这一次依赖感官，试图将诗歌从西方学者一贯把守的理性范畴里接引出来。通常以印刷文字为符号出现在世人面前的诗歌突然依靠书法或者绘画手段具有了不可消除的物质性。通过吸收汉诗平台上的操作方法和审美趣味，西方诗人将汉语置换为自己的母语进行创作。并非出于对禅画这一东方艺术形式的简单模仿，而是利用禅思为整个活动赋予现代性表达。

　　如此关于存在者（注意并非观察者或者思考者）、存在空间以及存在关系的新颖切入角度对美国现代乃至后现代诗学渗透得相当深入。史耐德总结汉诗"自然"之特色时，便敏锐察觉到汉诗，根据钟玲的再总结，"常有无穷的大宇宙，而诗人又能在隐居的小茅屋中自成一世界"①。伸缩自如的宇宙观在中国诗歌中无疑赋予诗人纵情于山水，在斗室中(山林中)、屋檐下(松柏下)、柴扉旁(江河旁)等人为构造(自然背景)下思考人(自然)的广大(渺小)和宏远(短暂)。只是说，受中国传统思想约束，这些本来对立的两极分化从未被细分和归类，这相当符合叶维廉一贯主张的"万物呈现在我们眼前，透明、具体、真实、自然自足"②，或者其在《中国古典诗与英美现代诗语言与美学的汇通》中提出的关于两种诗学、美学汇通的九点论的第一、二点："作者自我溶入浑然不分的存在，溶入事象万化万变之中"以及"任无我的'无言独化'的自然作物象本样的呈现"。③ 许多年后，史耐德进一步思考"房子"和"荒野"的关系，写出：

> The vast wild
>
>   the house，alone.
>
> The little house in the wild，
>
>   the wild in the house.
>
> Both forgotten.

---

① 史耐德的原文是：Chinese poetry steps out of narrow human-centered affairs into a big spirited world of long time，long views，and natural process，and comes back to a brief moment in a small house by a fence. 来自 Weinberger & Williams，2003，p. 204.

② 叶维廉，2002a，p. 21.

③ 叶维廉，1983，p. 77.

No nature

Both together，one big empty house.

这首诗题为《表面上的涟漪》（"Ripples on the Surface"），一看便知和斯蒂文斯《论事情的表面》（"On the Surface of Things"）相互照应。从美国超验主义平滑过渡到东方神秘哲学，离开现代主义依靠逻辑关系和分析解说确立的自然，进入东方思想中混沌圆融的自然。文字平淡到拙朴，几乎缺乏任何高级修辞。只是重复、插入语以及句法省略让读者听见有人仿佛自言自语地迂回跳跃着描绘一栋旷野中的小屋。将普通对立（vast wild vs. little house）一下子翻转为离奇陈述（the wild in the house）的做法却立刻从日常跳跃到禅意，与瑞普的禅画相当一致：旷野和小屋合而为一，同时湮灭，一齐空无。诗行间充足留白还让人感觉似乎其实有两位禅师在相互对话，十分不寻常和不可能打破我见的种种偏执，包括空间分割和非此即彼，禅宗打机锋的经典套路。吉福德则真正用公案语言给当代美国阅读出题：

A room

can always

become

smaller①.

叶维廉已经留意到现代美国诗人逐渐在主体"隐散"上做出探索，即上文有关"无我"的论述。更进一步，笔者参照平台摆

_____

① Gifford，2012，p. 247.

放元件的类型学预设的四种可能，有理由相信中国诗学并未能完全改变美国诗歌关于自我存在的同时感官放大的习惯思路。在那篇被钟玲多次引用、专门论述中国隐士和美国荒野关系的文章中，作者麦克里欧（Dan Mcleod）将西方诗歌遭遇东方之前观察思考自然的专注点分为两大类，不是自然场景对自我意识的影响，便是自然场景之中、之上的上帝，总之都是"进入诗人自我意识的机理或者上帝或者两者的一种途径"①。汉诗出现提供了新的拓扑关系，由此产生和西方传统有一定联系却截然不同的接近可能。事实上，汉诗补充美国诗，拓宽并增加其运行路线。因此伸缩自如的宇宙观被美国诗歌吸纳，但是对立的两极分化却未能再以统一面貌出现，而是经过西方二元对立思考习惯加工，变成现代诗歌以及后现代诗歌中常见的离散和缺席。现代诗人也能同时存在于屋内屋外，也能同时感受时间的短暂和悠远。然而，一面引入并鼓励这种两歧的拉力，另一面西方哲学思想对在场形而上学进行解构和否定，最终导致现代主体精神分裂，即再也无法如古典时代人物角色一样此刻在场。现代诗人不但用抽象语法，片段化和非线性化语言等修辞手段，更采用多视角、多维度、并行并列的观察方法取代汉诗传统思维，并进一步复杂化，而不是消弭二元对立，发展出后现代特有的单极丰富和新颖。

两种思想平台对冲所带来的变化，不单只是看到他者和异国文本，从中发掘出新颖的可能性，现代主义诗人的新颖和先

---

① McLeod，1983，p. 167.

前时代另一个显著不同便是通过与东方文本做比照，发展出对于观察自身，即西方诗歌乃至诗歌各种可能性，以及诗歌在不同时空存在并相互影响的全局观。早在威廉斯出版自己第一本诗集之时，便流露出诗人对新颖的渴求以及对于原创的思考。在书的扉页上，他特意摘录了济慈和莎士比亚的诗句：

Happy melodist forever piping songs forever new.
Keats

So all my best is dressing old words new——
Spending again what is already spent.

　　结合诗人后来的创作，特别是创新和继承的观点，有理由相信追求新颖乃是诗人怀抱的主要理想之一。只是，现代主义求新在先前时代探索和积累基础上，特别是饱受浪漫诗风统领下花巧文饰和物质性事物越发隔离之苦，似乎已经意识到单凭语言革新或变化已经无法实现真正革新。尽管快乐的作曲家永远谱新歌，但所谓新颖不过是给旧文字穿上一件新衣服罢了。诗人在后来的《春天和全部》（*Spring and All*）中对于"抄袭的传统主义者"（traditionalists of plagiarism）的批判，也显示出他对单纯建立在传统基础上的革新的深刻失望和不信任。世界若要是新的（The World Is New），就必须和过去所谓逐渐发展的进化过程说再见。进一步说，突破以渐变和积累为主导的发展观，将新颖变化与断裂和突变联系在一起，即文本并不应该作为统一平滑的整体出现，文本应包含断裂、留白、跳跃等不确定和若隐若现的可能，方可制造真正的新颖。如此看法将诗人端正地定位在现代主义思想发展序列中。往后，可与罗兰·巴特以及克里斯蒂娃（Kristeva）关于文本分裂并敞开的看法取得联系①；往前，威廉斯传承了福柯在论述语言起源和发展时引用杜尔哥（Turgot）关于新颖和发展的批判观：语言和写作的专断符号为人类提供了拥有思想和相互交谈的可能。这些思想和交谈总是能够被后代传承。各个时代又产生新发现，一层层地累积起来，逐渐增长。观察者如果站在历史的末梢向过去时代望去，即很容易辨析出发展和进步的轨迹②。这也是现代主义诗人用尽全力想要摆脱的预设轨道。汉诗的出现毫无疑问是一次理想契机。断裂不仅可以发生在字句层面，如逐字逐句解读汉诗；还可以发生在语篇层面，如吕叔湘在《中诗英译比录》序言里详细总结之后发现："自一方而言，以诗体译诗，常不免于削足适履，自另一方而言，逐字转译，亦有类乎胶柱鼓瑟。"因此无论如何翻译，都难以获得平滑而完整的表面。但这些裂缝和缝隙，英文中产生的不合规以及不和谐，恰好为文本具备现代性提供了多重可能。此外，断裂还可以发生在汉诗和英文诗歌之间。前者进入后者的重大意义之一，便是汉诗英译以及受到汉诗影响的作品，在本质上掺杂了来自另外一个诗学平台的元素（混杂），诗人可以借助汉诗为镜观照自身性状（自

---

①　限于本书在主题上的限制，笔者在此选择不展开详细讨论庞德的美在"陈词与陈词的短暂换气之间闪现"，威廉斯的中断观点和后现代的关系。有兴趣的读者可以参考 Cavallaro，2001，"textuality"部分。特别是关于读者对于叙述的欣赏不必直接来自它的内容甚至结构，而是读者能够在光滑表面刻画的痕印。

②　Foucault，1970，p. 124.

然），新颖的文本得以拥有富有现代性的断裂、开放和不确定。

　　钟玲在总结汉诗人物模式对美国诗歌影响时注意到一个重要现象：美国不少现代以及后现代诗人都创作了相当数量专门写给中国古代诗人的作品，"写诗致古代中国诗人已变为一种成俗，一种风尚"，① 并提供了一长串名单和例证。她还进一步提出这些作品要么透露出"美国诗人对异国情调的向往，对中国文化的远慕，而且反映了他们不安于西方世界中诗人的形象与地位"；要么"采用了中国传统父权社会的诗语论述来颠覆父权"。这些英文诗句包含了中国诗人名字或者作品片段，有一些甚至模仿并学习中国诗人之间相互写诗赠答的套路，看上去确实能给人耳目一新的感觉。同样，美国诗人在自身平台上建设诗学时，也能看出中国学者所未尝看出或者不愿意看出的另类解读，让人十分诧异的"裂缝"，比如唐朝诗人有同性恋可能②，

---

　　①　钟玲，2003，p. 154.
　　②　唐朝诗人同性之间的友谊对于历代中国学者几乎从未达到任何出格或者不恰当的程度。但在西方学者眼中，有充分理由相信不少诗人都有断袖之好，至少有一定程度的同性恋倾向。详细论述请见韩献博（Bret Hinsch）所著《断袖之癖：中国的男同性恋传统》（*Passions of the Cut Sleeve：The Male Homosexual Tradition in China*）中的第四章。他专门论述了白居易及其作品中的同性恋成分。无论白居易是否有同性恋，至少说明美国诗人在阅读唐诗之时，由于平台变换，无疑看到了文本中难以让中国学者察觉的"裂缝"以及穿过这些裂缝能够到达的各种可能。读者所在的历史性能够相当程度上左右对于文本的解读，必须在过去和现实之间不断调和。文本越是远离期待视野，便越发新颖。这从侧面反映出美国诗人对现代性的追求主要围绕阅读经验的新颖，而非单纯文字出奇。

或者李清照诗歌中强烈的性暗示①。像"九万里风鹏正举，风休住，篷舟吹取三山去"。中国读者无论如何异想天开，也很难把它和性高潮及女性的生殖器相关联。但王红公言之凿凿，还说如此看法并非他首创，而是源自民国时期的上海②。

新人物的到来可以看作中国诗人跻身世界诗人"名人堂"的证据，如同某国际影展获奖名单出现数个汉语拼音名字，某种程度上表明汉诗在看见之后被进一步认可和信任。心门随之打开，主动向着只有泛泛之交的陌生人吐露心曲，类似于精神分析场景。中国诗人为分析师，触发分析对象言说的欲望，但分析师本人永远处于沉默状态，不能自己言说，只能接受分析对象的解读。汉诗的大他者角色可以在钟玲所举的聂莫洛夫的长诗中得到印证。她所引用的诗行里，聂莫洛夫"在一个慵懒的春天"(I think of you in this tardy spring)，望着枝头的白雪，高度类似威廉斯的《迟到的歌者》以及《致白居易之魂》。依据前

---

① 葛文峰和叶小宝的文章《美国诗人肯尼斯·雷克思罗斯的李清照词英译研究》的第四节，关于异域"兰舟"及其他：时效性的性爱解读，专门就王红公如何看待李清照诗歌的"性"列举了许多的例证。笔者例证很典型，但简单地将性爱解读归结到阅读发生的时间或者所谓的时代背景，而未能把握东西方在话语场域的结构分歧以及权力分配上的不平衡，忽略了阅读汉诗能够让美国诗人产生性学理想的动力。

② Rexroth & Chung, 1972, pp. 128-129. 笔者未能找到民国哪位学者发表过类似看法。如此新潮叛逆的观点，估计在当时也只有"洋人"王红公才有话语权大声言说。合作者钟玲，同在美国，同为学者，大概是出于性事之"羞"，即便许多年以后说起她和王红公之间关于"兰舟"应该翻译为 orchid boat 或者 magnolia boat 这段争执时，也多少有心地隐瞒了王红公将"兰舟"视为"会阴"暗喻的论点。见钟玲，2003，pp. 40-41.

文分析，诗人显然正在深刻思考自我和诗歌，传统和变化之间的关系①，并"自觉很中国"，继续读下来：

> Lu Chi，it's said the world has changed，and that
> Is doubtless something which is always said
> (Though now to justify，and not in scorn)——
> Yet I should think that on our common theme
> That sort of change has never mattered much.

聂莫洛夫的世界和陆机当然相当不同。"人们说世界变了"是一句老调，连诗人自己都认为如此。可这些变化无关宏旨，因为两位诗人拥有共同主题（common theme）：正是对于文章本质和诗歌命运等宏观问题的思考将两位相隔遥远时空的思考者联系起来。参考下文，聂莫洛夫认为诗歌和文字面临被活跃的人（active man）用尽的危险（Not knowing，or not caring，that to use/Means also to use up）。但他并没有依照陆机的文思酝酿，而是通过"收视反听，耽思傍讯"，试图用思考能力达到"谢朝华于已披，启夕秀于未振"。相反，聂莫洛夫主要讲述在当前时代——人类掌握科学以后远离自然，魔法和咒语失去约束与神奇——引申出的诗学思考。言者聂莫洛夫倾吐自己的思考观察，邀请听者陆机参与玄想讨论，却与听者本身少有直接关联。引起聂莫洛夫兴趣的，是古典时代文字与事物的——

---

① 为何两位诗人都选择在春日里思考？笔者相信主要是对于英文"春歌"传统的继承。

对应关系，再一次隐射费诺罗萨汉字诗学以及西方诗人对亚当语的追求。聂莫洛夫认为古典时代优越之处在于：

> So long as he can see his language as
> Coin of the realm，backed up by church and state，
> Each word referring to a thing，each thing
> Nicely denominated by a word—
> A good mind at its best，a trifle dry...

混沌之初，单词和事物之间具有准确的对应关系，是西方关于亚当语的基本认识。费诺罗萨进一步认为中文字根或者偏旁部件的视觉符号主要是动作或者过程的简笔画（short-hand pictures），而非事物的图像①。聂莫洛夫继续写到，"在艰难时期"，无论代表动作还是事物的文字都枯萎凋谢。

> But in bad times，when the word of command
> Fails to command，and when the word for bread
> Dries and grows mouldy.

诗歌崩坏，遭人贬损的根源和任何个体诗人才华与内在特质无关，乃文字发生病变之故。失去象征神奇，无法产生新颖变化，成为流畅而干瘪的陈词。聂莫洛夫此番感叹，发生于人类文明遭到重大破坏，社会人心动荡不安之际，诗歌被视作原始时代神魔崇拜的产物，相当部分人认为其没有必要和价值在

---

① Fenollosa et al.，2008，p. 81.

现代社会继续存在。在另一首作品《书写》（"Writing"）里，聂莫洛夫提及汉字以及宋徽宗的瘦金体，表达书写诞生之时的奇妙，感召天地精灵的神奇魔力，以及宇宙对每只手腕的造化。

> Being intelligible,
>
> these winding ways with their audacities
>
> and delicate hesitations, they become
>
> miraculous, so intimately, out there
>
> at the pen's point or brush's tip, do world
>
> and spirit wed.
>
> …
>
> The universe induces
>
> a different tremor in every hand, from the
>
> check-forger's to that of the Emperor
>
> Hui Tsung, who called his own calligraphy
>
> the "Slender Gold." A nervous man
>
> writes nervously of a nervous world, and so on.

　　熟悉《文赋》的读者很容易看出以上诗行中"笼天地于形内，挫万物于笔端"的弦外音，甚至"若夫随手之变，良难以辞逮"的文意。在聂莫洛夫眼中，陆机代表着一种理想化诗歌象征。陆机作为外国人，所象征的文化背景与文学思想隔阂于言者主体之外。两首诗一并观察，呼喊名字，或者观察汉字，都缩减或者回归成没有意义的听觉/视觉符号，（even without/a meaning, in a foreign language, in/Chinese, for instance）。

文本因此发生断裂，它能提醒言者（当然也包括读者）认识到自己的缺乏，和陆机共同的主题既是如何操斧伐柯（the theme of how to hold the axe/To make its handle），诗人便关注自家武艺，在试图拉近距离的过程中更为清楚地规划和思考。协助言者进入自我意识构思的象征秩序，即"陆机"所提供和承诺的古代汉诗关系（诗人与自然之间的关系）能够被美国现代诗歌利用并接受重构。呼喊，思考他者，通过他者发声（utterance），和上文提及的洛威尔、庞德的做法，以及钟玲引用的其他美国诗人如勃莱、赖特等人一致。

I shall pretend to be a poet all

This afternoon，a Chinese poet，and

My marvelous words must bring the springtime in

And the great tree of speech to flower

Between the two realms of heaven and earth．So now

Goodbye，Lu Chi，and thank you for your poem.

最后，聂莫洛夫再一次表示暂为中国诗人的愿望。或通过评论家，或自己申请，加冕成为"中国诗人"的例子，在 20 世纪美国诗坛并不罕见。从庞德发明汉诗开始，到斯蒂文斯因为作品流露出宁静和自得的雅致，被视为"中国诗人"①，再到聂莫洛夫希望在中国诗人的天地里停留片刻，然后是王红公写出

---

① Brown & Haller，1962，p. 44.

以假乱真的汉诗①，诗人自己也认为杜甫"无疑地让他成为一个更好的人"（certainly made me a better man）②。时隔多年后，意犹未尽的王红公找到机会进一步补充说：浸淫杜诗四十载，让他变成更趋完美的人，更为敏感的生命，和更为优秀的诗人③。再到新一代诗人蔚雅风（Afaa Michael Weaver）在沉浸式学习中文阶段用汉语写作，试图找到承载不同语言以及不同文化的统一"mentalese"（思语），据此从另一角度观察思语如何将经验和思想"翻译"（translate）为作品④，以及思想翻译与中英两种文字间翻译的辩证关系。蔚雅风同样也想成为一名中国人，尽管他也知道，作为一名非裔美国人，如此设想相当荒唐。只是，在陌生语言中舞蹈的刺激，一旦掺入成为中国人的"想法"，就更加让人兴奋和满足。蔚雅风总结道：

> For me the study of the language is a process
> moving toward an imagined act of completion. The
> process is the speaker, and the destination is the

---

① 赵，2003，p.52.

② 见王红公的文章《普通教育中的远东诗歌》（"The Poetry of the Far East in a General Education"），收录在 1959 年出版的《走进东方经典：普通教育中的亚洲文学和思想》（*Approaches to the Oriental Classics：Asian Literature and Thought in General Education*）一书中。

③ Rexroth，1968，p.131.

④ 蔚雅风引用 Steven Pinker 在《语言的本能》（*The Language Instinct*）中提出的术语"mentalese"，目前尚未有统一且大众化的翻译。由汕头大学 2004 年出版的翻译版本处理为"思想的语言"，照应原文"language of thought"，并认为当我们思考时，我们用 mentalese，而非某一种特定语言思考。见 Pinker，1994，p.81.

beckoning listener standing at the edge of the deepness of deep structure, the alluring worlds of oceans and seas of language.

对我来说，学习语言乃是一个过程，朝着想象中的完成行为进发。过程是言者，终点是让人神往的听者。听者站在深层结构幽深的边缘，那诱人的大千世界和万象语言。①

这番话的源起虽然和美国诗人神交古代中国同行的风尚缺乏直接联系，但相当精准而富有概括性地揭示了为何 20 世纪以降，历代美国诗人不曾间断，无论其时代背景和个人特质，在看见和熟悉汉诗到一定程度后皆表现出想要成为他者的动心和跨越。聂莫洛夫和蔚雅风追求的当然不是"异国珍闻"，他们认识到自我只能通过成为他才能实现。向永远无法在场的他者（汉诗）言说，言说者发现，自我其实始终处于缺乏状态。看见他者（汉诗）之前，缺乏是不完整的，所有关于缺乏的思辨建立在对于自我的反省上，向内观照，探索自我的所谓本质，比照他者然后认识到缺乏。汉诗一旦突破了"异国珍闻"的囹圄，让

---

① 原文是"On one hand, it is quite ridiculous to think one may become Chinese, but, on the other hand, for me the thrill of dancing in the language is made more exciting and fulfilling by an involvement in the culture that goes back thirty-four years to the moment a friend gave me the invaluable gift of a copy of the Dao de Jing by Laozi, or Laozi, as the book is sometimes referred to in Chinese"，来自诗人的博客 http://eastbaltimoremuse. blogspot. com/2009/12/to-write-poem-in-chinese-and-bid-it. html。蔚雅风曾在北师大的诗人论坛上宣读过这篇文章。

美国诗人拥有另一个备选项，即发明汉诗然后成为中国诗人。于是，完整的缺乏产生于美国诗人质疑自己为何会产生一个被自我称为"美国诗人"的概念的那一刻。在萨特看来，这便是美国诗人以不是自我的方式（中国诗人）成为他（美国诗人）①。而对美国诗歌总体而言，欲成为有别于英国诗歌的国别文学，美国诗人自身面临一场前所未有的身份认同和意识觉醒。现代诗歌前辈惠特曼在那篇享有盛名的文章中，开始朦胧地认识到美国诗歌缺乏现代性，陈腐古旧的原因并非诗人缺乏单纯的创新精神。相反，恰好是美国诗人和飞速发展的时代以及现实距离过近，以至于和诗歌传统以及诗性语言深层结构脱节的结果②。缺乏欧洲和亚洲诗歌悠久的历史，美国诗歌只能反映当下的自我，只能想象"我是我"，难以调动思想力，进入非我的秩序，正好契合萨特关于存在和虚无的推导，即无法以不是我的方式成为他。一个值得注意的细节是，美国诗人在想象他者之时，文字中表现出相当强烈的视觉性，而视觉性恰好在认知

---

①　萨特讨论了一个假想我，在咖啡店做侍者，如何以不是我的方式成为他。英文是：I am a waiter in the mode of being what I am not. 见 Sartre，1956，p. 60. 萨特独到之处在于，他认为侍者自我意识中存有"bad faith"（mauvaise foi）。中文难以译出韵味。这种念想强加给主体，让其认为自己必须是某个身份，不多也不少。为了能够在这种身份中停留，主体必须同时认为自己不是这个身份。由此可见，真正进入某个身份的同时，主体必须同时缺席。对本书而言，汉诗因为它的相异和遥远，正好为抽离身份的主体提供了一个栖身之地。没有汉诗等他者的存在，美国诗歌便只能存在于"成为"的过程中，即无法存在。同时，汉诗为提供美国诗歌存在地（locus），实际上自身也虚空化，由于缺乏现代性，它为美国诗歌提供了一个出口和落脚点，履行"非我"的功能。

②　Whitman，1891，pp. 337-338.

和表征上将现代性具体化。倾向于关注细节并努力让它们在心理图像上给读者，同时给诗人自己留下深刻印痕。致中国同行的作品试图在普通场景，用平淡文字书写，或看见友谊对象，或放置物件召唤缺席者回归，昭示了"思想的象征机制在视觉中找到的支撑"①。如威廉斯想起白居易；又有聂莫洛夫写给站在河边钓鱼的陆机；也像洛威尔笔下形象鲜明的亚洲女子。

本来，诗人间写诗互赠之传统，无论中外，皆流传久远。汉诗西传后，美国诗人对来自远古异国的同行逐渐了解，希望通过文字，和观察对象隔空对话，很容易被解读成前者对后者产生学习仿效，甚至崇拜追随的念头。但笔者通过以上分析表明，西方诗人赠诗给前世异国诗人，将其视为沉默的聆听者和缺席的评论家，除希望从中国诗歌中汲取灵感，也要通过和中国诗人的神交，盼望相异性（alterity）进入己身，主动博得他者的凝视（gaze），试图生成并引导自身理想。勃莱便写过一首高度类似汉诗的作品给自己一生的好友赖特。

FLOATING ON THE NIGHT LAKE

The moon rolls on through the eastern sky,
High over the lake and the snowy earth.
How much the moon sees from its place in the sky!
It is just east of us, near the house of great light.

For James Wright

---

① 拉康，2001，p.165.

勃莱借助汉诗标志性"以物观物"的视角想象东方天际高月能够看到的万千世界，从远（high over）到近（near），从旷野（snowy earth）到家园（house）。雪野、湖水、明月是汉诗惯用景观，也是勃莱诗作里的常客。这首诗的音节数量十分奇特，四行之内从 9 递进到 12。句法断行，没有跨行连续，四句打乱顺序重新组合不但成立，而且能让读者品味文字的各种美妙。诗人反复强调的东方明月应该有亚洲明月的隐喻。吉福德写给远方朋友的短笺也洋溢着中国风：

Note to a Friend

Far Away

Cranes slowly

settle on

nearby pond

clouds blow through

no lovers

or friends

birds，weather

will do

几乎每行都是三个音节。除了"or friends"和"will do"，含蓄说明"要是朋友在该多好"（or friends will do）。进一步说，美国诗人需要以一种"绕回来"的方式探测自己的诗人地位和诗学方向：向友人表述友谊之情和思念之心的同时，陈述自己的诗学探索和思考，无论是自我想象的听众还是实际听众都不和

中国古诗人原先社群有任何交集，穿插其中的中国元素不但是
述说思念的另一种方式，可以大胆借鉴和实验，以扩充美国诗
学写作套路，而且能够送给远方友人以及诗人自己一张"东方
签证"，方便其往返东西之间，必要时投奔东方诗学，以逃避
自身文学传统对文字的支配和规划。不顾对异国前辈了解程度
便向其言说，是汉诗进入之后带来的重要新动向。例如，柯勒
律治阅读好友华兹华斯诗作《序曲》（"The Prelude"）之后，创
作了著名的《致威廉·华兹华斯》（"To William Wordsworth"）。
两位诗人同时代，交往密切。写作背景让它成为一首交谈对象
在场且会做出明确反应的作品。其中有一段写道：

> The truly great
> Have all one age，and from one visible space
> Shed influence ! They，both in power and act，
> Are permanent，and Time is not with them，
> Save as it worketh for them，they in it.

柯勒律治称华兹华斯为"真正的伟大"，集诗学之大成者，
古今一体，诗魂不仅牢牢占据诗坛王座，而且永远处于创作进
行时，对后世产生显著而深刻的影响。任何时代的诗人，若想
窥探诗学奥义，必须有意识地向着伟大灵魂靠拢。无论时空如
何流转，伟大诗魂对于探求它的凝视而言，永远处于当下和在
场。诗坛前辈或者外人，已经创作出具体作品供后人研习并揣
摩下笔时的神思。于是，诗人斯蒂芬·斯宾塞（Stephen Spen-
der）以柯勒律治的作品为思考起跳点，写下《我继续思考着那

些真正伟大的人》("I Think Continually of Those Who Were Truly Great")

I think continually of those who were truly great.
Who，from the womb，remembered the soul's history
Through corridors of light where the hours are suns
Endless and singing.
…

Born of the sun they traveled a short while towards the sun，
And left the vivid air signed with their honor.

　　斯宾塞关于这个题目的思考建立在他的政治活跃主张之上。"真正的伟大"既然不受时空限制，则每一处，每一代诗人都不要去忘记灵魂的过去，弥合高度现代主义带来的断裂和隔离，穿过"光的走廊"，回归到世界本初——精神和事物尚未分开的状态，关注精神性而非"事物本身"。充满权威语气，多用命令和定义口吻，诗人似乎在思考"伟大"的过程中到达伟大。从"我"的论断到伟大之人的产生和结局都充斥着隐藏在宿命观下面的精英主义。然而，在参禅问道的同辈菲力浦·惠伦看来，则完全走样。国际局势动荡，各种社会矛盾尖锐，前卫叛逆新思潮涌动的 20 世纪六七十年代，美国青年诗人站在核战争、毒品泛滥和物质生活极其丰富的时代断层反思何谓伟大及其包含的文化寓意。如何能够解构"伟大"，还原从前一贯仰视的"伟大"到真实世俗生活中，惠伦如是说：

I keep thinking about all the really great ones

(To paraphrase Mr Spender) I think

Like anybody living in a foreign country

Of home and money...

There's probably Some sensible human way of living in

America

Without being rich or drunk or taking dope all the time

. . .

I keep thinking of those really great ones like Confucius:

"What am I supposed to do, become rich & famous?"

. . .

I can't stop thinking about those who really knew

What they were doing, Paul Gauguin, John Wieners,

LeRoi Jones

I keep thinking of those great ones who never fled the music

长诗多次提到"中国",想必是诗人长期旅居日本并谙习东方文化使然①。孔子的确说过,为人不必抵制谋财求名的欲望②。对伟大的想象居然落实到"老家""钱"以及不被音乐吓跑的朋友,其中当然有针对斯宾塞的戏讽,同时也兼顾后现代精神。注意这是惠伦写给金斯堡的诗信,讲述自己从京都回看故乡美国,对两地艺术人生的回味。惠伦眼中的伟大是对华兹华

---

① 当然,诗中对于西方经典和掌故的引用和暗喻也随处可见。

② 富与贵是人之所欲也,不以其道得之,不处也;贫与贱是人之所恶也,不以其道得之,不去也。

斯的浪漫诗风以及斯宾塞的高度现代主义的反抗，代表了一位美国诗人由东方哲学思想（主要是禅宗的出离和平常）启发，站在崭新角度思考自身的完整和开放度，用戏讽、反诘等后现代语文，有效地为从前时代依附于"伟大"和"伟大的人"的沉重历史性松绑，书写并释放伟大的其他可能。这封相当另类的诗信作品，有学者认为，相比惠伦如同禅宗公案的短诗而言，这首长诗可谓经藏，在另一个平台上用他者的箴言，映照出自身，借助从前不曾设想的琐碎、平凡，破除历史对于自我想象的限制以及这种想象的权威，利用他者提供的网络过渡到后现代自我意识①。惠伦同时代另一名垮掉派的诗人史耐德借助他者即寒山的身体，让"伟大"直坠青云，跌落到价值判断反面，成为卑贱、无定，不合作的正当理由。他说，寒山以及给他打下手的拾得（sidekick），若想在当今美国遇见，请到城中村、果树园、浪人林和伐木场寻觅②。看见寒山然后成为，"像寒山一样"的理想让汉诗再一次帮助美国诗人更新，从另一平台探求现代主义内核蕴藏的混杂以及自然之后，脱离或者解构高度现代主义，想象并建设有关自身和他者的"非伟大"存在以及后现代新秩序。

　　不能忽略，当时尚处于主流诗歌边缘的垮掉派诗人，关注并亲身体验寒山等异国另类挥舞的疯禅，将一直受到异国诗学传统忽视甚至排斥的边缘作品转化为不合作的先例，为拒绝被

---

① Davis，2008.
② Snyder，1992，p. 22.

高度现代主义吞噬和招安而自我放逐的新诗派代言①。寒山既为中国诗歌大传统中不入流的小角色，其卑贱和疯癫恰好为美国诗人进入后现代提供了理想途径。受高度现代主义挤压，言说困难提醒史耐德一代诗人，思维终点正在逼近，或者说，他们被即将到达终点的恐惧不断入侵和困扰，干扰正在进行的背离现代主义的逃亡。对于庞德、艾略特等现代主义前辈建构的经典和宏伟，短小但不精致，平易却又疯癫的寒山诗作用自己的卑贱，向经典统治下的秩序和文本框架的可靠性发起冲击。如果说20世纪早期的汉诗英译是第一次英语文本在语言、身份认同以及象征秩序方面的大规模越界，那么惠伦、史耐德等"跑出去然后绕回来"观察自身，则是第二次越界行为。第一次越界是汉诗在东西方两块诗学平台上发生迁徙，发生文本蜕变必然伴随的不适和笨拙。第二次越界标志着美国诗人直奔他者文本的不可翻译性和不对等性（无论相对中国诗歌传统和美国高度现代主义而言，寒山都是初级的），借此穿越现代主义大他者强加在主体上的边界和核心价值。既然汉诗不必总是精妙深刻的文本，那么上文关于汉诗"两次普世化的情感经验"也随之瓦解。本来已经构建好的思想平台不但在转型过程中暴露出从前难以察觉的缝隙，被遮蔽的各种可能也释放出持久强大的自我弥合和再定位的能量。

准确来说，汉诗被裹挟进现代，其历史性处于永远的错

---

① 可以肯定而负责地说，在垮掉一代之前，史耐德翻译的寒山走红之前，没有任何唐诗集或者汉诗集大量收录寒山诗作。而1984年出版的《哥伦比亚中国诗集》中，寒山诗的数量竟分别超过了李白和杜甫。

位，所以"新颖"不是被"为赋新词"愿望发掘出的内在属性，它是汉诗转移平台之后不得不认取并一直保持的状态。20 世纪早期对于汉诗想象和探求的热切，造成汉诗迷人却难以穿透的隔阂，此时已经被后现代"拉平"，充斥在世俗、日常和戏讽氛围中。史耐德并非简单地给美国诗坛介绍了一种来自异国历史深处的流浪者之歌，而是没有高尚联想的寒山。他的飘零、孤绝、另类和无关紧要，不和感情内核发生关系。建立在"华严三昧"以及"事事无碍"之上，从进入英文平台的第一刻开始，史耐德的寒山英译对于自身的缺乏和对方的反应都是拒绝①。很少再有学者咬文嚼字地精读史耐德以及其他学者译作然后比对它和汉诗原文的异同，看到用当代美国口语译出的寒山作品也难触动个人情绪②。寒山英译永久摆脱东方学凝视，不像《神州集》前辈那样包含浓郁的个人遭遇、苦痛或者其他。或者说，从文字进入凝视第一刻起，便断绝了再一次拥有，再一次

---

①　史耐德有一篇未曾发表的寒山英译前言，认为寒山并非一位"自然诗人"，而是放下自我，走入"事事无碍"境界，深得华严三昧的觉者。原文是：Han Shan is not simply a "nature poet" but a man who has left himself behind to walk in the world of "事事无碍"(fact-fact-no-obstruction)which is, in the philosophy of Avatamsaka and in the practice of Zen, the only world, this world. 见 Leed, 1986, p. 179. 时隔多年，当再一次谈到自己翻译寒山的心路历程时，史耐德言辞不变，仅将"事事无碍"换成日语表达(jijimuge)。见 Stewart, 2004, p. 234.

②　作者并不是说比较寒山英译和原文的论文不存在。不过就理解的忠实和准确性而言，其受审视的严格程度确实不如对庞德等早一辈诗人全面而苛刻。寒山诗歌的主要翻译包括韦利、史耐德、华特生、赤松和韩禄伯(Robert Henricks)。参见 Fackler, 1971；Kahn, 1986 以及韩小静的硕士论文《寒山诗英译对比研究》。

找回根本不存在的来处和彼岸的"贪嗔痴"，放弃原文反而保全原文。史耐德特邀这位古代智者，一方面是平淡普通的头陀，站在垮掉派时代流行观察角度，借助流行方法，如嗑药、放弃物质财富、荒野生存等寻求慰藉和消遣：

> Go tell families with silverware and cars
> "What's the use of all that noise and money?"
> ...
> Walked by rivers through deep green grass
> Entered cities of boiling red dust.
> Tried drugs, but couldn't make Immortal
> Read books and wrote poems on history.

> 另一方面孤独隔离，无法接近：
> In a tangle of cliffs I chose a place—
> Bird-paths, but no trails for men.
> ...
> Cold Mountain: there's no through trail.
> In summer, ice doesn't melt
> The rising sun blurs in swirling fog.

生活在悬崖绝壁，山林荒野的寒山，在诗作中透露出享受甚至狂喜于荒野生活的隔绝和寂寥，却时常感到遗世孤独的痛苦[1]。如上文分析，精神分裂正好为后现代提供了理想入口，

---

① Watson，1984，p. 260.

在对立情绪的间隙处，对于"存在"进行"出世间"和"非我"反思。与高度现代主义，如《采薇》以及《荒原》情感完全相反，和《迟到的歌者》以及《雪人》也有相当距离。通过呼唤寒山，史耐德诗歌发生最为新颖和前卫的飞跃，不是《青青河畔草》精致伤感的迁徙再现，也不是躲在某个身份面具之后腹语发声，甚至也不只是以汉诗为反射镜照见自身而已，而是诗人自己（当然也包括相当数量的志同道合者）期待并成为寒山在现实美国生活中的转世化身，如杰克·凯鲁亚克（Jack Kerouac）对垮掉一代启发意义深远的小说《法丐》（*The Dharma Bums*）中，寒山和史耐德古今东西两位诗人竟然是同一元灵投射到两个时空的不同外相罢了①。今人史耐德试图使用美国现代特色浓厚的日常口语更新古人寒山。据他当年为诗集所写的一篇未曾发表的前言透露，师从陈世骧，寒山英译完全忠实于原文，逐字逐句译出。也有几处替换，如用当时美国文化中的流行符号，如银餐具和汽车，去代替原文的"钟鼎"，因为寒山文字在当时便是口语化的，"时不时带着粗鄙和俚俗的语调"。注意，史耐德即便说这段话时，依然使用了"in spots"等美国俚语，一副俚俗

---

① 　Tan，2009，p. 124. 她在《寒山，禅宗和史耐德生态诗学之道》（*Han Shan，Chan Buddhism and Gary Snyder's Ecopoetic Way*）中对于寒山、史耐德和《法丐》提供了十分详细的观察和论述。史耐德相当意义上就是寒山在世。Tan 将他们的连环嵌套关系总结如下：史耐德引得凯鲁亚克在作品中思慕寒山；史耐德和凯鲁亚克让寒山成为垮掉一代的精神领袖；通过史耐德，寒山精神变成对主流的叛逆，寒山也成为平和、超越以及证悟的法场。

到底的风格和意志①。抛开汉学家严谨周到但多少啰唆的解说式翻译，使用随意亲切的口语和自由新颖的断句形式，美国诗人挣脱语言文字构成的束缚，放开手脚接近汉诗，面对被高深和悠久学术传统支配的异国文学，说出自己的、当下的话。王红公翻译杜诗，口语和世俗化倾向更为明显②：

> New Year's Eve
>
> > After Tu Fu
>
> The men and beast of the zodiac
>
> Have marched over us once more.
>
> Green wine bottles and red lobster shells，
>
> Both emptied，litter the table.
>
> "Should auld acquaintance be forgot?"
>
> Each sits listening to his own thoughts，
>
> And the sound of cars starting outside.
>
> The birds in the eaves are restless，
>
> Because of the noise and light.

原诗为《杜位宅守岁》。步入四十岁，杜甫除夕同亲人守岁

---

① Leed，1986，p. 177.

② 王红公当然知道汽车和龙虾不属于杜甫。于是用《仿杜甫》(*After Tu Fu*)说明作品并非严谨而忠实的翻译。根据斯蒂夫·布拉德伯里(Steve Bradbury)考证，王红公其实只想借助杜诗"过年亲友聚会"的故事外壳，注入自己"曲终人散"的落寞寂寥。感情低潮来自诗人无政府主义信仰受挫，写作事业也跌落低谷。见 Steve，2003.

有感。王红公诗作中的游行集会(March over)、散落一桌的绿
色酒瓶和红龙虾壳等用语，距离杜甫所在唐朝已经相当遥远。
汽车发动声更立即将读者传送到现代。对于当代美国读者，若
用"钟鸣鼎食"形容排场和奢华实在困难。"椒盘已颂花"即便准
确翻译成英文也让人挠头。可见王红公等人使用现代口语另一
层用意是在文字上"去陌生化"，反击现代派主张的"陌生化"文
字。作品不再停留于"异国珍闻"的外国文学领域。一旦作为杂
合标识的汽车开入，在诗句中夹杂任何引用，任何现代主义观
察和情绪便水到渠成。人到中年，四十不惑，继续获得灵感，
取得突破而非简单累加的需要和苦恼一直困扰诗人。多年以
后，延续守岁情绪，四十情结依旧不散，他写下：

> Time is divided into
>
> Seconds，minutes，hours，years，
>
> And centuries．Take any
>
> One of them and add up its
>
> Content，all the world over．
>
> One division contains much
>
> The same as any other．
>
> What can you say in a poem?
>
> Past forty，you've said it all．

摆脱汉诗原文束缚的做法在庞德之后，已渐成气候。汉诗
英译若要经典化，则必须换上美国惯用语这件新衣（外面是现
代美语，里面是古典中文）。华裔诗人王燊甫和威廉斯在 20 世

纪 50 年代合作翻译，根据钱兆明观察，王燊甫从威廉斯译诗中学到的一大秘诀，"那就是无论译古诗还是译现代诗，一概用当代美语"。① 如果将这件衣服反穿，即用古典中文的直接、简短、并置，主谓宾句法等为面料织造现代美国思想，于是我们有史耐德、王红公还有威廉斯的《刺槐树开花》②。

栖息于城中村、伐木场及被现代化遗忘或者有意疏离的场所，本身便是对现代化缺乏否定的剩余。如所有伟大信仰的抱持者一样，寒山存在于但不隶属于这个世界，他对于诗歌技巧如词汇、句法以及修辞缺乏的否认，以及对于诗人精神状态缺乏传统滋养的否认，被无损且张扬地移植到后现代思想平台。借助它，史耐德等得以想象"没有"，即抛开了宫廷楼阁、才子美人传统的束缚，书写另类汉诗。在城市化进程走到一定阶段的美国社会，操持后现代化语言应对现代化带来的虚无和分裂，不断瓦解、重新定义并穿越现代主义认可和保卫的划界。在此过程中，美国诗歌不但拥有了强大持久的创作潜能，其后

---

① 钱兆明，2010，p. 64.

② 《刺槐树开花》(*The Locust Tree in Flower*)作品里空间切断和语法切断反映出的道家审美，见叶维廉，2002a，pp. 56-58. 叶维廉直接说"如果从传统的英文文法来看这首诗，我们必须说：巨（疑做"它"——笔者注）根本不成英文句！这根本没有文法！"应该看作"反穿"的代表性例子。

现代文本更获得对全球化社会的消费力和优先权①。若非依靠
寒山精神对于高度现代主义经典的拒绝，后现代很难在秩序瓦
解后保持活性然后成为另一种秩序。1955 年接触寒山，时隔
四年发表《砌石》("Riprap")，带有浓厚蓝领气质，力道和口吻
准确捕捉了双面史耐德，即曾在山间静修学佛的禅者和在山间
流汗筑路的草根。

> Lay down these words
> Before your mind like rocks.
> 　　　　placed solid，by hands
> In choice of place，set
> Before the body of the mind
> 　　　　in space and time：
> Solidity of bark，leaf，or wall
> 　　　　riprap of things：
> Cobble of milky way，

---

①　有学者发现史耐德以及王红公都借助想象，超越自我和他者之
间的沟壑，联通两者然后超越自我。思考的主线索从西方传统的"我"转
移到东方色彩浓厚的"命"。想象的"整合、包容和亲密"是对于全球化资
本主义隔离与霸权的逆袭。见 Snyder & McLean, 1999，p. xix. 进一步
对照后期资本主义与史耐德诗学思想两者发展的时间线，不难观察到两
者几乎同时同步进行，后者比前者略早一些。史耐德心目中的诗人如萨
满巫师，将自己的"一知半解"告知部众。(I think the poet articulates the
semi-known for the tribe. This is close to the ancient function of the sha-
man(Snyder & Mclean, 1980，p. 5). 因此，一如萨满的诗人凭借由不
寻常他者引发的想象，实现自己告诫部众的功能。汉诗自然便是供诗人
消费的不寻常的他者。

> straying planets,
>
> These poems, people,
>
> lost ponies with
>
> Dragging saddles—
>
> and rocky sure-foot trails.

　　有学者认为，史耐德提供美国诗学发展新的想象空间，人与自然、人与同类以及人与自身在三个层面上，受到禅者寒山在寒山修行的启发，都获得机会再次释放①。文笔新颖尚在其次，"白话语调和于天地神佛无欺的元素含量"让爱尔兰诗人西默斯·希尼(Seamus Heaney)初读史耐德感到震撼。就对禅宗有一定了解的读者而言，以上诗句中明显隐藏着"父母未生前本来面目"的禅思，而这段公案恰好是史耐德初到日本修禅后，证悟的第一段②。受寒山启发，"就原始而神秘的诗歌感觉而言，他(史耐德)重返帕纳塞斯山"③。

　　上文中威廉斯和斯蒂文斯在冥想深处听风听水，隐隐约约触碰到"念的止息"。对西方现代主义诗人尚陌生的东方神秘学，于史耐德等后现代派而言完全不成问题。还未远游日本拜

---

　　①　Rivard，2009，p. 5.

　　②　粗略来看，《砌石》发表时间为 1959 年。史耐德第一次到日本修禅时间是 1956 年，历时两年。再早一些，伯克利求学期间，史耐德接触到净土宗，参拜伯克利佛寺(Berkeley Buddhist Church)。用诗人自己的话说，"那些年，大乘佛教及其传统注解，中日禅宗文字，以及密宗经卷让我沉浸其中"，见 Snyder，1996，p. 154. 可见史耐德接触禅宗思想稍早于创作《砌石》。

　　③　Dana，2008.

师之前，史耐德凭着几本翻译作品的指引便开始自学打坐①。瑞普曾在日本潜心参禅进修，他对于"听"的理解很能代表美国诗人对于东方哲学思想及其修行方法的接受。放在 20 世纪诗歌发展大尺度上来看，暗示世纪初偏好视觉审美逐渐退却，世纪末重拾诗歌声学属性的发展趋势。

> As you listen. Seeing quiets.
>
> Thinking stills.
>
> Positive passive meet. This instant you lighten.
>
> In some unexpected surprising way you return to
>
> your original nature.
>
> What may you hear? No sound. Sound sharper
>
> than in ears. The unheard breath of life.
>
> Even these take you from the point. The point：
>
> *Listen.* ②

这不是他们艰难跋涉终于到达，而是接触东方禅与道之后本然出发③。即便是东方神秘哲学接触不如史耐德的，20 世纪六七十年代的过来人，勃莱也能写出清静无为，抛开世俗物质生活，通过实践空观和自我否定，让风将心无挂碍的自己带

---

① 　Snyder & McLean，1980，p. 95.

② 　Reps，1967，p. 9.

③ 　史耐德的法名便是"听风"（Chofu），是他第二次到日本开始认真参禅时，其大德寺的小田雪窗老师有感其顿悟能力而起的。"听风"二字出处相信读者不难猜到，正是"寒山"：欲得安身处，寒山可长保。微风吹幽松，近听声逾好。见蔡，2008，pp. 481-482.

走的句子：

> What is it I want?
>
> Not money,
>
> Not a large desk, a house with ten rooms.
>
> This is what I want to do: To sit here,
>
> Take no part, be called away by the wind.

在 1969 年当被问到参禅打坐和经验真实性概念关系时，已在日本参禅多年的史耐德熟练说出了他的空观实践①。时隔三十载有余，诗人回望当年翻译寒山，明白地道出在两块平台上来回跳跃的辛苦和挑战。他发现"真正贴切的翻译所费想象功夫可能和创作原著相差无几。翻译者若想进入创新领域，须在智力和想象方面奋力一跃，跳入诗人的思想和世界"②。史耐德坦言在翻译过程中多次产生强烈感觉，感到自己捕捉并领悟到文字之外的含义所散发的气场，并体会原作诗人作诗的文心。这篇回望寒山翻译的文章，是夏威夷大学专注跨国文学和翻译的期刊《马诺阿》（Manoa）的特别约稿。由巴恩斯通发起，后来专门集结成书再次刊印。其中收录了十数位翻译研究亚洲诗歌名家的作品。许多翻译者都不约而同地谈到了"放下自我"（lose themselves），"虚怀谦卑"（humility），"纵身一跃"（jump into）到某种无法言传的精神状态（state of mind）③。从这个角

---

① Snyder & McLean, 1980, p. 15.

② Snyder, 2000, p. 138.

③ Stewart, 2004, p. xiv.

度来说，相比庞德时代的文本迁徙，后现代诗人观察汉诗时，真正迁徙的不再是文本，而是美国诗人自己①。这再一次印证了美国诗人如何"以非我的方式成为他"。此外，"自我"可理解为思想平台所有关系的总和，自我发生迁徙代表西方思想平台出现缺乏和过剩，证明平台的类型学、哲学、文学理论等界定的象征秩序非但无法征服和消减作为他者的汉诗，反而让汉诗成功地抵制、渗透并动摇了观察者原先的秩序，暴露出秩序掩盖下的裂痕、异质、变异和重新对接各种实体和观察的可能与必要。例如，科恩从研究庞德入手，发现庞德认定的汉诗具有强烈视觉特征，文本和文字都符合或者接近"表意文字"(ideo-grammic)的看法几乎成为学者对于汉诗的标准化常规解读②。米切勒(Michelle Yeh)则通过比较庞德、史耐德以及托尼巴恩斯通的汉诗英译，总结出西方学者关于汉诗的主要看法：非修饰，描述性自然，然后被非论述式地并置(nonfigurative, descriptive of nature, and juxtaposed in a nondiscursive way)③。两种看法背后都有佛道精神和审美支撑。米切勒认为，这些属性单独来看毫无疑问是成立的，但彼此之间缺乏实质性关联。

---

① 　当代诗人彼得·斯坦伯(Peter Stambler)也翻译过寒山。他将译作命名为《遭遇寒山》(*Encounters with Cold Mountain*)，并声称其文字并非单纯翻译，更是一次遭遇，是20世纪美国诗人和唐代同行间的对话。见 Hanshan, 1996, p. 13. 韦利·巴恩斯通(Willis Barnstone)回顾自己的翻译生涯时，说自己早期采用"发明法"，技法和思想成熟以后则想尽量优雅地接近原文。同样提到"想象一跃"(imaginative leaps)，如庞德翻译荷马作品，到原诗人身边去聆听他的声音。见 Willis, 2000, p. 78.

② 　Kern, 1996, p. 12.

③ 　Yeh, 2000, p. 140.

对于汉诗英译的阅读和比较让她敏锐察觉到，非论述式的并置和并置的内容及其哲学内涵都不挂钩①，而所谓"垂钓者""杨柳"等看似毫无修饰的描述性自然，包含了来自中国文化内部（即汉诗思想平台）的象征意义，根本无法脱离比喻或者象征。只有突破了这些认识框架上的局限（缺乏），才能扭转将所有汉诗（过剩）都视为"相似相近"的困局。

结束汉诗现代性讨论之前，关于本章主题，即汉诗思想平台作用于美国诗歌思想平台并赋予后者现代性的历史事件与理论意义，有必要在基本面上进行再陈述。前文所举出的混杂、自然和新颖，就肇因和作用而言，勾画出思想平台上发生的一系列变化及其前因后果，彼此间的交叉影响，暴露出的种种缝隙和可能，等等。若就此止步，已然能够带着汉诗对美国诗歌现代性作用深刻的结论满意而归。殊不知，以搜索、寻获然后探究的接近方法，容易让观察者产生偶然稀有的错觉，似乎对于寻找到汉诗的作用（无论其作用具体为何）、汉诗对于某个美国作家产生影响，以及某首汉诗或者汉诗某种观点启发了某位美国诗人等事件兴奋不已，汉诗被进一步认为恰好具有某些现代性或者至少能够被规划为现代性，承蒙某几位对东方文化感兴趣又有机缘的美国诗人提拔，趁着时下流行思潮之风，在异国开花结果。罗列研习汉诗的个体诗人和诗歌交流的事件，以此为基础进行归纳，所得结论的隐性基调逃不开他者的偶然和

---

① 米切勒提出并置手段和佛道审美缺乏关联的看法十分新颖。是否能被更多学者接受只能让历史去验证。但有一点可以肯定，在佛道思想产生之前的《诗经》中，能够看到大量的并置（兴）和类比（比）手法。

恩赐，即他者偶然看见汉诗，汉诗获取现代性得益于观察者的
独家青睐。

　　笔者相信，以先入为主的变化之心观察变化的思考途径更
符合事实，参照苏格拉底火光投影和观察者模式，整个讨论捆
绑在"变化发生"连续剧式的既定轨道，逻辑相对封闭，充分重
视"必然"和"显然"两种力量对于看似偶然事件的推动作用。历
史悠久、内容丰富、文化背景深厚且思想层次丰富的汉诗必定
被美国诗人看见。1860 年造访纽约的日本代表团让惠特曼兴
奋不已[①]，诗人目光穿越太平洋，预言美国和东方相遇乃是定
数（destiny）。一旦相逢，汉诗对美国诗歌平台发生作用，无
须引经据典，考察求证，只需站在事件入口便能断定：两种诗
学共存必产生混杂，汉诗和自然的亲密关系必然与美国现代诗
人对于先前时代的超越以及后现代诗人对于生态诗学的追求合
拍，新颖更是不在话下的变化表征。笔者所要做的仅仅是分析
两个平台相互作用的受力情况，然后沿着作用力方向寻找佐证
事例而已。"找到"并非偶然，笔者找到了一定能找到的。继续
深挖，势必获得更多。

---

　　① 　Park，2008，p. 7.

第三部分 耳听为实：汉诗后现代文化消费和汉声诗学

It was one of the neater symmetries of modernism: the East discovering in the West what the West had found in the East.

这便是现代主义更为整齐的对称之一：东方在西方身上正发现西方以前在东方身上发现的东西①。

有感于朦胧诗表现出自学成才式的现代性，温伯格简要追踪了中国先锋诗歌在当时和西方现代诗学缺乏交流，几乎隔绝的情况下获取现代性，完成现代化转变的途径。探索当然从庞德以及他那篇著名的《意象主义诗人的几个不要》开始，然后是青年时代的胡适写出"八个不要"，最后目光停留在金代诗人元好问的诗学理想。考虑到早期庞德和汉诗的关系以及胡适对于新文化运动的影响，这道中美诗歌连线题应该不难完成，相互

---

① 用"东西"表达原文"what the West had found"宾语从句中的"what"，是有意识地结合东西方交流的上下文制造双关和模糊修辞的行为。Weinberger，1986，p. 73.

激发出的现代化转向也十分清楚。温伯格在观察朦胧诗之时，可能并不了解"意象派"其实伴随着朦胧诗一起在青年读者中流行。20 世纪 80 年代早期不乏关于意象派的零星介绍，尽管很多说法明显带有缺乏研究资料和相互交流而造成的缺陷①。

相较钟玲提出的小循环，零星古典汉诗 20 世纪初让现代美国诗歌击败浪漫主义然后获得现代性，现代性随着现代化扩张，六十年后，受浪漫主义之困的中国现代诗人阅读零星意象派诗作，借用西方现代性实现自身现代化，可被看作大循环。跨越多重时空和文学传统，路线更为复杂漫长且不易察觉，无论被时事政治和国别语言阻断多少次，凭借现代化带来的强劲动力（获取、重构、传播和消费的能力），大循环源源不断地提供东西方诗学相互定义然后兑付的交换价值。

现代化是美国诗人得以看见汉诗的第一个原因，也是本书前面两部分，即现代主义和现代性的基础。提到现代化，脑海中容易浮现的图景往往是一些常见的现代物件，如飞机、电脑、微波炉或者自动售货机等。这些物件背后的现代生产和消费模式却不易被人察觉。就生产而言，前面两部分已有详细论述，比如东方学者/学家和美国诗人组合配对，翻译汉诗，如

---

① 比如有学者在讨论意象派产生和发展时居然完全不知晓庞德的重要作用。见范岳译著的《英美意象派抒情短诗集锦》前言部分。有的将洛威尔误认作"庞德的好友"，见区鉷、赵毅衡等译析的《美国现代诗》，p. 24. 有的将《神州集》的出版误作 1905 年，并相信意象派是几位诗人聚在一起"发起成立"的产物，幸运的是，这些早期研究关于"当前在我国青年中拥有大量读者和作者的'朦胧诗'与西方意象派诗歌有着亲密的渊源关系"的观察还是较为准确的。范，1986，p. 2.

庞德和费诺罗萨的汉诗底稿，洛威尔和艾思柯，宾纳和江亢虎，王红公和钟玲，以及按照小循环路线继续生产诗歌的做法。但这些都发生在 20 世纪 80 年代以前。从现代过渡到后现代以后，继续用"生产观"审视东西方诗歌接触便越发显得不足和片面，遇到的困难既无法回避又难以彻底解决①。大循环的存在让笔者相信，当代美国诗人和汉诗接触已经不能简单从一两个事件或者影响源头进行把握，文化和诗歌元素的不断流动，反复变造说明追踪单维度的影响线索已经不可准确捕捉两者关系。汉诗对美国诗歌的作用应放置在由多个维度和变量组成的影响矩阵中考察。于是在这一部分研究角度从生产转变成消费，用后现代消费眼光审视当代美国诗人如何看见汉诗和中国，借此加深理解"看见"的切入点和"成为"的进行方向。

---

① 这并不意味着"生产观"在过去健康完备，只是因时代变化要面临淘汰。而是说，生产观在过去能够被人接受仅仅是因为人们当时对于后现代文化消费缺乏认识，因此也难以察觉生产观固有的局限性。

第八章　娱乐消费：后现代翻译的无为和不可为

消费视角能够让人更为客观和开放地看待汉诗西传以及异国诗人对于汉诗的消费使用。一个世纪前，《神州集》取得巨大成功，不但对翻译者自身诗学发展益处良多，对美国诗坛造成巨大影响，也促成中国古诗在海外传播。然而在神州这边，中国诗人多次批评，甚至强烈抵制和谴责庞德。其中，余光中对于"假李白之名，抒庞德之情"的做法相当抵触，他说：

> 庞德的好多翻译，与其称之为翻译，不如称为"改写"，"重组"，或者"剽窃的创造"。艾略特甚至厚颜宣称庞德"发明了中国诗"。这当然是英雄欺人，不足为训，但某些诗人"寓创造于翻译"的意图，是昭然可见的……这种偷天换日式的"意译"，我非常不赞成。①

诚然，不计数量的中美学者已经详细研究过庞德《神州集》和原文的关系，本书第一部分对此也有详细论述。其实，两者之间的距离才是整个事件价值所在。从"李白之名"与"庞德之情"缝隙中涌出了美国诗歌"成为"的各种可能。两者的差异分歧是最为容易辨别和探究的，最持久、最无法擦除的不同，长久地抓住了学者许多宝贵精力。学者对"不同"的不安、焦虑和挫败感将研究思路引向分岔路口，或训诂以矫正，给出翻译的

---

① 余光中，1984，p. 743.

正确答案向美国诗人公布、说教；或异化以妥协，将"不同"简单归结为东方主义主导的审美和思考方式作祟。前一种放弃的潜台词是"这是中国人的汉诗，美国人永远不懂"，后一种放弃则好像说"这是美国人的汉诗，中国人永远不懂"。两种放弃为后现代消费论提供了观察先例和理论准备。热身过后，后现代美国诗人对于"翻译汉诗"这件事情已经划清界限：美国人的汉诗和中国人的汉诗本来就是两回事，两者有一定相似度，但并没有从属和统领关系，中美诗人的仲裁权仅限于自己辖区。不仅如此，两者出现的先后顺序都变得模糊可疑，上文中美国诗人要么试图和中国诗人笔谈，主动言说抢占话语优先权，要么自己创作仿汉诗，有时还要意犹未尽地加上图画，竭力与诗画合一的传统看齐。勃莱诗集《从床上跳起》（*Jumping out of Bed*）较为有名。王惠明为《一首无为的诗》所配木刻画以及木刻画上用简单拙朴现代汉语写成的小诗已经渐渐受到青睐。①

　　赤足走了整个下午像海参我长长而透明独居无业

　孔活了一万八千年 A DOING NOTHING POEM

> After walking about all afternoon
>
> Barefoot,
>
> I have grown long and transparent . . .

---

　　①　有可能会成为另一首《在地铁站》。Hui-Ming Wang 究竟是王惠明还是王慧明，值得学者进一步探究。另外，笔者看到的 1973 年巴尔出版社（Barre Publishers）的版本没有"in my shack"一语。钟玲以及许多中国学者引用的是 1987 年白松（White Pine）出版社的版本。

> . . . like the sea slug
>
> Who has lived along doing nothing
>
> For eighteen thousand years!

"无为的诗"标题和内容受中国道家传统影响，应该是明显而没有争议的。只是，熟悉自己本国诗歌传统的美国学者总是能够读出祖师爷惠特曼的味道。看到海参一万八千年不变化，或者万灵之长变为软体动物，马上想到进化论和退化，以及惠特曼《自己的歌》（"Song of Myself"）有关麻木无知贝壳的诗行①。笔者也愿意考虑它是狄金森的神奇下午，肉体在上帝审判面前放弃消弭的反向阅读。和海参独居一样，灵魂最终是孤独的。

> Departed to the judgment，
>
> Departed to the judgment，
> A mighty afternoon；
> Great clouds like ushers leaning，
> Creation looking on.
>
> The flesh surrendered，cancelled
> The bodiless begun；
> Two worlds，like audiences，disperse
> And leave the soul alone.

---

① Nelson，1984，p. 123.

　　熟悉中国古代传说的读者看到"一万八千年"的表达，可能会觉得颇为眼熟。是诗人信手拈来的一个数字或者另有隐含意义？盘古开天传说便有"万八千岁"的说法。1930 年出版的《俄尔普斯和世界神话》(*Orpheus，Myths of The World*)包含了这个故事。勃莱是否看过这本书，或者通过别的渠道得知，可以进一步探究。笔者倾向于认为，既然有软体动物海参，以及后来加上的"小屋"(shack)，就很可能和盘古有关。因为传说中盘古也生长，"日长一丈"，且越来越长，"天数极高，地数极厚，盘古极长"，① 以及海参代表的混沌柔软，斗室的局促狭小都和传说十分搭配。如果不是穿凿附会，那么作品深层意象不是道家无为，而是带有道家色彩创世纪故事的"有为"。诗人并非空活一万八千年，年份积累增长和变化，开天辟地之后便可无不为。

　　这本诗集非常之处还不只这些。印刷文字和版画配搭，原文和译文同时呈现，暗示读者有汉字伴随的诗作即为翻译。封底点明"几首精巧的汉诗翻译，每首译诗都妥帖地配以王惠明之墨宝"②。《一首无为的诗》之前有好几首王维和裴迪的诗歌翻译。但《一首无为的诗》这首左边有木刻画，右边是英文的作品明显不是来自中国。还有《另一首无为的诗》，直接取材于《庄子》。

　　诗人配以汉语翻译似乎要体验一番英文到汉语的逆向流动，来自中国又回归中国的大循环。进一步说，《一首无为的

---

① 　盘古传说原文见《太平御览》卷二引《三五历纪》。
② 　Bly，1973，backcover.

诗》和《另一首无为的诗》既是英文原创又是中文翻译，无须任
何中国学者费心，自助式地描绘了迁徙到汉语中的面目。勃莱
让译者和作者合一，成功地将翻译与原文之间的"不同"以及相
关争论消灭在萌芽状态。他对它们的权威和解释权不可挑战、
无法替代，整个大循环流动也都归于美国诗人辖区的势力范围
统领之下。和先前时代试图给予读者启迪和遐想的作品不同，
这首诗产生的同时便已经被消费，充分显示出后现代文化活动
的特点：生产者同时也是消费者，阅读变成后现代观光客的目
光。换言之，消费是生产的动力，而不是相反。用木刻画和书
法方式呈现汉字，书写汉诗是绝对的真实，但同时也是绝对的
虚假，严格遵循后现代的超真实（hyperreality）的经典套路。
安伯托・艾柯（Umberto Eco）敏锐观察到，美国想象需要真实
物件（从意象派甚至更早对于事物的迷恋不难察觉），为达到绝
对的真实必须制造"绝对的虚假"（absolute fake）。国学基础深
厚的闻一多、余光中、叶维廉和美国诗人汉诗英译的强烈对
立，主要原因便是美国复制品绝对虚假。虚假之物视觉表现通
常为丰富到过剩，即"horror vacui"。现在回过头去看海参插
画，居然满满当当占据了整篇书页①。

超真实作品愈想将没有争议、清晰具体的真实无损表达，
便愈发不能抑制过度逼真的呈现会引发观赏者想象另一种真实
的下意识冲动。同时，如洛威尔竭尽所能的仿汉诗，无须放大
便暴露出重重破绽，勃莱《一首无为的诗》也忠实代表了后现代

---

① Eco，1986，p. 8.

文化活动细节上极尽繁复，但"大节"上反而不加留意，不畏荒疏。比如，英文"Live Along"恐怕没有"Live alone"更合语境，更贴近汉语的"独居"。而"长长而透明独居无业孔活了一万八千年"中的"孔"字实在讲不通。何为"无业孔"，何为"孔活"，让人费解。笔者认为很有可能通假"空"字。于是想象"另一个"的冲动和超真实无法调教的不完美、不真实结合在一起，形成"下一个"消费出发点，深层意象和知识映射出的外部世界再一次对接，重温然后克服先前超真实经验。作为他者（另一个），汉诗翻译不可避免的缝隙和迁徙途中改换的眉目支持着后现代消费循环（下一个）。

和王红公一样，勃莱也翻译过不少中国诗歌，但相比王红公偶然在译诗集里插入自己"某些仿中国诗可以乱真"的伪作①，勃莱干脆明确地将"译中国诗与自己的创作混编"②，其鲜有汉诗英译的单行本问世。诗集《宇宙的消息》（*News of the Universe：Poems of Two fold Consciousness*）便有两首陶渊明译诗，在马乔里·辛克莱（Marjorie Sinclair）的翻译上再加工，高度类似庞德《扇》等作品③。再现杜甫《秋野》随意发挥和变造转换之多，除了引号（Thinking of The "Autumn Fields"）隐约透露出可能出自他人，诗人自己似乎都不好意思说它是翻译。

---

① 　赵，2003，p. 52.

② 　赵，1985，p. 629.

③ 　这本诗集由勃莱遴选并编辑，1980年出版。出版不久，诗人在家做东，和远道而来的王佐良会面，他将新出诗集赠送给王佐良，还写下"这本诗选代表了我多年思考的结果。它以陶渊明开始，他是这本诗选的祖父"。王佐良，1998，p. 12.

勃莱关注的是美国诗人面对琳琅满目的各国诗歌传统，由心而发做出选择，陶醉于一种归隐和消散的生存状态，高度符合上文关于感官放大同时自我消失的后现代思考路线。诗人很多时候并不关心自己究竟是在参考哪一国、哪一位先人的作品。原产地和原作者概念在后现代消费思维中越发模糊。后现代文化产品本来就是杂合与迁徙的结果。作品《想到隐居》（"Thinking of Seclusion"），勃莱告诉王佐良自己受到白居易影响①，误导王佐良查阅乐天作品一番而最终无果。实际上，这首诗第一次出版时，副标题明确表示"仿杜甫"，多年后出版选集《食语言之蜜》（*Eating the Honey of Words*），标题去掉"seclusion"一词，直接题为《想到杜甫诗作》②。

　　勃莱对将汉诗英译和自己作品混编有充分理由。作为消费者而非翻译者，诗人不必为字句对应、言辞工整负任何责任，非如此无法逃避批评家指点，不能享受汉诗带来的消费乐趣。勃莱数本诗集，如《雪野寂静》（*Silence in the Snowy Fields*）以及《此树将在此地屹立一千年》（*This Tree Will Be Here for a*

---

　　①　王佐良翻译《想到隐居》，注释道："勃莱曾对我说，标题里提到的《隐居》是白居易的诗。我找到白居易的集子粗粗查了一下，却没能发现原诗。不过这意境，这白话风格，这些日常生活细节，倒确有香山之风。"见王佐良，1984，p. 42. 王佐良所说的"曾对我说"，很可能就是在澳洲参加艺术节时勃莱为他朗诵的作品。见王佐良，1998，p. 1.

　　②　汉诗原文系杜甫《屏迹三首》之一。最早见于《老人揉眼睛》（*Old Man Rubbing His Eyes*），题为《想到隐居：仿杜甫》（"Thinking of 'Seclusion'：after Tu Fu"）。在《食语言之蜜》选集中被归到《雪野宁静》中，题为《想到杜诗》（"Thinking of Tu Fu's Poem"）。当然 1962 年版的《雪野宁静》不包含这首诗。

Thousand Years）很容易让人察觉到中国特色，尤其是借用汉诗典故和诗句的实例，贾岛《寻隐者不遇》在诗人独处和劳作时一再出现。陶渊明的诗行也给勃莱多次启发①。放置在日常生活场景里的短小清新诗行，和大自然默契交流时表现出的恬淡随性十分接近汉诗，比如：

The March Buds

They lie on the bed，hearing music.
The perfumed pillow，the lake，a woman's laughter.
Wind blows faintly，touches the March buds.
The young trees sway back and forth.

相信读者下一番功夫考证，总能寻出它和汉诗的一星半点关联。正好四行，没有跨行连续，第二行有三个物件并置等特点让人有理由相信诗歌背后还有诗歌。中国学者相当熟悉《雪野宁静》的汉诗风格。实际上，想要继续消费汉诗的欲望贯穿诗人一生。即便被历史事件打断，消费行为始终能够回归。《雪野宁静》第一次出版三十年之后，勃莱回望当初，注意到明尼苏达的自然环境和诗人当年接受的汉诗熏陶相当合拍，主要是陶渊明。《雪野宁静》出版之后，依然有一些手稿尚未完成，几年之后陆续补充。几年后越战爆发，汹涌的反战斗争使诗人将注意力转向人类苦难。沧桑过后，步入老年，对汉诗爱好不

---

① 刘，2008，pp. 30-31.

减当年：依然崇拜中国模式之美①。诗人甚至养了一匹叫作
"中国"（China）的马②，而这首《春夜》，让读者联想起太多人，
从唐诗到威廉斯，从王维到王红公。

Spring Night

Tonight，after riding，and translating a few poems
from the Danish，
I sawed off wild shoots from the box elder trees.
In the spring night we are not content to be home.
We have urges to travel long distances in the misty dusk.

不过，这些遥远而稀薄的异国血缘对于后现代诗歌而言已
经不重要。在通晓南美诗歌的西方学者看来，勃莱以翻译为依
托，广取各国特色，南美对其影响之深远胜中国。有人甚至认
为，如庞德和汉诗跳双人舞，发明了"中国诗歌"一样，勃莱为
他所在时代发明了南美诗歌。③

如果汉诗对美国诗歌产生的影响难以彻底查明，那么当代
美国诗人面对汉诗，一如面对超市货架上中国制造的或者异国
制造的商品一样，根本没有想要弄清楚具体哪一件商品对自己
产生了何种影响。关注点从"汉诗如何影响我"转向"汉诗如何
成为我"，及应该如何消费汉诗然后"成为我"。勃莱借鉴汉诗

---

① 以上典故见 Bly，2005，p. xi.
② Ibid.，p. 39.
③ Molesworth，1979，p. 113.

使用超长标题是广为人知的事例。比如《与友人畅饮通宵达旦后，我们在黎明荡一只小舟出去看谁能写出最好的诗来》，以及好友赖特《一本劣诗集令我气闷，我走向一片无人踪迹的草地，邀请昆虫加入我》。赵毅衡称之为"这在西方诗中完全没有先例"①。这种说法有失偏颇，如 18 世纪苏格兰诗人罗伯特·彭斯（Robert Burns）也有长标题如"The Auld Farmer's New-Year-Morning Salutation to his Auld Mare，Maggie，on giving her the Accustomed Ripp of Corn to Hansel in the New-Year"。英国诗人布莱克（William Blake）有"Lines Written at a Small Distance from my House，and Sent by my Little Boy to the Person to Whom They Are Addressed"。吉福德写给自己心仪已久的迪金森，内容和迪金森作品互文，题为"Sitting on the Porch Swing Imagining Paradise I Am Embraced By My Old Sweetheart，Emily Dickinson，Who，Among Other Things，Informs Me That She Has Missed Me Greatly"。不用说，如此长标题在任何国别诗歌中都存在，但很难说它就是某个国家的特色。史耐德的长标题更是不少，比如：

Could She See the Whole Real World with her Ghost Breast Eyes Shut Under a Blouse Lid?（The Back Country）
　　24：IV：40075，3：30 PM，n. of Coaldale，Nevada，A Glimpse through a Break in the Storm of

---

① 赵，2003，p. 61.

the Summit of the White Mountains(Axe Handles)

Saying Farewell at the Monastery after Hearing
the Old Master Lecture on "Return to the Source"
(Left out in the Rain)

勃莱等故意将它和汉诗挂钩，这与汉诗标题精短隽永、词牌名同样诗意盎然分不开，同时也启发来者。比利·柯林斯（Billy Collins）有诗名为《读一本宋诗集时我停了下来，仰慕它们标题的长度和清澈》（"Reading an Anthology of Chinese Poems of the Sung Dynasty，I pause to Admire the Length and Clarity of Their Titles"）

It seems these poets have nothing
up their ample sleeves
they turn over so many cards so early,
telling us before the first line
whether it is wet or dry,
night or day, the season the man is standing in,
even how much he has had to drink.

Maybe it is autumn and he is looking at a sparrow.
Maybe it is snowing on a town with a beautiful name.
"Viewing Peonies at the Temple of Good Fortune
on a Cloudy Afternoon" is one of Sun Tung Po's.
"Dipping Water from the River and Simmering Tea"
is another one, or just

"On a Boat, Awake at Night."

And Lu Yu takes the simple rice cake with
"In a Boat on a Summer Evening
I Heard the Cry of a Waterbird.
It Was Very Sad and Seemed to Be Saying
My Woman Is Cruel—Moved, I Wrote This Poem."

There is no iron turnstile to push against here
as with headings like "Vortex on a String,"
"The Horn of Neurosis,"or whatever.
No confusingly inscribed welcome mat to puzzle over.

Instead, "I Walk out on a Summer Morning
to the Sound of Birds and a Waterfall"
is a beaded curtain brushing over my shoulders.

And "Ten Days of Spring Rain Have Kept Me Indoors"
is a servant who shows me into the room
where a poet with a thin beard
is sitting on a mat with a jug of wine
whispering something about clouds and cold wind,
about sickness and the loss of friends.

How easy he has made it for me to enter here,
to sit down in a corner,

cross my legs like his，and listen.

"现成品""拼接画""众生喧哗""多线索，多层次展开""腹语发声"等后现代技法在这里体现得淋漓尽致。有理由被看作美国当代诗歌利用模仿、借用、变造等手段消费汉诗的最好证据。毅力和兴趣皆充沛的学者自可探寻一番柯林斯（Collins）提到的汉诗原标题为何（如苏东坡《吉祥寺赏牡丹》），以及原文和翻译之间的距离。当今互联网和搜索引擎十分发达，工作量应不超过举手之劳①。只是说，发出拼接动作在三重隔离或者多重隔离创作中（原文一次，翻译一次，拼接一次），早已将原作空心化和去经典化，任何读者和学者有关发现关联和找出裂缝的快感和合法性在他们进入这首作品的那一刻便被否定。标题本来是进入诗作的门廊，却被征用到诗行中，成为内容本身。传统意义上的标题和内容的先后轻重秩序将前者羁押和压缩为"走过场"（going through the motions）。在后现代消费活动中它们得到释放。标题和拉康晚年提出的征兆合成人（sinthom）概念相当一致，标题作为能指组成的星座（constellation），围绕着一个空的中心，如同绘画活动对细节执着的风格主义（mannerism），在不同艺人，不同作品中反复出现，单看每首诗歌，标题是具体且有意义的片段，但拼接在一起不但没有共同意义，还因为"意义制定"（enactment of meaning）行为形成

---

① 其余汉诗出处不论，关于苏东坡的引用全部出自 1993 年出版，伯顿·沃森（Burton Watson）选编的《苏轼诗选》（*Selected Poems of Su Tung-P'o*）。

种种缺乏和过剩的误读①。齐泽克进一步认为，征兆合成人在视觉艺术中可视，文学艺术中可读，但作为"特定欢愉纹理上的铭刻，抵制被解读"。传统"走过场"准备并预示主体部分的到来，因此只有语意功能而无结构功能。但后现代消费将其翻转过来。语意隐退到可有可无，每一个被引用标题的深层文本含义已被放弃（当然还有那些因结构不合适而被完全放弃的标题），标题的结构功能让文字得以进行下去，并相互指涉，产生某种程度上的完整和意味。尽管整篇诗作多次出现人称代词"我"的各种格（I，me，my），但柯林斯的"我"只有宾格和属格，没有主格。每一个"主格我"都来自汉诗标题，柯林斯角色只是躲在这些标题之后的魅影，只在这首诗本身的标题中出现过一次，便选择单纯被动接受和感知。于是，从文字很容易读出作品中满满的体会和感官接触，透露出诗人有意消费和享受汉诗的欲望：

Viewing Peonies ... Simmering Tea（视觉、嗅觉）

simple rice cake（味觉）

Heard the Cry of a Waterbird（听觉）

a beaded curtain brushing over my shoulders（触觉）

---

① Žižek，1992，p. 126. 拉康—齐泽克在此暗指本雅明（Walter Benjamin）的阅读和星座理论。即我们所见星光来自完全不相干的发光源在自然历史长河中的累积和叠加，以及星座本身根本就是观察者赋予的存在，只对观察者显现并有意义。同样，宋词或者宋诗题目只是恰好出现在一本文学选集中，来自不同年代（历史），不同诗人（发光源），一并汇聚到处于历史的末尾的美国诗人视线里。

cross my legs like his（肢体感）

Seemed to Be Saying（第六感）

本不相干的标题，居然能读出诗意并且诗意盎然，是不顾齐泽克警告的放纵，符合后现代阅读容易过度和出界的倾向。即便如此，笔者还是再说一句，这首诗的消费行为非常符合勃莱谈到汉诗对美国诗歌影响时提到的汉诗气质：开局方式让人惊讶，"中国诗人会立即将诗作扎根于身体中"①。此外，戏仿不仅是游戏和戏谑，同时也在指涉经典作品并向其致敬。作品开篇关于袖子里藏牌的比喻，让人不得不想起那首并不遥远也未被人淡忘的作品《异教徒中国佬》（"*The Heathen Chinee*"）。

In his sleeves，which were long,

He had twenty-four packs,

Which was coming it strong,

Yet I state but the facts.

这首诗非常有名，影响深远②。故意拼写错误的异教徒中国人（Chinee）阿新那的长袖藏着让西方白人吃惊、恼怒却不得不说有些羡慕的好牌。于是柯林斯的中国诗人宽阔袖襟中"好像"空荡荡的，却还是一点都不简单。

虽然赵毅衡关于标题的观察未能命中目标，但仍然提醒了笔者充分注意中国文学标题的考究和匠心。众所周知，传统章

---

① Anonymous，1981，p. 20.

② 赵毅衡，2003，p. 10.

回体小说中的标题往往是一种类诗体，中国读者耳熟能详的"薄命女偏逢薄命郎，葫芦僧乱判葫芦案""史大郎夜走华阴县，鲁提辖拳打镇关西"等都是带有一定文学修辞成分，对仗工整、形式划一的骈文。事实上，中国古典文人对于标题的熟悉和迷恋已经完全超出现代人的想象①。那么，如此中国特色浓厚的标题诗法，在美国诗歌里是否有类似对应呢？笔者认为：有，和汉诗关系亲密的勃莱就有。其诗歌选集《食语言之蜜》标题，加上标点，组织成诗节以后，不增删一字，不改动顺序，稍微改动大小写，似乎可以当成诗歌来读：

First Snowfall

After working,
A man writes to a part of himself:
Depression,
The mansion.

After long business,
The moon

---

① 《清稗类钞》诙谐类三，记载了纪晓岚类似的偶得佳句（found poem）而不能自已的趣事。原文是：纪文达有陆士龙癖，每笑，辄不能止。尝典某科会试，试毕，左右传新科状元来谒。状元名刘玉树，即请见，晤后，首询其寓何所。刘对云："现住芙蓉庵。"纪闻此语，忽笑不可仰，旋即退入内，久不能出。有顷，命请状元暂归府第。刘退，惴惴然。他日再见，探其故，始知是日成一联云："刘玉树小住芙蓉庵，潘金莲大闹葡萄架。"借用小说回目作小句，而属对绝工，深自赞喜，故遂至是耳。

Thinking of Tu Fu's poem.

After spending a week alone,
Winter privacy poems at the shack.
Moses's basket
Passing an orcard by train.

　　或者，就是上文提过的超长标题，其实也可以看成是某首诗作中的一个句子，

After drinking all night with a friend，we go out
in a boat at dawn to see
who can write the best poem.
Poem in three parts：
Watering the horse；
Driving to town late to mail a letter；
Waking from sleep.
Driving toward the Lac Qui Parle river.

　　持翻译不可为观点并付诸实践的代表人物还有巴恩斯通父子。作为当代美国诗人研究古典汉诗的代表，其父子对唐诗特别是王维诗作有颇深见解。身处信息发达、全球化程度日益加深的当代社会，他们不必像前辈庞德那样，如得到武功秘笈一般传奇，偶然且不可重复地接触汉诗，也不必忍受 20 世纪早期伦敦文艺圈对汉诗的陌生和无知，居然未能识别《侍从宜春苑奉诏赋龙池柳色初青听新莺百啭歌》乃是超长标题，而非《江

上吟》诗行①。父子两人在中国改革开放之初便来到北京学习汉语，和中国先锋诗人有广泛接触。其父威利斯·巴恩斯通对于翻译之不可为的观点相当明显直接。回顾自己如何信步走入汉诗，对自己翻译活动总结说："诗歌翻译可能吗？翻译中国诗可能吗？当然不可能。应该看到，只有那些困难，狡猾不可为的诗行才值得我们翻译。"②其子托尼·巴恩斯通观点相同：即便一首诗中的每个单词都能神奇地变为自己的二重身（Doppelganger），即便形式、音韵和修辞都能得到保留，所谓完美翻译依然只是一件渎职作品，因为译作只是和原作对等而无法与其比肩③。

托尼回顾自己消费汉诗的初衷，首先是对现代主义名家如庞德、威廉斯等人发生兴趣，然后效法庞德等凭借汉诗建设自

---

① 据现有资料来看，庞德翻译《神州集》整个过程中没有咨询和求教过当时的中国学者。限于篇幅，笔者不论证庞德这么做究竟是不愿意求教（无论出自任何原因），还是无法找到合适之人选。事实是，当时居住在伦敦且愿意伸出援手的中国学者不是没有。据钱兆明考证，中国工科学者宋发祥曾在伦敦面见庞德，时间恰好为 1914 年，即庞德收到费氏遗稿之后，出版《神州集》之前。宋发祥回国之后和庞德通信数封，向其推荐自己的内弟（brother in law），曾任晚清英文报纸《北京日报》总编辑，并表示可以相助。后来两人是否会面或者接触情况不详，不过根据庞德晚年和中国朋友荣之颖的通信推断，这位总编先生有可能曾到庞德家中拜访，曾试着翻译过《水手》（*Seafarer*），但因实力不济很快败下阵来。语调中流露出对中国学者从事英译能力的相当质疑。以上掌故见 Pound，2008，pp. 1-8，p. 94，以及钱兆明和管南异的文章《逆向而行——庞德与宋发祥的邂逅和撞击》。

② Willis，2004，p. 34.

③ Tony，2004，p. 1.

身诗学的成功先例，来到中国。他目的十分明确，就是通过翻译汉诗学习如何写英文诗，拓宽英文诗歌写作的可能，和上文论述的"越界"看法一致。数年后托尼在谈到翻译和世界文学的关系时，进一步阐述了自己的翻译观。和主张自由诗的意象派以及传入的汉诗英译有所不同，托尼相当程度上延续了韦利对于形式的重视，包括停顿、跨行、音步、格律、修辞等①。他翻译的《青青河畔草》较好地体现了这些信念：

> Green so green is the river grass,
>
> thick so thick are the garden willow's leaves.
>
> Beautiful so beautiful is the lady upstairs,
>
> shining as she stands by the window, shining.
>
> pretty in her powdered rouge, so pretty
>
> with her slender, slender white hands.

托尼试图在诗行前、中部以及末尾等不同地方使用重复格。忠实于汉诗原文的同时避免英语读者出于自身语言习惯排斥形容词的反复叠用。目的是"让它读起来自然，而不是一副矫揉造作的'翻译腔'"②。托尼对自己挑战经典的行为有十分清醒的认识。因为在他看来，翻译本身就是一种充满悖论的活

---

① 同样，相较王红公，韦利的汉诗英译对勃莱影响更大。见 Nelson，1984，p. 6. 韦利更为注重意译，讲求两种语言文字之间直接对应，从而保持汉诗的结构特色，如对仗、行间断句以及文字（元音）和诗行数量的忠实，等等。勃莱许多作品，如"poem on sleep"，"smothered by the world"明显延续了这一特色。

② Tony，2010，p. 329.

动，译者最多能做到忠实于原著的某个方面。试图面面俱到，不可避免地会走向漏洞百出。译者必须接受"以设法更为忠实地翻译原著而始，我往往以拥有自己的创作而终"的当然结局，但它同时也应该成为有志于汇通东西方诗学有识之士追求的最高目标。翻译活动对于译者在形式结构方面的挑战和锻炼，既吸引了一代又一代诗人的关注，经年累积下来，也形成一个可供新生诗人消费的商品目录，或参考、借鉴、学习，或拼贴变造。有理由相信，汉诗翻译的存在，为美国诗坛提供了一个理想的生产实验和消费展示场所。在现代文化地貌上，汉诗英译时常身不由己地扮演反文化（counter culture）角色：休姆以及意象派对维多利亚诗风宣战，史耐德以及垮掉一代精神之父王红公对高度现代派的拒绝，一直到后现代诗人试图用"脱胎换骨"的方法消费已经有一定规模和历史的汉诗英译。勃莱 2000 年接受采访，谈论自己创作《雪野寂静》的时代背景和创作心态，回忆起 20 世纪 50 年代末美国诗坛涌动的叛逆和求新思潮，许多和汉诗有直接关系①：史耐德翻译的《砌石》，洪业的《杜甫：中国伟大的诗人》（这本书伴随勃莱已经半个世纪），白英（Robert Payne）编写完《中国当代诗选》之后出版的中国诗歌古今纵览《白马集》（*The White Pony*），当然还有在诗人心中反

---

　　① 　以下掌故出自弗朗西斯·昆因（Francis Quinn）和勃莱之间的访谈录《勃莱，诗歌艺术第 79 号》（*Bly，The Art of Poetry No. 79*），出现在 2000 年 4 月的《巴黎评论》（*Paris Review*）上，网络地址 http://www.theparisreview.org/interviews/729/the-art-of-poetry-no-79-robert-bly

复吟唱数十年的"问余何事栖碧山，笑而不答心自闲"①。汉诗如同滋养第一次世界大战前后的现代派那样，让后现代诗人能够想象并且有望达到"别有天地非人间"。就革新性而言，勃莱对高度现代派的逆反丝毫不亚于休姆攻击浪漫诗风的力度：他创办诗刊《五十年代》，封面内页写着"当今美国出版之诗歌太陈旧"，并想方设法在回绝信中激怒那些作品和时代脱节的作者，然后把带有怒气的作者回信刊登出来。回信中的戏谑文字包括："这封信授权你购买阿尔弗雷德·丁尼生勋爵之新作，一旦面世，便可出手。"或者，"这些诗像是放了三天的生菜"。诗刊每一期还给最烂诗作颁发蓝蛤蟆勋章（Order of the Blue Toad）。勃莱也觉得这些做法有些年少轻狂（adolescent）②。

由于后现代对先前时代的斗争性和反抗性相当弱，反文化于是转身成为亚文化，即钟玲观察到的"小传统"或者"小循环"。同样一首汉诗，一次次地被翻译介绍给英文世界，每个译者当然有自己独到之处，不同版本之间更多的却是共性。相当符合后现代文化消费中的"计划淘汰"（planned obsolescence）套路。不但中国学者没权钦定一个标准的翻译版本，美国诗人之间也没有一个版本能够确定汉诗英译的最终面目。读者总是有理由并成功地等待着下一个，同时欣赏和赞叹新时代译者对

① 王佐良 20 世纪 80 年代拜访勃莱时，这首诗便在两人脑海中盘旋。见王佐良，1998，p. 12.

② 有学者认为对休姆展开精神分析，认为其作品也有些青少年的味道，"展现出一种男孩般的玩闹，迷人的探索意识，以及追求思想交流的真诚愿望"。Comentale & Gasiorek, 2006, p. 218.

于庞德、韦利乃至翟理斯经典版本的怀旧式重温。后现代怀旧心情表面上明确的追忆对象实际上只是占支配地位的象征秩序通过社群压力在消费者潜意识里投放的强制映射。对当前版本认同和不认同，皆是包括翻译者本人在内的消费者不能拒绝和逃避的身份指定。汉诗英译既然为文本网络空节点，那么翻译事件本身在后现代就是对从前已发生事件的复制，通过一定程度微调在原有基础上回收、翻新，重新包装然后推向市场。

译者必须让翻译作品在快速更新换代的市场具有交换价值。于是《青青河畔草》等经典汉诗永远有新版本问世，单就处理"青青"的方法之多就已经让人目眩。如每一季上市新款时装，努力制造出时尚潮流向前推进的印象，汉诗存在于，或者被圈禁于"永恒的现在和永恒的改变"中①。潮流的更迭有力地说服读者，当然也说服诗人自己，汉诗依然活着并且依然活跃着，只要裁剪得当便能在当前时代继续"发明"，树立自己的品牌。作为后现代消费品，汉诗英译款式变化彰显诗人作为设计师的个人风格。因为诗歌有太多不同"方面"可以被消费，汉诗英译便能通过选择性地游走在脱节和贴切之间，制造出各种各样的款式以顺应时尚潮流，满足消费者的审美偏好和更新欲望。"如果忠实于诗歌形式的一个方面，结果却是其他方面的实际脱节"，托尼如是说②。

同理，邀请中国学者加入翻译团队，本质上如同好莱坞大片邀请华人影星或者制作人参与，或者如同肥皂剧中出现知晓

---

① Jameson，1988，p. 28.
② Tony，2010，p. 334.

一些东方文化，又时常无法避免地展示出自身异国风情的外国人。全球化文化生产必然注重本土风格。"本土"即美国本土，可以是史耐德置换寒山为"西野拉斯拉斯"山脉①，可以是勃莱让杜诗"适应美国中西部和西部的风景"②，整合了具有鲜明个人风格的"中西部抒情歌"（midwest lyric）曲调③，却很难原汁原味地呈现出来。向后现代读者展现一个遥远陌生，和美国生活不搭界的神州不仅在票房上冒险的，还有深层原因。霍米·巴巴认为翻译乃是"文化交流的表演本质"④，即表演可以进行并且能够被市场接受，必须以文化交流为生长点。文化交流不停带来然后又努力消除外国元素（foreign element），确保交流是有必要且可持续的。这些外国元素生起之时，毫无例外且永无间歇地将看似完好的文本撕开裂缝或者造成皱褶，暴露出符号（原文或者译文都一样）的多余和无定，如被津津乐道的"误译"和"未能理解"。湮灭之时带走原文的时空参考系统以及交流意味，如汉诗中突然冒出的现代物件。和时空解锚之后的译文立即多余，面临翻译所用语言中的其他文学作品的分割和排挤。于是庞德必须"发明中国诗"，否则译文只是另一首美国诗，无法存活。巴巴进一步引用鲁道夫·潘维治（Rudolf Pannwitz）的观点，翻译活动并非将中国"变成"（turn into）美国，而是相反，即促使美国"成为"中国。译者似乎拥有不经过移民

---

① 钟，2006，p. 34.
② 勃莱，1998，p. 4.
③ Davis，1994，p. 74.
④ Bhabha，1994，p. 228.

手续以及中国学者批准便将杜甫、寒山的影子投射到美国山水的诗性自由，实质上慷慨地将美国本土性赠予中国古代诗人。美国性的到来给中国诗，以及其他翻译指示了表演的进行方向。勃莱致友人的《中国山巅》既有东方山峦的灵性、朦胧和写意，也有盘亘在峰谷间的雾霭和出岫白云里若隐若现盎格鲁—撒克逊古代远航水手的身影。

The Chinese Peaks

For Donald Hall

I love the mountain peak
but I know also its rolling
foothills
half-invisible
in mist and fog.
The Seafarer gets up
long before dawn to read.
His soul
is a whale feeding
on the Holy Word.

The soul who loves the peak
also inhales the deep
breath rising
from the mountain

buried in mist.

当代诗人的地方感(sense of place)应被视作美国国别诗歌确立以后,全球化运动萌芽之初,美国诗人对于现代社会擅长树立国家阶级而乏力培养(后)现代人对于居住地点花草树木和飞禽走兽的依附和接通(grounding)所作的探索。这一次和对抗维多利亚诗学一样,汉诗以及中国文化再次充当先锋官①。对于"你认为你归属何处"的问题,史耐德给出的答案是他曾经亲密接触,个人感知过的土地:认识那里的飞鸟、树木、天气,等等②。

从美国西海岸,沿着人们相对陌生的路线(环太平洋而非跨太平洋)到达东方,可是偏偏止步于中国大陆门外,没到达那座寒山。物理或者地理的寒山根本不在诗人心中,寒山文字是消费社会制造的如同迪士尼一般的超真实仿像。翻译活动制造寒山复制赝品,使得原作或者原人因复制品的流行变得越发神圣。"为报往来者,可来向寒山"究竟是真正想到达寒山"环境"或者更多只是后现代在自我编造的"幻境"跟风追星?只有在原作变为非原作,即重复之时,原作才有意义③。借用德里

---

① 史耐德对宋朝诗词的解读可为明证。见 Snyder,1999,p. 305.

② 史耐德的地方感十分强烈,他更愿意用政治文明确立以前,人们在荒野远足时的定位方法来描述自己的住地。在一次采访中,史耐德反问采访者"你是哪里人",并向其展示所谓西雅图等政治概念在表述地理位置上相当不可靠。诗人随后详细描述了自己住址周围的地理和自然特征,并声称中国、日本或者印第安人都会如此回答。见 O'Connell,1998,p. 367.

③ Cavallaro,2001,p. 206.

达对于起源和死亡的论述，翻译既然作为 *sur-vivre* ①，面对中国新文化运动以后正在走向不可逆转死亡的汉诗，翻译者找到一套死亡经济学（economy of death），通过"延后、重复和保留"（deferment，repetition，reserve）应对迟早将要到来的那一刻②。一下子，许多被时空分割、散布于不同诗人个体境遇中的汉诗英译在"死亡"和"存活"的关头优美地联系起来：延后即是上文所说的"下一个"；重复对应翻译始终处于不完美和进行时的高度重复率；译者将有关原作身后事的情感发泄保留，急于穿插自己的伪作以逃避面对和想象原作如何死亡的心理障碍，庞德、王红公一直到黛安妮·迪·普瑞玛（Diane di Prima）等回避将自己的努力定位为翻译。翻译不断地冲击原作的死亡策略，原作所在的"第一次"变得神秘莫测起来③。比如"三首汉诗风格诗作"之一，"夜半钟声到客船"的清凉落寞依稀可见。当然重点不在于有多么像《枫桥夜泊》或者其他汉诗片

---

①　德里达在生命的最后时期接受采访时，重提解构主义运动之初对本雅明翻译乃是原作"存活"的观点：一方面是"überleben"，作者死亡，作品能够幸存下来；另一方面是"fortleben"，作品不但免于死亡，而且可以继续生存发展下去。见 Derrida & Birnbaum，2007.

②　Derrida，1978，p.254. 关于新文化运动以后的旧体诗的论述，请见朱文华《风骚余韵论》，共五类二十四家。五四以来即为强弩之末，风骚可续，中兴难为。这样的无法存活镜面对称到了美国诗坛。洛威尔《松花笺》中便有相当数量清末旧体"画诗"翻译，如陈洪绶、梁同书、刘世安，可笔者从不见有任何学者或诗人对这些翻译留意。

③　译文，无论完美程度如何，都是对于原文的重复。德里达的通过分析"原文"的逻辑概念，认为"原"所象征的第一次必须在"第二次"以及"更多次"存在基础上才有意义。因此，如果没有重复的可能，也谈不上有原文。见 Gendron，2008，p.20.

段，况且只是仿写，首先就不应该有原作的概念。

> Like a bird hidden in the white throat of a lily
>
> I sleep with my hips in the sand, among bright
>
> stones
>
> No wind stirs even the lowest oat grass
>
> But from the sea the night horn of a passing boat
>
> Carries me in the dark to the jade door of a star. ①

普瑞玛的成名作《革命信件》(*Revolutionary Letters*) 多次提到《易经》。和其他垮掉一代诗人相同，她对全球各国主要文化思想都有了解。那些年，东方元素更多被用于展开政治思想。如今三首汉风诗精致细腻地表达内心情绪和生活细节。听到一声夜笛，摘下一朵牡丹，都能引起心灵深处的震动，埋藏在含蓄间接的表达，留下悠长空白让人回味。比如这首：

> Her stone grey eyes like liquid mercury
>
> While light from blue waters rippled over her face
>
> She raised her hand in which a peony trembled
>
> And smiled—a tear sparked silent as a star
>
> I took the flower and turned in my heavy cloak.

女子摘牡丹或者摘花的主题在汉诗以及中国传统绘画作品（包括各种器物如瓷盘、屏风或者鼻烟壶）中十分普遍。不用费

---

① 　di Prima，2002，pp. 2-3.

力寻找这首诗究竟模仿哪位诗人的大作，笔者相信它主要重现
了汉风诗前辈洛威尔《沉思》(*Reflections*)的意韵。普瑞玛利用
重复和保留策略掩盖汉诗原作缺席可能造成的反常和混乱。

> To pluck the crimson peonies
>
> Beneath the surface，
>
> But as she grasped the stems，
>
> They jarred and broke into white-green ripples，
>
> And as she drew out her hand，
>
> The water-drops dripping from it
>
> Stained her rain-blue dress like tears.

　　翻译必然创造，创造立即被消费，消费总是刺激"下一季"
翻译的流行时尚。有学者认为这恰好是后现代语境中翻译之所
以可为的理由。帕斯·奥克塔维奥(Paz Octavio)引用韦利关于
翻译乃是译者发言而非文本发言的看法，说明译者总是应该也
必须能够掌握取舍主动权的"文学操作"①。他还敏锐地观察
到，诗歌翻译乃是诗歌创作的逆过程。一首诗如威廉斯所说，
是"词语打造的机器"，那么翻译者便要仔细小心地将这台机器
拆卸开来②。符号作为零件，其功能和意义都受制于机器。此
时译者要释放符号，让它们(自由地)流通，然后将其还原成语
言③。保罗·德曼(Paul de Man)从本雅明关于翻译自由和忠

---

① 　Paz，1992，p. 157.
② 　Williams，1969，p. 256.
③ 　Paz，1992，159.

诚难题的思考出发，认为翻译既然要和输出语习惯表达相关，则必须自由。译文能够获得自由取决于符号（symbol）和符号之表达（symbolize）在他者眼中可以拉开多大距离，出现多么明显的区别①。符号自由之后当然扰动甚至驱逐了旧意，之于译文我们每每能够，也不得不读出新意②。于是汉诗翻译在后现代消费中并不在于内容本身发生多少迁徙，而是诗歌内部元素能够得到多么彻底而自由的释放。释放以后，各种元素能够和其他国家文学的翻译作品一起进入世界文学领域重新拼合，再次演化。这些微观的、本地的新意从大尺度上来观察，便是世界文学各种曲调相互刺激影响形成的和弦。帕斯通过研究欧美文学家，特别是欧陆、美国和拉丁美洲诗人之间的关联，发现一个十分有趣而重要的现象：影响源不仅可以同时辐射多个国别和时代，而且这些国别和时代的创作可以在不知道兄弟姐妹存在的情况下依然彼此相似，各自完整充足，比如汉诗可以

---

① de Man，1986，p. 92.

② 德曼接下来认为，翻译"让原文走动，去经典化，分崩碎裂"。原文从此以后处于漂泊或者永恒流放状态。只是说这种流放并非真正离开故国，从一个确定中心向外移动的流浪，因为这个中心本来就不存在。一方面汉诗原文，当然也包括其他诗歌，对于翻译带来的诠释和文本分析的承受能力是相当有限的。无数次著名的失误、疏漏和添足等衍生物充分证明即使最为封闭的诗学在形式结构上都不能做到完全闭合。原文文字凝固之后，因为译文文字试图达到意义（看见"词语打造的机器"的译者先假设确有这么一台机器存在）而付出种种努力，翻译活动再一次动员文字去追求表意理想，借此重现表意的艰难和不可达到。另一方面，不妨假设翻译最终优美地生成译文。那么译文和原文间所分享的部分便出自纯粹语言（Reine Sprache）。原文和译文便都是纯粹语言的偏离和走样，那么原文作为碎片，根本就不配拥有中心。

影响英美文化圈的庞德发明汉字诗学，也可以激发欧陆文化圈的克洛代尔（Claudel）和谢阁兰（Segalen）由汉字字形与字意的历史关联以及诗性解读入手，思考如何用拉丁字母的图形特征赋予西方文字象形、会意、指示等汉字属性，进而制造"西方表意文字"（idéogramme occidental），在文字物质性背后拓展理解和想象世界的路径①。两种由汉字直接催生的思想在建立之初，可以较为肯定地说是没有关联的。还有，汉诗在英美文化圈传播广为人知，技术上而言，乃是英文成为世界通用语言，美国成为世界文化生产和消费主要场所的必然结果。放在世界范围内却变为偶然。人们"碰巧"知道汉诗英译，也"碰巧"对其他文化圈里的汉诗传播知之甚少。

感谢玛瑞亚·高力克（Marian Galik）对整个 20 世纪汉诗在捷克、斯洛伐克和波西米亚地区翻译和传播进行总结，让研究中美诗学却不熟悉中欧斯拉夫语文化圈的大多数人，有机会浮光掠影地了解汉诗和那个异国（相比于人们熟知的美国）发生的故事。尽管沿着"法国—德国—俄国"迁徙路线，和汉诗或从日本到美国（费诺罗萨—庞德），或从英国到美国（理雅各和翟理斯），或从中国到美国（江亢虎—宾纳）的路线完全不同，在翻译风格、审美变迁和接受过程等方面依然表现出惊人的相似。比如，汉诗首次被介绍到捷克的时间是 1897 年，正是前庞德

---

①　Filoche，1984.

时代汉诗英译的活跃时期①。翻译者是汉学家和诗人组合，翻译作品是《诗经》②；然后是 20 世纪初不通汉语的博修密·马泰修斯(Bohumil Mathesius)以前人翻译为基础，通过相当程度的"复述"(paraphrase)而非翻译，使其作品成为捷克文学经典，无人能超越；第二次世界大战让汉诗流传；翻译对象从李白、杜甫、王维开始，逐渐过渡到寒山、李清照等非主流；译者被韵律和格式困扰，因过度押韵(over rhyming)受到指责，有适当发挥和自由度的作品被视作"出类拔萃"，或者"登峰造极"；于是难免出现一些来历不明，假借中国诗人之名，实为捷克诗人自己创作的汉诗，此现象广泛存在；捷克诗人能够和中国前辈直接对话，相互吐露心曲，交流连绵不绝。最让人感到震惊的相似之处，当属文末提到捷克囚俘在纳粹集中营里依然背诵马泰修斯的汉诗章句的细节。不出数年，纳粹倒台，昔日压迫者沦为阶下囚。有同情纳粹之嫌的庞德在 1945 年被抓捕。当时他正在翻译《孟子》，并随手抓起一本《四书》和中文字典随身带上。关押期间，更是"和孔夫子的书形影不离，他读上几个小时……"③于是，"在身陷囹圄的岁月里……孔子是他（庞德）进行自我对话的精神导师"。

　　被纳粹关押和被盟军关押，处于绝对绝望状态下的诗人，

---

　　① 　谢明(音)总结庞德之前的汉诗英译，对这一时期的评价是：到了 19 世纪末已经有相当数量的汉诗英译存在。主要由专业汉学家完成，显著者有理雅各和翟理斯，见 Xie，1999，p. 4.

　　② 　Galik，2003，p. 285.

　　③ 　王，2004，p. 29.

心中反复吟唱那个遥远异国古老的诗句。逃避否？抗争否？无所谓还是无所畏惧？精神源泉或是发泄渠道？这些个体发展和取舍无关本书宏旨。站在文化交流日益频繁，但地方性四处升起的当下，学者应该保持一种清醒和超然。简单地将这些现象解释为外国诗人对于汉诗乃至中国文化的崇拜和迷恋，势必无法观察到文化生产和消费实际上并非简单的点对点对接，而是由于点的多重和不定造成的错综复杂的局面。帕斯更愿意"退后一步"，笔者于是将汉诗英译以及汉诗进入其他国家的历史发展看作各国文学受同一影响源影响表现出的"同步"①，听见不同乐器和乐手受到市场这只看不见的手指挥，演奏出风格各异而连贯的乐章。变奏、协奏，即兴发挥和个人表演交织在一起，汇成壮观的世界文学交响乐。寒山从德国流传向捷克的事实可以作为市场动向指挥汉诗消费的最好例证②。德国的寒山呢？当然来自美国。而美国呢？史耐德的寒山太耀眼，以至于前辈韦利在《遭遇》（*Encounter*）上发表的译作虽然在时间（1954年相比 1958 年）和数量（27 首相比 24 首）上占优，或者 Wu Chi-yu 1957 年发表在《通报》（*T'oung Pao*）上的 49 首寒山诗作在数量上整整多了一倍，却罕有人知晓和关注③。但是，史耐德和他的《寒山》搭上了垮掉一代和 20 世纪六七十年代反文化运动的便车。韦利当时明显已经"过气"，吴其昱（Wu Chi-yu）根本就没有被汉诗英译市场接受，史耐德的作品能够大卖

---

① 　Paz，1992，p. 160.

② 　Galik，2003，p. 296.

③ 　韩，2009，p. 6.

也是情理之中的事。据冈勒曼（Gonnerman）观察，1958 年出版的《法丐》（*Dharma Bums*）、《相国寺春接心》（*Spring Sesshin in Shokoku-ji*）、寒山英译以及第二年的《砌石》让史耐德从一名油轮上打工赚取回国路费的年轻人一跃成为垮掉派的在世精神领袖①。几十年后在德国文化圈，然后在斯拉夫语文化圈，听到史耐德演奏的协奏而非余响，完成世界文学的同步和变异。当然，和所有商业行为一样，"盗版""造假""山寨"等做法也十分常见，以至于最后"即兴和翻译难解难分，创造和模仿如出一辙"②。镜头拉近的他者凝视之下，汉诗英译必然表现为不足。仿冒此刻成为试图让演奏继续下去，诗人必须发出的即兴行为：弥补放大观察对于汉诗覆盖面的狭隘和偏执，重拾被他者凝视排斥在画面之外的内容。从这个意义上来讲，仿

---

① Gonnerman，2004，p. 269.《法丐》从某种意义上来说是西方到东方、古代到当代的穿越小说。高度混杂的观察世界的方式和当时反对冷战的思路有关。根据笔者东西方文化大循环的观点，那么势必有中国文学作品让西方文化人物穿越回来。王小峰《沿着瞭望塔》便是这样一部作品。约翰·列侬带着他的朋友，穿越到中国的动荡年代。

② Paz，1992，p. 161. 如果将《玉书》看作近代汉诗西译的起点，那么无论中国学者对于《神州集》以及其他作品意见有多大，犯下伪造原罪之人还是中国人自己。丁敦龄被钱锺书痛批为"取己恶诗多篇，俾戈女译而虱其间。颜厚于甲，胆大过身，欺远人之无知也"。丁敦龄夹杂在《玉书》中的三篇作品，其中《小花笑巨杉》已经有学者不辞辛苦地找到其出处，乃是流传于明朝或者更早时代的打油诗。另外两首来源仍然不详。见《玉书与"中国诗人丁敦龄"》，来自 http://www.douban.com/note/157999015/。钱锺书的谴责对象其实是汉诗被流放，去经典化以后，对于"超真实"的初体验。后现代虽然消除了"远人"和"远人之无知"，但借助仿像将"欺"转化成"迎"。市场需要某些口味的作品，诗人也借此"博上位"。

冒欲拯救被"看见"拆解得支离破碎的汉诗。通过仿冒，美国诗人可以把那些汉诗本来拥有却被翻译破坏的表意填补和修复。同时，因为无法区分他者与自我，仿冒汉诗既是放手实验的机会，也让美国诗人到达以前自我所无法想象的可能。

帕斯借助往后退一步的视野，感知国别元素在世界范围内流动以后丧失国别性，被世界各地诗人消费继而聚合为潮流与风向，逐渐递进的偏离（翻译—改写—仿冒—启发）好似同样一根琴弦因为受力和振荡方式不同产生各种音符和不同音调。这里，笔者却愿意向前"进一步"，分析翻译文本的心理生成。首先，汉诗作为主体，遇见或者跌入翻译行为介绍的新的象征秩序。汉诗（主体）若想进入世界文学，从技术层面上而言必须通过另一种语言，即英语，用拉康术语来说必须屈服于作为象征秩序的翻译。结果是汉诗失去对自己身体（原文）的直接访问权，必须通过另一种语言从中协调和调度。而原文作为汉诗身体乃是欢爽（jouissance）的具体物化。在汉诗失去原文之后，作为他者的译文只好建立在一个空缺之上，这个空缺便是欢爽的空缺，意味着译文出现并赶走原文之后，必须永远面对无法获得欢爽这一终极缺失。为了掩盖这一缺失，故意偏离原文的翻译，以及变奏、变造、仿冒汉诗的幻想（fantasy）出现了。《神州集》和王红公许多作品分别属于前后两种情况。

古典心理学中幻想总是和现实对立，即幻想必须不同于现实，准确地说是关于现实由想象产生的错觉。幻想是现实的对应，即幻想越是想要脱离现实，则越要依赖现实才能继续下去，没有现实的存在，幻想无法知晓自己是幻想。这种关系十分类似于古典的比较诗学观①，还适用于翻译/仿作和原作的关系。只是拉康精神分析法揭示了所谓"现实"（reality），如同"汉诗本质"，本来就非可靠、可确知的概念。因难以抵制符号的补充性以及表意链时时出现的断裂，美国诗人所见汉诗到底是什么，变得十分值得商榷。汉诗幻想恰好是对于大他者（译文）存在，为了保护主体（汉诗）所做的防护。在面对译文神秘莫测欲望之时，汉诗需要借助幻想，抢在译文开口之前回答"他者对我有何求"（Che vuoi）。弗洛伊德—拉康理论的阉割恐惧，转移到中美比较诗学中，成为所有翻译者无意识里压制自己对于翻译阉割原文的恐惧，试图逃避面对翻译活动造成的汉诗缺失和损坏。② 比如下面这首汉森（Kenneth Hanson）仿林和靖的《采石山》：

---

① 对应和对立的比较诗学观点在上文已经有一定覆盖。如比较翻译和原文的异同，论述美国诗歌思想平台对于汉诗的不可想象。近年来有学者提出对流观，试图超越这两种模式。笔者倾向于对流观点。事实上美国诗人看见汉诗之后，产生各种变化然后"成为"便是对流。参见张隆溪，2005。特别是其对流观点。

② 他者为翻译不可为的恐惧提供了产生和展开的舞台。洛威尔和艾思柯在信中对于庞德的无情揶揄堪为明证："庞德解说汉诗，的确是好诗，直到它们已经不再是汉诗。"见 Ayscough et al.，1945，p. 44. 也就是说，洛威尔认为庞德的解说阐述（elaborate）是不可取的，但事实上他解说涂抹的程度更甚。证明了他努力说服自己能够译出真的汉诗，在潜意识里对于不可为和破坏的恐惧的否定，没有欢爽，即他者里的缺乏（Lack in the Other）。

STONE MOUNTAIN

In rainy weather
from this lookout
the mountain seems
held by the river.

No temple roofs
angles and curves.
Only autumn green
bleaching and dull.

　　既然是仿作，讨论它和原文之间的异同并没有任何意义。原文的七律被破拆成为类似于三字经的英文；原作每一联压缩为一个诗节；英文第一节的跨行连续等形式上的变化实在让人难以逆向揣测汉诗原文是什么样子。当汉森真有一天到达杭州时，会感觉"好像访问自己的梦"①。幻想生成的诗歌，揭示了为补救译作失败落入亚真实（sub-reality），记忆里曾经反复出现且无法克服的恐惧，无意识驱使翻译活动制造超真实（hyperreality）。翻译不仅是汉诗的自我放逐，也成为翻译者的自我放逐。译文须足够不忠实，才能容纳流亡的创造者，维持他的创作欲望，同时帮助翻译者克服他者里的缺乏并暂时忘记原文的追问和质疑，即维持翻译者自身。

　　此外，拉康认为既然幻想中意象（image）占据着表意结构，

---

　　① 　赵，2003，p.160.

那么幻想不仅属于想象，同样受制于象征秩序。笔者相信翻译者对于原文进行想象时，并非单纯地使用(employ)，享用(enjoy)占有更大比重。然而享用和虐待只有一线之隔，或者只是被摄入不同观察的同一事件(艾略特和余光中对《神州集》的评价堪为对照)。就在这一时刻，过度享受原文，翻译转化为变造和拼凑，译者实质上是在将译文的不可能转移到原文上，强制汉诗拥有一些难以想象的属性与功能，包括拆字法，典故摘除，解说式行文，或者石江山试图通过吟诵英文还原汉诗声响美，如李白《静夜思》①：

moón	light/	fáll	nèar	**bēd**
ás	ìf/	fròst	therè	**spreād**
lǐft	gaze/	fìnd	bríght	moòn
mīss	óld/	hōme	hàng	**heād**

译文是翻译动作主体。发出动作的同时也被动作消除，即译文必须不在场，才能体现出文本翻译性质，让读者看到一个经过译者想象但实际上并不存在的原文。比较王维《鹿柴》翻译便可清楚认识译文怎样借助自身消隐来享受原文，或者不愿意和原文分离，逼迫虐待原文到极限。愿意让译文退后，和原文解锚的诗人首推庞德。帕斯受其影响，认为庞德翻译理论看上去虽不可靠，但不仅让人信服，更让人着迷，只因这些诗歌至今仍保有"相当多的诗性新意"(an enormous freshness)，让人

---

① Stalling，2006，p. 192.

得以管窥神州。他将青苔（moss）改为青草（grass），只因西班牙语中"musgo"，黏糊松软，让人生厌①。所得文字如下：

> Por los ramajes la luz rompe.
> Tend ida entre la yerba brilla verde.
>
> Light breaks through the branches!
> Spread among the grass it shines green

　　数年后，对王维诗歌佛教意味的理解进一步加深，全面地认识到最后一字（"上"）关涉场景，统领照进森林光与影的关键作用，将"返景入深林，复照青苔上"的夕阳反照，通过一定考据认作佛教西方极乐世界的接引。东方古人在神圣光照下灵修让帕斯联想起自身文化传统中的圣十字若望（St. John of the Cross）②。沿着庞德的发明路线，"光"（luz）变成"西方之光"（luz poniente）。

> Bosque profundo.　Luz poniente：
> alumbra el musgoy，verde，asciende.
>
> Western light：
> It illuminates the moss and，green，rises.

　　值得注意的是，尽管帕斯觉察到"上"字可能带有若有若无

---

①　Weinberger, Wang & Paz, 1987, p. 46.
②　Ibid. , p. 31.

"向上超脱"或者"向上飞升"的意味，以及"返"代表内省和轮回，但他依然愿意和原文保持距离，并不曾想将"上"作为动词和盘托出，对"返"字没有直接用力。而王维译诗不同版本的比较批评刊登在《回归》(*Vuelta*)之后，编辑温伯格顺着一封言辞激烈、语调不恭的读者来信，找到 20 世纪 50 年代初加州大学伯克利分校的卜弼德(Peter Boodberg)翻译的《鹿柴》①。他从汉学家角度，从古汉语训诂、字词意义深度辨析出发进行翻译。卜弼德笃信"上"字应做动词讲，非常亲密地紧紧抱住原文：

> The empty mountain: to see no men,
>
> Barely earminded of men talking—countertones,
>
> And antistrophic lights-and-shadows incoming deeper the
> deep-treed grove
>
> Once more to glowlight the blue-green mosses—going up
>
> (The empty mountain ...)

和原文抱得过紧，放不开任何一个字，比如"返"和"上"，居然不惜用十分生僻且毫无诗意的"antistrophic"，以及画蛇添足地加上"上空山"(going up/The empty mountain)。无论谁来阅读都不免惊悸。难怪温伯格幽默地说，仿佛霍普金斯嗑

---

① Weinberger，Wang ＆ Paz，1987，p. 51.

了摇头丸一样怪诞，堪称最为奇特的王维版本。① 卜弼德面对禅味十足，淡雅空灵的小诗火力全开，不遗余力地用训诂和字义辨析向汉字发起猛烈冲击，当然和他作为汉学家的职业习惯有关：受教于早期欧洲汉学传统，认为唐代诗人高度重视语法和词汇，细致入微的深层或荒疏平常的表面皆有常人未见之玄妙。所以为真正解读一首唐诗，译者必须对于汉字之间细微语意差别，如苍、碧、翠、青、蓝的异同进行仔细辨析，否则便无颜见原诗和原作者②；也和自己翻译心态一致：一丝不苟地忠诚可靠和训练有素，努力存留原作诗人在语意上和语法上不同层次和意犹未尽的各个侧面。相比之下，不难理解为何温伯格将史耐德译作评为最佳：一字不漏，一点不多，译作却是美国诗③。插一句，众人皆知史耐德在伯克利学习期间师从陈世骧学习中国文学和古代汉语。而往往被忽略的事实是，诗人也上过卜弼德的古代汉语课，对后者执着于文字训诂、追逐句法字义的学院式研究方法并不陌生④。可是史耐德后来并没有走上学术道路，也从未以"打激素"方式进入汉诗，是遭遇卜弼德之前心中已经形成的信念使然。和前辈庞德一样——反对成规。即便真心追求佛禅，他也始终没有真正遁入空门，相反还结婚四次。史耐德对日本禅宗专家式的修炼方法，过分强调专

---

　　①　原文是"To me this sounds like Gerard Manley Hopkins on LSD"。霍普金斯是维多利亚诗风的代表。摇头丸能够让人从思想到感官到记忆各方面都产生强烈幻觉。这首译作的确用力过猛。

　　②　Kroll，1980，p. 271.

　　③　Weinberger，1987，p. 43.

　　④　张，1998，p. 77.

业训练而失去普通心，从而难以产生拍案顿悟等缺陷颇有微词①。看见精进执着的卜弼德走火入魔，史耐德潜意识里避免因放不下我执而升起的幻想，不愿意看到寻找真实的探求活动反而失去平易真实。

　　让译文消失的行为激发"真正的行动"（authentic act）。齐泽克通过分析主体、行动和客体的关系，发现"每件真正的行动固有些许暴力"。所以为不伤原作，相当一部分汉诗英译者不承认自己的作品是翻译作品，从庞德和王红公一直到巴恩斯通都向读者挥手示意，译作不过是自我表达，译者不过以原作为参考，编织自己的故事。然而这样的被动和超然并非每一个伏案辛苦之人都可以接受。主体并非总是愿意，或者能够顺滑无痛苦地被行动消除。常见情况是译文太过执着地要和原文捆绑在一起，使尽浑身解数要将原文无损伤、无遗漏地表达。卜弼德便是最好的例证。即便主张逐字法的韦利也不愿像他那样"敢于比绝大多数人更极端"②，从其汉学修养和翻译观点看，其足可谓服用了兴奋剂的韦利。相对于以仿冒和变造为途径消费汉诗而言，过度翻译变成另一种过度消费。本质区别是，卜弼德不承认翻译不可为，否定不可翻译的存在，坚信译文（注意不是原文）是完整充足的。同时因为无法区分原文和译文，将译文的完整充足转移到原文，原文便总是差强人意，而对完美译文的迷恋让卜弼德不惜虐待原文（因而也间接损害了译文），借此选择不面对译文必须消失的命运，拒绝承认一个结

---

① Snyder，1990，p. 152.
② Kroll，1980，p. 272.

局，即译文必须在让原文出现而自身退出的情况下才能够成立。译者心满意足地看到原文虽然有种种缺乏和不可为，但原文可以并且愿意克服局限，善解人意地为译文提供各种材料与可能性，"他者里的缺乏"被强制扭曲成"他者里的过剩"，最终能够像译文一样拥有欢爽。只是说，拉康的欢爽尚且在幻想中包含各种能指，以支撑主体消逝之后的局面，努力格挡主体可能将面对的不可译恐惧。虐待行为连这样一个幻想都被抛弃。极端译者对于汉诗不抱幻想，他们眼中的汉诗必须如是。为了译文能够成立，译者不惜将汉诗文字每一颗种子都掘起，每一种潜能都开发，让它能够真正成为，"真正的享受"①。过度消费的主要后果是译文先天不足，因为所有的使用价值都已耗尽，只能作为诠释学文段苟活，而难以加入市场流通和世界文学交响乐。

---

① Kesel，2004，p. 322.

第九章　困难重重：影响发源点
的局限、混淆和层叠

2003 年 8 月，《夹克》(*Jacket*)杂志刊登一系列文章纪念王红公并讨论其诗学成就。温伯格撰文《来自汉语的王红公》("*Rexroth from the Chinese*")，以美国诗歌 20 世纪发展演变为框架，观察和测量王与中国诗歌之间的关系。他发现，从庞德意象派开始，美国诗歌无论在题材选择、审美情趣、遣词造句等方面都受到汉诗一定的影响。前文对此已有详细论述。但他多少带有一些遗憾地指出，汉诗西传的题目无论如何研究，都无法回避途径上的不确定和结论上的不完整。

How classical Chinese entered into American poetry is a simple story，but its effect may never be fully unraveled，for it is often impossible to determine whether the Americans found in it a revelation or merely a confirmation of what they had already discovered.

中国古典诗词如何进入美国诗歌是一个简单的故事，但产生的影响可能永远都难以彻底查明。只因为，究竟是美国诗人从中受到了启发，或仅仅从中确认了自己已经发现的东西，往往无法搞透彻。

以庞德和史耐德两人为例。常见的说法是，庞德受费氏遗孀所托，收到书稿然后翻译/创作《神州集》，史耐德在加州大学伯克利分校东方语言系修读陈世骧的课程，接触并翻译了寒山作品。两位诗人接触汉诗之前，诗人对中国文化、哲学思想等少有接触，但看见以后马上便被"优美""深厚""精致""前卫"等属性征服，成为吸收中国文化，发展自身写作，影响美国诗坛的榜样。如此说来，中美诗歌交流的确很简单。简单到只要研究者能够或从诗人自己，或从旁人观察，或从诗歌以及文学观点的类同，寻获一些让人印象深刻的故事，具体生动地描述遭遇汉诗的过程，阐明遭遇之后发生的变化。通过现代化的信息处理手段，只要钻研功夫够深，便不会空手而归。

　　然而，"转角处遇见"叙事结构很有可能将研究置于对历史事件和思想交流过度简化的危险处境中。将其视为"简单"仅仅因为观察者只看到了连续事件的其中某一幕。庞德收到遗稿和史耐德选修中国文学课程这样简单确切的历史，在获得较高曝光程度的同时会让其他相关事件在观察者视野中黯淡甚至消隐，既破坏了历史的连续性也未能充分评价其他事件（有可能）造成的中断和跳跃。更深一层，将观察局限在一个或者某个伟大的相逢时刻容易让"一拍即合"的错觉将观察者引入歧途，使观察者错误地认为在此时刻之前，美国诗人对于汉诗，或者汉诗相关特点并未接触过，但已做好相遇的准备，遇见之后便一发不可收拾，而意义产生的一瞬间便是"看见"的时刻。如此说来，遇见之前意义是缺乏的，甚至是缺失的，此后种种也大幅度受制于这一瞬间的相遇。显然，历史并非（完全）如此，也没那么简单。

　　1913年年底的庞德，将要但还未收到费氏遗稿时，妻子多拉斯(Dorothy)已经开始自学中文。11 月 20 日她给庞德去信，信头便用汉字"毛"，和"Belove"写在一起，这是小两口之间的一个玩笑①，多拉斯还说想读庞德写的汉诗。几天之后，即 1913 年 11 月 24 日，费氏遗孀玛丽给庞德去信，仔细叮嘱对方注意邮寄来的材料的顺序，并特意使用了一个中文单词"anshing"(安心)，强调自己对于材料顺序和到来十分关注。玛丽说："我知道你迫切想得到象形文字和表意文字(的稿子)，但是我必须依照我们的计划，先寄来能剧的东西。它已经是一本完整的著作了。"②这是一个非常重要的细节，说明庞德在看见汉诗材料之前，对于汉字和汉诗已经有强烈的兴趣。庞德表现出的渴望和兴奋程度，让玛丽认为有理由故意延后发出遗稿汉诗部分，以免影响能剧作品的出版。再过了近一个月，庞德给威廉斯去信，得意和欣喜之情难以掩饰："我非常满足、兴奋、忙碌。多拉斯正在学中文。我得到了前辈费诺罗萨的所有宝藏，即手稿。"③

这是即将获得手稿时的庞德。那之前呢？近二十年来，随着对于"庞德与中国"题目研究的深入，学者一次次触碰到更早期的，初到达伦敦时的庞德。根据钱兆明考证④，诗人在大英博物馆里看见中国字画，并且和博物馆东方学家比尼恩等人交

---

① 据学者考证，庞德当时头发蓬乱。汉字"毛"透露妻子对他的爱恋和轻微揶揄。见 Marx，2004，p. 109.
② Pound & Kodama，1987，p. 6.
③ Pound & Paige，1971，p. 65.
④ Qian，2000.

好。比尼恩撰写《远东绘画》（*Painting in the Far East*）一书，启发庞德将中国文化视为西方文艺复兴的新起点和灵感来源；甄选作品举办远东绘画展，庞德前去欣赏，两人遂成为一生好友；几年后更通过比尼恩结识了费诺罗萨的遗孀玛丽，此后东西方诗歌交流史翻开崭新的一页；比尼恩举办"远东艺术与思想"讲座，共四讲，庞德至少参加过两次；庞德在 1910 年前后创作的诗句中明显有中国画的影子；中国画对构图和色调的把握以及应用影响诗人创作《在地铁站》；许多年后，《诗章》多次使用这一时期所见中国画的场景和人物。看到如此密切而实在的关联，可以有把握地说"毫无疑问，庞德终生对东方艺术和文化的兴趣是在 1909—1912 年间养成的"。

　　如果说，上文展示庞德接受费氏遗稿之前已经和汉诗及其元素有了长期的"亲密"接触，让温伯格的观察陷入第一重困难中，即时间的连续和事件的断代之间的矛盾。所谓意义重大，广为人知的遭遇汉诗的故事都是观察者站在一个遥远的时间点，向来时路上回望时，目光所到之处，所止之处的回忆。而"看见汉诗"事件发生前的各种作用力和发展轨迹显然被严重低估了。此外，诗人当时表现出一些似是而非、和中国诗学思想有些接近的观点，构成温伯格观察必须面对的第二重困难，即因果作用和相似表征之间的矛盾。影响的因果作用有多强，观察者在陈述中国古诗对于美国诗学作用时能有多肯定地区分来自古希腊的思想，或者英文诗歌固有传统，或者一些难以察觉的小传统，这份冷静和自省很容易淹没在"找到"的成就感和自我实现的逻辑中。庞德 1912 年在一篇名为《心理和行吟诗人》

("Psychology and Troubadours") 的文章里①，虽从古希腊出发，对于宇宙的观照看似颇有中国道教思想的风骨。看到一个"胚芽般的宇宙：一棵树，一块石头都有生命力"(the germinal universe of wood alive，of stone alive)，人和树木、和石头都能发生力和灵的交换，比如：

> Ourkinship to the ox we have constantly thrust upon us; but beneath this is our kinship to the vital universe，to the tree and the living rock，and，because this is less obvious—and possibly more interesting—we forget it.
>
> 人和牛之间的亲属关系，我们一直强加于己身；但往下一层便是我们和富有生命力的宇宙，和树木以及和有生命的岩石之间的关系。并且，因为这层关系不够明显——也许还因为它更为有趣——我们忘记了它。

联想到当时诗人频繁接触中国视觉艺术品并时常向比尼恩等资深东方学家讨教，很容易给人造成庞德的形而上思考逐渐开始自觉地向道家思想接近的错觉，特别是关于万物有灵以及天地之气在万物中流转的看法。实际上，关于宇宙的看法，可

---

① 弄清这篇文章发表的时间稍有些麻烦。原作发表于 1912 年。1932 年之后收入《浪漫主义精神》(The Spirit of Romance)中。而《浪漫主义精神》第一次发行时间是 1910 年，容易让人误以为这篇文章也是在 1910 年发表的。见 Tryphonopoulos & Adams，2005，p. 279.

以肯定地说，来自希腊 Eleusinian 神秘主义传统，和东方罕有联系①。再举一例：

The only way to strengthen one's intellect is to make up one's mind about nothing.

增慧别无法门，唯心无所念尔。

Let us open our leaves like a flower，and be passive and receptive.

如花展叶，不动、欣然。

The poetical nature has no self. It is everything and nothing. It has no character. It enjoys light and shade.

诗性无我，无所是，亦无所不是，自性虚空，光影处便是欢喜。

A poet has no identity he is continually in for and filling some other body.

诗人没有身份，他不断地存在于并充斥于他人的身体里。

仅从修辞上来看，第一条到第三条浸染佛教思想，第四条类似后现代主义论文语体。也难怪，当比尼恩在研究远东艺术思想史的写作中看到这些句子时，作为学贯中西的学者，他自

---

① Tryphonopoulos & Adams，2005，p. 280.

已都不敢相信说话之人非佛非道非东方，居然是和远东文化缺乏交集的济慈，叹曰："要是一位中国道家诗人说出这样的话来，该是件多么自然的事情啊！"①笔者故意玩弄了一下文字，这些话的主人还来不及亮出自己的英国护照，便从佛堂道观穿越到了分裂后现代。由此可见，孤立言说如果掺杂特定语篇标记，如在"no self"和"无我"之间画等号，"passive"被处理成"不动"，便容易将观察限制在某个特定角度，邀请观察者参与意义建构，并许诺以迅速而廉价的满足：济慈凭借以上几句话，几乎可以被派遣到东西方任何时空②。笔者无意援引罗兰·巴特关于"读者文本"（readerly text）和"作者文本"（writerly text）的概念；相信无须长篇探讨西方思想史关于存在和意识之间的关系；也认为古今中外神思不异，文气相通的看法过于屈服于大一统的观点。只是想强调，这些缺乏因果关系，断章取义的做法类似于再一次表明进行东西方诗学比较观察中，时常警醒"简单"的诱惑和应许是很有必要的。

就"看见"的发源点而言，第一重困难是局限，第二重困难

---

① Binyon，1911，p. 37.

② 济慈对青年时代的威廉斯影响非常大。回忆起自己大学时期，威廉斯说"当时是我的济慈时代，我写的东西都是对济慈的拙劣模仿"，见 Williams & Berrien，1967，p. 4。济慈这位时空穿梭者对早期的威廉斯造成影响后，是否让后者在以后更愿意、更有准备吸纳汉诗呢？这个问题需要进一步研究才能回答。值得关注的线索是，威廉斯对于以济慈作品为代表的浪漫主义诗歌传统的"拙劣"模仿可以解读成传统的破拆和缺失，意外地为威廉斯进入现代甚至后现代诗歌提供了一条理想途径。汉诗有可能也起到破拆传统的作用，即所谓不同平台异位移植造成混乱和中断。见 Hsiao，2008.

是混淆。和前面两者不同，第三重困难发源点时间清楚，影响发出的来源也十分确定，但往往被显著事件的光环压制，缺少曝光度，总是在历史的幽暗深处，等待着被足够宽广和细致的目光发现。并非单一的发源点的丰富或者层叠造成了第三重困难。比如，《神州集》之后，庞德和汉诗以及中国文化发生过多次关系。他读孔子著作自不必说，在曾宝荪帮助下创作《七湖诗章》；在比萨俘房营关押期间，他一边翻译儒家经典，一边创作《比萨诗章》，后者于是包含了大量孔子言论和中国文化元素。《诗章》中许多叠加和并置的手段可以和王维发生联系。然而，庞德晚年和丽江以及纳西东巴文化的关系，却一直很少有人知晓或研究。

感谢艾米丽・华莱斯（Emily Wallace）翔实可信的考证，使笔者得以较为全面地了解晚年庞德和丽江东巴文化发生的交集。1958 年审判结束之后，诗人及其家人回到意大利，住进布朗登（Brunnenburg）城堡并在此创作了最后的《诗章》。而顾彼得（Peter Goullart），一位曾长期生活在丽江的西方学者，曾创作《被遗忘的王国》将丽江和东巴文化全面地介绍给世界。他 1949 年离开中国以后，应庞德邀请来到其城堡，开始类似于门客的生活。1962 年首次来访，一住就是大半年。以后每年都来长住，一直到 1970 年和诗人的密切交往才告一段落①。即便诗人进入马丁斯布朗（Martinsbrunn）疗养院治疗漫长审判带来的精神损伤时，顾彼得也常去探望。于是，庞德晚年又一

---

① 　Emily, 2003, p. 231.

次在异国遇到了在东方内地长期居住过的东方学家。相较未曾谋面的费诺罗萨，很难想象，庞德第一次看见"在场"的顾彼得时，心里是何种感触。而在此之前，庞德和另外一名长期在丽江的西方探险家——《美国国家地理》的通信作者约瑟夫·洛克已经开始书信来往。两位丽江时期便是好友的东方学家，与庞德相识之后，合力为他描述了一个遥远异域，东巴文化原始古老，玉龙山下诗意的歌声缭绕，男女相互爱恋，无法厮守于是一同为情殉身，当然还有东巴文字，世界上唯一活着的象形文字。诗人曾将汉字看作象形文字，延续并发展费诺罗萨的观点创造了汉字诗学。年轻时为之痴迷，尽管受到汉学家以及中国学者反复责难甚至讥笑，信念和实践却始终不渝。于是，东方学家再次开路，一个似曾相识的神州，一个遥远但不陌生，曾经被发明却又总是无法拥抱的神州，再一次闯入诗人视野。

现已查明，以洛克和顾彼得两位东方学家的著作与讲述为基础，用庞德自己的话说，便是：

> Rock's land and Goullart's
> paradiso;
> air blown into
> word-form

《诗章》98～116 中，可以发现许多描述与纳西和丽江元素有关，如纳西文化的自然崇拜仪式，妇女披星戴月的服饰，武士保卫家园，在石鼓取得的胜利，云南的植物，丽江山水和古希腊宇宙观合体，丽江古城，

And over Li Chiang，the snow range is turquoise，

Rock's world that he saved us for memory

a thin trace in high air（113/806）

丽江风景名胜，如黑龙潭、象山、玉龙雪山等：

By the pomegranate water，

in the clean air

over Li Chiang

The firm voice amid pine wood，

many springs are at the foot of

Hsiang Shan

By the temple pool，Lung Wang's

the clear discourse

as Jade stream(112/804)

此外，艾米丽·华莱斯还发现东巴文化为爱殉情，死后进入天堂的传说和母题对庞德晚期诗章影响颇大。在以基督教为主导的西方世界里，自杀是一种禁忌，软弱、放弃自己的生命是对上帝救赎和恩典的最根本拒绝与否定，受主流社会轻贱。此时庞德再一次发挥他的发明能力，将自杀看作个体主动寻找和自然宇宙交换能量和灵力的途径。选择自杀，不是个体对现世生命的放弃和逃避，而是明确主动地抛开所有，拥抱永恒的理想和勇气。诗人放下年轻时对抗世界的无谓努力，进入宇宙

自然同时也进入上帝，重逢青年时代万物有灵，相互联系、彼此依存的自然超验，重回爱默生—梭罗的美国超验主义传统路线。《诗章》尽头仿佛庞德走出自我修筑的漫长隧道，从青年时代旅居伦敦正式接触东方文化开始，庞德一直饱受非议。庞德晚年有幸看见丽江，带有强烈地方概念和自然属性的东巴文化让诗人能够从容地退出中国。躯体是一座圣殿，是上帝的居所。

> That the body is inside the soul—
> the lifting and folding brightness
> the darkness shattered,
> the fragment.

(113/808-9)

真正知天命后，成为上帝的眼睛，再一次看见（p. 265），看见上帝的应许，如同玉龙第三国一般的天堂。回归本土，"提升"（lift）到美国超验主义，竟和自家前辈爱默生站在波士顿公园（Boston Common）荒芜处四下观看，被高于人类思维，不在经验之外的自然向上提升到超验的瞬间感觉十分符合①。

普遍的存在（Universal Being）流转于身体，自然让人荣归主怀。这片树林里，人可以放下过去一切，如蛇蜕皮，复归婴儿，寻找全新的自我。笔者则有幸见证爱默生及其思想继承者庞德、史耐德以及勃莱四位美国超验主义诗人大团圆。爱默生

---

① Emerson，1849，pp. 7-8.

终身未曾听闻任何佛教或者道教思想，只是通过翻译读过一些
印度教经典。据学者考证，爱默生写下上述这段话时尚未阅读
《薄伽梵歌》(*Bhagavad Gītā*)，只是读过法国东方学家维克
多·库辛(Victor Cousin)的《哲学课程》(*Cours de philosoph-
ie*)，其中有两章关于印度哲学①。他甚至将《薄伽梵歌》误认
为佛教经典②。然而，就是凭借这些零星的东方输入，从印度
哲学中观察到初始佛教核心概念之一的空观，破除我见(I see
all)，我相(I am nothing)，我执(I am part or particle of
God)，和美国自身哲学传统，主要是唯一神教派(unitarian)
相结合，爱默生和晚辈费诺罗萨一样展现出美国学者采炼外来
元素，建构自身思想体系惊人的消费/消化能力③。未曾参过
一日禅，爱默生的思想却与禅宗有相当程度的重叠④。此外，
还有以下富有道家神韵的文字：

> Of that ineffable essence which we call Spirit,
> he that thinks most, will say least. We can foresee

①　Goodman，1990，p. 627.
②　Detweiler，1962，p. 423.
③　《薄伽梵歌》史耐德也读过，并从中领悟到印度教"无常"(imper-
manent)以及"梦幻泡影"(illusory)。以此为基础，大乘佛教训练让诗人
再向前一步，超越绝对空观，进入"如是观"(*this*)。见 Snyder &
McLean，1980，pp. 20-21. 可见全球化克服了爱默生"看见"的不完整，
为史耐德提供参考，继续"成为"。
④　爱默生和禅宗的异同是一个非常庞大的话题。在此不便展开。
最粗略地说，根据 Robert Detweiler 的总结，可以从三个方面来掌握：
自身精进；万家生佛，人人都可成佛以及禅宗修行的当下性和生活性。
见 Detweiler，1962，p. 422.

God in the coarse，and，as it were，distant phenom-
ena of matter；but when we try to define and de-
scribe himself，both language and thought desert us，
and we are as helpless as fools and savages. ①

笔者当然知道爱默生没有看着"有物混成，先天地生。寂
兮寥兮，独立而不改，周行而不殆，可以为天地母。吾不知其
名，字之曰道，强为之名曰大"的翻译版本写下这段话。可是
无论从字词到句意到语篇铺成皆有相当对应之处。再往下看，
更了不得。

That essence refuses to be recorded in proposi-
tions，but when man has worshipped him intellectu-
ally，the noblest ministry of nature is to stand as the
apparition of God.

甚至有和庄子"道在屎溺"极为相似的表达，还顺带提到了
"砖瓦"。刘若愚试图用东方"道在屎溺"思想，点明西方"超自
然理想"(transcendental ideal)模仿理论对于理念归属的看法和
东方有基本不同②。如能读到下面这段话，应该有所触动并深
入思考：

What is there of the divine in a load of bricks?

---

① Emerson，1849，pp. 59-60.
② 刘若愚，1981，p. 72.

What is there of the divine in a barber's shop or a
privy? Much. All.

爱默生是第二重困难的典型代表。美国学者清醒地认识
到，他在 19 世纪大体扮演了一位"文学中间人"的角色。于是
后人总能从其身上发现当下时髦的思想，包括马克思主义辩证
法、德国国家社会主义，以及东方神秘哲学①。可以被视作美
国超验主义无意识地针对亚洲文化到来的提前进化，同时也证
明"美国文化及文人倾心东方文化及文人"的观点是站不住脚
的。19 世纪上半叶和远东几乎隔离，这些思想存在并且经过
几代诗人的发展，一直延续至今，只能说明在全球化程度日益
加深的历史进程中，能够和异国传统接轨或者对应的思想观点
往往更有市场，更容易被消费者接受，这和广告业熟知的规
则，即顾客总是倾向于购买自己听说过、看见过、接触过的品
牌的消费习惯相当一致。和爱默生的书一同摆在货架上的有关
其他思想的书籍过了一定时期之后，因为缺乏海外市场，或者
缺乏异国文化激发的国内市场，与潮流脱节之后逐渐被淘汰。
站在历史尽头容易看到美国超验主义向着东方神秘哲学发生的
位移。观察点赋予观察者难以解除的偏见，容易忽略和遗忘其
他在历史演变途中消失或者中断的传统。事实上，爱默生和禅
宗双方的隔阂难以逾越。比如，爱默生虽有训导，直接阅读上
帝，勿浪费时间阅读他人阅读上帝的文字记录，勿让"对英雄

---

① Detweiler，1962，p. 422.

的热爱堕落成对他的雕像的崇拜"①，却始终无法迈开"呵佛骂祖"的关键一步。超越始终以回归上帝为最高目标。

转回庞德。丽江和东巴并非汉诗本体，甚至和中国古代以汉族为主体的传统文化相当疏远。这些局限和距离让东巴符合汉诗现代性的三个特点，而且和西方诗人观察东方时常常不经意产生的"种族板结"相一致，所以它有足够资格代表第三重困难。庞德的丽江意味着所谓影响发源点的单一性和特异性相当程度上是被后来观察者编织出的附加值。丽江距离西方之遥远，东巴在西方之缺乏，丽江被庞德看见然后进入心境，从某种意义上来说是遭遇费诺罗萨遗稿的梅开二度。然而这一次不单纯重复以往。因为影响来源迥异，丽江之行变成逆向经验，让庞德重温过往的同时为他提供了进入神州的另一个入口，同时也指示诗人可以趁此机会离开陪伴自己一生的神州或者《神州集》，告别它的荒城大漠，离人弃妇。经验清零之后，东巴文化的"万物有灵"和诗人早期关于活力宇宙的看法又混织在了一起，于是《诗章》到达尾声时庞德来到"玉龙第三国"，高山草甸藏红花②。而诗人生命正在走向终点的自然规律，昭示着东西诗学接触的未完成和不可完成。另一件值得一提的未完成事件便是威廉姆斯和禅画诗。瑞普 1962 年出版《金和鱼的签名》，

---

① 原文是：When he can read God directly, the hour is too precious to be wasted in other men's transcripts of their readings，以及"love of the hero corrupts into worship of his statue"。来自爱默生著名文章《美国学者》（"American Scholar"）。

② Emily，2003，p. 265.

而威廉姆斯是在 1963 年撒手人寰的。书柜中和东方有关的最后一本书便是这本诗集①。也就是说，这些用毛笔书写在宣纸上的"画诗"很有可能是威廉姆斯最后阅读的东方诗歌。天不假年，否则难以想象一位青年时代用画诗概括自己作品的诗人②，生平第一首诗便带有意象派神韵的诗人，一生创作无数视觉性极强作品的诗人，如果能有时间继续跟进瑞普的东方水墨画英文诗，中西诗坛将会增添多少传奇。历史深处，书页旁侧，生命尽头，无穷多的接触源正在默默等待着被看见的时刻。

　　不能说庞德和丽江的故事完全不被国人所知。拜繁荣兴旺的丽江旅游所赐，庞德笔下秀美丽江的中文版已经能在互联网上找到，成为许多旅游网站的广告词。中国学术界关于这个题目的研究还太少。中国学者中，笔者目前只了解到钱兆明对此有少量涉及③。从庞德看见丽江，再到通过信息传播途径让国人知道，揭示了东西方交流时占据主导地位的力量乃是消费。为刺激消费，叠加在商品上的"异国珍闻"为解释东西方诗学接触提供了另一种思想路径，即第二部分论述的他者性：用生产观看待，激发和维持美国诗歌身份认同过程，使其成为（或者成长为）国别文学；用消费观看待，说明美国国别诗歌的消费

---

　　①　见 Qian，1995，pp. 179-180 所列诗人东方藏书的清单。威廉姆斯读过王红公的汉诗英译，写书评盛赞之，其中评语观点颇似艾略特对于《神州集》的看法。但没能有机会接触史耐德。

　　②　Townley，1975，p. 115.

　　③　来自与钱兆明先生的电子邮件笔谈。

循环对于他者的隔离和渴求。找寻他者，在世界角落和相对封闭落后的区域发现原材料、劳动力和市场，符合经典殖民主义的生产模式。神州曾经提供过原材料，如今是比神州更为封闭和未知的东巴文化，加工被外包给第三方，如东方学家从东巴翻译成英文，中国学者从英文翻译成汉语，最后回到原产地，促进丽江消费。被庞德以及其他美国诗人转化成商品，自然带有西方专利。因此，丽江提供的启发是艾略特等人的发明说、霍米巴巴的迁徙说之外的另一种可能，将其看作诗人在自己作品中加入的专利和识别标记，不再将汉英不对应和脱节视作语言能力缺乏，诗人/译者的个体发挥，也不用和阅读与理解的深奥关系纠缠。作品带有强烈个人色彩，同时和美国诗歌超验传统一致，在国际化和本土化的两歧道路上都能顺利通行。杂合、自然和新颖等现代性于是转化为广告效应，吸引并引导国内外消费群。

和庞德以世俗《神州集》出发，最终登上超验玉龙雪山的人生故事一样，随着东西方文化以及诗歌交流日益频繁密切，史耐德看见寒山是多触点、大跨度、长时效的遭遇，并非大学课上听说寒山然后开始翻译那么简单。选修那堂对美国诗歌影响深远的文学课之前，诗人的第一次看见，和庞德光顾大英博物馆十分相似，也是通过画展以视觉接触为开端。1953 年夏天在苏窦山（Sourdough）工作期间，收到一张前女友的明信片，被告知波特兰新近举办日本画展。抽空前往，在一幅小张水墨画卷上第一次看到那位"衣衫破烂，长发风中飞舞凌乱，手持一卷矗立崖边大开笑口之人"①。画作以东方特色的简洁写意，不费太多笔墨便勾勒出一位生活在山林中、悬崖边的唐朝前辈。拒绝为俗事所累，"自然地"让个体和个体所处之生态达到和谐，远离制度化、学院化的宗教教义和仪规，自发前往并留守于文明边缘的出世间法给诗人留下深刻印象。从山中回到城里观看画展的诗人无疑在他者身上看见自己。翻看诗人的山中日记，很难不注意到此时以及稍早一些的他从各个角度有意识地向着那座孤绝荒僻的寒山主动靠近：

1952 年

study Chinese until eleven（学中文）②

zazen non-life. An art：mountain-watching（打坐），p.10

First wrote a haiku and painted a haiga for it；then repaired the Om Mani Padme Hum prayer Bag.（学习日本诗歌绘画，学佛），p.10

"That which includes all change never changes；without change time is meaningless；without time，

---

① Gray，2006，pp.133 & 315，西方观众初见中日绘画时，第一反应往往是觉得"丑陋的面容和丑陋的形状"（Binyon，1911，p.22）。习惯空间透视和色彩搭配的西方人看到用毛笔画出的东方人像，多少有些张牙舞爪，史耐德能够看见、触动并且发愿，当是有心有缘。

② Snyder，1999，p.9.

space is destroyed. Thus we arrive at the void." (空观), p. 13

1953 年

Forest equals crop/Scenery equals recreation/ Public equals money.

The shopkeeper's view of nature. (世俗之人眼中的自然), p. 14

(an empty water glass is no less empty than a universe full of nothing), —

the desk is under the pencil. (空观，齐物论), p. 19

Don't be a mountaineer，be a mountain.

And shrug off a few with avalanches. (生态观), p. 20

更为难得的是，史耐德在 1953 年 8 月 20 日阅读了《瓦尔登湖》，开始练习水墨画，不知是否受画展直接影响。笔者尚未找到史耐德观看画展的具体日期。可以确定的是史耐德在同年修读了千浦小畑的日本绘画课，对他日后研读中国水墨山水作品益处良多①。看见寒山，选修绘画课，山居时练习水墨画，那一年史耐德已经做足进入寒山作品的视觉准备。几十年

---

① Snyder，1996，p. 153.

后，他的《山河无尽》表现出和中国山水画二分共脉①。一个有趣的事实是，史耐德当年阅读《瓦尔登湖》(*Walden*)时，应该知道自己与这本书的作者梭罗(Henry Thoreau)有相当多的共同之处，都喜欢在自然和孤独中思考，钟爱体力劳动，看重动手能力，以及相信人与自然能够达到和谐统一。作为受东方诗学影响的美国学者，史耐德对源自自身文化传统的作品尚且能够读出新意并将其继续发展。在对中文的"野""自然"与西方概念中的"wild"以及"nature"做出一番比较之后，他将梭罗的名言"给我一份文明不能承受的野性"(Give me a wildness no civilization can endure)改写成：

> That's clearly not difficult to find. It is harder to imagine a civilization that wildness can endure, yet this is just what we must try to do. Wildness is not just the "preservation of the world," it is the world. ②

无须多说，六十岁出版《荒野的实践》(*The Practice of the Wild*)，从保护世界到变成世界，所用句型以及句型背后的同一生态思想，和其二十三岁时置身于苏窦山薄雾、苍松、溪流以及各种野物间在日记本上写下"不要做登山者，做大山"的时候一模一样。那时光景凝结成文字，随青葱岁月一起埋藏在记

---

① 详细论述见 Hunt，1999.
② Snyder，1990，p. 6.

忆深处①：

Mid-August at Sourdough Mountain Lookout

Down valley a smoke haze

Three days heat，after five days rain

Pitch glows on the fir-cones

Across rocks and meadows

Swarms of new flies.

I cannot remember things I once read

A few friends，but they are in cities.

Drinking cold snow-water from a tin cup

Looking down for miles

Through high still air.

孤绝高寒山巅，远离红尘喧嚣，饮林泉，观空谷，生存调至困难模式，与山岩、草甸、蝇虻为伴。也就是说，早在遭遇寒山之前，早在那一系列人们耳熟能详的"上课—寒山—垮掉派—日本学佛—生态诗学—山河无尽"等连续剧开播之前，前

---

① 史耐德一生虽和中国结缘，但仅有一本由其亲自编选的中译本《水面波纹》，于 2012 年出版。第一首便是本诗，很有可能因为它是史耐德开山之作，即生平第一本诗集中第一首诗。有学者进一步考证《砌石》作为其出版的第一本诗集，完成时间其实在第二本《神话和文本》(*Myths and Texts*)之后，这更加说明诗人在《砌石》中"找到了自己的真实声音"。Whalen-Bridge & Storhoof，2011，p. 84.

期制作已经默默地在美国西海岸一座不太知名的山中展开。十年以内，身处地球两端，没有任何交流和沟通的史耐德和庞德沿着不同路径都登上寒山，来到爱默生—梭罗美国超验主义传统的神殿。庞德能够主动让自我与世界和谐，成为上帝的眼睛。史耐德也在山中远离尘嚣和现代文明，用文字书写风景。全诗两节，第一节具体写景，句法松散模糊，让景物以非线性方式分布。第二节触景生情，红尘只是闪念，立即回归清冷高寒，十分接近汉诗结构。结尾"Looking down for miles"和开头"Down valley a smoke haze"互为呼应，暗示读者可以从尾到头进行再阅读，甚至反向阅读，一如（寒）山中岁月周而复始，万古恒常①。

　　和中国学者通常从诗作中读出"忘我"或自我隐散不同，笔者相信这首诗第一节恰好表明诗人牢固地将人作为土地使用者的凝视镶嵌到景色中，通过汉诗以及意象派常见的自然事物意象叠加手法，勾勒出美国自然景观。比如，烟风和山谷、树脂和松果、苍蝇和岩石。前者动，后者静；前者短暂，后者绵长；前者在后者提供的背景板上需要仔细观察才能显现，后者依靠前者的存在才变得有意义。意象派手法究竟来自庞德或者直接取自汉诗，难以探明。到了第二节，离开社会生活，书作为文明的剩留也被遗忘。锡杯里融化的雪水，诗人用相当程度的细节描写将"喝水者"确切地插入自然，只是句法模糊让读者难以辨别究竟是诗人想象自己城里的朋友在喝水，还是诗人自

---

　　①　这也是史耐德所译二十四首寒山诗中反复出现的说法：粤自居寒山，曾经几万载；朝朝不见日，岁岁不知春；一向寒山坐，淹留三十年。

已举起了锡杯。若是前一种情况，则形成一个首尾相接、无限循环的嵌套，凝视他者和被他者凝视的行进过程中，自然充当了连接器，诗人对于他者（朋友）的想象将自己从自然里移除，让诗人可以成就空无，即"无我""无他""无自然"。若是后一种情况，冰冷雪水提醒诗人，超越自然的努力是无谓的：即便能退出城市，忘记所学，远离朋友，但清冷的空气和水决定了诗人没有选择，无法拒绝自然，对自然不具备支配能力，"人看自然"的关系至此发展成"人和自然"。无论哪种情况，人与自然处于东方哲学常见的同生灭、共进退，等量齐观的思想平台。如此前期制作几乎提前规划设定了诗人一生的发展轨迹，特别是借用佛教的空观和如是观，超越自爱默生以来美国殖民历史中的焦虑残留，即惧怕由于殖民式的使用土地会让自我消失。尼克·塞尔比（Nick Selby）相信，史耐德在资本主义后期，人类不得不向自然全面索取的同时，依靠"人和自然"的东方式关系找到了一条保全自我性的实用方法①。

而再早一些，向往山林自然，寻找自然与人的生态观点在史耐德幼年时已经具备②。因此在时间上，永远难以找到一个可孤立出的时间点来重建看见之时以及之后发生的变化。某个

---

① Selby，1997.

② 钟玲《史耐德与中国文化》一书对史耐德幼年时在西雅图博物馆看到"为之心驰神迷"的中国山水画有详细讲述。她还不辞辛苦地找到了诗人当年观瞻的那幅作品，通过录像手段再一次呈现在诗人眼前，结果钟玲看到"他深陷而闪烁的眼中有一点湿润，脸上线条柔和下来，我想他受了感动，正追溯着自己六十年前的经验"。她的努力有力地说明了第一重困难的存在和难以找寻。见钟玲，2006，pp. 22-25。

特定看见动作本身变成符号，永远处在补充和被补充的进行时态。表意链双重时间箭头打破历史连续性，撕开裂缝，暴露出观看者从表面上可确知思想下面真实的不可测。与其说"看见"促使新事物进入，不如说"看见"让观看者原来埋藏在潜意识里的想象以及追求超验的欲望从缝隙涌出。列维纳斯（Levinas）进一步认为"当人真正接近他者之时便被拔出（uprooted）历史"。① 他的"拔出"和庞德以及爱默生的"提升"是一致的。即汉诗作为自我制造出来的超验他者，能够为自我带来巨大改变的外在诱因，总能像主显一样出其不意地出现并消失，总能花样百出且永不停歇地刺激消费的欲望，让美国诗人能够在裂缝中重新消费美国历史，不得不上瘾一般地走向汉诗。

---

① 　Levinas，1979，p.52.

第十章　流行风向：汉诗内质的重设和更新

　　研究者面对三重困难，局限让其只能逼近却无法到达影响发出的原点，混淆让其难以确知影响的来源并分离干扰，层叠意味着意义构建因残缺和失衡而困扰，永远处于封闭完成状态。三重困难结合起来，说明过去常见的一丝一线、一件一桩、一接一受地看待汉诗西传的思路明显不符合现代社会实际情况。因此研究重心需要超越对于交流事件的静态观察，集中在现代化过程以及后现代文化消费上。美国诗人面对汉诗，按喜好挑拣，依照自身或者社群已经存在的思想布局进行认读和使用，而非过去通常认为的比附和对应。对原材料拼接变造并不局限甚至并不需要在原有维度上展开。消费行为决定了看见过程中不存在师承关系。模仿和对应只在精确度等技术层面上占位。商品（汉诗）既让消费者"以不是我的方式成为他"，造成主格我和宾格我分裂，同时又方便两者能够短暂地在消费活动中重逢，主格我在消费的时刻能够暂时忘记被"乌有"分割造成的残缺，与上一次理想关联并过渡到下一次理想。消费满足欲望的同时刺激更大欲望，诱发更多消费，如同一季又一季永不停息的时尚换季。只有在欲望不满足时主体才愿意对自身重新定位然后调动能力维持其主体性。美国诗人于是不断制造不满足，获取汉诗然后在新维度上进行发明。

　　当代诗人消费中国元素和从前相比变得更为日常。相对于庞德接受费氏遗稿，史耐德翻译寒山诗歌这样可见的、可孤立的、改变命运的人生大事而言，当代诗人不仅能在真实生活中遭遇或者神游到中国，事件发生的频率提高，对人生轨迹冲击度大幅下降。东方哲学思想并非通常认为的"融入"诗人生活，而是成为诗人常备思考方式的可选项。反复消费之后，一方面原作中独特的表意结构和审美内涵逐渐丧失，成为消费社会司空见惯的广告口号或者品牌商标，另一方面反复消费活动又随时提供了在当下产生新意的可能。赵毅衡观察到海因斯（John Haines）有作品《仿陶渊明》，其中反复提到"一千年"，怀疑是否来自陶渊明的"托身已得所，千载不相违"①。十几年后勃莱出版诗集，就叫作《此树将在此地屹立千年》(*This Tree Will Be Here for a Thousand Years*)，扉页上点明标题出处不是来自别人，就是陶渊明。此前，数字"千"曾在勃莱诗歌中出现过②。从此以后，勃莱对"千"的使用一发不可收拾，如 2005 年出版《我的刑期是一千年的喜悦》(*My Sentence Was a Thousand Years of Joy*)，一本小诗集"千"字居然出现二十次之多。新作《藏在一只鞋里的大乌鸦们》，三行一节，每一节最后两字都是"一千遍"，既是强调坚持，也是自嘲无谓。

Ravens Hiding in a Shoe

There is something men and women living in houses
Don't understand.　The old alchemists standing

---

① 赵，2003，p. 148.
② 如诗集《周身都是光》(*The Light Around the Body*)里的《三个总统》("Three Presidents")；《执行官之死》("The Executive's Death")以及《从鱼进化》("Evolution from the Fish")都有"千"。

Near their stoves hinted at it a thousand times.

Ravens at night hide in an old woman's shoe.
A four-year-old speaks some ancient language.
We have lived our own death a thousand times.

Each sentence we speak to friends means the opposite
As well. Each time we say, "I trust in God," it means
God has already abandoned us a thousand times.

Mothers again and again have knelt in church
In wartime asking God to protect their sons,
And their prayers were refused a thousand times.

The baby loon follows the mother's sleek
Body for months. By the end of summer, she
Has dipped her head into Rainy Lake a thousand times.

Robert, you've wasted so much of your life
Sitting indoors to write poems. Would you
Do that again? I would, a thousand times.

本来让翻译者头痛不已的汉诗数词，被勃莱当成口头禅。往前可以连通到中国陶渊明，实际上和美国超验传统结合也十分紧密。爱默生以《自然》为出发点深刻思考人类如何超越习以为常的情感理智的"当然"，返回伊甸园，和充实完备的人性（即神性）结合，成为上帝的一部分。他说："假如星光一千年出现一次，人类应该多么笃信和崇拜；上帝之城曾经显示的记忆许多代人都会铭记于心。"①不仅如此，处于山林田野、江湖之远的人类，只要细心留意，便能发现"上帝的种植园中，礼仪齐备，圣洁无瑕的国度，永恒的欢乐庆典已经准备停当，客人一千年都不会疲倦"②。陶渊明千年和爱默生千年两张底片被诗人随意地重叠洗印在一起，故意四处张贴，大声张扬让其变成口号。消费产生口号化，带有戏谑意味空洞能指的同时，因为反复接触让诗人不经意间也能和早先使用过的元素和符号加深关联。勃莱的《道德经奔跑》创作于 20 世纪 70 年代。这首诗将各种尽可能不相关的物体和图像联系起来，具体夺目的细节将逻辑秩序和理智思考逼走。根据学者对于诗集幕后动机的探索，发现诗人从主张无意识深层意象出发，有意反抗基督教传统，认为既然"母性思考与无意识相关"，便可使用"快速关联，自由关联"离散意象和念头的方法对抗父权文化对母性的压抑和消除，两位先哲的"千年"便是明证。③ 于是《道德经》和《圣经》放在一起，前者跑过田野，后者躺在床上。许多年之后，步入老年，《道德经》及其思想反抗霸权压迫的战斗作用逐渐消失，眼前诗人关注点变为日常生活的点滴，《老去的感觉》将这种转变表现得十分到位：

The Sense of Getting Older

---

① Emerson，1849，p. 5.
② Ibid.，p. 8.
③ Nelson，1984，p. 85.

There's no doubt winter is coming. I see

My London Fog jacket is made in China.

The fall is like a bare writing desk.

The ash tree outside my window

Has no leaves, and Ignatow is gone ...

But my pen still moves freely

On this paper. And Vera, where is she?

In a nursing home in Newtonville.

Lamplight shines on the floorboards.

No response. Can I read anything I want?

Now, how about Stalingrad? Go ahead.

Those I am dear to, those dear to me ...

I can stand and let my palms sweep

Up over my stomach furnace—

You know, the potbellied stove

The Taoists talk about. And maybe

A plume of energy does climb,

As they say, up the spine. The turtles

On the Galapagos don't feel old.

They breathe only once a minute. ①

　　诗人从看到全球化时代随处可见的中国制造商品开始，进入汉诗的角度非常贴近当前时代。想起老友大卫·伊格内托

---

① Bly，2011，p. 37.

（David Ignatow）和薇拉（Vera）。道家思想中的丹田、内丹、气功、吐纳、龟息、齐物观、随心所欲等思想和行为被和盘托出。另外一首《对着驴耳朵说话》似乎借用《庄子》对牛弹琴的典故，幽默诙谐地表现了曾意气风发，现垂垂老矣的两个活者的失落无奈和自嘲。

Talking into the Ear of a Donkey

I have been talking into the ear of a donkey.
I have so much to say! And the donkey can't wait
To feel my breath stirring the immense oats
Of his ears. "What has happened to the spring,"
I cry, "and our legs that were so joyful
In the bobblings of April?""Oh, never mind
About all that," the donkey
Says. "Just take hold of my mane, so you
Can lift your lips closer to my hairy ears."①

　　熟悉威廉斯《致白居易之魂》的读者，相信不难察觉勃莱将白居易身边的少女身体置换为一头卧槽老驴的戏仿和游戏到底的决心。

　　反复消费能够持续下去的基本动力便是选择性错位，意味着汉诗以及中国文化具有使用价值，但总是低于消费者的期待。史耐德作为美国诗人研究中国诗歌、吸收中国文化的代表

---

　　① 　Bly，2011，p.46.

性人物，尽管看过很多中国画，也学习过中国话，即便这样也未能在中国化的道路上走多远，很多时候表现出对于中国的不认同和不满足：

> 史耐德择三家(儒释道——笔者注)思想都撷取其精华。不但表现在作品中，并且在生活中实践，可以说在吸收三家思想的全面性方面，美国文学史上无出其右者。当然，他只吸收三家思想中适合他自己思想体系与自己性情的，有时甚至会刻意扭曲原来的观念作为己用。①

钟玲前半部分将史耐德诗学里的东西方交融提高到了前所未有的高度，但紧接其后的一句——感谢她作为严肃学者——力道充沛地打破交融幻梦，划分出看见以后能够成为和不能成为的界限，史耐德被送出神州。美国诗人接近汉诗路线完全符合消费行为，也只停留在消费行为。史耐德对汉诗，即所看见和研究的对象，并非依照习得路线的理解—掌握—运用。无论在表面上多么接近一位中国诗人，其"看见然后成为"的深层机制毫无疑问依旧是百分之百的西方。② 说到底，无论哪一种异

---

① 钟玲，2003，p. 218.

② 吉姆·道奇(Jim Dodge)措辞是"从根到花"(from root to flow-er)。在总结史耐德一生的诗歌路线时，他承认如果仅从评论文章上和一些片段诗句阅读史耐德，很可能会给人留下史耐德乃是 20 世纪用英文写作的中国诗人的假象。接下来，和钟玲一样，吉姆认为无论史耐德从亚洲美学汲取了多少养分，除非烈火女神开始买刨冰，史耐德的声音确信无疑地属于西方。见 Snyder，1999，pp. xix & xx.

国思想对于史耐德都不重要，"最重要的是他自己自幼发展出来的一些主要观念"。① 按照消费观点分析，西方或者中国思想都不完美，史耐德作为西方诗人，首先看到自我的缺乏，需要通过向往他者来补充自身，同时也需要持续制造他者的不完美以陈述自己对他者进行消费的合法性以及必要性。为了维持这种愿望，诗人消除隔离的同时有意识地保持隔离。卜弼德的失败反例说明，以获取汉诗真实性为出发点必须同时接受所谓真实（reality）更多的只是观察者追逐到的想象值和符号值。依靠文字皱褶和断裂之处，于是永远隐藏着无尽的幽微有待探索，依靠思想平台总被西方凝视而永远处于离散和错位，依靠后现代消费如期而至的计划淘汰和持续翻新，汉诗作为他者在全球化程度日益加深的年代，和现代化早期处于被美国诗人收养的时代相比，具有越发坚固的自主性，不可知且不可想象。汉诗作为消费品许诺给消费者以快乐，凭借快乐原则"让人一直找寻他必须再次找到的东西，却永远无法获取"。② 东方学家等先行者将隔离部分消除，汉诗被看见，存在缺陷，不让人满意，具有被找到的必要，可以被消费却有待提高。为了维护此生产—消费秩序，隔离必须永远存在，他者事实上无法改进提高，即便有变化发展也与合力方向错位。

那么，依史耐德等美国后现代诗人看来，汉诗作为消费品究竟有什么地方让人不够满意呢？钟玲引述诗人自述，总结起

---

① 钟玲，2003，p. 218，p. 221.
② Evans，1996，p. 151.

来便是"中国人挟文明而自大，中国人轻视原始文化的心态"。① 如此申明不仅相当直接，更加容易让人不解。根据第一章所举例证，在高度现代化的西方人眼里，中国不是那个陈腐、落后而原始的老大帝国吗？汉语不是幼稚简单而阻碍中国人思想向前演化的绊脚石吗？科恩总结，耶稣会传教士在明清之际以及稍晚时期曾赞扬过中国文化平稳理性的整体氛围，甚至有人将孔孟教化视作"接受福音的良好铺垫"②。只是到了19 世纪之后，随着西方起源观从单一论变为多元论，相较于西方在生产力和军事力量上相对落后的民族与国家被归为有异和劣等。神州当然也不例外。以至于昔日曾提倡中国文学，批评英国东印度公司殖民贸易的港督德庇时（John Francis Davis）最后倒向中国文学幼稚（childish）论。彼时此观点在西方学界甚为流行。历史学家兰克（Leopold von Ranke）干脆慷慨赠予中国人"永远停滞"的封号。"象形文字（pictography）不属于文明"，僵化惰性之痼疾甚至殃及邻国日本，"汉字进入之后日本语言的发展受到了相当禁锢"③。当然，这些言论和谢阁兰比起来只能算是微词：

> Frankly, it's not out of sheer prejudice that I
> hate China, but because of its essence and nonsense.
> It's caricature itself, pitiful Bovarysm, pettiness,

---

① 钟玲，2006，p. 220.
② Kern，1996，pp. 158-160.
③ Huang，2002，p. 31.

cowardice，despicableness of all kinds，boredom，boredom above all. Ancient China remains beautiful but only when seen through the eyes of certain people；one must understand，redigest，remake. ①

如此说来中国文化相比西方远远落后，此为第一宗罪；轻视更落后的原始文化，为第二宗罪；本来原始如今不够原始，为第三宗罪。三罪并立，汉诗必须经过全球化"理解、重新消化和再次制造"才能够洗净原罪。这种不断理解、消化和制造的动机因此构成消费汉诗的基本推力，揭示了汉诗或者中国的真正面目作为他者永远无法也无须被掌握的潜台词。只是仍有一个疑团没有解开。为什么一个"本质和荒唐"让人憎恶，从文学到语言到国民性都幼稚原始的国度，怎么到了史耐德眼中突然成为"反原始"罪人，或者说，不够原始？西方诗人"原始"的标杆究竟在哪里？如果中国真的不够原始，那么史耐德用了怎样的方法能够一生从汉诗中得到滋养？三个看似随意的问题实际上揭示出：第一，汉诗被视作矛盾复合体，能够在正反两极来回跳跃，让汉诗（另一个）真正属性永远处于被错过和受挑战状态，消费得以继续；第二，标杆反映了美国诗人消费汉诗的倾向爱好，即那些被贴上"原始"标签或者认为包含"原始"成分的汉诗总是更容易出售，更频繁换代；第三，美国诗人为长期消费汉诗，除了让消费活动具有新意之外，也必须时常带出旧意和古意。

---

① Filoche，1984，p. 141.

先看第一题，汉诗终极属性究竟是什么，美国诗人莫衷一是。赵毅衡搜寻并比较 20 世纪早期现代主义诗歌运动中接触汉诗的美国诗人，发现两个极端。一边是著有《中国剪影》的狄任斯，"认为中国诗的特点是其客观性"；另一边是和江亢虎合作的宾纳，相信"中国诗……是外界的人和事与自我的不断认同……这就是诗人所敏锐感受到的最准确的主观性"。① 争论焦点之一便是汉诗中的风景物件，如青山绿水、梅兰竹菊，究竟应该处理为能指，作为表意链一环，镶嵌在能指网络的同时，背后潜伏着一连串意味深长的所指，所谓"感时花溅泪，恨别鸟惊心"是也②；或者它们是物自体（Thing-in-itself），诗人能够感受到它们存在，观察到它们产生的各种现象，并总结出一套相关知识，"白头搔更短，浑欲不胜簪"。只是说，知识作为思想产物，永远不能超越思想，前文论述斯蒂文斯在《关于纯粹存在》和《事物的表面》中借助汉诗自然手段，放置各种风景和物件，探讨如何到达事物③。争论双方都能找到相当

---

① 赵毅衡，2003，p. 270.

② 这句诗表达有值得玩味之处。既可以理解成看见花，听见鸟鸣而溅泪惊心，也可能是看见"花泪"（花上露珠），听见鸟鸣而产生情绪。即是说，花鸟可以是能指，通过它们指向一系列情绪；也可以是物自体，伴随它们发生共振。

③ 斯蒂文斯充满康德哲学意味的标题《事物的表面》（*Of the Surface of Things*）隐藏着一个深刻的双歧表达。"表面"具有直接意味，相对于隔离和延后而言，事物存在于认识之外，人们只能接触事物的现象外围，不能奢望到达事物的表面；或者"表面"相对于内质而言，人们认识的所谓事物只是其表面，内质仍在表面之后。介词"of"将这种模糊关系进一步复杂化。

多、相当充分的证据，很多时候出自同一派别、同一位诗人，乃至同一首诗，如杜甫《春望》。温伯格总结王红公以及汉诗对美国现代主义诗学建设的影响时，发现杜甫能够以描写国家崩塌开头，以抱怨自己秃顶结尾，堪为现代主义诗歌力图消除题材界限的表率，于是"非常多都取决于一辆红色的手推车"①。

　　巧妙运用置换手法，温伯格干净利落地将争议的皮球踢回给了美国诗歌。汉诗作为他者很容易将理性思辨引入盲人摸象的"不完整"或者见仁见智的"取决于"，因此暂且不要急于讨论汉诗的客观主观性，美国现代诗歌主客观性又如何？《红色手推车》清晰日常的物件场景与"国破"的惊悸和秃头的感伤实际上并不遥远。著名论断"思想只存在于事物之中"对美国现当代诗学产生深刻影响。它作为对浪漫诗风渲染铺陈手法的反叛，在象征主义诗人习惯将物体作为象征的处理方式的基础上进一步发展，试图从物体作为象征跳跃到事物包含思想。只要能够转化为艾略特"客观对应物"，手推车、雨水、白鸡等作为诗人罗列的事物，便能够不借助主观色彩浓厚的叙述，简单无碍地呈现在读者眼前，充分唤起主观情绪。"用艺术手法表现情绪的唯一方法"，艾略特认为，不外乎找到"一系列物体，一个情景，一连串事件，作为特定情绪的配方"②。只要配方灵验，各种情绪都能被忠实地勾兑出。主客观于是被完整分割：配方客观公正且稳定普适，传统观点认为，私密和难以言说的主观情绪，无论如何精妙复杂，短暂易逝，都始终受到客观配方的

---

① Weinberger & Williams，2004，p. xxvi.
② Eliot，1921，p. 92.

绑定和支配。所谓汉诗主客观之争似乎可以到此为止，即狄任斯看到了客观配方，而宾纳看到客观配方统领下的世界能够准确地和诗人主观的情绪精确对应。因此汉诗主客观双歧乃是阅读在"物"与"我"，"情"和"景"之间震荡时两种动作的时差造成的。配方执行得越加严格，便越能凸显主客观性。一个典型例子便是史耐德的一首短诗，诗行本身长度还不及标题（24：IV：40075.3：30 PM，n. of Coaldale，Nevada，A Glimpse through a Break in the Storm of the White Mountains），且不加标点：

> O Mother Gaia
>
> sky cloud gate milk snow
>
> wind-void-word
>
> I bow in roadside gravel

第二、三行使用汉诗一贯的省略减缩手法，仅罗列出八种物体（空也算作一种物体），可谓客观并置到极致。谭琼玲认为史耐德将强烈顿悟感（satori）压缩在字词中，让读者自己寻找离散在物体之间的逻辑或者感性联系，进而体会开头呼喊和结尾敬拜一瞬间，客观对应物对诗人的强烈视觉冲击激发了心理联想①。三个押半韵的单词既可以线性展开，也能理解成思想跳跃前行。和庞德一样，史耐德也认为文字之间"缝隙越宽，

---

① Tan，2009，p. 213.

越困难，跨越之时便能产生更多愉悦"①，生动地道出了主客观相互激发的共生循环关系②。客观物体之间存在的缝隙通常被语法填补弥合，因此物体客观性受到减损和遮盖。只有当缝隙足够大时，物体重新回到物自体，而不是受制于语法的语意表达上的某个环节。更为极端的例子来源于罗伯特·邓肯（Robert Duncan）《弯弓集》（*Bending the Bow*）中的一段文字：

Jump	Stone	Hand	Leaf	Shadow	Sun
Day	Plash	Coin	Light	Downstream	Fish
First	Loosen	Under	Boat	Harbor	Circle
Old	Earth	Bronze	Dark	Wall	Waver
New	Smell	Purl	Close	Wet	Green
Now	Rise	Foot	Warm	Hold	Cool③

叶维廉看到和汉诗高度接近的回文、空间切断等属性④。同时也发现似乎从威廉斯以来善于语法创新的美国诗人越来越注重短句或者断句在诗歌中的地位。省略、切分、断开、离散化等手法越来越激进。笔者认为，这不能单纯理解为向汉诗作

---

① Snyder，1969，p. 357.

② 有学者认为史耐德利用庞德的表意文字法，用"wind-void-word"代表一个字。一行五个音节，五个单词对应五言诗。Cloud-gate暗指禅宗云门宗。禅宗空生万物，万物皆空的思想也被带入作品：Wind（风）和word（词）分别对应客观自然和人类主观，连接两者的中间点便是void（空），超越了主客观二元争论。详见Jeff，2005.

③ Robert，1965，p. 32.

④ 叶维廉，2002a，p. 65.

为阅读产物靠拢，因此过分强调包括哲学以及美学思想在内的主观文思。美国诗歌后现代断裂化更多地应该从行动诗歌的角度来接近，即汉诗作为客观的阅读过程。温伯格通过总结杜甫诗作，精彩地再现了中文阅读，由于汉语字本位的自然属性以及汉诗跳跃断裂、多线性展开的文法，读者难以预测和控制过程中出现的文字变量。本来西方习以为常的前后关联偏正论述逐渐让位于填空式跳格子游戏。若要让"思想只存在于事物之中"，则必须让思想如事物一般，空间上普适，时间上并行。相应地，诗歌产生过程变为填空，读者有机会参与作为，欣赏选择的艰难和乐趣。上文提到西尔维娅关于英文在 20 世纪本体变化的总结，如并行结构、插入语、措辞杂合等，实际上也策应了完形填空的诗歌展开方式。汉诗主客观之辨分离出的时差和缝隙竟出人意料地推动了英文客观诗运动。石江山"完形填空诗"可完美表现为：

替换与扩展

"Expand, through substitution drills."

(1)Light is not _____ but _____ we see.

a star	a far
a distance	a mesa
an opening	thought
an escape	language
an entrance	below

(2)Darkness is not _____ but _____ we see.

what	how
disclosed	displaced
bound	shuttered
traversed	a threshold
there	where①

　　如果诗歌是一台由词语打造的机器，而以完形填空方式装配这台机器则对应了当代诗人对于文字的后现代感悟。翻译既然已经带来零件的自由，完形填空则充分重视和利用作为翻译活动的阅读。读者为维持机器运转必须自行提供或选择过程变量，安装调试相关部件，进一步锻造加工打磨各种零件，装配整台机器然后进行热调试。当代美国诗学又一次借助汉诗不可能的话语场域，将古代中国称为"炼字""推敲"的写作练习和文本细读具体而有说服力地投射到后现代消费品中，"插件，选装，改装，组装，个性化，界面风格，组件，基本型号，升级，配套，即插即用，可回收"等后现代消费品的普遍特征和售后行为在流水作业式的文本生产行为中清晰可见②。石江山(Jonathan Stalling)在学习汉语过程中，以其诗人的敏感发现，语言习得常见的句型操练相当程度上类似于流水线以及模块化

① Stalling，2010，p. 21.
② 后现代消费社会存在一对基本悖论，即同时作为生产者和消费者的个人面对消费品需要表现出分裂人格：生产者以勤奋高效、节俭自持为职业道德，而消费者需要懂得并尽情拥抱商品的丰富和短寿。既被商品隔离也必须通过商品连接，生产者和消费者只能不断"创新"以抑制商品作为事物无法缩减的事物性。商品于是成为创新活动的剩余，标志着后者的阶段性妥协。

生产。一句"A is not B but C we see"类似汉诗对仗，句法结构的凸显程度压抑语意表达，作品重心从通常被赋予重大象征意义的光明和黑暗（lightness/darkness）移转到"我们看见"（we see），明显遵从美国超验主义传统①。光明与黑暗的隐喻和"not but"结构让人联想起艾略特《空心人》，尤其最后一句（Not with a bang but a whimper）。完形填空在作品传统的闭合外壳上留有插槽，迫使读者做出各种选择，对作品进行个性化配置。选择的多样性和可改动性突出结构功能，暗示句法结构和符号表意链一样都有不可遏制的延迟和发散能力。

作为句法中断的终极形式，填空式诗歌一方面将原文空心化，让它如上文德曼论述翻译和原文关系时提到的那样，永远处于碎片和流放状态。读者关于文字的主动回应完全作废，当前组合优越性和排他性于是无所依靠，阅读彻底陷入被动。史耐德式跨越缝隙产生的乐趣由于文字间沟壑过大，关键部分缺失而降格变质为无法逃避和彻底解决的"作答"活动。相当吊诡的是，作者和读者意图（intention）虽然被否定，但另一方面胡塞尔式的意向性（intentionality）却变得更为旺盛。填词游戏通过搬运、替换、联想等文学手段玩味文字，体会文字如何加工和设置世界（而不是相反），提升用思想表征并打理世界的能力，选择个人路径进入和退出作品。每一种选择作为碎片原文进一步碎片化，提醒读者选择总是处于进行时，当下便如是。

---

① 参考上文提到爱默生的语音双关"眼睛和我"（eye and I）以及诗句"我们看到的世界乃是思想的发明"（What we see of the world is the mind's Invention）。

德曼回答意图和主观的关系时，认为"意图不一定是主观的，却应该被看成是语意的"①。做题、做选择背后的意图时刻存在的语意诉求，容易被扩大为主体意志的自我表达。以完形填空为框架建构的词语机器提醒一个简单事实：机器能够正常运作，语意句法等客观要素方为作品之根本，不一定总是需要和作者主体性挂钩，因为"语意功能当然是有意图的，但它完全不是意义模式的确定前提"②。机器有效地隔开了作者主观的"想要说"和选择题客观的"可以说"以及"可以说"周围无法掌控的"可能说"。

　　此外，不应该忽视主客观争论下的事物本身。《春望》首句"国破山河在，城春草木深"十个字便包含六种事物和四种状态，受其启发的完形填空诗和现代派的词语机器也产生并消耗大量的事物。海德格尔认为，事物（thing）不同于物体（object）。之所以为事物，是因为它能够自我站立（standing on its own）③，自我支持，或者说独立，即所谓物物（thinging）。事物也能够成为物体，只要将其放在观察者眼前或者从心中唤起。不过，事物性（thingly character）不能被缩减为物体性（objectness）。越少注视事物（无论是有意地转过头去或者无意地没有留意），便越能够"把握和使用事物"，人和事物的关系变得"更为本初"，物体作为设备的面目也更呈露无蔽④。然

①　de Man，1986，p. 94.
②　Ibid.，1986，p. 88.
③　Heidegger，1971，pp. 166-167.
④　Heidegger，Macquarrie & Robinson，2008，p. 98.

后，从胡塞尔意向性概念出发，海德格尔认为此在的存在（Being of Dasein）是此在和世界上的事物的互动决定的，此在的存在进入世间总带着某种意图和关注。根据他对事物和物体的区分，推导出认识并不栖息在知识层面，而总是发生于行动层面。这样一来，此在的存在既然总带有对世界的关注，即"此在包含的基本结构便是：存在—于—世间（being-in-the-world）"①，这种统一现象于是消除了主体和客体之分。《春望》中诗人遭遇的各种事物从山河破败到白发秃顶，都有自己的运行规律，并不受人意愿支配，表现出高度自我支持。诗人主体与其说在捕捉它们的外相，不如说被事物塑造成为当下，获得此在的存在。

海德格尔还观察到，事物大量产生和消费的主要推动力是现代化。它将世界原本存在的时空距离拉近甚至消除。"人类在最短时间内将最远距离置于脑后"，结果是"将每一件事物都放置在身前最短的距离内"②。这非常优美地对应了美国诗歌现代化过程中诗人对事物，或者说对看见事物表现出的敏感和迷恋。汉诗当然也是跨越时空被看见的事物。它存有自性，拒绝被客体化，所谓主客观之争其实只是消费者对于汉诗内部的事物和物体区分的混淆。事物进一步被分成显在状态（present-at-hand）和上手状态（readiness-to-hand）分别论述。观察者明确地看见某个事物之时，它便处于显在状态，如事物被召唤到眼前时缩减为意识中的物体，或者工具因为破损而引起使用者

① Heidegger, 2008, p. 65.
② Heidegger, 1971, p. 165.

的关注。事物的历史、用途等重要属性被忽略。上手状态则表明事物正在正常运作，难以被观察者察觉到。事物的隐散不但说明事物从人类知觉（perception）中退却到人类实践（praxis），更揭示了显在事物"必须从世界系统中完全退出——否则它就不可能发生故障"①。一旦故障发生，事物不能履行功能时，海德格尔给出了三种不上手：明显的（设备损坏），突兀的（部件缺失）以及执拗的（事物阻碍了此在的存在与世界互动）。回首《春望》，杜甫不仅简单看见事物的显在状态，更用亲身经历道出各种不上手：国破和秃顶对应明显，家书对应突兀，花鸟对应执拗。事物不但完全不受人控制，也不受显在状态组成的世界系统控制。从主观视线看见客观事物，到事物其实是自在的，再到事物退出客观世界，海德格尔针对传统诗学的主客观、呈现与代表等古老话题给出了现象学解答，充分肯定了汉诗的"出世间"潜能。

　　总结起来，艾略特客观对应物显示出主客观之间的时差和缝隙，德曼从胡塞尔现象学出发，照见语意意图之外的剩余。剩余既能挑战主观性的存在也能解构客观结构。"花溅泪"和"鸟惊心"可以是客观对应物唤起情绪，也可以是拟人手法，用有色眼镜环顾四周。主客观隐退了，但主客体作为实体的对立和相互依存在胡塞尔意向性中尚未被消除。意向性产生的时刻，认知的主体注视着被认知的客体。而海德格尔通过进一步区分事物（thing）和物体（object），揭示出"主体和客体与此在

_____

①　Harman，2010，p.21.

(Dasein)和世界并不一致（Subject and Object do not coincide with Dasein and the world)"①。不同理论模型如同时尚界的流行风向，每一种理论都能方便地在汉诗，甚至同一首汉诗（如《春望》）中找到对应物和支撑点，于是消费者才总能够得到自己想要的②。被各种理论挤占其中的汉诗其实早已空心化，即便有一个确定内质，内质也根本不可能进入美国诗学。翻译只是原文的来生，死亡将翻译和原文完全分隔开。消费者并没有消费汉诗的真正需要，所能够做的仅是填空和连线而已。即便没有翻译，和陈世骧论述中国诗学和禅学时观察到的现象一样，所谓主客观以及汉诗其他哲学属性的争论很大程度上是同

---

① Heidegger，Macquarrie & Robinson，2008，p. 60.

② 《春望》其实也可以用精神分析解读。每句诗里都透露出主体对环境以及自身各种各样的不适（maladaptive)，从国破忧心到花鸟惊心，再到书信挂心，最后秃顶烦心，文字不仅呈现了一个难以适应的自我，也突出作者所执迷而无法转过眼去的现实乃是境由心造，心随境生。自我和现实不协调的关系在拉康看来，恰好说明自我制造了现实并且不能够适应，因此人们甚至能感觉到其中的不适（Evans，1996，p. 4)。"自我基本上就是对主体性的象征决定因素的误认。"(p. 112)误认让自我无法在自己建造的现实中完全适应，总是容易被死亡驱力制造的象征秩序变化扰动。死亡无法克服，一方面符合所谓绝对客观的自然规律；另一方面又总是在所谓主观世界中产生崩坏。

一种作用力的不同表现①。幕后操盘手费诺罗萨指出：阅读中
文"不必应付各种精神符号，而是去看见事物认取自己的命
运"②，即海德格尔所说的物物。费氏又一笔点睛：思考就是
物物（thinking is thinging）③。

　　然后是第二题。美国诗人试图从被现代化留在身后的汉诗
中提炼出原始属性的热情和偏执，和汉诗原产地国家迅速（无
论主动或者被动）告别古旧，跃进到现代的迁徙轨迹完全相反。
这是因为东西方诗学大循环流动中，美国诗人首先而且最终必
须克服汉诗散布在漫长时间轴上的语言内质，想方设法让汉诗
现代性和汉语松绑。立足当下，以现代和后现代主义思想为蓝
图，牵引汉诗到现代，是一种办法。一次次绕到汉诗身后，试
图制造出比肩于汉诗的文字，甚至想象未有汉诗之前，是另一
种办法。即是说，汉诗原始性和现代性虽然外在表现不一，实
则同为一种凝视观察下的二分体（dyadic）性状，不够原始的根

---

　　①　"在哲学史上有一个引人注意的现象，即神秘主义和理性主义
既可以有着完全不同的结论和影响，又能够共存于同时期，而且有时甚
至就在同一些人身上。"陈世骧发现，宋代理学家格物热情并没有以唯物
观点作为大前提，因此终极奋斗方向是超验主义的"天人合一"。那么格
物主张的另一面神秘主义色彩因为不能倒向宗教无处发泄，只能化身为
诗歌理论。见陈世骧，1998，pp. 182-185. 笔者认为宋代理学的出现和
发展较好地反映了中国诗学长期以来注重事物而又不愿意将事物放出世
间的基本矛盾。一方面总是让事物"不隔"和"通透"；另一方面又必须滋
长神秘主义色彩将这些不听话的事物羁押在世间。被不同观察者读出主
客观两歧也在所难免。

　　②　Fenollosa, et al., 2008, p. 45.

　　③　Huang, 2002，p. 32.

本原因是它未完成现代化①。返祖欲望促使观察者遵循爱默生—梭罗传统下追求统一的思路，回归语言诞生时伊甸园中亚当语的本初。这种百分之百的欧洲中心论式的以基督教为思想背景的诗学诠释居然在东方思想中找到了优美对应，或儒或释或道②。儒家"赤子之心"，道家"明道若昧"和佛家"顿悟"，经过美国诗学的重新设置，都表达出对于人类偷食智慧果之后建构的种种制度和知识，包括语言本身的不信任。爱默生试图用太阳借喻自然，描画人与自然关系的轮廓：自然界中物件从那个遥远时代陪伴人类至今，一方面提醒他们被逐出伊甸园之前曾经居住在神的天堂；另一方面发出暗示，真心拥抱并回归自然则有可能重返神的国度：

> To speak truly, few adult persons can see nature. Most persons do not see the sun. At least they have a very superficial seeing. The sun illuminates only the eye of the man, but shines into the eye and the heart of the child. The lover of nature is he whose inward and outward senses are still truly adjusted to each other; who has retained the spirit of infancy even into the era of manhood. His inter-

---

① 在上文已经详细论述过庞德《神州集》中的现代性和原始性。同样特点在史耐德《山河无尽》中也能找到。

② 中国诗歌以及中国文学中，诗歌先于文字表现人类自然情感的原始主义的发展脉络，刘若愚有十分让人信服的论述。限于篇幅在此不作展开。见刘若愚，1981，第三章。

course with heaven and earth，becomes part of his
daily food. ①

　　捎带某些和道家思想高度相似得让人惊诧的表达，如"婴
儿""天地人合一"，爱默生西方超验传统的文字又一次和中国
原始主义思想零距离接触。作为天体，太阳既普通恒常又神圣
稀有，对人类文化和社会的深远影响自不必说。原始文化中太
阳崇拜的象征秩序广泛渗透到后世的各种知识中。光明和黑暗
的隐喻更是人类思想发展史的主要线索之一，甚至完形填空的
后现代诗歌里都能觅见其踪影。现代主义代表斯蒂文斯有感于
我们生活在一个后伊甸园时代：

> We live in an old chaos of the sun，
> Or an old dependency of day and night，
> Or island solitude，unsponsored，free，
> Of that wide water，inescapable. ②

　　若要拯救泯灭于文明中的人性，需要抛开受智慧滋养生出
的各种礼仪、章程、规矩、知识等。一切从人类中心论观察角
度发出的思考本质上都使得人与自然，以及人与人相互疏远。
回归原始即洗净涂抹在事物表面的人类印痕，回归事物本初状
态的如是。诗人延续爱默生传统，抬头看太阳：

---

① Emerson，1849，p. 7.
② Stevens，1997，p. 56.

> You must become anignorant man again
>
> And see the sun again with an ignorant eye
>
> And see it clearly in the idea of it.
>
> ……
>
> There is a project for the sun. The sun
>
> Must bear no name，gold flourisher，but be
>
> In the difficulty of what it is to be. ①

出自高度现代派的回归原始，回复蒙昧的反智主张延续到垮掉一代以及后现代，意外地成为后者批判前者的主要进攻路线。同样吊诡的发展轨迹还有——现代化进程一方面让人类社会和原始状态高度远离，另一方面却反而促成回归原始的动机和实践，高度类似于物理中方向相反，大小相等的作用力和反作用力。由此可见，美国诗人对于汉诗原始性的追求乃是一系列宏观历史变动过程的缩影。而从世界文学层面上看，回归原始的欲望如帕斯准确观察到一般，乃是各国别文学在没有交流，并不相互知晓的情况下，仅仅受教于现代主义奏出和谐共鸣。葡萄牙诗人费尔南多·佩索阿（Fernando Pessoa）和斯蒂文斯同时代，同样独立产生了回归原始的零度风格。透过字里行间读者甚至能读出史耐德在苏窦山驻留时的意味。

> I try divesting myself of what I've learned,
>
> I try forgetting the mode of remembering they taught me,

---

① Stevens，1997，p. 329.

And scrape off the ink they used to paint my senses,

Unpacking my true emotions,

Unwrapping myself, and being myself, not Alberto Caeiro,

But a human animal that Nature produced①.

值得注意——阿尔伯托·卡埃罗（Alberto Caeiro）这个名字。类似于从诗人思想中分裂出来的另一种人格。不同于笔名，分裂体拥有自己的写作风格、个人经历甚至身体特征。帕斯将卡埃罗视作"佩索阿的不是以及更多"（Steiner，2001），反衬佩索阿的特定以及局限。作为一名破落小地主，阿尔伯托虽然英年早逝，没受过任何教育②，但在后世学者眼中表现出"在自然里极其悠然自得，前基督教时代纯真的集大成者，简直就是一名葡萄牙禅宗老师"③。抛弃他人教化，擦掉自己感觉里别人留下的墨迹，从社会人回复成为自然人。勃莱看见代表文明和历史的墨汁渗到手指上，人类所谓理性比圣徒肠道中寄生虫的活法高明得有限。

The ink we write with seeps in through our fingers.

What we call reason is the way the parasite

---

① 雷纳尔多·弗朗西斯科·达席尔瓦（Reinaldo Francisco Silva）的文章《斯蒂文斯/佩索亚·卡埃罗：零度风格诗歌》（*Stevens and Pessoa / Caeiro：Poetry as "Degree Zero"*），见 http://ler. letras. up. pt/uploads/ficheiros/4234. pdf.

② 佩索亚在给友人的信中描述了自己对卡埃罗人格的建造。见 Reinaldo，p. 407.

③ Steiner，2001.

Learns to live in the saint's intestinal tract.

. . .

"I was climbing on the sounds of my lover's
Name toward God,"Iseult said. "Then a badger ran past.
When I said，'Oh badger,'I fell to earth."

Perhaps if we used no words at all in poems
We could continue to climb，but things seep in.
We are porous to the piled leaves on the ground.

  一只獾突然跑过的意象相当突然。它和诗集里的新娘
(bride)对立相关。獾是勃莱所居中西部田野和住宅周围的常
见动物。向下挖洞亲近自然，引导灵魂(soul)如水往下沉降，
而新娘是人类灵性(spirit)，对应荣格理论中的男性心灵阴柔
组成部分，如火向上升腾①。勃莱甚至认为獾具有意识，"带
着相当程度的夜视能力和伤感"②，属于自然意识七彩光谱的
紫色部分。究竟是上升过程被突遇的"土性"打断，或是被人类
玷污变质的自然一直横亘在灵魂向上的道路上难以跨越？其实
早在数十年前，诗人便钟爱诗歌中有"神秘诗行划过"③：诱导
巨大能量从心灵深处喷薄而出，不需要外部世界提供支持便能
形成第三世界，既非物理的也不是内心的。"人与獾在一起似

---

① Andy，2012.
② Bly，1980，p. 286.
③ Davis，1994，p. 25.

乎便能生出天使"，① 隐约回答了前文的主客观争论。另一方面，巴别塔倒塌的隐喻深藏于人类呼喊出"物"名字的一刹那。为"名"所困而无法靠近上帝，生出冲动弃绝文字。然而，文明如墨水难免渗透指间，海德格尔所言的事物每每来到人们面前，要求一个"名"。生活在事物中，居住在"名"里并受其制约乃是人类生存的现实。呼名之时被地上树叶渗透，人总有呼喊地上之物，让身体被自然穿透的冲动，但永远无法重返上帝的国。罗兰·巴特也看到作家手指间的前朝墨水。对比当下公民世界里层出不穷的各种新鲜语言和"在他（作家）的手指之间情况正相反"，手指间渗透说明"历史提出一种装饰性的和有危害的工具，一种他（作家）从先前不同的历史中继承来的写作方式"②。唯有历史的墨水可以挥洒，描画当前却十分苍白乏力，迫使作家放弃文学，将自身和写作都清零。

　　威廉斯作为超验主义另一座高峰同样有关于回归山林、抬头看太阳的长篇论述③。处于原始状态的土著人，诗人认为，崇拜日月的行为并非蒙昧。太阳在他们眼中乃是"一道光，一个符号"，"美好，奇迹"，被当作"纯粹的奇迹"来崇拜，"一个无意识的象征"来赞美。原始人的太阳，直到"愚昧的反常颠倒来临之时"，都一直是"真正的表达"。现代人的太阳不过是"半迷信的幻想"。他们根本无权视原始人为呆傻，因为真正呆傻的正是现代人自己。更重要的是，"现代人除了一堆死了的文

---

① 　Davis，1994，p. 25.
② 　Barthes，1968，p. 86.
③ 　Williams，1974，p. 181.

字，并没有自己的美好，甚至连美好的符号都没有"。和柏拉图认为人造之物与真实双重隔离一样，"死掉的文字作为象征的象征，双重隔离于活力"。

回归原始的重要行动之一便是效仿亚当，给世界万物命名。"通过命名活动，被命名的事物被召唤到它们的物物中"①，因为"事物一旦被命名，便受到召唤，将天地人神聚拢到自身"，这种"天地人神的统一四倍体（fourfold），驻留在事物的物物中，我们称之为——世界"。庞德初出茅庐的文章《心理学和行吟诗人》（"Psychology and Troubadours"）通过观察圣维克多的理查（Richard of St. Victor）写作，从中发现命名行为能够带来天堂的壮丽（splendours of paradise）：不可言喻，难以尽数，有幸目睹之人既记不住，也写不出。只有借助命名活动，"或许能够将某些天国般壮丽的残痕拽回思想当中"。② 人到晚年更是将东巴丽江的草木和神性智慧联系起来。③ 史耐德生态诗学的重要组成部分便是将人类从"天地人神"中心移除，同时将人类的"神"恢复为自然的"灵"，即生养人类的土地、土地上的物，以及物后的原始灵性。

---

① Heidegger，1971，p. 199.

② 原文是：Richard St. Victor has left us one very beautiful passage on the Splendours of Paradise. They are (he says) ineffable and innumerable and no man having beheld them can fittingly ru. nate them or even remember them exactly. Nevertheless by naming over all the most beautiful things we know we may draw back upon the mind some vestige of the heavenly splendour.

③ Emily，2003，pp. 254-255.

　　殖民时代征服土地，以及土地上被视作低等级的人类，通常伴随着给新发现土地以及物种命名的做法。由于殖民者和本土居民的文化隔离以及经济不依赖，土地以前的主人被排除在现代生产/消费秩序之外。殖民体系开始崩溃瓦解的后现代，这种将世界转化为文本的做法释放出常年压缩积累的内应力。一方面，只有通过真正的劳作，自然万物才能归顺人的命名系统，但另一方面，人类活动却让万物被语言替代，和人类远离。此外，殖民而来的土地最终会失去，如同亚当最后离开伊甸园，无法回到事物表面的美国诗人只能手里紧紧抓住事物的名。为了避免无家可归，诗人必须拥抱原始，留意观察语言中的名如何对应自然界中的物，因为后者不仅维持人类（殖民者后人）的日常生计，同时也帮助实现并维持上帝和人之间的结构功能，即亚当后代必须通过劳作才能生存。

　　　　Now I'll also Tell What Food
　　　　We Lived on then：

　　　　Mescal，yucca fruit，pinyon，acorns，
　　　　prickly pear，sumac berry，cactus，
　　　　spurge，dropseed，lip fern，corn，
　　　　mountain plants，wild potatoes，mesquite，
　　　　stems of yucca，tree-yucca flowers，chokecherries，
　　　　pitahaya cactus，honey of the ground-bee，
　　　　honey，honey of the bumblebee，
　　　　mulberries，angle-pod，salt，berries，

berries of the one-seeded juniper，

berries of the alligator-bark juniper，

wild cattle，mule deer，antelopes，

white-tailed deer，wild turkeys，doves，quail，

squirrels，robins，slate-colored juncoes，

song sparrows，wood rats，prairie dogs，

rabbits，peccaries，burros，mules，horses，

buffaloes，mountain sheep，and turtles. ①

受汉诗影响颇多，石江山对于先于自我便存在的那个原始本初的自我也有接触。一首关于命名的小诗压缩了面对触碰不到的事物，后现代主体无法逃避的分裂和冲动：

Even in our act of pointing

it seems we are a we

before trying to be

outside

of us

or in a space

to leave from②

非常奇怪的措辞和表达"we are a we"表面上暗示诗人因为

---

① Snyder，1978，p. 31.
② Stalling，2010，p. 59.

长期学习汉语，受其影响，是汉语不分主格宾格的负迁徙。深层次来看，明显有拉康精神分析法血统。"我们"是言说活动的发出者，用语言捕捉事物的同时却被语言捕捉到句中。因此，"句中我们"只是"发声我们"的替代品。指点动作无疑对应伊甸园中命名万物的行为。后伊甸园时期名与物分离，指点动作发生之时，"发声我们"必须妥协于"句中我们"，否则无法进入语言。因此"发声我们"的主体性和个人经验被符号强制解除，主体必须不在动作发生的地方。其次，人作为主体被逐出伊甸园之后，已经和事物永远隔离，所剩下的只是它们的名。指点动作将象征秩序强加予真实，即"符号一上来就谋杀事物以显示自己"。① 事物死亡之后，符号秘不发丧，觊觎然后占据事物留下的空缺。符号自身则永远处于缺席和过剩的状态。每一个单词都是一座墓碑，下面埋葬着符号篡夺之位的真正拥有者。对指点动作发出的人而言，"我思于我所不在之处，因为我在我不思之处"（I think where I am not，therefore I am where I think not）。伊甸园中命名事物的活动唯一剩留到后世的只有活动本身②。勃莱从西班牙诗人胡安·拉蒙·希梅内斯（Juan Ramón Jiménez）的作品中也吸收到了相同的养分。其中"I am not I"和石江山的"we are a we"互为参照，异曲同工。翻译和仿写汉诗提供给美国诗人一个"不是我"的机会，和想象的主体

---

①　Lacan，1977，p. 104.

②　史耐德诗学也发现用文字象征世界这种殖民做法内在的强大破坏力。因此他的诗学"强制着要面对丧失，丧失乃是语言本体状况，即符号作为已经丧失物体的替代和交换"。见 Selby，1997，p. 10.

同行，时而看见，时而忘却，总是"以非我的方式成为他"。

> I am not I.
>
>   I am this one
> walking beside me whom I do not see，
> whom at times I manage to visit，
> and whom at other times I forget；
> who remains calm and silent while I talk，
> and forgives，gently，when I hate，
> who walks where I am not，
> who will remain standing when I die.

　　从爱默生一直到石江山，美国诗人拥有一脉相承的探索诉求，试图回归过去，回归原始。汉诗（主要是禅与道两条线索）的原始成分既能驱策，也能满足美国诗人回到那个文字和事物紧密结合的时代，以填补自我空心化之后产生的空缺。现代化制造出人格分裂，主格的我越是沿时间轴方向挺进，宾格的我便越要回归到从前。怀旧是消费者对当下不满，试图想象一个完满从容过去的常见行为，怀旧原始便是回到过去的极端表现。海德格尔观察到现代化将物体带到人们眼前，距离感因此被破坏。同样地，其他国别诗学的历史性也因被美国诗人强制移植到了现代变得低下曲折。面对众多突然闯入美国诗坛的新客人，诗人只好回到本初才能从容应对和周旋。亚当时代重视人与物体和谐与亲密的非挑战性，被现当代诗人重提，成为评估系统，用来调节处置其他外来诗学的挑战，凡有关原始的评

判标准以盎格鲁—撒克逊传统为准。这样一来，原始不仅为单个文本提供了秩序，也想象出一个可以管理不同传统的世界文学空间。庞德曾以汉字诗学为操作手段规划诗学乌托邦，在不同国别文学因相互交流日益频繁深入而成为互涉文本之前，抢先注册让语言可以充分拥抱事物的专利，抢在其他国别传统之前让美国诗歌更为靠近原始，不至于被庸俗滑稽的低级创意和粗糙拙劣的模仿所害。将来无论潮流风向如何改变，原始便是柏拉图思想中的理想原本，是永恒且唯一评判当下的标杆，提醒诗人尚未到达理想国。通过丈量作品和标杆的距离，很容易就能为其评级打分，方便消费者参考。

当作者—创造者特权和神圣地位被现代化逐出作品，原始为主体离场以后诗作里剩余的文字和表达提供了一种新的秩序，作品于是被重新组织起来，产生后现代新意，对应人们在怀旧消费时能够参照原始提供的静止点，短暂重温时间流逝、世事变迁的珍贵感觉。实际上，怀旧行为不仅显现出诗歌作为事物的变化，更让人们看到诗歌和自身。这是因为，诗作和理想状态之间的异同变得明显，诗人借此可以想象"没有"，并且应对主体不能在创作诗歌过程中显在所承受的制约。换言之，诗歌写作之人如果要抛下当前自我以及文字束缚回归原始，那么果真回到原始之时便依然要从原始回望当前的不完美以继续写作。和"法古"或者"复古"有本质区别，史耐德等人的原始观点想要回复的古旧乃是历史和人类开始之前那个埋藏在现代人潜意识里的他者（上帝）话语。所"法"所"复"对象不是人的墓碑下的前辈知识，也不是映入现代人眼中的自然万物，而是流淌穿行在亚当时代的自然以及人类身体中的能量与清明。在创新的大氛围下制造旧意于是成为现代诗歌的普遍特点。

　　笔者选择从吉福德《答王维》开始，回答最后一题。这本诗集短小的诗行、碎片化的省略语句、平直叙述的语言、多次出现的汉诗标记物，以及洋溢在字里行间的中国风味让人不得不联想到洛威尔和王红公等人的汉风作品。诗集中多次引用中国历史人物、古诗意境、绘画作品以及文学典故，应该能够让热爱考据的学者忙上一段时间。只是说，几乎不用翻开诗集第一页，仅按照中国古诗在 20 世纪美国诗学建构中的作用推断，大方向和基本消费活动应该都具备，比如消费《神州集》，向汉诗英译经典致敬；以受中国诗歌启发的作品为基础再创作，即小循环；与中国古代诗人隔空对话，神交异国前辈；腹语发声，认取东方诗人身份，从事富有东方色彩的文人活动，如先观赏画卷然后题诗；参禅问道，依托东方哲学进行写作；种族板结，熔东亚各国文化为一炉；对东方女性身体的情色想象；仿照中国古代诗人笔法；记录时间地点的超长标题；一词一行的竖版英文；生活中的随手偶得；精神分裂，主体站在非我的地方思考自身。比如青青河畔的"楼上女"：

> I saw her once
>
> on the blue riverbank
>
> the whitest face
>
> and hands
>
> a courtesan
>
> on a rare

outing. ①

和王维神交，写信回复，对应王维作品曾反复出现故人难逢、命运多舛、人生寂寞的语句②。某种程度上仍然呼应《神州集》。

Friends come
　　and go
　　　few true
　Year after year
faces disappear
　　easily
　　　as rain
　　　　drops③

超长标题"At an Exhibition of Scrolls & Drawings by To-mioka Tessai: 2nd of December 1968"详细道出了作品的由来。明显模仿史耐德等人，用时空经纬为诗作定位，反衬处于那时那里的诗人主体，以及进入世间必须承受的"空"。看富冈铁斋尊容时，脑海中浮现的却是胡志明的眼睛和胡须④。明瓒禅师身边有一件制作麻糬的杵，手里拿的不是芋头，是哥伦布之后

---

① Gifford，2001，p. 19.
② 比如"公门暇日少，穷巷故人稀""积雪满阡陌，故人不可期""送君从此去，转觉故人稀""已恨亲皆远，谁怜友复稀"。当然，最有名的首推"西出阳关无故人"。
③ Gifford，2001，p. 90.
④ Ibid. ，p. 83.

才传入亚洲的土豆①。不分国别民族，忽略先后顺序的种族板结让人忍俊不禁。除了俏皮，诗人对事物的存在、本体以及和主体的关系等深刻话题也有自己的思考。以东方思想观察万物以及己身，特别是听风听雪的做法，既符合威廉斯和斯蒂文斯以降的美国超验传统，也表现出对东方神秘哲学的自性心得。在空山思忖来处，冥思时被雪花飘落之声打扰，尽情消费王维以及汉诗风味。

> Alone on
>
> the mountain
>
> I try to understand
>
> how I came to
>
> be here
>
> my meditation
>
> disturbed only
>
> by the sound
>
> of falling snow②

愿意听成千上万年不曾停息的流水声，聆听者已融入天地中。

> Creek
>
>   crawling through

---

① Gifford，2001，p. 86.

② Ibid. ，p. 26.

> woods
>
> How many thousands
>
> of years
>
> without stopping
>
> I'm happy
>
> to listen
>
> longer
>
> than that①

　　但是引起笔者特别注意的是下面这首诗。吉福德自认张九龄，十分伤怀地和王维离别，也不知未来是否还有缘再会。王维梳理马鬃里的雪花，正要归去辋水：

> Combing snowflakes
>
> from
>
> your horse's
>
> mane
>
> preparing
>
> to depart
>
> for the Wang River②

　　雪花落入马鬃，容易被浓密毛发遮挡，典型的并置手法。前一刻还在漫天飞舞，突然由动转静，目光受其吸引，停留在

---

① 　Gifford，2001，p. 27.
② 　Ibid.，p. 5.

身边不远的一个静止点上。留意如此细节，并用平淡文字将内
心思绪因飘忽无定而生出的焦虑与空虚感表现得非常精巧，让
人想起勃莱一首睁眼看见马鬃上雪花的作品：

> How strange to think of giving up all ambition!
>
> Suddenly I see with such clear eyes
>
> The white flake of snow
>
> That has just fallen in the horse's mane!

弃绝野心与抱负之后，在浇水之时突然眼神清明，看见平
时未曾留意的小事物。有学者察觉勃莱用"东方式的朴素显示
出内心世界""清晰的眼力之后是洞察力：思想，情绪，眼力合
为一次单一经验，一次觉悟"①。突然之间看见清晰意象，毫
无疑问师法意象派。绝圣弃智，心眼开悟，类似庞德当年在地
铁站瞬间心动。雪花和马匹都是人类高度熟悉的事物，并且属
于自然的原始时代，和现代生活相去甚远。当代著名撰稿人杰
夫·葛迪尔（Jeff Gordinier）读到这首作品之后浮想联翩②。带
有能量的事物和动中有静的画面引发头脑风暴，各种受现代生
活压制的自然景象在心中苏醒。然后是对自己纵情自然的质问
和诘责：养家糊口付账单事大，生活在钢筋水泥森林中的人们
千万别被原始诱惑而停止打拼。然而，阅读带来片刻无为，

---

① Bly，1999，p. 26.

② 题目为"读诗会毁了你的事业吗？"（"Can Reading Poetry Ruin
Your Career?"），原文见 http://www. poetryfoundation. org/article/
178701

"一点儿都不积极"，这首诗可以轻易联想到一长串美国诗人日常生活中对于普通事物的感官上的突然留意，包括斯蒂文斯和他可以通过十三种方式观看的黑鸟，威廉斯放在冰箱里的李子，凯·瑞恩（Kay Ryan）突然席卷而过的冰雹，金斯堡追问下的超市，玛丽·奥利弗（Mary Oliver）童年记忆里的黑莓，以戈尔韦·金内尔（Galway Kinnell）嘴里与文字合为一体的香甜黑莓。在事物已经不能再新的后现代社会，"重新"作为制造新意的主要手段往往需要借助些许旧意。诗人看见的仍是伊甸园中便有的自然存在（山水、动植物），科技产品等通常被看成是新颖的现代化的物件反而难以获得美国当代诗人正眼相看。

　　于是吉福德和中国古代文人一样，欣赏画卷然后题诗。涉及作品有日本和中国画家共十数人，如日本的白隐禅师、真芸、雪舟，中国的梁楷、因陀罗、任熊、牧溪等。中国方面较为有名的绘画作品包括《李白行吟图》《柿图》《禅机图断简寒山拾得图》等。无论中日，所有画卷皆藏于日本的博物馆。寒山和拾得能够走红，当然和史耐德以及垮掉一代有直接关系。而当代美国诗人赏画作诗，应该被看作对汉诗文化在熟悉的基础上进一步消费，试图从图画中挖掘出更为传统的诗学价值。弗莱契、庞德、斯蒂文斯、史耐德等人已经做出榜样。钱兆明发现，弗莱契参观波士顿博物馆，观看中国艺术品后，在他者中看到了自己①。笔者找到原文，发现弗莱契当时感触颇多，值得展开讨论。首先，搬迁新址的波士顿博物馆（Museum of

---

①　Qian，1995，p. 3.

Fine Art)里超凡出众(superb)的中国和日本藏品令人震撼。弗莱契意识到西方自然主义所错过的许多精彩,只有如米开朗琪罗或者威廉·布莱克这样的艺术大师才偶尔管窥到东方"持久精神强度"。笔者认为弗莱契这一刻似乎是费诺罗萨灵魂附体,从诗学思想到人生抱负到遣词造句都和费诺罗萨高度类似。观赏宋朝和镰仓时期的画卷,弗莱契发现图画艺术的目的和他自己诗歌的精神相近,让他能够再次专注"活力本能,自然的灵魂",而"活力的"(vital)说法反复出现在费诺罗萨关于汉字的见解中。物质西方和传统东方对立,后者能够涌现出"新的孕育生命的精神,古老却又新鲜,保守却又自由,为西方语言中人和自然的相互关系打造新的韵律、新的词汇、新的形式以及新的感觉①"。庞德 1918 年首次出版《作为诗歌媒介的中国汉字》时为他(弗莱契)眼中远远领先于自身时代的费诺罗萨所写的序言,仅仅将"新"改成"未知"(unknown/unrecognized),对费氏所做贡献倍加推崇,评语几乎提前实现了弗莱契的主张②。更为合拍的是弗莱契接下来将融合(fuse)东西方为己任,"将东方智者的内在洞察与现代美国动感能量相融合",将"平静、自我意识超然的佛教和动感、激情、有世界意识的基督教联合起来",相信这是"20 世纪最伟大,最深远的人文必

---

① Fletcher, 1937, p. 185.

② 原文是 In his search through unknown art Fenollosa, coming upon unknown motives and principles unrecognized in the West, was already led into many modes of thought since fruitful in "new" western painting and poetry (Fenollosa, et al., 2008, p. 41).

为之事"。费诺罗萨说过同样的话①，只是他有更为强烈的紧迫感和使命感："这次融合不仅发生在全世界范围，而且是终极的""如果联合（union）失败，缺陷（defect）将流淌在血脉（consanguineous）中直到最终；因为后面的融合不会再有新鲜血液和边远的文化胚芽可用。要是我们现在开始做（make），便须坚持到最后，这是人类最后的实验"。②

　　如今 20 世纪已经过去，费诺罗萨反复使用"最后，最终"的末世呼喊余响犹在，东西方是否融合或者融合程度怎样呢？勃莱 1993 年给中国读者写了一封信，针对费诺罗萨的"最后实验"给出期终答卷。在他看来，"英美学院派"，即《神州集》前

---

　　①　费诺罗萨的原文以及融合思想可见于 Chisolm（1963）的序言部分，pp. 3-9. 读者会注意到费氏以及 Flecture 语言中隐约透露出对东西方的性别化解读：西方阳刚理性、东方阴柔直觉；西方作为充满激情（passionate）的追求者向性冷淡（calm，detached）的东方求欢，东西方融合如同从幼年时期即分开的男女在青年阶段交合。这便造成西方诗学为了俘获东方，以东方身体为施工场地，制造出模式化和套路化的人物，一方面总要压制甚至阉割东方男子的性特征，他们不是和女性离别（《神州集》），便是没有性欲（史耐德的寒山），或者根本无法想象女性（勃莱的无为和海德格尔的物物）；另一方面总要产生性欲高亢，魅惑诱人的东方女性，如王红公的艳诗，洛威尔的仿汉诗，以及钟玲总结的各家闺怨诗便是明证，特别是凯瑟（Carolyn Kizer）使用汉诗进行身体写作，从侧面印证了西方诗学对东方对应物的基本驱动力乃是消费。通过消费建立并确保秩序，所谓回归原始其实也就是回归亚当夏娃刚被逐出伊甸园之后的男女秩序。这样一来，本书有关"短小""裂缝""叠加""自然""日常"等关键词都可以理解为与性行为有关。

　　②　Fenollosa et al.，2008，p. 155. 费氏显然在用婚姻和生育的专门词汇与思路谈论东西方"融合"，为了掩盖求欢请求后面的焦虑，迫切而困难的性。

后开始萌芽的美国高度现代派，"能够谈及理念而无法深入情感，能够触及形式而无法创新。它完全倾向于忽视自然。因此，以我自己的方式，我们使陶渊明、杜甫、李白的某些风景适应了美国中西部和西部的风景"。① 真奇怪，现代派就是从主张和东方的自然阴柔结合开始的，就是从意象派、自由体、弹性节奏等形式创新开始的，就是从"视觉和弦"方法避开浪漫主义过剩情感开始的。可是，为何到后来仍然"忽视自然""无法创新"，而"无法深入情感"反而成为缺点呢？这只能说，汉诗作为现实，永远无法被掌握。进入象征秩序的汉诗，已经成为时尚元素，随着每一季潮流风尚更迭，总能够被众诗人（而非某个独具匠心者）发掘出新意。这种新意透露出美国诗人潜意识里的缺乏。如果汉诗不够原始，恰恰说明在原始风流行的季节汉诗被表现得太原始，以至于美国诗人消费时能够察觉到其中的不原始。

有一点可以肯定，美国诗人观看汉诗以及中国绘画作品时表现出强烈的自我意识以及历史使命感，让人有理由相信汉诗作为他者话语，已经成为美国诗人的潜意识。受其驱使，消费汉诗是必然行为。本书对这一点已经论述了很多次。再举一个例证。学者分析史耐德《山河无尽》和中国山水画的关系时，认为山水图画其实不过是诗人的自画像，关于"他的思想和精神：他的节奏，他的步伐和承受；他的苦恼，他的矛盾，他的恐惧，他的平安或者激动的欢愉，他的秘密欲望，他对无限的梦

---

① 罗伯特，1998，p. 4.

想，等等"①。而拉康说弗洛伊德的伟大之处在于他让我们检查自己通向"我们存在的核心"的路径："他（弗洛伊德）要我们达到的不是那个可以成为认识的对象的东西。而是他所说的造成我的存在的那个东西。他告诉我们，我在我的任性使气，我的怪僻，我的恐惧以及我的迷恋中比起我的规规矩矩的个性来同样地甚至更高地表现了这个东西。"②不难看出，汉诗便是弗洛伊德的"这个东西"。不仅仅让美国诗人重新思考"自我"，更可以质疑为什么会有"自我"这样一个概念存在，从而"成为"自我。

这么说来，当看见书页上汉诗，或者画布上的中国画，美国诗人实际上看见了自己物质化或者视觉化的潜意识——相信画布/纸张的油墨之后，有一个叫作"我们存在的核心"（kern unseres wesen）躲在某处，并总留下些蛛丝马迹让观察者追索，还是认为油墨作为可见物体并不具有，也不代表任何意义，它最多能够给人造成一种意义存在的假象——一块泥土下面并没有尸身的墓碑。两种信仰可作为现代与后现代的分水岭。

庞德早年受到惠斯勒（James Whistler）影响，对于惠氏简约构图，轻省落笔，不着力修饰或者渲染，用简单而富有乐感的色块和线条以及它们的渐变暗示世界的纷杂和繁复，追求色调与构图和谐等主张颇加赞赏。在庞德心中，高超的画家和诗人都能将意义放在言说（描画）之外。沃特豪斯（Waterhouse）

---

① 　Hunt，1999，p. 8.

② 　拉康，2001，p. 459.

笔下的图画，可能是英格兰有史以来最漂亮的，但"你离开它们，看到的不比你从前看到的多。答案就在图画里"。而惠斯勒的作品，庞德认为"你第一眼看到的时候会说，'什么玩意儿'，可是当你离开图画以后，你能在迷雾、阴影，以及一百个你从前做梦都没想到的地方看见美。他们作品的答案在自然里"①。这表明庞德相信油墨，包括空白，是象征秩序悄悄留下的入口，埋伏着某种属性在等待观察者破门而入，进入现实世界。在另一个场合，庞德全文引用了惠斯勒关于绘画的看法并着重讨论了最后一句，认为和他的旋涡派主张颇为契合：

The imitator is a poor kind of creature. If the man who paints only the tree, or flower, or other surface he sees before him were an artist, the king of artists would be the photographer. It is for the artist to do something beyond this in portrait painting, to put on canvas something more than the face the model wears for that day; to paint the man, in short, as well as his features; in arrangement of colours to treat a flower as his key, not as his model. ②

花是通向另一个世界的钥匙。诗人拿到这把钥匙，不陶醉于各种由修饰性语言组成的艳丽花朵，不止于看到花的姿态，

---

① Qian, 2000, p. 109.
② Pound, 1916, p. 146.

而是穿过由现象和眼见组成的门廊，便可获得幕布背后的现实的精彩。庞德受比尼恩影响，相信汉诗便具有如此属性①。后者著有《龙飞》(*The Flight of the Dragon*)一书，向西方读者介绍了中国诗歌以及绘画中的墨水，能够显露出一个人的灵魂"自由高尚或者卑劣渺小"②。庞德借助纪念戈蒂耶的机会引用这段话③，并用剪切粘贴然后简短评论的方法说出自己对于如何让作品拥有艺术生命力的看法：各种形状，团块，颜色等单元之间必须能够有机关联(organic relation)，作品不必"代表"或者"类似"自然里的任何东西，"自身的节奏活力"(a rhythmic vitality of its own)才能让作品鲜活④。史耐德沿着这条思路走得更远，中国山水画大块留白和偏执的简笔风格，能清楚地在其诗作中看见。各种笔法、结构、描绘等"出墨"方法，最终凝聚在一个点上：

> The space goes on,
>
> But the wet black brush

---

① Hunt，1999，p. 109.

② Binyon，1911，p. 14. 比尼恩进一步认为东方艺术的主观成分浓厚，最终导致"仅仅靠情绪组成了一切，稀薄的理想主义和现实脱节"。

③ Pound，1916，p. 168.

④ 庞德也知道西方诗歌不可能通过笔墨纸砚来实现。于是他将个体敏感和灵魂心境的视觉窗口开在听觉上，即诗人的节奏，进而相信一种属于诗人内在气质的"绝对韵律"，和"将要表达的情绪或者情绪的渐变完全对应"，读者有机会通过解读诗人"不作伪且不可作伪"的韵律或者墨迹进入"表现的更深层级"(deeper strata of presence)。见 Golston，2008，p. 112.

Tip drawn to a point,

    Lifts away.

其中"the wet black brush"看上去太眼熟。明显向"a wet, black bough"致敬，邀请庞德为自己背书。钟玲认为这是练习书法多年的史耐德收笔一刹那，心境的完成和张力的最大化。① 笔者将它看作史耐德从眼里世界到超验的最后飞身一跃（lift away），史耐德想要通过这扇传送门到达事物。笔尖停留在纸上的最后一瞬，墨水的启示功能被逼迫到极致。空间继续展开，而手腕挥别纸面，符号显然已经空心化。既然《溪山无尽》是一幅卷轴，史耐德暗示最后一笔之后，卷轴依然继续摊开。由于笔墨缺席，只有空白不断地被生产出来，和禅宗"观无色，听无声"修行法门一致，即最终和作为他者的汉诗挥别，用类似于"倒带"的方式，实现"以非我的方式成为他"的逆过程，不再做他而回复到我，消费结束。

后现代不再认为文字能够代表和表意。后现代画家画布上，油墨也有了其他用途，特别是杰克逊·波洛克（Jackson Pollock）的作品。他率性任意挥洒涂料，让观察者反思为何"看见"的时候会有如此难以清除和回避的"表意链"的概念存在。波洛克拒绝信念行为（act of faith），画布本身就是一件事物，只有放开手让它去物物，别指望表象后面还有什么显在。油墨涂料被人看见，"不再是开口而是被抛弃和丢在一旁的东西"，仅仅记录画布前发生的动作，因此画布里外都没有东西，

---

① 钟玲，2006，p. 213.

"只有完全寂静的视觉等同"①。画家曾经说过"绘画有自己的生命"，而"当自己创作的时候，我不知道自己在做什么"。②姚强以此创作了：

When I am in my painting, I'm not aware of what I'm doing

When aware of what I am in my painting, I'm not aware

When I am my painting, I'm not aware of what I am

When what, what when, what of, when in, I'm not painting my I

When painting, I am in what I'm doing, not doing what I am

When doing what I am, I'm not in my painting

When I am of my painting, I'm not aware of when, of what

Of what I'm doing, I am not aware, I'm painting

Of what, when, my, I, painting, in painting

When of, of what, in when, in what painting

Not aware, not in, not of, not doing, I'm in my I

---

① 这是约翰·博格（John Berger）对于波洛克作品的评语。原文是：On these canvases the visible is no longer an opening but something which has been abandoned and left behind. The drama depicted is something that once happened in front of the canvas—where the painter claimed to be nature! Within or beyond them there is nothing. Only the visual equivalent of total silence.

② 原文是：When I am in my painting, I'm not aware of what I'm doing. It's only after a sort of "get acquainted" period that I see what I have been about. I have no fears about making changes, destroying the image, etc., because the painting has a life of its own.

In my am，not am in my，not of when I am，of what
Painting "what" when I am，of when I am，doing，painting.
When painting，I'm not doing. I am in my doing. I am painting.

　　各种疑问代词、主格以及所有格的"我"（注意整篇诗作没有出现一次宾格"我"）似乎随机跳出，看上去好像波洛克无规则滴落在画布上的"可见"。整首诗只用了 11 个不同的词，恰好不多不少地将画家句子（When I am in my painting，I'm not aware of what I'm doing）所有的词用到。"觉察"（aware）出现次数最少，共七次，其中六次都是"不觉察"（not aware）。"的时候"（when）和"我是"（I am）出现次数最多，连在一起点明主题"我在我不觉之时"（I am when I am not aware），对应拉康的"我在我不思之处"（I am where I think not）。同时，文字不是开口，它关闭了到达文字之后或者之上的大门。其中"Not aware，not in，not of，not doing，I'm in my I"足够充当"I am not I"多项式展开。只有完全和自己面前的图画以及作画行为隔离，当"我"不察觉，不在其中，不具有，不作"图画"，才能"我在我的我""我在我的存在"，以及"我不在我的"。使用后现代语法说出了史耐德最后一笔的"倒带法"。"我"的行为并不会作用于我身上，不是我在行为（not doing）而是我在行为当中（in my doing），所以没有出现宾格"我"。受到东方哲学影响，画布上的油墨便是油墨本身，如同中国禅宗广为人知的"看山三部曲"。作者显然知道如何尊重眼前的"如是"，避免让自己也被拉入空心符号中：

I should be content

to look at a mountain

for what it is

and not as a comment

on my life①

　　油墨独立于象征秩序的终极物质性便是它的视觉值和声学值。庞德、王红公、史耐德作品中散布的汉字便充分利用了视觉值。有关这方面的研究太多，毋庸赘述。而文字的声学值是一块有待开发，开始被美国诗人消费的新素材。声音和意义（sound and sense）本是诗歌作为套餐应许给消费者的两道基本菜肴。过去一百年来，美国诗人过于专注"意义"，汉诗的声响在汉诗西传过程中几乎丢失。实际上费诺罗萨曾以"人见马"三个汉字下部形似"腿"的笔画为例，说明汉字能够将自然界中的流转和连续表达得十分生动，如当时刚刚问世的活动图像（即电影），能够让诗歌回到原始，回到"时间的基本现实"②。汉诗优势于是变成绘画的生动和声音的灵动。史耐德等人的原始观点再次强调，诗歌出现之初便是用来吟唱和聆听的。后意义时代的汉诗西传也当如此。

---

① 　Jones，1995，p. 103.

② 　Fenollosa，et al.，2008，p. 45.

第十一章 汉声诗学：汉字作为诗歌
媒介的另一种可能

用汉字发音习惯来念读英文当然不是什么新鲜发明。洋泾浜英文自英文第一次进入东方之时便开始产生，至今英文单词"pidgin"仍然表示两种或者多种语言缺乏句法连贯性和生成能力的杂合，"洋泾浜"说法本身也来自中国。许多学英语，或者学外语之人，都曾用自己的母语拼读外语，或降低陌生感为帮助记忆，如《穆斯林的葬礼》中罗秀竹将"See you tomorrow"写作"谁又偷猫肉"；或纯粹制造怪腔调以讽刺消遣，如柏杨笔下的"打狗脱"(doctor)，"马死脱"(master)①，或暂时缺乏恰当的翻译，如"President"曾为"伯理玺天德"，Republic 曰"立泼勃立克"。有些音译因为年代久远(歹徒的歹，车站的站)，意思贴切(克扣 keike，呵斥 hacihiyambi)等原因完全消融在汉语中，当然有一些音译词的异国情调，无论时间过去多久，至今依然浓得化不开，如袈裟，葡萄等。只是说，这些音译行为无论动机与效果如何，从来就不曾有人系统地依托汉语之声制造英文诗歌材料。姚强的"蘑菇鸡片"以及其他作品有过一定尝试，但他的汉声过于简短且立足点依然是洋泾浜中文。石江山是采用标

---

① 来自柏杨的文章《女人，天生是尤物》，上下文是"盖有各色人等环绕四周，手执捕网，眈眈而视。你喜欢文学，有作家焉；你喜欢唱歌，有声乐家焉；你喜欢理工，有科学家焉；你喜欢图画，有画家焉；你喜欢学位，有打狗脱、马死脱焉；你喜欢银子，有足可把太阳都买下来的富翁焉……"

准普通话发音，将这项实验进行得相当彻底的第一人①。

我要为你讲个故事

I would like to tell you a story

Ai wǔ dé lai kè tú tèi yōu é sī tā ruì

哀舞

得来客

徒忐忱

娥思他汭

Dance of mourning

attracts a large audience

grieving in vain

a beautiful woman misses her lover at the river's edge②

　　这是诗人第一部诗歌集《吟歌丽诗》的目录之前第一首作品，权当开场白。当面对"我要给你讲个故事"时，谁能够将它和《神州集》以及 20 世纪初美国现代主义诗歌运动里的东方热联系起来呢？为了证明这一切，"楼上女"再次来到了"河畔"；

---

　　①　在一次采访中他声称，"我所有的作品都和语言以及文化的交叉和混合有关"（I think of all of my work engaging in linguistic and cultural crossing and mixing）。提问者为李潜（音）（Li Qian），发表在 2012 年 6 月的 *Volta* 杂志上。来自 http://www. tremolo. org/tremolo-issue6-jstalling. html

　　②　Stalling，2011.

后现代消费再次翻新《神州集》；美国当代作家再次向庞德等前辈致敬然后邀请他们为其护航加持。故事很简单，"它诉说了一个说汉语的人的故事：他用自己蹩脚的汉语语音式英语克服旅行中的考验，因为他在美国走丢了"。这个人"刚到美国不久就被抢劫了，他／她被孤独地扔置在一个陌生的语言环境和国度里，没有朋友，没有钱，没有护照，他／她没有办法理解英语，这种境地好像要把他／她给吞噬了"①。因为语言不通而走向"叙事性的悲剧"描写，依然让人想到庞德，想到他始终未能掌握中文的苦痛和遗憾。《神州集》出版二十年后庞德依然只能通过一字一字地查阅新婚时购买的字典来理解中文②。他虽然有过机会，但始终未能来到神州。

一本为英文水平有限的中国人能够在英语环境中生存而设计的短语小册子，采用目前编写外语教材常用的情景法以及任务教学思路，将语言教学类似连续剧式地展开，这本来稀松平常，有相当数量外语教材都遵循这一思路。立足中国读者实际水平和发音习惯，编者有意识地帮助他们利用已有知识去理解或者表达新信息，这样的旅游类小书也很多③。生活在全球化大背景下的人们不必再如费诺罗萨一样先考上名校，再远渡重洋，然后师从某某大学问家，最后，到了人生中后期能够勉强

---

① Stalling，2011，p. 17.

② 关于庞德中文能力的小结，见 Pound & Qian，2008，p. xvii.

③ 如以汉语母语者的汉字知识为基础，帮助他们如何能够望文生义地"看汉字游日本"，以及用汉字字音代表外语发音，"用中文说英文""用中文学日语游日本"等。内容主要是日常生活和旅游常见情景的对话与表达。

使用一门非罗曼语系外语做学术研究。连费诺罗萨自己都认为："要指望那些年轻时期曾和倔强难驯的汉字勇猛作战的年迈学者同时也是一位成名诗人，可能期望值过高。"①消费社会讲求商品和市场需求的对接能力，用户友好（user friendly）、人性化、易于上手的商品才可能畅销。因此，汉声英文本质上来说是针对市场需求，迎合用户生活习惯和知识背景的人体（文化）工程学设计。后意义时代的文字只是一种美丽而微弱的错觉，找不到自己的事物（座位）：

> 我的座位在哪儿？
>
> where is my seat
>
> wài è yì si mài xī tè
>
> 　外埒
>
> 　意思
>
> 　霢寨忒？
>
> Outside the border
>
> 　of meaning buried
>
> 　　the faint cricket's whisper error②

商品本来与文学少有关联，离诗学更为遥远，却让拥有汉语学习经验并在中国生活过一段时间的石江山"觉得非常感动"，因为他相信"这些从来不能被真正视为英语的讲这个故事

---

①　Fenollosa, et al., 2008, p. 43.

②　Stalling, 2011, p. 54.

的发音",最终变成"在语音体系里成形的诗歌……是最美的诗学"。单个发音无疑是中文,汇聚成声响流,却只在英文中听觉表意。提醒读者,通常认为文字最为稳定的语意值以及视觉特征反而成为跨文化诗学的剩余累赘。上文已经论述过现代主义诗人利用汉诗现成品将语言符号转变为事物,主动获取现代性的诗学实验。现成品让符号占据的表意链无效,地上墓碑组成的符号网络的波动性(墓碑和其他墓碑总是倾向于发生联系,组成阵列)因此被取消,文字因此具有粒子性,和事物一样能够物物。如今,汉声诗学利用汉语现成品进一步作用于符号的粒子性,消化了粒子的物质性,事物表现为能量,它占据了物质离去以后的空位。

> 我的护照
>> My passport
>> Mai pa si pao te
> mài pà sǐ pǎo tè
> 脉
>> 怕死
>>> 跑忒
>>
>> A pulse
>>> fears death
>>>> runs nervous①

---

① Stalling,2011,p. 80.

汉声诗歌中没有对应事物的词（象征）："护照"和"怕死跑弒"之间的关系不是因为两者都指代一种方便旅行者通过国家或者地区边界，证明他们国籍和身份的证件，而是因为后者是前者在另一种语言里的意义对应单词的声音代码，"护照"作为物体已经被彻底破坏，无法修复，暗示后巴别塔时期的人类语言已经失去了事物，手中只剩下事物的空名。空名是没有意义的，"怕死跑弒"便完全不表意（想象），符合贝克莱对于绝对存在的描述，不对应任何事物，没有办法被人看见，处于构想之外，无法给主体造成完整和相似的表象。借助无意义的外语单词，诗人触摸绝对存在，并且短暂地向"绝对"倾靠。

> Mastery，forgets
>
> the weight of the Foreign，
>
> that its obscure mass and energy
>
> will always dictate the out rushing
>
> of the universe
>
> ...
>
> To speak the foreign
>
> without deciphering
>
> is to lean toward，momentarily，
>
> past a return.
>
> It is to hear voices in darkness
>
> and vanish into the greeting. ①

---

① Stalling，2010，p. 23.

拉康认为"无论什么被象征秩序所拒绝……都会重新出现在现实中(whatever is refused in the symbolic order... reappears in the real)"①,既然"怕死跑忒"不受制于象征秩序和想象秩序,它只能是来自现实界的事物,其本身带有不可缩减、不可摧毁的能量和物质性。掌握一门外语,让人容易忘记"相异的重量"(the weight of the Foreign)。外语和相异的存在本身时刻提醒着上文福柯所说的"我们自己的局限,对于思考那个的完全不可能"。相异所拥有的"暗物质和暗能量"(obscure mass and energy)作为他者话语一直决定了宇宙(现实界)的质能生产。聆听汉声能够感觉到能量的流转,如一个世纪前费诺罗萨观看汉诗图画发现其中充沛的能量一样。不过,这一次因为不受制于想象秩序,便不再和自然关联。能量全部源自声响,即现实本身,标志着美国诗人看见汉诗的活动,从象征界到想象界,最后到达现实界。石江山吟唱着汉语口音浓重的中式英文,内容是关于一位旅行者来到异国他乡遇到劫匪,丢失了证件现金,还无法言说求助的人间悲剧,这个现实是语言能力因空间变换而彻底失效的焦虑与无助。站在远处聆听,不可抗拒也未能察觉地被西方视角对于东方的优越感所干涉,政治无意识让诗人充满自信和悠闲地聆听外来客的悲歌,大发诗兴,从中听到"简单故事语音结构里的丽诗"②。东方依然是法律和秩序崩坏的场所,东方人口中的世界根本无法和西方协

---

① Lacan & Grigg,1993,p. 13. 受汉语语言习惯的制约,拉康的"real"时而为"现实",时而为"真实"。

② Stalling,2011,p. 6.

调，东方人在西方的不适应只是宏观错位的具体现象而已，抢劫变成"美丽的波浪智慧"（p.78），小偷化身农夫（p.79），东方元素遭遇黑色幽默，更让人忍俊不禁的是，东方的神只是个买蛋糕的（p.77）。难怪信仰这些假神的东方人得不到庇佑，除了发出无助可怜且无人能懂的呼喊之外，实在是文明世界的多余①。按照大循环观点，中国诗人到了美国，能够像西方同行一样，悠闲地欣赏洋腔洋调吗？

Syntax

She walks to a table
She walk to table

She is walking to a table
She walk to table now

---

①　狄任斯在无锡八士桥看到一尊被人抛弃的神像。注意，这尊神像并非哪个破庙里正在腐坏的泥塑。相反，他虽有些破旧，疏于打理，却依然接受着供奉和香火。神像面前的布帘挡住了不敬的眼神，也挡住了神像和造神者——人的交流。异教徒崇拜偶像，制造假神，这尊神像和他们的信仰一样老朽残破，不堪驱使。她后来遇到一名从比利时学习神学回来的中国神职人员，得知这位曾到过西方的中国人嫌中国太脏，太蒙昧，连神父都是"混蛋"（rascal）。见 Tietjen，1917，pp.21，35. 是不是所有西方人（包括去过西方的东方人）都认为，西方文明和先进到中国以后都会堕落变质？埃德温·约翰·丁格尔（Edwin John Dingle）在19世纪末独行中国，看到四川凉山县的新教徒被一小撮极端罗马教徒排挤打压，后者还用中文编写了一本小册子污蔑诋毁前者。互相拆台只能让"洋教"在中国传播越发艰难。见 Dingle，1911，pp.178-179.

> What difference does it make
>
> What difference it make
>
> In Nature，no completeness
>
> no sentence really complete thought
>
> Language，like beast，
>
> Look best when free，undressed①

  王屏 20 世纪 80 年代中期来到美国，经历颇为周折，饱尝人间冷暖，很长一段时期其处于"没头没脑"的挣扎求生状态。顶着北京大学光环，在那个大学生尚且是"天之骄子"的时代，突然来到纽约，整日为生计奔波还要兼顾学业，住在肮脏破旧且不安全的地下室，忍受异族，当然主要是来自同胞的歧视排挤和算计坑骗，主体遭遇重大身份危机和欲望挫折，"彷徨于清醒失落之间"。② 她没有任何闲情逸致欣赏自己尚处于发育状态的英文。地道与偏误并置，挤压出清晰可辨的焦急和挫败感。造句总是受到母语负迁移而缺少动词词形变化，语言和自身落入现实界以后都出现重大缺乏，原本的具足难以克服如今的不完整，于是只好赶紧去原始自然避难，最后四行依然我行我素地缺乏动词词形变化。倒数第二节和费诺罗萨撞车，措辞和观点几乎一致："自然界中所有过程皆相互关联；因此不可

---

① Wang，1999，p. 125.

② Ibid.，p. 123.

能有完整的句子（根据这个定义），除非拿个无穷无尽的句子来。"①最后一节不穿衣服的自由当然是爱默生史耐德一线回归原始，回归伊甸园渴求的跨国搬运。最后四行到底有多少出自中国本土佛道思想，有多少来自美国诗学看见中国以后的发展，不必厘清。跨太平洋诗学大循环让东方诗人到西方领悟，也让西方诗人去东方搜寻。自然是两个过程的连接者，循环因它而完整。

石江山没有指望自己能或者应该去"驯化未知，让自己语言之外的世界变成可以到达的知识"（accessible knowledge）②。对于未知肯定存在却无法被感知的看法，可以认为是贝克莱的经验主义的反说。著名的《人类知识原理》开篇就拷问人对于自己熟悉的事物和感知的天真与无知：

> [w]e see the illiterate bulk of mankind that walk the high-road of plain common sense, and are governed by the dictates of nature
>
> . . .
>
> [w]e find ourselves just where we were, or, which is worse, sit down in a forlorn Scepticism. The cause of this is thought to be the obscurity of things
>
> . . .

---

① Fenollosa, et al., 2008, p. 47.
② Stalling, 2010, p. 7.

[t]hose difficulties which have hitherto amused philosophers, and blocked up the way to knowledge, are entirely owing to ourselves...

石江山无意中使用了贝克莱的措辞①。前者试图在萌芽状态的跨太平洋诗学中巩固自己的地位。作为消费者，诗人没有可能真正去理解或者掌握一件消费品。消费品（汉诗或者汉语）作为外来事物，来自宇宙的黑暗部分，只能让它们物物，任何想要将其驯化的努力都破坏了外来物"不用屈从于主体的思想便能表意的能力"②。正视并且珍视这种能力，汉声诗学提供了获得和处理经验的另一种可能。文化杂交语境让文字以及和文字相关的诗学时刻都在发生传递和转变。消费活动保障了这一行为能够顺利持续地进行。同为学习汉语之人，石江山和卜弼德不同，手中持有的用于交换的货币乃是将身体转变成一个"孔穴"的自在以及进入并且停留在黑暗中所需要的信任。卜弼德对汉诗穷追猛打其实暴露出他不愿意真正和汉诗在一起（withness），以及对诗行提供的意义总是相当怀疑。但石江山不同，他想要进入汉诗，进入黑暗（黑洞），得到汉字从白洞喷

---

① 相同的有 Dictate, obscurity, knowledge, "无知"（illiterate）对应"外语"（foreign），"堵塞"（blocked up）对应"可以到达"（accessible），"自然"（nature）对应"宇宙"（universe），"事物"（things）对应"质量"（mass）和"能量"（energy）。

② Stalling, 2010, p. 23.

射而出的巨大能量，而非附着在语言上的语意句法①。也就是说，他相当有自制能力地享受汉诗带来的愉悦，依照"快乐原则"（pleasure principle），通过做减法，而非加法，将外来物可能带来的污染和拖累降到最低程度。向前倾，靠近伏没在黑暗中的"没有显现"（which doesn't appear），即绝对存在，"不退缩也不需要光"②。

回顾这段创作经历，缘起是听到中国学生"高声朗读课本里的英语"。带有明显中国口音的发声活动让诗人关注点从"朗读的意义"转向"声音的频率"③，即"汉语语音的振动使汉语呈现奇特的开放性，这种开放性超越了每一个英语字母的表面"。想必每位通晓中英文的人士都不会陌生，《围城》中李梅亭关于"芝加哥"和"诗家谷"的看法，以及《异教徒中国佬》里的中国人"Ah Sin"之名寓言式地带有"罪"（sin）。任何一种语言经过声音通道进入另一种语言，总是容易被化出某种特定妆容。中文同音字数量众多，每一个汉字各自具有丰富含义，如果不考虑声调以及发音严格对应，石江山已然拥有中美诗学深度交流的"天时"以及可以相当灵活有创意地选择汉字的"地利"。和庞德

---

①　笔者关于宇宙物理的知识有限，也能明显感觉到石江山用黑洞、白洞、虫洞、光、空间等宇宙物理学词汇展开他的诗学观点。笔者认为，石江山眼中未知语言是黑洞，身体是虫洞，汉字是白洞，光是语言知识，空间是诗性书写的自由，而诗作便是物质。光无法逃出未知语言，诗人进入黑洞以后，身体成为虫洞，提供能量逃逸的渠道，从白洞溢出。这些观点和庞德曾经参考电磁学思考诗学的做法是一致的，也能看出旋涡派的影子。

②　Stalling，2010，p. 8.

③　Stalling，2011，p. 13.

以费诺罗萨笔记为"铅笔底稿"或者"框架"(crib)翻译汉诗类似①，诗人用中式英文"现成发音结构"为基础(p.5)，根据发音寻找并填入适当汉字。诗歌创作变成转动"密码锁"，如上文讨论过的完形填空。不断更换汉字，当合适意义出现时，便形成"带有意义和情感的诗性场域"，同时锁头弹开，露出"让人惊叹的诗意形状"(p.6)。稍微改动一两个字都可以让作品再次"动起来"(in motion)，而懂汉语的中国读者还能够继续把玩，因为诗行始终处于"进行"(in play)状态。

密码锁比喻生动地说明汉声诗歌稍有戏谑的面目背后，仍然凝聚了诗人大量思考和试验。和传统方法不同的是，它颠覆了意义首先出现，然后寻找文字来准确表达的创作习惯。文字(近似)发音已经存在，即符号语音形状先于它的意义到来，作者当然也包括读者必须首先关注究竟有什么东西在场，而声响连带的所谓意义只是后期制作。于是，诗人必须屈从于并懂得如何充分利用框架，独自面对一个不可知且拒绝合作的现实。来到异国土地突然丢失了护照(真实)的旅游者，从某种意义上来说便是来到异国异地(被逐出伊甸园之后名与物隔离，或者在史耐德诗学里人和自己所居住地方的隔阂)丢失了真实的人们。真实是不可能的，没有人能够到达，创伤随之产生。疗伤方法不是从声音背后寻找那些能够让声音表意的文字，连诗人自己都承认所获得的满足感虽然刺激却是短暂而自毁的，而是

---

① 多位学者使用"框架"(crib)一词说明庞德翻译与费氏笔记之间的关系。笔者看到的有 Yip, 1969, p.vii; Park, 2008, p.35 以及 Qian, 1995, p.86.

将发音认作现实，在由发音组成的现实中怡然自得。和愉悦原则一致，埋藏在汉声中的巨大诗学潜力让人觊觎，但石江山并不急于，甚至也不愿意汉声成为诗学附庸，而更愿意让声音物物。比如，同样是护照，可以是"怕死跑忒"(p.80)，也可以是"怕死飑腊"(p.63)①，当然也可以是其他发音类似汉字的组合。印刷成品已经经过优胜劣汰，如王红公律师比喻一样，石江山为打开密码锁试图找到最优组合，然后获得战胜困难的愉悦。汉声诗学生动而具体地证明了美国诗人看见东方时的可为：虽然东方作为现实永远不能进入或者到达，但来自西方的注视目光总是能心满意足地从东方带回一些东西，"从愉悦中制造现实"。②

早在中学时期到汉语老师家吟唱汉诗开始，诗人就要吟唱着通过"诗歌的黑暗之门"，远离"有意图的参考性意义的庸俗，一种纯粹的声响逃脱，渐渐地满溢，成为一瞬即逝的被抓拍到的事件的实例"③。简单来说，声响逃脱变成意象在脑海里飞速闪过，如同当年庞德在地铁站。同时，任何常见、约定俗成的意义和声响之间的关联都是庸俗陈词，配合庞德所说的"陈词"。

A ripple in the words

---

①　飑的常见发音是"biao"，而诗人明显将它当作"pao"来读。语音一旦落入文字（符号），便必须担当符号拥有的缝隙、隔离、借喻的不在场以及暗喻的不准确。

②　Evans，1996，p.164.

③　Stalling，2011，p.11.

Or an opening beneath them

is small enough

for children to take place

To overtake communication

the rupture itself

becomes the very heart of the world

The countless garden is the ease

of loving them

Munster—Buffalo[1]

　　文字中的一道涟漪(注意不是史耐德"表面的涟漪")乃是文字开口,大小足够"产生"(take place)孩子们。断裂本身居然成为"世界的中心",爱单词的闲逸产生数不尽的花园。另一首诗里,"自我乃是知觉里的断裂"[2]。庞德从"陈词与陈词的短暂换气"中也看到美,同时,依靠费诺罗萨遗稿,将词语的维度从一维(语意)扩展到二维(语意和字形)。类似的,石江山借助汉声,同样完成一维到二维(语意和语音)的飞跃。处在文字里的读者单从一维角度来观察,突然发现文字能够脱离这个空间,听到"音歌离世":

---

[1]　Stalling,2010,p. 69.

[2]　Ibid.,p. 62.

The sounds of Songs

Leaving the World

闭上眼睛

 close your eyes

  kē lù zī yóu ér āi sī

   珂露姿犹而哀思

   Jade dew appears as mournful memories

  一个幽暗的房间

 in a dark room

  ying 'è dá 'ér kè rú mù

影厄答而克如木

narrow shadows controlled answer as a forest

 . . .

幽暗的房间外面

  outside the dark room

  āo tè sāi dé dì dá ér kè rù mù

   凹特塞德地答而刻入暮

   Concave particulars are better than

    virtue，earth replies by carving

    toward half light

有一张脸将你凝视

A face watches you

è fēi sī wò chí sī yòu

厄飞思卧驰思幼

Distressed，flying laying down

pining for childhood

凝视黑暗

watching the dark

wò chí yǐng dì dǎ rì ké

卧驰影地打日壳

Resting on flying shadows

earth beats upon

the sun's shell①

    桌子上的物体被拿走，对人来说再正常不过了，但对生活在桌子上的二维的生物而言绝对是一个奇迹，因为这个物体突然凭空地、不留踪迹地消失了（当然它也能突然地、没有任何预兆地再次出现）。从语意维度弹跳出来的文字便进入了语意＋语音的二维空间，否则很难解释为何语意可以自由地随时进入或者退出文字，其实它只是到了另一个维度而已。"一个幽暗的房间"中的"幽暗"第一次被"一个"的语音转写成为"影厄"（narrow shadows）而得以回归，第二次因为"房间"（幽暗的房间外面）变成"入暮"（toward half light）重现，第三次以"凝视"（凝视黑暗）变成"卧驰影"（Resting on flying shadows）又回

———————

① Stalling，2011，pp. 25-31.

来了。阴影和黑暗应该是石江山年少时到中文老师家感受的那
扇"诗歌的黑暗之门"，否则他也不会无故"思幼"。拿着庞德给
的钥匙（花不是模型而是钥匙），穿过这扇门便到达超验，然后
看到了爱默生的太阳。另外，房间外面的黑暗中有一张脸凝视
自己，出现得十分突然。阅读过勃莱的读者应该不会感到费解
或者慌张。

4

Sitting Alone

There is a solitude like black mud!

Sitting in this darkness singing,

I can't tell if this joy

is from the body, or the soul, or a third place.

6

When I woke, new snow had fallen.

I am alone, yet someone else is with me,

drinking coffee, looking out at the snow. ①

　　独坐在黑暗中唱歌，让人想起王维《竹里馆》。发现还有一
个人凝视着我，乃是上文详细论述过的人格分裂和主体缺席。
安静平和地与另一个我在一起，是庞德意象派叠加手法的变
体，叠加的不是外物，而是主体自身。进入二倍体状态，诗人

---

①　勃莱《六首冬季私密诗》(*Six Winter Privacy Poems*)。见 Bly,
1973.

才能够方便地在多个维度上移动，充分发掘文字及其组合溢出于意义之外的各种价值。谁都知道，诗歌自形成之初便讲究韵律美，只是过去的韵律往往用音步、顿挫、跨行连续和大停、押韵以及韵脚套路等来实现。说到底，它们仍然出自智力对形式结构的迷恋，试图规划出（当然偶尔也允许小幅度偏离和嵌套）一个整齐有序的音韵结构。当代美国诗人更加注重诗歌的"音乐"属性，而非单纯的"音韵"。前者范围显然更为宽广且淡化了对意义的依附，注重表演性并和其他艺术形式接轨。石江山试图"找寻一种能激发崭新的哲学和伦理形式的音乐，让我们得以更好地理解他者，而不用掌控它或者用知识来控制它"①。想让诗歌可以借助音乐的形式逃脱知识，不再受其支配，观点和勃莱几乎一致②。通过重新审视"抒情的声音、主观的声音"，诗人也发现通常被认为是单数的自我，实际上是

---

① 刘倩 & 石江山，2011，p. 46.

② 勃莱有一次谈到诗歌和音乐的关系时，引用斯蒂文斯的观点"一首诗几乎能够成功地逃脱智力"，认为只有音乐能够做得到。因此如果一首诗没有"音乐上的神来之笔"（genius in music），那么"实用的智力将会囚住它，打个比方说，把它装在盒子里展示给参观者"。原文来自弗朗西斯·昆因（Francis Quinn）和勃莱之间的访谈录《勃莱，诗歌艺术第 79 号》（*Bly，The Art of Poetry No. 79*），出现在 2000 年 4 月的《巴黎评论》（*Paris Review*）上，网络地址是 http://www.theparisreview.org/interviews/729/the-art-of-poetry-no-79-robert-bly。即是说，诗歌除了智力（意义）之外必须有其他维度，才能不被缩减成智力的衍生物。来自黑暗外语的音乐美当然是最佳选择。此外，斯蒂文斯的原文是"The poem must resist the intelligence/Almost successfully"。Stevens，1997，p. 306.

"复数存在"(plural being)①。

汉声诗学目前尚处于萌芽阶段。石江山用汉语吟唱的"丽诗"为中美诗学进一步对流拉开了序幕。从时尚角度来看，汉诗的叠加、简短、并置、物物等手法经过美国诗人一百年的消费已经有些过气的迹象。1915年的《神州集》开创了一个时代，然后是四十多年后史耐德翻译的寒山，再然后是20世纪90年代中期至今勃莱融合在深层意象里的汉诗，最后突然出现（听到）了"珂露姿犹而哀思"，因为无论是谁都不愿总是被看作庞德的子嗣，单纯地重复如昨夜星辰一般的汉风。斯蒂文斯、威廉斯、王红公等参照汉诗让美国诗歌获取现代性，自我和感官的四种组合如今已经成为常见的写作模板。日常，自然，对于物物的放任和不适早已深得读者认可。洛威尔和王红公一女一男，通过汉诗都找到了自身的第二性以及另一种性别认同。总的来说，美国诗人既然依靠汉诗，以不是我的方式成为他，那么汉诗必须一直处于"不是我"状态。于是眼看着史耐德成为寒山，石江山响亮地提醒，"曝栎思塞臆膢萼甘"（请再说一遍）。

那好，就再说一遍。拉康的镜子，福柯的平台，萨特的侍应，萨义德的图表，罗兰·巴特的手指间，海德格尔的四倍体，上帝的伊甸园，它们都指向一个基本的缺乏。庞德1935年为自己整理并修改了多次的费诺罗萨《汉字诗学》一书做最后一次批注，用他标志性的怒骂写下：

　　　Whatever a few of us learned from Fenollosa

---

① 来自石江山的《伏打》(*Volta*)杂志访谈。

twenty years ago, the whole Occident is still in crass ignorance of the Chinese art of verbal sonority. I now doubt if it was inferior to the Greek. Our poets being slovenly, ignorant of music, and earless, it is useless to blame professors for squalor.

我们中几个人二十年前无论从费诺罗萨那里学到了什么，整个西方对中文的语音声响艺术依然相当愚钝无知。我现在怀疑，不信中文的能比希腊文的差。我们的诗人懒散疏漏，乐盲无耳，责备教授们的低劣败坏是没有用的。①

汉语热的兴起，客观上提升了当代美国诗人对汉语熟悉的程度和语言水平。"目见不如耳闻，耳闻不如口说"，② 赵元任在哈佛开现代对外汉语教学之先河，他十分注重培养听说能力。无论第二语言习得风向如何改变，"耳闻口说"永远是学汉语的重要活动。全球化程度日益加深的今天，任何西方诗人恐怕不会再轻易地对汉字字形和字义进行诗意解读。洛威尔当年见过赵元任，和他讨论了拆字法以后，想到被《中国学生月刊》狠狠地嘲笑批评，恨不得把诉苦的信纸都给烧了，却也只是头痛失眠了一个晚上。现在若被成千上万精通中文的中国学者讨伐，恐怕不是睡一觉就能解决的。两股力量合流：一方面声音不在智力（intellect）之外，那么知识分子（intellectual）对于美

---

① Fenollosa, et al., 2008, p.60.
② 赵新娜 & 黄培云，1998，p.119.

国诗人在汉声上做文章便无权议论；另一方面对外汉语事业的
蓬勃也培养出许多真正能发出汉声的美国诗人。懂汉语的巴恩
斯通同样对汉诗英译从前高度放大图像，却毫无声响的做法表
示不满①。可以想见在不远的将来，汉声在意象、汉字字形、
自然之后，很有希望成为美国诗人下一个主要消费目标，继续
引导环太平洋诗学循环活动。

---

①　Tony, 2004, p. 10.

参考书目

Abel, Richard. (1973). The Influence of St.-John Perse on T. S. Eliot. *Contemporary Literature*, 14(2), 213-239.

Ahearn, Barry. (1994). *William Carlos Williams and Alterity: The Early Poetry*. Cambridge: Cambridge University Press.

Aiken, Conrad. (1918). The Technique of Polyphonic Prose. *The Dial*, 65(776), 346-348.

Aiken, Conrad. (1919). *Scepticisms: Notes on Contemporary Poetry*. New York: A. A. Knopf.

Aldington, Richard. (1941). *Life for Life's Sake: A Book of Reminiscences*. New York: The Viking Press.

Alexander, Michael. (1979). *The Poetic Achievement of Ezra Pound*. Berkeley: University of California Press.

Ambrose, Jane P. (1989). Amy Lowell and the Music of Her Poetry. *The New England Quarterly*, 62(1), 45-62.

American, Federation of Labor. (1902). *Some Reasons for Chinese Exclusion. Meat Vs. Rice. American Manhood against Asiatic Coolieism. Which Shall Survive?* Washington: Govt. Print. Off.

Andy, Brumer (April, 2012). Review of The Night Abraham Called To The Stars. Retrieved from http://www.robertbly. com/rev_abraham6. html.

Anonymous. (1926). Amy Lowell. *The Relief Society Magazine*, 13, 194.

Anonymous. (1981). Chinese Poetry and the American Imagination. *Ironwood*, 17, 11-59.

Ayscough, Florence Wheelock, Lowell, Amy & MacNair, Harley Farnsworth. (1945). *Florence Ayscough & Amy Lowell: Correspondence of a Friendship*. Chicago, Ill. : University of Chicago Press.

Ayscough, Florence Wheelock. (1919). Written Pictures. *Poetry*, 13(5), 268-272.

Bakhtin, M. M. & Emerson, Caryl. (1984). *Problems of Dostoevsky's Poetics*. Minneapolis: University of Minnesota Press.

Barnstone, Tony. (2010). The Three Paradoxes of Literary Translation: On Translating Chinese Poetry for Form In J. Zhang & H. Liu (Eds.), *World Literature and China in*

A Global Age: *Selected Papers of International Conference on "World Literature Today And China"* (pp. 322-335). Beijing, China: Beijing Normal University Publishing Group.

Barnstone, Willis (2000). How I Strayed into Asian Poetry. *Translating Asian Poetry*: *A Symposium*, 12(1), 74-78.

Barthes, Roland. (1968). *Writing Degree Zero* (1st ed.). New York: Hill and Wang.

Baum, Pauli F. (1922). *The Principles of English Versification*. Cambridge: Harvard University Press.

Beach, Christopher. (2003). *The Cambridge Introduction to Twentieth-century American Poetry*. Cambridge: Cambridge University Press.

Beasley, Rebecca. (2007a). *Ezra Pound and the Visual Culture of Modernism*. Cambridge: Cambridge University Press.

Beasley, Rebecca. (2007b). *Theorists of Modernist Poetry*: *T. S. Eliot*, *T. E. Hulme*, *Ezra Pound*. London: Routledge.

Benfey, Christopher E. G. (2003). *The Great Wave*: *Gilded Age Misfits*, *Japanese Eccentrics*, *and the Opening of Old Japan*. New York: Random House.

Berger, Charles. (1985). *Forms of Farewell*: *the Late*

Poetry of Wallace Stevens. Madison, WI: University of Wisconsin Press.

Bevis, William W. (1988). *Mind of Winter: Wallace Stevens, Meditation, and Literature*. Pittsburgh, PA: University of Pittsburgh Press.

Bhabha, Homi K. (1994). *The Location of Culture*. London: Routledge.

Binyon, Laurence. (1911). *The Flight of the Dragon: An Essay on the Theory and Practice of Art in China and Japan, Based on Original Sources*. London: J. Murray.

Bishop, John L. (1958). One Hundred Poems from the Chinese by Kenneth Rexroth Book Review. *Comparative Literature Studies*, 10(1), 61-68.

Blair, Hugh. (1993). *Lectures on Rhetoric and Belles Lettres* (1819). Delmar, N. Y.: Scholars' Facsimiles & Reprints.

Blasing, Mutlu Konuk. (1987). *American Poetry—the Rhetoric of Its Forms*. New Haven: Yale University Press.

Bly, Robert. (1973). *Jumping out of Bed*. Barre, MA: Barre Publishers.

Bly, Robert. (1980). *News of the Universe: Poems of Twofold Consciousness*. San Francisco: Sierra Club Books.

Bly, Robert. (1999). *Eating the Honey of Words: New*

and Selected Poems (1st ed.). New York: Harper Flamingo.

Bly, Robert. (2005). *The Urge to Travel Long Distances: Poems.* Spokane, WA: Eastern Washington University Press.

Bly, Robert. (2011). *Talking into the Ear of a Donkey: Poems* (1st ed.). New York: W. W. Norton & Co.

Bonaventure, Balla. (2012). *Symbolism, Synesthesia, and Semiotics, Multidisciplinary Approach.* Bloomington, IN: Xlibris.

Boone, April. (2006). William Carlos Williams's The Great American Novel: Flamboyance and the Beginning of Art. *William Carlos Williams Review*, 26(1), 1-25.

Bornstein, George. (1985). *Ezra Pound among the Poets: Homer, Ovid, Li Po, Dante, Whitman, Browning, Yeats, Williams, Eliot.* Chicago: University of Chicago Press.

Boynton, Percy H. (1922). American Authors of Today Ⅲ: Amy Lowell. *The English Journal*, 11(9), 527-535.

Bremen, Brian A. (1993). *William Carlos Williams and the Diagnostics of Culture.* New York: Oxford University Press.

Bridson, D. G. (1961). An interview with Ezra Pound. In J. Laughlin (Ed.), *New Directions 17 in Prose and Poetry* (pp. 159-184). Norfolk, Conn: New Directions.

Brooker, Jewel Spears. (1994). *Mastery and Escape: T.*

S. Eliot and the Dialectic of Modernism. Amherst: University of Massachusetts Press.

Brooke-Rose, Christine. (1971). *A ZBC of Ezra Pound*. Berkeley: University of California Press.

Brown, Ashley & Haller, Robert S. (1962). *The Achievement of Wallace Stevens* (1st ed.). Philadelphia: Lippincott.

Bryant, William Cullen. (1889). *Prose Writings of William Cullen Bryant*. New York: D. Appleton and Company.

Bynner, Witter. (1921). On Translating Chinese Poetry. *Asia*, 21, 993-997.

C. , H. H. (1922). Book Review of Fir-Flower Tablets, by Florence Ayscough and Amy Lowell. *The Chinese Students' Monthly*, 17(4), 351-352.

Campbell, David A. (1967). *Greek Lyric Poetry: A Selection of Early Greek Lyric, Elegiac and Iambic Poetry*. London: Macmillan.

Cavalcanti, Guido & West, Simon. (2009). *The Selected Poetry of Guido Cavalcanti: A Critical English Edition*. Leicester, UK: Troubador Publishing Ltd.

Cavallaro, Dani. (2001). *Critical and Cultural Theory: Thematic Variations*. London The Athlone Press.

Chang，Hsin-Hai. (1922). The Vogue of Chinese Poetry. *Edinburgh Review*，236，99-114.

Chisolm，Lawrence W. (1963). *Fenollosa：The Far East and American Culture*. New Haven：Yale University Press.

Chow， Rey. （2004）. The Old/New Question of Comparison in Literary Studies：A Post-European Perspective. *ELH*，71(2)，289-311.

Chu，C. Z.. （2006）. A Reflection on Traditional Approaches to Chinese Character Teaching and Learning. In T. Yao，C. Chu，Y. Wang，H. Xu & J. Hayden （Eds.），*Studies on Chinese Instructional Materials and Pedagogy* （pp. 240-279）. Beijing：Beijing Language University Press.

Chung，Ling. (1984). This Ancient Man is I：Kenneth Rexroth's Versions of Tu Fu. *Renditions*(21-22)，307-330.

Cirasa，Robert J. & Williams，William Carlos. (1995). *The Lost Works of William Carlos Williams：The Volumes of Vollected Poetry as Lyrical Sequences*. London：Associated University Presses.

Cohen，Murray. （1977）. *Sensible Words：Linguistic Practice in England*，1640-1785. Baltimore：Johns Hopkins University Press.

Comentale，Edward P. & Gasiorek，Andrzej （Eds.）. （2006）. *T. E. Hulme and the Question of Modernism*.

Burlington, VT: Ashgate.

Condillac, étienne Bonnot de & Locke, John. (1974). *An Essay on the Origin of Human Knowledge*. New York: AMS Press.

Cordell, D. K. Yee. (1987). Discourse on Ideogrammic Method: Epistemology and Pound's Poetics. *American Literature*, 59(2), 242-256.

Craig, A. Hamilton. (2004). Toward a Cognitive Rhetoric of Imagism. *Style*, 38(4), 468-490.

Cranmer-Byng, L. (1916). *A Feast of Lanterns*. London: J. Murray.

Crunden, Robert Morse. (1993). *American Salons: Encounters with European Modernism*, 1885-1917. New York: Oxford University Press.

Culture Quake: Manet and Post Impressionism. (June 14, 2004). Retrieved December 12, 2012, from http://www. telegraph. co. uk/culture/donotmigrate/3618913/Culture-quake-Manet-and-Post-Impressionism. html.

Damon, S. Foster. (1966). *Amy Lowell: A Chronicle with Extracts from Her Correspondence*. Hamden, Conn. : Archon Books.

Dana, Goodyear. (Oct. 20, 2008). Zen Master: Gary Snyder with Allen Ginsberg (http://www. pwf. cz/archivy/texts/

interviews/zen-master_1294. html). *The New Yorker*.

Dasenbrock, Reed Way. (1985). *The Literary Vorticism of Ezra Pound and Wyndham Lewis: Towards the Condition of Painting*. Baltimore: Johns Hopkins University Press.

David, Y. (1996). Two Early Poems: T. S. Eliot's poems, with an introduction by David Yezzi. *The New Criterion*. Retrieved December, 2011 from http://www. newcriterion. com/articles. cfm/Two-early-poems-3423.

Davie, Donald. (1965). On Translating Mao's Poetry. *The Nation* 200(26), 704-705.

Davie, Donald. (2006). *Purity of Diction in English Verse and Articulate Energy*. Manchester: Carcanet.

Davis, Jordan. (April 14, 2008). One Sun Roaring. *The Nation*.

Davis, William Virgil. (1992). *Critical Essays on Robert Bly*. New York: G. K. Hall.

Davis, William Virgil. (1994). *Robert Bly: The Poet and His Critics*. Columbia, SC: Camden House.

De Bary, William Theodore. (1959). *Approaches to the Oriental Classics: Asian Literature and Thought in General Education*. New York: Columbia University Press.

De Man, Paul. (1986). *The Resistance to Theory*. Minneapolis: University of Minnesota Press.

Derrida, Jacques & Birnbaum, Jean. (2007). *Learning to Live Finally*: *An Interview with Jean Birnbaum*. Hoboken, N. J. : Melville House Pub.

Derrida, Jacques. (1978). *Writing and Difference*. Chicago: University of Chicago Press.

Derrida, Jacques. (1998). *Of Grammatology* (Corrected ed.). Baltimore: Johns Hopkins University Press.

Derrida, Jacques. (2007). *Psyche*: *Inventions of the Other*. Stanford, CA: Stanford University Press.

Detweiler, Robert. (1962). Emerson and Zen. *American Quarterly*, 14(3), 422-438.

di Prima, Diane. (2002). Three Poems in the Chinese Manner *Kenyon Review*, 24(2), 2-3.

Diepeveen, Leonard. (2003). *The Difficulties of Modernism*. New York: Routledge.

Dingle, Edwin John. (1911). *Across China on Foot*. New York: H. Holt and Company.

Donald, Hall. (1963). Writers at Work: the Paris Review Interviews, second series. New York: Viking.

Eco, Umberto. (1986). *Travels in Hyper Reality*: *Essays* (1st ed.). San Diego: Harcourt Brace Jovanovich.

Eleanor, Cook (2005). Last Poems: Places, Common and Other. In H. Bloom (Ed.), *Modern American Poetry* (pp. 233-252). Philadelphia: Chelsea House Publishers.

Eliot, T. S. (1924). A Commentary. *Criterion*, 2(7), 231-239.

Eliot, T. S. (1928). *Introduction to Ezra Pound : Selected Poems*. London: Faber and Faber.

Eliot, T. S. (1965). *To Criticize the Critic, and Other Writings*. New York: Farrar.

Eliot, T. S. (1997). Tradition and the Individual Talent. *The Sacred Wood and Major Early Essays* (pp. 27-33). Mineola, N. Y. : Courier Dover Publications.

Eliot, T. S. & Ricks, Christopher. (1996). *Inventions of the March Hare: Poems*, 1909-1917 (1st U. S. ed.). New York: Harcourt Brace.

Eliot, Thomas Stearns. (1921). *The Sacred Wood*. New York: Alfred A. Knopf.

Emerson, Ralph Waldo. (1849). *Nature* (New ed.). Boston: J. Munroe & Company.

Emerson, Ralph Waldo. (1903). *The Complete Works of Ralph Waldo Emerson: With a Biographical Introduction and Notes* (Centenary ed.). Boston: Houghton.

Emerson, Ralph Waldo. (2004). *Essays and Poems by Ralph Waldo Emerson*. New York, NY: Fine Creative Media.

Emily, Wallace (2003). "Why Not Spirits?"—"The

Universe Is Alive": Ezra Pound, Joseph Rock, the Na Khi, and Plotinus. In Z. Qian (Ed.), *Ezra Pound & China* (pp. 213-277). Ann Arbor: University of Michigan Press.

Eric, Hayot. (2007). Chinese Bodies, Chinese Futures. *Representations*, 99(1), 99-129.

Evans, Dylan. (1996). *An Introductory Dictionary of Lacanian Psychoanalysis*. London: Routledge.

Fabio, L. Vericat Pérez-Mínguez. (2011). *From Physics to Metaphysics: Philosophy and Allegory in the Critical Writings of T. S. Eliot*. Valencia, Spain Universitat de València.

Fackler, Herbert. (1971). Three English Versions of Han Shan's Cold Mountain Poems. *Literature East and West*, 15 (2), 269-278.

Fenollosa, Ernest & Fenollosa, Mary. (1912). *Epochs of Chinese & Japanese Art*. London: W. Heinemann.

Fenollosa, Ernest & Pound, Ezra. (1936). *The Chinese Written Character as a sMedium for Poetry*. San Francisco, CA. : City Lights Books.

Fenollosa, Ernest & Pound, Ezra. (1959). *The Classic Noh Theatre of Japan*. New York: New Directions.

Fenollosa, Ernest, Pound, Ezra, Saussy, Haun, Stalling, Jonathan & Klein, Lucas. (2008). *The Chinese Written Character as a Medium for Poetry*. New York: Fordham

University Press.

Filoche, Jean-Luc. (1984). Victor Segalen's Steles and China In R. S. Ellwood (Ed.), *Discovering the Other: Humanities East and West* (pp. 139-158). Malibu, CA: Undena Publications.

Fletcher, John Gould (1945). The Orient and Contemporary Poetry. In A. Christy (Ed.), *The Asian Legacy and American Life* (pp. 145-174). New York: The John Day Company.

Flint, F. S. (1915, May 1). The History of Imagism. *The Egoist*, 2, 70-71.

Foucault, Michel. (1970). *The Order of Things: An Archaeology of the Human Sciences*. London: Tavistock Publications.

Frye, Richard R. (1989). Scrying the Signs: Objectivist Premonitions in Williams' Spring and All. *Sagetrieb*, 8(3), 77-95.

Gadamer, Hans-Georg, Weinsheimer, Joel & Marshall, Donald G. (2004). *Truth and Method* (2nd, rev. ed.). London; New York: Continuum.

Galik, Marian. (2003). Tang Poetry in Translation in Bohemia and Slovakia: 1902-1999. In T.-h. C. Leo (Ed.), *One into Many: Translation and the Dissemination of Classical Chinese Literature*. New York: Rodopi.

Gendron, Sarah. (2008). *Repetition, Difference, and Knowledge in the Work of Samuel Beckett, Jacques Derrida, and Gilles Deleuze.* New York: Peter Lang.

Gentzler, Edwin. (1993). *Contemporary Translation Theories.* London: Routledge.

Gifford, Barry. (2001). *Replies to Wang Wei.* Berkeley, CA: Donald S. Ellis.

Gifford, Barry. (2012). *Imagining Paradise: New and Selected Poems* (1st ed.). New York: Seven Stories Press.

Gilbert, Sandra M. & Gubar, Susan. (1988). *No Man's Land: The Place of the Woman Writer in the Twentieth Century.* New Haven: Yale University Press.

Giles, Herbert Allen. (1901). *A History of Chinese Literature.* London: W. Heinemann.

Goldie, David. (2001). The None Modernist Modernism. In N. Roberts (Ed.), *A Companion to Twentieth-century Poetry* (pp. 37-50). Oxford, Mass.: Blackwell Publishers.

Golston, Michael. (2008). *Rhythm and Race in Modernist Poetry and Science: Pound, Yeats, Williams, and Modern Sciences of Rhythm.* New York: Columbia University Press.

Gonnerman, M. (2004). *"On the Path, off the Trail": Gary Snyder's Education and the Makings of American Zen.* Unpublished Dissertation. Stanford University.

Goodman, Russell B. (1990). East-West Philosophy in Nineteenth-Century America: Emerson and Hinduism. *Journal of the History of Ideas*, 51(4), 625-645.

Gould, Jean. (1975). *Amy: The World of Amy Lowell and the Imagist Movement*. New York: Dodd, Mead.

Gowing, Lawrence. (2005). *Facts on File: Encyclopedia of Art*. New York: Facts on File.

Grabe, William. (1991). Current Developments in Second Language Reading Research. *TESOL Quarterly*, 25(3), 375-406.

Gray, Timothy. (2006). *Gary Snyder and the Pacific Rim: Creating Countercultural Community*. Iowa City: University of Iowa Press.

Gregory, Horace. (1958). *Amy Lowell: Portrait of the Poet in Her Time*. Edinburgh: T. Nelson.

Hakutani, Yoshinobu. (2009). *Haiku and Modernist Poetics* (1st ed.). New York: Palgrave Macmillan.

Hanshan. (1996). *Encounters with Cold Mountain* (P. Stambler, Trans.). Shanghai: Foreign Languages Teaching and Research Press.

Harman, G. (2010). Technology, Objects and Things in Heidegger. *Cambridge Journal of Economics*, 34(1), 17-25.

Hayot, Eric. (1999). Critical Dreams: Orientalism,

Modernism, and the Meaning of Pound's China. *Twentieth Century Literature*, 45(4), 511-533.

Hayot, Eric. (2004). *Chinese Dreams: Pound, Brecht, Tel Quel*. Ann Arbor: The University of Michigan Press.

Healey, Claire. (1973). Amy Lowell Visits London. *The New England Quarterly*, 46(3), 439-453.

Heidegger, Martin, Macquarrie, John & Robinson, Edward. (2008). *Being and Time*. New York: Harper Perennial/Modern Thought.

Heidegger, Martin. (1971). *Poetry, Language, Thought* (1st ed.). New York: Harper & Row.

Hinsch, Bret. (1990). *Passions of the Cut Sleeve: The Male Homosexual Tradition in China*. Berkeley: University of California Press.

Hoffman, Tyler. (2001). *Robert Frost and the Politics of Poetry*. Hanover, NH: University Press of New England.

Hogg, Richard M., Blake, N. F., Lass, Roger, Romaine, Suzanne, Burchfield, R. W. & Algeo, John. (1998). *The Cambridge History of the English Language: 1776-1997*(Vol. 4). Cambridge: Cambridge University Press.

Holaday, Woon-Ping Chin. (1977). Pound and Binyon: China via the British Museum. *Paideuma*, 6(1), 27-36.

Holmes, John Clellon (November 16, 1952). This is the

Beat Generation. *The New York Times Sunday Magazine*.

Huang, Yunte. (2002). *Transpacific Displacement: Ethnography, Translation, and Intertextual Travel in Twentieth-century American Literature*. Berkeley: University of California Press.

Hulme, T. E. (1924). *Speculations: Essays on Humanism and the Philosophy of Art*. London: Routledge and Kegan Paul.

Hulme, T. E. (1938). Lecture on Modern Poetry. In M. Roberts (Ed.), *T. E. Hulme* (pp. 258-270). London: Faber and Faber Ltd.

Hulme, T. E. & McGuinness, Patrick. (2003). *Selected Writings*. Manchester: Carcanet.

Hulme, T. E. & Read, Herbert. (1936). *Speculations: Essays on Humanism and the Philosophy of Art*. London: K. Paul, Trench, Trubner & Co.

Hunt, Anthony. (1999). Singingthe Dyads: The Chinese Landscape Scroll and Gary Snyder's Mountains and Rivers Without End. *Journal of Modern Literature*, 23(1), 7-34.

Huntley, Frank L. (1969). Dr. Johnson and Metaphysical Wit; Or, "Discordia Concors" Yoked and Balanced. *The Bulletin of the Midwest Modern Language Association*, 2(1), 103-112.

Iser, Wolfgang. (1972). The Reading Process: A Phenomenological Approach. *New Literary History*, 3(2), 279-299.

James, F. H. (2010). *Chinese Literature: Read before the China Branch of the Royal Asiatic Society, Shanghai, on December 14th, 1898* (1899). Whitefish, MT: Kessinger Publishing.

Jameson, Fredric. (1985). Postmodernism and Consumer Society. In H. Foster (Ed.), *Postmodern Culture* (pp. 111-125). London: Pluto Press.

Jameson, Fredric. (1988). Postmodernism and Consumer Society. In A. Kaplan (Ed.), *Postmodernism and Its Discontents* (pp. 13-29). New York: Verso.

Jameson, Fredric. (1991). *Postmodernism or the Cultural Logic of Late Capitalism*. Durham: Duke University Press.

Jang, Gyung-Ryul. (1985). Cathay Reconsidered: Pound as Inventor of Chinese Poetry. *Paideuma*, 14(2-3), 351-362.

Jeff, W. Russell. (2005). Mother Gaia: A Glimpse into the Buddhist Aesthetic of Gary Snyder. *Japanese Study Review* 9, 123-134.

Jones, Michael. (1995). *Creating an Imaginative Life*. Berkeley, CA: Conari Press.

Juhasz, Suzanne. (1974). *Metaphor and the Poetry of*

Williams, Pound, and Stevens. Lewisburg, PA. : Bucknell University Press.

Kahn, Paul. (1986). Han Shan in English. *Renditions*, 25, 140-175.

Katz, Daniel. (2007). *American Modernism's Expatriate Scene: The Labour of Translation*. Edinburgh: Edinburgh University Press.

Kennedy, George A. (1958). Fenollosa, Pound and the Chinese Character. *Yale Literary Magazine*, 126(5), 24-36.

Kennedy, George. (1964). *Selected Works of George Kennedy*. (L. Tien-yi Ed.). New Haven, CT: Far Eastern Publications.

Kenner, Hugh. (1971). *The Pound Era*. Berkeley, CA. : University of California Press.

Kenner, Hugh. (1979). A Note on CX/788. *Paideuma*, 8(1), 51-52.

Kenner, Hugh. (1985). *The Poetry of Ezra Pound*. Lincoln: University of Nebraska Press.

Kern, Robert. (1996). *Orientalism, Modernism, and the American Poem*. Cambridge: Cambridge University Press.

Kesel, Marc De. (2004). Act without Denial: Slavoj Žižek on Totalitarianism, Revolution and Political Act. *Studies in East European Thought*, 56(4), 299-334.

Kim, Elaine H. (1982). *Asian American Literature: An Introduction to the Writings and Their Social Context*. Philadelphia: Temple University Press.

Kimberly, Howey. (2009). *Ezra Pound and the Rhetoric of Science*, 1901-1922. Unpublished Doctoral Dissertation. University College London. London.

Knapp, James F. (1979). *Ezra Pound*. Boston: Twayne Publishers.

Kodama, Sanehide. (1977). The Eight Scenes of Sho-Sho. *Paideuma*, 6(2), 131-145.

Kraut, Richard. (1992). *The Cambridge Companion to Plato*. Cambridge: Cambridge University Press.

Kroll, Paul W. (1980). Selected Works of Peter A. Boodberg (Book Review). *Chinese Literature: Essays, Articles, Reviews*, 2(2), 271-273.

Lacan, Jacques & Grigg, Russell. (1993). *The Psychoses: 1955-1956*(1st American ed.). New York: W. W. Norton.

Lacan, Jacques. (1977). *Écrits: A Selection*. New York: W. W. Norton.

Laplanche, Jean. (1992). Psychoanalysis, Time and Translation. In J. Fletcher & M. Stanton (Eds.), *Jean Laplanche: Seduction, Translation, Drives*. London: Institute of Contemporary Arts.

Leed，Jacob. (1986). Gary Snyder: An Unpublished Preface. *Journal of Modern Literature*, 13(1), 177-180.

Lentricchia， Frank. (1994). *Modernist Quartet*. Cambridge: Cambridge University Press.

Levertov，Denise，Williams，William Carlos & MacGowan，Christopher J. (1998). *The Letters of Denise Levertov and William Carlos Williams*. New York: New Directions.

Levinas，Emmanuel. (1979). *Totality and Infinity: An Essay on Exteriority*. Hingham，MA: M. Nijhoff Publishers.

Li，Junhong & Lee，Kunshan (2006). The Graphic Factor in the Teaching and Learning of Chinese Characters. *Journal of Chinese Language Teachers Association*, 41(1), 79-92.

Lowell，Amy. (1914). *Sword Blades and Poppy Seed*. New York: The Macmillan Company.

Lucas，Klein. (2010). *Foreign Echoes & Discerning the Soil: Dual Translation, Historiography & World Literature in Chinese Poetry*. Unpublished dissertation. Yale University.

Lucas， Klein. (2004). Original/Translation: The Aesthetic Context of Kenneth Rexroth's Translations of Du Fu and Li Qingzhao [Electronic Version]. *Big Bridge*, Retrieved Sepember，2011 from http://www. bigbridge. org/issue10/original_translation_from_big_bridge. pdf.

Lye，Colleen. (2005). *America's Asia: Racial Form and*

American Literature, 1893-1945. Princeton, N. J. : Princeton University Press.

Mariani, Paul L. (1981). *William Carlos Williams: A New World Naked*. New York: McGraw-Hill.

Marin, Ileana. (2001). *Beata Beatrix: Pre-Raphaelite Studies*. Firenze, Italy: AlefBet.

Martin, Wallace. (1967). *The New Age under Orage: Chapters in English Cultural History*. New York: Barnes & Noble.

Marx, Edward. (2004). *The Idea of a Colony: Cross-culturalism in Modern Poetry*. Toronto: University of Toronto Press.

Materer, Timothy. (1996). Make It Sell! Ezra Pound Advertises Modernism. In K. J. H. Dettmar & S. Watt (Eds.), *Marketing Modernisms: Self-promotion, Canonization, Rereading* (pp. 17-36). Ann Arbor: University of Michigan Press.

McCabe, Susan (2005). Book Review of *Amy Lowell, American Modern. Legacy: A Journal of American Women Writers*, 22(1), 89-90.

McGann, Jerome J. (1991). *The Textual Condition*. Princeton, N. J. : Princeton University Press.

McLeod, Dan (1983). The Chinese Hermit in the

American Wilderness. *Tamkang Review*, 14(1), 165-171.

McLuhan, H. M. (1951). Tennyson and Picturesque Poetry. *Essays in Criticism*, I(3), 262-282.

Merrill, Stuart. (1890). *Pastels in Prose*. New York: Harper & Brothers.

Metcalf, Lorettus Sutton, Page, Walter Hines, Rice, Joseph Mayer, Kennerley, Mitchell, Cooper, Frederic Taber, Hooley, Arthur (Eds.). (1912). *The Forum* (Vol. 47). New York Mitchell Kennerley.

Miller, J. Hillis. (1970). Williams' Spring and All and the Progress of Poetry. *Theory in Humanistic Studies*, 99(2), 405-434.

Miner, Earl. (1957). Pound, Haiku and the Image. *The Hudson Review*, 9(4), 570-584.

Molesworth, Charles. (1979). *The Fierce Embrace: A Study of Contemporary American Poetry*. Columbia: University of Missouri Press.

Moody, Anthony David. (2009). *Ezra Pound, Poet: A Portrait of the Man and His Work I: The Young Genius, 1885-1920*. Oxford: Oxford University Press.

Munich, Adrienne & Bradshaw, Melissa. (2004). *Amy Lowell, American Modern*. New Brunswick, N. J.: Rutgers University Press.

Murphy, Russell E. (2007). *Critical Companion to T. S. Eliot: A Literary Reference to His Life and Work*. New York: Facts on File.

Nadel, Ira Bruce (Ed.). (1999). *The Cambridge Companion to Ezra Pound*. Cambridge: Cambridge University Press.

Neal, Arthur G. & Collas, Sara F. (2000). *Intimacy and Alienation: Forms of Estrangement in Female/male Relationships*. New York: Garland Pub.

Nelson, Cary. (1971). Suffused-Encircling Shapes of Mind: Inhabited Space in Williams. *Journal of Modern Literature*, 1(4), 549-564.

Nelson, Howard. (1984). *Robert Bly: An Introduction to the Poetry*. New York: Columbia University Press.

Nolde, John J. (1983). *Blossoms from the East: The China Cantos of Ezra Pound*. Orono, Me: National Poetry Foundation, University of Maine.

Parini, Jay, & Millier, Brett Candlish. (1993). *The Columbia History of American Poetry*. New York: Columbia University Press.

Parisi, Joseph, & Young, Stephen. (2002). *Dear Editor: A History of Poetry in Letters: the First Fifty Years*, 1912-1962(1st ed.). New York: Norton.

Park，Josephine Nock-Hee. (2003). *The Forms of Cathay*：*Modernism，the Orient，and Asian American Poetry*. Unpublished Dissertation. University of California. Berkeley.

Park，Josephine Nock-Hee. (2008). *Apparitions of Asia*：*Modernist Form and Asian American Poetics*. New York：Oxford University Press.

Paul，Reps. (1959). *Zen Telegrams*：79 *Picture Poems by Paul Reps*. Tokyo，Japan：Charles E. Tuttle Company.

Paul，Reps. (1967). *Square Sun Square Moon*：*A Collection of Sweet Sour Essays*. Tokyo，Japan：Charles E. Tuttle Co.

Paul，Reps. (1970). *Gold and Fish Signatures*. Tokyo，Japan：Charles E. Tuttle Company.

Paul，Sherman. (1984). Ideogram：History of a Poetic Method by Laszlo K. Géfin (Book Review). *The Journal of English and Germanic Philology*，83(1)，104-107.

Paul，Sherman. (1989). *Hewing to Experience*：*Essays and Reviews on Recent American Poetry and Poetics*，*Nature and Culture* (1st ed.). Iowa City：University of Iowa Press.

Paz，Octavio. (1992). Translation：Literature and Letters In R. Schulte & J. Biguenet (Eds.)，*Theories of Translation*：*An Anthology of Essays from Dryden to Derrida* (pp. 152-162). Chicago：University of Chicago Press.

Pelliot, Paul. (1922). Book review of*Fir-Flower Tablets*, *Poems Translated from the Chinese by Florence Ayscough & Amy Lowell*. *T'oung Pao*, 21(2/3), 232-242.

Perloff, Marjorie. (1981). *The Poetics of Indeterminacy*: *Rimbaud to Cage*. Princeton, N. J.: Princeton University Press.

Peter, Schmidt. (1980). Some Versions of Modernist Pastoral: Williams and the Precisionists. *Contemporary Literature*, 21(3), 383-406.

Pinker, Steven. (1994). *The Language Instinct* (1st ed.). New York: W. Morrow and Co.

Plato, & Kalkavage, Peter. (2001). *Plato's Timaeus*: *Translation, Glossary, Appendices and Introductory Essay*. Newburyport, MA: Focus Pub. /R. Pullins.

Pound, Ezra & Cookson, William. (1973). *Selected Prose*, 1909-1965. London: Faber.

Pound, Ezra & Eliot, T. S. (1979). *Literary Essays of Ezra Pound*. Westport, Conn. : Greenwood Press.

Pound, Ezra & Hulme, T. E. (1912). *Ripostes of Ezra Pound*, *Whereto Are Appended the Complete Poetical Works to T. E. Hulme, with Prefatory Note*. London: S. Swift and Co. , Ltd.

Pound, Ezra & Kodama, Sanehide. (1987). *Ezra Pound & Japan*: *Letters & Essays* (1st ed.). Redding Ridge, CT:

Black Swan Books.

Pound, Ezra & Materer, Timothy. (1985). *Pound/ Lewis: The Letters of Ezra Pound and Wyndham Lewis, the Correspondence of Ezra Pound*. New York: New Directions Pub. Corp.

Pound, Ezra & Paige, D. D. (1971). *The Selected Letters of Ezra Pound*, 1907-1941. London: Faber and Faber Ltd.

Pound, Ezra & Qian, Zhaoming. (2008). *Ezra Pound's Chinese Friends: Stories in Letters*. Oxford: Oxford University Press.

Pound, Ezra, Pound, Dorothy, Pound, Omar S. & Litz, A. Walton. (1984). *Ezra Pound and Dorothy Shakespear, Their Letters*, 1909-1914. New York: New Directions.

Pound, Ezra, Witemeyer, Hugh & Williams, William Carlos. (1996). *Pound/Williams: Selected Letters of Ezra Pound and William Carlos Williams*. New York: New Directions.

Pound, Ezra. (1910). *The Spirit of Romance: An Attempt to Define Somewhat the Charm of the Pre-renaissance Literature of Latin Europe*. London: J. M. Dent & sons.

Pound, Ezra. (1913). A few Don'ts by An Imagiste. *Poetry*, 1(6), 200-206.

Pound, Ezra. (1915a). The Renaissance: I-The Palette.

Poetry, 5(5), 227-234.

Pound, Ezra. (1915b). Affirmations. *The New Age*, 16 (15), 409-411.

Pound, Ezra. (1916). *Gaudier-Brzeska*. London: John Lane Company.

Pound, Ezra. (1928). *Selected Poems*. London: Faber & Gwyer.

Pound, Ezra. (1951). *The Letters of Ezra Pound*, 1907-1941. London: Faber and Faber.

Pound, Ezra. (1966). *Polite Essays*. Freeport, N. Y. : Books for Libraries Press.

Pound, Ezra. (1991). *ABC of Reading*. New York: New Directions Pub. Corp.

Qian, Zhaoming (2000). Pound and Chinese Art in the "British Museum Era". In H. M. Dennis (Ed.), *Ezra Pound and Poetic Influence: The Official Proceedings of the 17th International Ezra Pound Conference Held at Castle Brunnenburg Tirolo di Merano* (pp. 100-113). Atlanta, GA: Rodopi B. V.

Qian, Zhaoming (Ed.). (2003). *Ezra Pound & China*. Ann Arbor: The University of Michigan Press.

Qian, Zhaoming. (1995). *Orientalism and Modernism: The Legacy of China in Pound and Williams*. Durham: Duke University Press.

Qian, Zhaoming. (1997). Chinese Landscape Painting in Stevens's "Six Significant Landscapes". *Wallace Stevens Journal: A Publication of the Wallace Stevens Society*, 21(2), 123-142.

Qian, Zhaoming. (2001). Late Stevens, Nothingness, and the Orient. *Wallace Stevens Journal: A Publication of the Wallace Stevens Society*, 25(2), 164-172.

Qian, Zhaoming. (2003). *Ezra Pound & China*. Ann Arbor: University of Michigan Press.

Ramazani, Jahan. (2009). *A Transnational Poetics*. Chicago: The University of Chicago Press.

Read, Dennis M. (1986). Three Unpublished Poems by William Carlos Williams. *American Literature*, 58(3), 422-426.

Rexroth, Kenneth, & Chung, Ling. (1972). *The Orchid Boat: Women Poets of China*. New York: McGraw-Hill.

Rexroth, Kenneth. & Morrow, Bradford. (1987). *World outside the Window: The Selected Essays of Kenneth Rexroth*. New York: New Directions Pub. Corp.

Rexroth, Kenneth, Hamill, Sam & Morrow, Bradford. (2003). *The Complete Poems of Kenneth Rexroth*. Port Townsend, WA: Copper Canyon Press.

Rexroth, Kenneth. (1968). *Classics Revisited*. Chicago: Quadrangle Books.

Rexroth, Kenneth. (1971). *One Hundred Poems from the Chinese*. New York: New Directions.

Richardson, Mark. (1997). *The Ordeal of Robert Frost: the Poet and His Poetics*. Urbana: University of Illinois Press.

Rivard, David. (2009). A Leap of Words to Things: Gary Snyder's Riprap. *American Poetry Review*, 38(4), 5-9.

Robert, Duncan. (1965). The Fire. *Poetry*, 106(1/2), 32-36.

Robin, G. Schulze (1998). Marianne Moore's "Imperious Ox, Imperial Dish" and the Poetry of the Natural World. *Twentieth Century Literature*, 44(1), 1-33.

Rubin, Joan Shelley. (2006). The Genteel Tradition at Large. *Raritan*, 25(3), 70-91.

Ruthven, K. K. (1990). *Ezra Pound as Literary Critic*. London: Routledge.

Said, Edward W. (2003). *Orientalism*. New York: Pantheon Books.

Sartre, Jean-Paul. (1956). *Being and Nothingness: An Essay on Phenomenological Ontology*. New York: Philosophical Library.

Sayre, Henry M. (1980). Ready-Mades and Other Measures: The Poetics of Marcel Duchamp and William Carlos Williams. *Journal of Modern Literature*, 8(1), 3-22.

Schlegel, Friedrich von & Millington, Ellen J. (1849). *The Aesthetic and Miscellaneous Works of Frederick Von*

Schlegel. London: H. G. Bohn.

Schulze, Robin G. (1995). *The Web of Friendship: Marianne Moore and Wallace Stevens*. Ann Arbor: University of Michigan Press.

Schulze, Robin G. (2004). Harriet Monroe's Pioneer Modernism: Nature, National Identity, and Poetry, a Magazine of Verse. *Legacy: A Journal of American Women Writers*, 21(1), 50-67.

Schulze, Robin. (Fall, 2005). Poets reimagined nature to fit scientific age. *Newsletter of the Center for the Humanities at Oregon State University* 5, 10-11.

Schwartz, William Leonard. (1928). A Study of Amy Lowell's Far Eastern Verse. *Modern Language Notes*, 43(3), 145-152.

Schweik, Susan M. (1991). *A Gulf So Deeply Cut: American Women Poets and the Second World War*. Madison, WI: University of Wisconsin Press.

Selby, Nick. (1997). Poem as Work-Place: Gary Snyder's Ecological Poetics. *Sycamore: A Journal of American Culture*, 1(4), 1-19.

Serafin, Steven & Bendixen, Alfred (Eds.). (1999). *Encyclopedia of American Literature*. New York: Continuum.

Shah, Hemant. (2003). "Asian Culture" and Asian American Identities in the Television and Film Industries of the United States. *Studies in Media & Information Literacy Education*, 3(3), 1-10.

Smith, Arthur Henderson. (1894). *Chinese Characteristics* (2d ed.). New York: F. H. Revell Company.

Snyder, Gary (2000). Reflections on My Translations of the Tang Poet Han-shan. *Translating Asian Poetry: A Symposium* 12(1), 137-139.

Snyder, Gary & McLean, William Scott. (1980). *The Real Work: Interviews & Talks*, 1964-1979. New York: New Directions Pub. Corp.

Snyder, Gary. (1969). Some Yips & Barks in the Dark. In S. Berg & R. Mezey (Eds.), *Naked Poetry*. Indianapolis: Bobbs-Merrill.

Snyder, Gary. (1978). *Myths & Texts*. New York: New Directions Pub. Corp.

Snyder, Gary. (1990). *The Practice of the Wild: Essays*. San Francisco: North Point Press.

Snyder, Gary. (1992). *No Nature: New and Selected Poems* (1st ed.). New York: Pantheon Books.

Snyder, Gary. (1996). *Mountains and Rivers without End*. Washington, D. C.

Snyder, Gary. (1999). *The Gary Snyder Reader: Prose, Poetry, and Translations*, 1952-1998. Washington, D. C.: Counterpoint.

Sowerby, Robin. (1996). The Homeric Versio Latina. *Illinois Classical Studies* 21, 161-202.

Stalling, Jonathan. (2006). *Poetics of Emptiness: Transformations of East Asian Philosophy and Poetics in Twentieth Century American Poetry*. Unpublished Dissertation. University of New York at Buffalo.

Stalling, Jonathan. (2010). *Grotto Heaven*. Tucson, AZ: Chax Press.

Stalling, Jonathan. (2011). *Chanted Songs Beautiful Poetry: Sinophonic English Poetry and Poetics*. Denver, Colorado: Counterpath.

Stamy, Cynthia. (1999). *Marianne Moore and China: Orientalism and a Writing of America*. Oxford: Oxford University Press.

Steiner, George (Producer). (June 2, 2001). A Man of Many Parts. *The Guardian*. Retrieved from http://www.guardian.co.uk/books/2001/jun/03/poetry.features1.

Steve, Bradbury. (2003). Reading Rexroth Rewriting Tu Fu in the "Permanent War" (http://jacketmagazine.com/23/rex-brad.html). *Jacket*.

Stevens, Wallace. (1957). *Opus Posthumous*. New York: Alfred A. Knopf.

Stevens, Wallace. (1997). *Collected Poetry and Prose*. New York: Penguin Books.

Stewart, Frank. (2004). *The Poem Behind the Poem: Translating Asian Poetry*. Port Townsend, WA: Copper Canyon Press.

Tan, Joan Qionglin. (2009). *Han Shan, Chan Buddhism and Gary Snyder's Ecopoetic Way*. Portland, Or. : Sussex Academic Press.

Taupin, René. & Pratt, William. (1985). *The Influence of French Symbolism on Modern American Poetry* (1929) (W. Pratt & A. R. Pratt, Trans.). New York: AMS Press.

Teele, Roy. (1959). *Through a Glass Darkly: A Study of English Translations of Chinese Poetry*. Unpublished Doctoral Dissertation. Ann Arbor.

Terrell, Carroll Franklin & Pound, Ezra. (1980). *A Companion to the Cantos of Ezra Pound*. Orono: National Poetry Foundation.

Thacker, Andrew. (2006). A Language of Concrete Things: Hulme, Imagism and Modernist Theories of Language. In E. P. Comentale & A. Gasiorek (Eds.), *T. E. Hulme and the Question of Modernism*. Burlington, VT: Ashgate.

Tietjens, Eunice. (1917). *Profiles from China: Sketches in Verse of People & Things Seen in the Interior*. Chicago, Ill. : R. F. Seymour.

Tietjens, Eunice. (1922). On Translating Chinese Poetry

I. *Poetry*，20(5)，268-273.

Tiffany，Daniel. (1995). *Radio Corpse：Imagism and the Cryptaesthetic of Ezra Pound*. Cambridge，Mass.：Harvard University Press.

Tony，Barnstone（2004）. The Poem behind the Poem：Literary Translation as American Poetry In F. Stewart (Ed.)，*The Poem Behind the Poem：Translating Asian Poetry*（pp. 1-16）. Port Townsend，WA：Copper Canyon Press.

Townley，Rod. (1975). *The Early Poetry of William Carlos Williams*. Ithaca：Cornell University Press.

Tryphonopoulos，Demetres P. & Adams，Stephen. (2005). *The Ezra Pound Encyclopedia*. Westport，Conn.：Greenwood Press.

Untermeyer，Louis. (1919). *The New Era in American Poetry*. New York：Henry Holt and Company.

Untermeyer，Louis. (1921). *Modern American Poetry*. New York：Harcourt，Brace and Company.

Vendler，Helen. (1993). Wallace Stevens. In J. Parini & B. C. Millier (Eds.)，*The Columbia History of American Poetry*（pp. 370-394）. New York：Columbia UP.

Waley，Arthur & Bai，Juyi. (1919a). *One Hundred and Seventy Chinese Poems*. New York A. A. Knopf.

Waley，Arthur. & Po，Chü-i. (1919b). *More Translations from the Chinese*. London：G. Allen & Unwin Ltd.

Waley, Arthur. (1922). *Zen Buddhism and Its Relation to Art*. London: Luzac.

Waley, Arthur. (1965). *Chinese Poems*. New Brunswick, N. J. : Rutgers University Library.

Wang, Ping (Ed.). (1999). *New Generation: Poems from China Today*. Brooklyn, N. Y. : Hanging Loose Press.

Watson, Burton. (1984). *The Columbia Book of Chinese Poetry: From Early Times to the Thirteenth Century*. New York: Columbia University Press.

Weinberger, Eliot (Producer). (2003, Oct. , 2012). At the Death of Kenneth Rexroth. *Jacket* Retrieved from http://jacketmagazine. com/23/rex-weinb-obit. html.

Weinberger, Eliot & Williams, William Carlos. (2003). *The New Directions Anthology of Classical Chinese Poetry*. New York, NY: New Directions Pub. Corp.

Weinberger, Eliot & Williams, William Carlos. (2004). *The New Directions Anthology of Classical Chinese Poetry*. New York: New Directions.

Weinberger, Eliot, Wang, Wei & Paz, Octavio. (1987). *Nineteen Ways of Looking at Wang Wei: How a Chinese Poem is Translated* (1st ed.). Mount Kisco, N. Y. : Moyer Bell.

Weinberger, Eliot. (1986). *Works on Paper*: 1980-1986. New York: New Directions.

Welch, Michael Dylan. (1995). The Haiku Sensibilities of

E. E. Cummings. *Spring*，4，95-120.

Whalen，Philip & Rothenberg，Michael.（2007）. *The Collected Poems of Philip Whalen*. Middletown，Conn. ：Wesleyan University Press.

Whalen-Bridge，John & Storhoff，Gary.（2011）. *Writing as Enlightenment：Buddhist American Literature into the Twenty-first Century*. Albany，NY：SUNY Press.

Whitman，Walt.（1891）. Have We a National Literature? *The North American Review*，152(412)，332-338.

Wilhelm，James J.（1985）. *The American Roots of Ezra Pound*. New York：Garland Pub.

Williams，William Carlos & Berrien，Edith.（1967）. *I Wanted to Write a Poem：The Autobiography of the Works of a Poet*. London：Cape.

Williams，William Carlos & Mariani，Paul L.（1973）. A study of Ezra Pound's Present Position*The Massachusetts Review* 14(1)，118-123.

Williams，William Carlos & Thirlwall，John C.（1984）. *The Selected Letters of William Carlos Williams*. New York：New Directions Pub. Corp.

Williams，William Carlos，MacGowan，Christopher J. & Crockett，Robert.（2004）. *William Carlos Williams*. New York：Sterling Pub. Co.

Williams，William Carlos，Zukofsky，Louis & Ahearn，

Barry. (2003). *The Correspondence of William Carlos Williams & Louis Zukofsky*. Middletown, Conn. : Wesleyan University Press.

Williams, William Carlos. (1920). *Kora in Hell: Improvisations*. Boston: The Four Seas Company.

Williams, William Carlos. (1968). *The Autobiography of William Carlos Williams*. London: MacGibbon & Kee.

Williams, William Carlos. (1969). *Selected Essays of William Carlos Williams*. New York: New Directions Publishing.

Williams, William Carlos. (1970). *Imaginations*. New York: New Directions Pub. Corp.

Williams, William Carlos. (1973). *The Great American Novel*. Folcroft, Pa. : Folcroft Library Editions.

Williams, William Carlos. (1974). *The Embodiment of Knowledge*. New York: New Directions.

Willis, Barnstone (2004). How I strayed into Asian Poetry In F. Stewart (Ed.), *The Poem Behind the Poem: Translating Asian Poetry* (pp. 1-16). Port Townsend, WA: Copper Canyon Press.

Wimsatt, William K. (1954). *The Verbal Icon: Studies in the Meaning of Poetry*. Lexington, Ky. : University of Kentucky Press.

Winters, Yvor. (1922). Carlos Williams' New Book, Book

Review *Poetry*, 20(4), 216-220.

Woolhouse, R. S. (1994). *Gottfried Wilhelm Leibniz*: *Critical Assessments*. London ;New York: Routledge.

Wright, Thomas. (2003). *Early Travels in Palestine*. Mineola, N. Y. : Dover.

Xie, Ming. (1999). *Ezra Pound and the Appropriation of Chinese Poetry*: *Cathay, Translation, and Imagism*. New York: Garland Pub.

Yao, Steven G. (2007). Toward a Prehistory of Asian American Verse: Pound, Cathay, and the Poetics of Chineseness. *Representations*, 99(1), 130-158.

Yau, John. (1996). *Forbidden Entries*. Santa Rosa: Black Sparrow Press.

Yeh, Michelle Mi-Hsi. (2000). The Chinese Poem: The Visible and the Invisible in Chinese Poetry. *Translating Asian Poetry*: *A Symposium* 12(1), 139-146.

Yip, Wai-lim & Pound, Ezra. (1969). *Ezra Pound's Cathay*. Princeton, N. J. : Princeton University Press.

Yoshihara, Mari. (2003). *Embracing the East*: *White Women and American Orientalism*. Oxford: Oxford University Press.

Zhou, Xiaojing. (2004). Postmodernism and Subversive Parody: John Yau's "Genghis Chan: Private Eye" Series. *College Literature* 31(1), 73-102.

Zhu，Chungeng. (2006). Ezra Pound：the One-Principle Text. *Literature & Theology*，20(4)，394-410.

Žižek，Slavoj. (1992). *Everything You Always Wanted to Know about Lacan*：(*But Were Afraid to Ask Hitchcock*). London：Verso.

［德］爱克曼. 歌德谈话录. 北京：人民文学出版社，1982.

蔡振兴. 史耐德与生命书写/诗学. 载《欧美研究》，2008(3).

陈定家. "超文本"的兴起与网络时代的文学. 载《中国社会科学》，2007(3).

陈世骧. 陈世骧文存. 沈阳：辽宁教育出版社，1998.

范岳译. 英美意象派：抒情短诗集锦. 沈阳：辽宁大学出版社，1986.

丰华瞻. 艾米·洛厄尔与中国诗. 载《外国文学研究》，1983(4).

葛文峰，叶小宝. 美国诗人肯尼斯·雷克思罗斯的李清照词英译研究——兼论雷氏的李清照情结. http://www.sinoss. net/uploadfile/2012/0613/20120613051727812. pdf.

韩小静. 寒山诗英译对比研究：以赤松和韩禄伯译本为重点来考察. 首都师范大学硕士学位论文，2009.

姜涛. 美国现代诗歌的中国文化移入现象研究. 载《外语学刊》，2011(3).

蒋向艳.《玉书》对中国经典文学海外传播的启示. 载《淮阴师范学院学报(哲学社会科学版)》，2009(2).

［法］拉康. 拉康选集（褚孝泉翻译）. 上海：三联书店，2001.

刘兰辉. 勃莱的仿中国诗. 载《沙洋师范高等专科学校学报》，2008(5).

刘倩，石江山. 寻觅跨语际诗歌的音乐之美："中国文学海外传播"国际学术研讨会石江山访谈录. 载《楚雄师范学院学报》，2011(10).

［美］刘若愚. 中国文学理论，台北：联经出版社，1981.

［美］刘若愚. 中国诗学，郑州：河南人民出版社，1990.

刘勰.《大中华文库文心雕龙汉英对照：第一卷》，北京：外语教学与研究出版社，2003.

［美］罗伯特·勃莱（董继平译）. 从两个世界爱一个女人. 兰州：敦煌文艺出版社，1998.

罗良功. 诗学·诗歌·语言诗——玛乔瑞·帕洛夫教授访谈. 载《外国文学研究》，2007(3).

罗新璋编. 翻译论集. 北京：商务印书馆，1984.

吕叔湘. 中诗英译比录. 北京：中华书局，2002.

［美］钱兆明，管南异. 逆向而行——庞德和宋发祥的邂逅和撞击. 载《外国文学》，2011(6).

［美］钱兆明：《威廉斯的诗体探索与他的中国情结》，载《外国文学》，2010(1)，57-66.

区鉷. 大合唱中的不同音色——欧洲文艺理论的本土意识. 载《中山大学学报》，1994(2).

区鉷，赵毅衡等译析. 花城袖珍诗丛：美国现代诗. 广州：花城出版社，1988.

[日]太田辰夫. 中国语历史文法. 北京：北京大学出版社，2003.

[法]司汤达（王道乾译）. 拉辛与莎士比亚. 上海：上海人民出版社，2006.

王峰. 中国诗对美国诗歌创作的影响. 载《求索》，2011(3).

王文. 庞德和中国文化：接受美学的视阈. 苏州大学博士论文，2004.

王佐良. 勃莱的境界. 载《外国文学》，1984(9).

王佐良. 语言之间的恩怨. 天津：天津人民出版社，1998.

邬国平，邬晨云. 李白诗歌的第一部英文译本：小畑薰良译李白诗集、译者与冯友兰等人关系及其他. 载《江海学刊》，2009(4).

许渊冲. 翻译的艺术. 北京：五洲传播出版社，2005.

[美]叶维廉. 比较诗学. 台北：东大图书公司，1983.

[美]叶维廉. 中国诗学. 北京：生活·读书·新知三联书店，1992.

[美]叶维廉. 道家美学与西方文化. 北京：北京大学出版社，2002.

[美]叶维廉. 叶维廉文集（第三卷）. 合肥：安徽教育出版社，2002.

詹航伦. 刘若愚：融合中西诗学之路. 北京：文津出版社，2005.

张隆溪. 比较文学译文集. 北京：北京大学出版社，1982.

张清常. 语言学论文集. 北京：商务印书馆，1993.

张清常. 语言学论文集（续集）. 北京：语文出版社，2001.

张万民. 见山是山？见水是水？——海外学者比较诗学研究的三种形态. 载《文艺理论研究》，2008(1).

张子清. 美国禅诗. 载《外国文学评论》，1998(1).

赵金铭. 对外汉语教学法回视与再认识. 载《世界汉语教学》，2010(2).

赵毅衡. 诗神远游：中国如何改变了美国现代诗. 上海：上海译文出版社，2003.

赵毅衡编译. 美国现代诗选. 北京：外国文学出版社，1985.

郑燕虹. 论中国古典诗歌对肯尼斯·雷克思罗斯创作的影响. 载《外国文学研究》，2006(4).

钟玲. 美国诗与中国梦：美国现代诗里的中国文化模式. 桂林：广西师范大学出版社，2003.

钟玲. 中国诗歌英译文如何在美国成为本土化传统：以简·何丝费尔吸纳杜甫译文为例. 载《中国比较文学》，2010(2).

周振甫. 文心雕龙注释. 北京：人民文学出版社，1981.

朱徽. 唐诗在美国的翻译与接受. 载《四川大学学报：哲学社会科学版》，2004(4).

朱徽. 中英诗艺比较研究. 成都：四川大学出版社，2010.

图书在版编目(CIP)数据

来自东方的他者——中国古诗在20世纪美国诗学建构中的
作用/吴永安著.—北京:北京师范大学出版社,2015.2
(人文漫步)
ISBN 978-7-303-18302-9

Ⅰ.①来… Ⅱ.①吴… Ⅲ.①古典诗歌-诗词研究-
中国②诗歌研究-美国-现代 Ⅳ.①I207.2②I712.072

中国版本图书馆CIP数据核字(2014)第284436号

营销中心电话	010-58802181 58805532
北师大出版社高等教育分社网	http://gaojiao.bnup.com
电子信箱	gaojiao@bnupg.com

LAIZI DONGFANG DE TAZHE

出版发行:北京师范大学出版社 www.bnup.com
北京新街口外大街19号
邮政编码:100875

印　刷:	北京京师印务有限公司
经　销:	全国新华书店
开　本:	148 mm × 210 mm
印　张:	16.5
字　数:	350千字
版　次:	2015年2月第1版
印　次:	2015年2月第1次印刷
定　价:	66.00元

策划编辑:谭徐锋	责任编辑:赵雯婧
美术编辑:王齐云	装帧设计:王齐云
责任校对:李　菌	责任印制:陈　涛